BASTEI
LÜBBE

LINDA LAEL MILLER

Leidenschaft die dich verführt

Roman

Ins Deutsche übertragen
von Katharina Braun

BASTEI
LÜBBE

BASTEI LÜBBE TASCHENBUCH
Band 18 237

Erste Auflage: Oktober 1999

Originaltitel: Two Brothers

Lektorat: Martina Sahler / Katharina Woicke
Titelbild: Pino Daeni / Agentur Thomas Schlück GmbH
Umschlaggestaltung: Roland Winkler
Satz: KCS GmbH, Buchholz/Hamburg
Druck und Verarbeitung: 47691
Groupe Hérissey, Évreux, Frankreich
Printed in France
ISBN 3-404-18237-5

Der Preis dieses Bandes versteht sich einschließlich der gesetzlichen Mehrwertsteuer

Erstes Buch

SHAY

1

Prominence, Kalifornien. Juni 1883

Er machte gar nicht erst den Versuch, seine Waffe zu ziehen – denn dazu war es viel zu spät.

Er spürte den kalten Stahl eines Revolverlaufes am Hals und hörte das Klicken des Hammers, als der Hahn gespannt wurde.

»Keine Bewegung!« Die Stimme schlug ihm ebenso auf den Magen wie die ganze Situation, in der er sich befand. Es hätte seine eigene Stimme sein können – es war der gleiche Tonfall, das gleiche Timbre.

Es war noch dunkel in der Gefängniszelle, in der er sein Nachtlager aufgeschlagen hatte, nachdem er die halbe Nacht beim Kartenspiel im Hinterzimmer des ›Yellow Garter Saloons‹ durchgezecht hatte. Er sah unter den Wimpern hindurch den blauschwarzen Lauf der Waffe, erkannte blonde Haare und weiße Zähne, die an die eines Wolfes erinnerten.

Vorsichtig zog ihm der Fremde den Fünfundvierziger aus dem Holster, den er nicht abgelegt hatte, als er sich auf die harte Pritsche zum Schlafen gelegt hatte, wirbelte die Waffe einmal kurz um den Zeigefinger und legte sie dann geräuschvoll auf den Tisch. Der Fremde riß ein Zündholz an, und Shay roch den vertrauten Duft, als sich der Schwefelgeruch mit dem Kerosin der Lampe vermischte. Plötzlich wurde es hell in der Gefängniszelle, und Shay schloß für einen Moment geblendet die Augen, aber er rührte sich nicht.

Der Fremde pfiff leise durch die Zähne. »Dann ist es also tatsächlich wahr«, murmelte er.

Shay öffnete die Augen, blinzelte ein paarmal ungläubig und zog dann die Brauen zusammen. Er hatte das Gefühl, sich selbst im Spiegel zu betrachten, auch wenn es ein paar kleinere Unterschiede zwischen ihm und dem Fremden gab. Die Haare des anderen Mannes waren vielleicht eine Spur dunkler als seine eigenen, er trug einen Vollbart, und in seinem Mundwinkel hing ein dünner Zigarillo – aber sonst glich ihm der Kerl aufs Haar. Die gleiche muskulöse Figur, die gleichen blauen Augen und das gleiche schräge Grinsen, das schon an Überheblichkeit grenzte. »Wer zum Teufel …?«

Der Fremde lachte leise in sich hinein. »Ja, das ist schon ein Ding, nicht wahr? Schläfst du eigentlich immer in deiner Gefängniszelle, Marshal?«

Shay richtete sich langsam auf, und sein Ebenbild erschoß ihn nicht sofort. Das sah er schon mal als gutes Zeichen an. Shay schwang die Beine über den Rand der Pritsche und versuchte aufzustehen.

»Nicht so hastig«, sagte der andere und richtete die Mündung seines Revolvers auf das Herz des Marshals.

Seufzend setzte Shay sich wieder. »Wer zum Teufel bist du?« fragte er gereizt. Er war jetzt sicher, daß er nicht mehr träumte.

Sein Ebenbild griff nach dem wackligen Stuhl in der Ecke der Zelle, drehte ihn um und setzte sich rittlings darauf. Es war eine einzige fließende Bewegung. Der linke Arm des Mannes ruhte lässig auf der Lehne, während der Fünfundvierziger locker in seiner behandschuhten Rechten lag. Er starrte den Marshal lange an und ließ sich viel Zeit mit der Antwort. »Vielleicht bin ich du«, antwortete er schließlich.

»Ich glaube, ich muß wirklich mit dem Trinken aufhören«, erklärte Shay philosophisch.

Sein Gegenüber grinste. »*So* schlimm ist es noch nicht, obwohl ich zugeben muß, daß du aussiehst, als hättest du es in letzter Zeit ein bißchen übertrieben. Wie alt bist du?«

»Ich bin der Marshal, und ich stelle hier die Fragen«, fauchte Shay.

»Ich bin der Mann mit der Waffe in der Hand«, erwiderte der andere freundlich.

»Verdammt.« Gewohnheitsmäßig polierte Shay den Marshalstern, den er an der Brust trug, mit seiner Manschette. Das tat er immer, wenn er nachdachte. »Ich bin letzten September dreißig geworden.«

»Ich auch.«

»Na fein! Ich hoffe, daß dir jemand einen Kuchen gebacken hat«, knurrte Shay.

Der Fremde grinste so unverschämt, daß Shay plötzlich begriff, warum sein Pa ihm gelegentlich einen Satz heißer Ohren verpaßt hatte. »Ich glaube, ihr Name war Sue-Ellen. Wie lange bist du eigentlich schon Marshal?«

»Zuerst will ich mal deinen Namen wissen. Bevor ich den nicht kenne, sage ich kein Wort mehr.«

»Saint-Laurent«, antwortete das Spiegelbild. »Tristan Saint- Laurent.« Dabei kratzte er sich mit dem Daumen der Waffenhand am Kinn.

Shay ging in Gedanken all die Haftbefehle der gesuchten Verbrecher durch, die sich auf seinem Schreibtisch stapelten, und er war irgendwie erleichtert, daß keine der Beschreibungen auf diesen Mann paßte – denn die Beschreibung hätte ja auf ihn selbst gepaßt. »Es liegt auf der Hand, daß du mir gegenüber im Vorteil bist. Warum erklärst du mir nicht einfach, wieso ein Mensch frühmorgens mit einem Revolver am Kopf aufwacht und er dabei auch noch in sein eigenes Spiegelbild schaut?«

Saint-Laurent starrte Shay eine Weile stumm an, warf dann seinen Zigarillo auf den Boden und trat die Glut mit dem Absatz seiner schmutzigen Stiefel aus, an denen er

Sporen trug. »Haben dir deine Leute nie erzählt, was geschehen ist? Weißt du nicht, wie du zu einem Waisenkind geworden bist?«

Shay schüttelte den Kopf. Er hatte zwei ältere Schwestern, Dorrie und Cornelia, die fast schon erwachsen gewesen waren, als er in die Familie gekommen war. Sie hatten ihm zwar ständig unter die Nase gerieben, daß er ein Findelkind war, aber sie hatten ihm keine Einzelheiten über seine Herkunft erzählt. Shay hatte auch weder seinen Vater noch seine Mutter – sie waren innerhalb eines Jahres kurz nacheinander gestorben – überreden können, ihm etwas über die Umstände seiner Geburt zu erzählen, und so hatte er die ganze Sache auf sich beruhen lassen.

Saint-Laurent seufzte leise. »Inzwischen dürfte dir ja klar geworden sein, daß wir Zwillingsbrüder sind«, meinte er. »Wir wurden irgendwo in den Rocky Mountains geboren. Unsere Eltern – sie hießen Patrick und Mattie Killigrew und waren beide noch sehr jung – hatten sich einem Treck nach Westen angeschlossen, der von Indianern überfallen wurde. Unser Vater hatte seine Söhne nicht einmal sehen oder im Arm halten können, denn er starb mit einem Pfeil in der Brust, während unsere Mutter in den Wehen lag. Sie selbst starb noch am gleichen Tag an Schwäche, Kummer und Verzweiflung, nachdem sie unsere Zukunft geregelt hatte. Margaret und John Saint-Laurent waren bereit, mich, Tristan, mit nach Oregon zu nehmen und als ihren Sohn aufzuziehen. Shamus und Rebecca McQuillan waren einverstanden, dich aufzunehmen, und so bist du hierher nach Kalifornien gekommen.«

Shay war froh, daß er saß, denn die Geschichte, die sein Bruder leidenschaftslos und ohne Schnörkel erzählt hatte, traf ihn wie ein Hammerschlag – und ernüchterte ihn. Er hatte das Gefühl, daß er zum ersten Mal seit achtzehn Monaten wieder klar denken konnte und sein Gehirn nicht von billigem Fusel vernebelt war.

»Ich selbst habe auch erst vor einem Jahr die Wahrheit erfahren«, fuhr Tristan fort. »Ich hatte gehört, daß meine Mutter krank war, und bin zu ihrer Ranch zurückgekehrt, um sie vor ihrem Tod noch einmal zu sehen. Sie erzählte mir, was sie wußte, und gab mir das Tagebuch, das Mattie Killigrew – unsere Mama – während des Trecks geschrieben hat.«

»Und dann hast du dich auf den Weg gemacht, um mich zu suchen?« Shays Stimme klang rauh wie ein Reibeisen.

Wieder lachte Saint-Laurent leise in sich hinein, fischte einen neuen Cheroot-Zigarillo aus der Innentasche seines langen, verstaubten Mantels und beugte sich zur Lampe, um die Zigarre anzuzünden. Er rückte zuerst den Glaszylinder zurecht und sog genüßlich den Rauch ein, bevor er antwortete. »Du warst mir – ehrlich gesagt – völlig egal«, erwiderte er. »Wenn ich hätte wissen wollen, wie du aussiehst, hätte ich ja nur in den Spiegel schauen müssen. Nein, ich wollte mein eigenes Leben weiterführen wie bisher, aber dann nahm das Schicksal eben seinen Lauf.«

»Was meinst du damit?« fragte Shay, der irritiert und leicht beleidigt war, daß sich sein eigener Bruder so wenig für ihn zu interessieren schien. Shay war es gewohnt, daß die Leute ihn entweder mochten oder haßten – aber nicht, daß er ihnen gleichgültig war.

Tristan betrachtete seinen Zwillingsbruder, sog an seinem Zigarillo und blies langsam den Rauch wieder aus. Als er sprach, ging er nicht auf die Frage ein. »In der Nähe von Cherokee Bluff gab es vor achtzehn Monaten einen Raubüberfall auf eine Kutsche«, sagte er. »Hast du damals schon den Marshalstern getragen?«

Shays Kehle wurde trocken, und er wünschte, er hätte einen Schluck zu trinken. Vor eineinhalb Jahren waren der Kutscher, der Wachmann und die drei Passagiere getötet worden, als bei diesem Überfall eine Brücke gesprengt worden war und die Kutsche, die Pferde und die Menschen in eine tiefe Schlucht gestürzt waren. Unter den Opfern war auch Miss Grace Warfield gewesen – Shay McQuillans Verlobte.

»Ja«, murmelte er schließlich, »ich war damals schon der Marshal.«

Tristan schwieg.

Shay suchte nach Worten und zwang sich, sie auszusprechen. »Als die Kutsche zur vorgesehenen Zeit nicht in Prominence angekommen war, ritt ich ihr entgegen«, berichtete er. »Der alte Dutch Cooper vom Mietstall begleitete mich. Wir nahmen an, daß vielleicht eine Achse gebrochen war oder eines der Pferde ein Hufeisen verloren hatte. Wir waren noch etwa eine Meile von der Schlucht entfernt, als wir die Explosion hörten.« Er schwieg, denn die Erinnerung an die schrecklichen Bilder, die er an jenem Tag gesehen hatte, überwältigte ihn.

Zwei der Pferde hatten noch gelebt, als er mit Dutch zur Schlucht gekommen war, über der eine Staubwolke gehangen hatte, die sich nur langsam gelegt hatte. Die menschlichen Körper lagen weit verstreut in den Hängen, die Kutsche war auseinandergebrochen, und eines der Räder drehte sich noch. Das geborstene Holz der Brücke verlieh dem Ganzen einen gespenstischen Rahmen.

Dutch Cooper und er kletterten den steilen Abhang hinunter. Dutch erlöste die beiden Pferde mit Gnadenschüssen, während Shay nach den Passagieren sah. Sie waren wie der Kutscher und der Wachmann tot – ein älterer Mann, eine Frau mittleren Alters – und Grace. Seine geliebte Grace, die immer so fröhlich gelacht hatte.

Sie war in San Francisco gewesen, und er hatte sie eigentlich erst in einer Woche zurück erwartet, aber offensichtlich hatte sie ihn überraschen wollen. Sie war in die Stadt gefahren, um ein paar Dinge zu erledigen und um ein Hochzeitskleid zu kaufen. Und nun lag sie mit zerschmetterten Gliedern da – wie eine Porzellanpuppe, die auf den Boden gefallen und in tausend Stücke zerbrochen war.

Er hatte sich neben sie gekniet und ihren leblosen Körper in seinen Armen gewiegt. Er hatte vor Schmerz geschrien, wie er noch nie in seinem Leben geschrien hatte.

Bei der Erinnerung an diesen Alptraum brach ihm der kalte Schweiß aus, und sein Magen revoltierte.

»Nach deinem Gesichtsausdruck zu schließen, erinnerst du dich genau«, bemerkte Tristan und kratzte sich wieder am Kinn. »Ich arbeite für den Mann, dem diese Kutschlinie gehört«, fuhr er dann im Plauderton fort. »An Bord der Kutsche befand sich eine Stahlkassette mit einer großen Geldsumme, die für die Bank von Silver City bestimmt war. Der Mann, für den ich arbeite, wüßte gerne, was aus diesem Geld geworden ist.«

Shay rieb sich mit Daumen und Zeigefinger wütend die Augen. »Fünf Menschen wurden an jenem Tag getötet«, schnaubte er. »Aber das scheint deinen Boß nicht zu interessieren.«

»Es gibt nichts, was er tun könnte, um diese Menschen wieder lebendig zu machen«, erklärte Tristan kalt. »Aber das Geld könnte man vielleicht wieder auftreiben.«

»Das ist längst von hier bis nach Mexiko verstreut.«

»Hast du eigentlich den Versuch gemacht, den Überfall aufzuklären, Marshal? Oder warst du damals schon Tag und Nacht besoffen?«

Shay stieß einen Fluch aus. »Ich habe einen Suchtrupp zusammengestellt und bin den Bastarden von einem Ende des Staates zum anderen gefolgt. Wir haben jeden Stein umgedreht, aber sie waren wie vom Erdboden verschluckt.«

»Könnte es nicht sein, daß sich die Kerle direkt hier in Prominence aufhalten und sich als ehrbare Bürger ausgeben? Wie man hört, haben sie ja kaum Spuren hinterlassen.«

»Nur Leichen und eine leere Geldkassette«, antwortete Shay verbittert.

»Gibt es einen Friseur in der Stadt?« fragte Saint-Laurent unvermittelt, schob seinen Fünfundvierziger in den Holster und stand auf.

Shay schüttelte irritiert den Kopf. »Was willst du denn von unserem Friseur?«

»Da ich die Absicht habe, eine Weile in dieser schönen Stadt zu bleiben, sollte ich mich besser rasieren und mir den Walnuß-Saft aus den Haaren waschen lassen.« Wieder wechselte er urplötzlich das Thema. »Hast du eigentlich ein Zuhause, Marshal, oder trägst du jeden Tag die gleiche Kleidung und lebst in dieser Gefängniszelle?« Shay stand auf und hob in einer zornigen Geste die Hände. »Nun mach mal einen Punkt! Du bist zwar vielleicht mein Bruder, aber ich habe die Nase voll von deinen ständigen Beleidigungen. Und kannst du mir mal erklären, warum du dir Walnuß-Saft in die Haare geschmiert hast?«

Tristan griff nach dem Revolver, den er Shay abgenommen hatte, und gab ihm die Waffe zurück, ging aber wieder nicht auf die Frage ein. »Ich denke, es wird ein Schock für die Bürger der Stadt sein, wenn sie herausfinden, daß es zwei von uns gibt. Wir sollten die Sache lieber langsam angehen lassen. Hol also den Friseur aus dem Bett und schaff ihn her! Er soll auch gleich einen Badezuber und Seife mitbringen.«

»Kann ich vielleicht auch mal etwas sagen?« meinte Shay und ging durch die geöffnete Zellentür an seinem Bruder vorbei. Er trat zum Ofen, öffnete die Tür und schürte die Glut mit einem Eisenhaken. Der Kaffee in dem blauen Emailletopf, der auf der Platte stand, war zwar schon zwei Tage alt, aber Shay hoffte, daß das Gebräu dennoch seinen Geist beleben würde. »Erstens: Wenn du ein Bad nehmen willst, geh gefälligst die Straße hinunter und miete dir ein Zimmer im Hotel. Zweitens: Falls du die

Absicht hast, dich für mich auszugeben, laß es bleiben. Ich habe mein ganzes Leben in dieser Stadt verbracht, die Menschen kennen mich und würden dich sofort durchschauen.«

»Als Zwillinge kann man doch die Leute hin und wieder ein wenig an der Nase herumführen. Das ist ja gerade das Schöne daran.« Tristan strich sich über den Bart. »Aber vielleicht hast du recht. Möglicherweise würden die Leute mich wirklich nicht für dich halten. Wann warst du eigentlich das letzte Mal nüchtern, und wann hast du zuletzt gebadet?«

Shay schüttete gemahlenen Kaffee in den Topf und rührte die lauwarme Brühe mit dem Finger um. »Das reicht jetzt, Saint-Laurent.«

»Hast du eigentlich eine Frau?« Tristan beobachtete seinen Bruder interessiert und wartete auf eine Antwort.

Es gab eigentlich überhaupt keinen Grund dafür – aber Shay mußte in diesem Moment an Aislinn Lethaby denken, die drüben im Speisesaal des Hotels arbeitete, wo er meistens aß, weil er es vorzog, seinen Schwestern aus dem Weg zu gehen. Aislinn war schlank, hatte dunkle Haare und goldbraune Augen und war das genaue Gegenstück zu Grace. Sie gehörte zu der immer stärker werdenden Fraktion der Bürger, die öffentlich den Rücktritt von Shamus »Shay« McQuillan als Marshal von Prominence forderte, und Aislinn verpaßte kaum eine Gelegenheit, ihn das auch wissen zu lassen.

»Nein«, erwiderte er. Gelegentlich besuchte er eine Witwe, die in dem zweifelhaften Ruf stand, ein offenes Herz für einsame Männer zu haben, die sie dann in ihrem Bett tröstete. Aber seit Grace' Tod hatte er keiner Frau mehr den Hof gemacht.

Aber jetzt dachte er an Aislinn Lethaby – und es war nicht das erste Mal, daß er an sie dachte.

Tristan lehnte inzwischen an der Eingangstür von Shays

Büro und hatte die Arme vor der Brust verschränkt. So verdreckt wie er war, brauchte man schon viel Phantasie, um sich vorstellen zu können, daß ihn jemand für Shay halten würde – obwohl der im Moment auch nicht gerade eine Augenweide war. »Du zerfließt ja fast vor Selbstmitleid«, bemerkte er und schnaubte angeekelt. »Eins weiß ich, kleiner Bruder, bevor ich dieses verschlafene Nest wieder verlasse, werde ich dir so in den Hintern treten, daß du endlich wieder aufwachst. So ein Tritt wäre schon längst überfällig gewesen.«

Shay hatte Holz nachgelegt, um das Feuer zu entfachen und damit den Kaffee zu erwärmen. Bei Tristans Worten richtete er sich auf, straffte die Schultern und stemmte die Hände in die Hüften. »Vielleicht solltest du das jetzt gleich tun«, sagte er mit fester Stimme, denn es juckte ihm in den Fingern, seinem Zwillingsbruder, diesem arroganten Kerl, eine kräftige Abreibung zu verpassen. Da es in Prominence in der Regel friedlich zuging, hatte Shay nicht oft die Gelegenheit zu einer anständigen Prügelei. »Und außerdem wäre ich dir sehr dankbar, wenn du mich nicht ›kleiner Bruder‹ nennen würdest.«

Tristan stieß sich vom Türrahmen ab, ging zum Ofen, nahm den Kaffeetopf, öffnete mit dem Daumen den Deckel und verzog das Gesicht. »Kaffee kochen kannst du also auch nicht.« Er ging mit dem Topf zur Tür und schüttete den Inhalt auf die Straße. Dann füllte er den Topf mit Wasser, schwenkte ihn aus und goß das Wasser ebenfalls auf die Straße. Erneut ließ er den Topf vollaufen und stellte ihn auf den Ofen zurück, um das Wasser zum Kochen zu bringen. Erst dann wandte er sich wieder an Shay. »Denk doch mal daran, was du alles erreichen könntest, wenn man dich zur gleichen Zeit an zwei verschiedenen Orten sehen würde.«

Der Gedanke gefiel Shay – gegen seinen Willen. Die Aussicht, Grace' Mörder und die Mittäter, die die Kutsche ausgeraubt hatten, zu finden, beflügelte ihn geradezu. Er hatte nicht gedacht, die feigen Mörder doch noch stellen und der gerechten Strafe übergeben zu können, aber plötzlich sah er einen Hoffnungsschimmer, und er wußte, daß die Tat aufgeklärt sein mußte, wenn er jemals wieder mit sich selbst und der Welt ins reine kommen wollte. Dennoch blieb er skeptisch. »Prominence ist eine kleine Stadt. Wir werden niemals damit durchkommen.«

»Ich möchte die Leute einfach ein bißchen verwirren«, sagte Tristan. »Es sollen Gerüchte aufkommen, und dann warten wir ab, was passiert.« Er schwieg und lächelte freundschaftlich. »Sag dem Friseur, daß ich ihm ins Knie schieße, wenn er auch nur ein Wort darüber verliert, daß es zwei von uns gibt. Diese Neuigkeit möchte ich erst dann enthüllen, wenn die Zeit dafür reif ist.« Er warf einen Blick in den zerbrochenen Spiegel an der Wand und verzog das Gesicht. »Und sag ihm, daß er den Badezuber nicht vergessen soll.«

Zur Abwechslung sieht er ja mal halbwegs anständig aus, dachte Aislinn unwillig, als sie Marshal McQuillan einen großen Teller mit Speck, Eiern und Bratkartoffeln vorsetzte. Seine Haare waren geschnitten, und seine Haut hatte einen rosigen Schimmer, als ob er sein Gesicht mit einer Stahlbürste geschrubbt hätte.

»Danke, Ma'am«, sagte er mit diesem frechen Grinsen, das Aislinn regelmäßig auf die Palme brachte. Sie ärgerte sich weniger über das verwegene Lächeln als vielmehr über ihre Reaktion darauf, denn ganz tief in ihrem Innern verspürte sie ein leichtes schmerzhaftes Ziehen – eine Art Sehnsucht, die sie sich selbst nicht erklären konnte. Sie wollte nicht, daß ein Mensch solche Gefühle in ihr auslöste – und schon gar nicht Shay McQuillan. Er war ein Mann, mit dem eine Frau doch nur Kummer und Sorgen haben würde. Das wußte jede Frau in der Stadt, aber einige hielt das nicht davon ab, sich mit ihm einzulassen.

Ganz in Gedanken versunken, hob Aislinn die Hände, fuhr sich über ihr dunkles Haar und überprüfte den Sitz der Haarnadeln, die sich immer wieder lösten. Als ihr bewußt wurde, daß McQuillan sie anstarrte, spürte sie, wie ihr das Blut in die Wangen schoß, und sie drehte sich hastig um. Dabei wäre sie fast mit Cletus Frye, dem Totengräber, zusammengestoßen. Sie glaubte, den Marshal leise lachen zu hören, war sich aber nicht sicher.

»Guten Morgen, Miss Lethaby«, begrüßte Cletus sie und zog dabei seinen Hut. Cletus war immer höflich, und er machte auch sonst keine schlechte Figur. Er hatte dichte braune Haare und schöne ernste Augen, aber er machte Suzanne, einem der anderen Mädchen, die im Hotel arbeiteten, den Hof – und abgesehen davon dachte Aislinn sowieso nicht an einen Ehemann.

»Morgen, Cletus«, erwiderte sie mit einem kurzen Nicken. Die Morgen-Kutsche war gerade angekommen, und die Stadt war voller Cowboys, die auf den umliegenden Ranches Arbeit suchten. Da konnte Aislinn es sich nicht erlauben, herumzutrödeln oder mit einem der Gäste zu schäkern.

In der nächsten Stunde lief sie pausenlos zwischen Küche und Speisesaal hin und her, schleppte große Tabletts mit Essen, schenkte Kaffee nach und räumte das schmutzige Geschirr ab. Aber immer wieder blickte sie zum Tisch des Marshals hinüber, der interessiert in der Zeitung blätterte und genüßlich seinen Kaffee trank. Jedesmal, wenn sie ihn ansah, schaute er auf und lächelte ihr zu. Als er endlich aufstand und ging, war Aislinn mit den Nerven am Ende. Das Rumoren in ihrem Bauch ließ sie an Maiskörner denken, die man in einen heißen Topf auf dem Ofen warf, wo sie krachend aufplatzten.

Sie trat durch die Küchentür auf die Veranda, um eine

kurze Pause zu machen, und wischte sich mit ihrer langen Schürze über Gesicht und Nacken.

»Was hat dich denn so aufgebracht, Kind?« fragte Eugenie, die der Hotelküche vorstand. Sie war eine kräftige Frau mit rauher Stimme, die immer unverblümt ihre Meinung sagte. »Du siehst aus, als hätte man dich kopfüber in ein Brennesselfeld gesteckt und an den Füßen wieder rausgezogen.«

Aislinn atmete tief durch und lächelte. Die Arbeit im Hotel war hart, aber Eugenie sorgte gut für ihre »Mädels«. Sie kümmerte sich wie eine Mutter um sie, schickte sie sonntags in die Kirche, ließ sie einmal in der Woche an ihre Familien schreiben – soweit sie überhaupt eine Familie hatten –, achtete darauf, daß die Mädels sauber polierte Schuhe trugen und ihre Schürzen und Kleider immer frisch gewaschen und gestärkt waren. Um acht Uhr abends mußten die jungen Frauen in den Schlafräumen sein, die unterm Dach des Hotelgebäudes lagen. Für die Mädchen, die beim Abendessen servierten, war um zehn Uhr Zapfenstreich.

»Mit mir ist alles in Ordnung«, antwortete Aislinn. »Bestimmt.«

Eugenie grinste und enthüllte dabei zwei Zahnlücken in ihrem ansonsten tadellosen Gebiß. »Dieser McQuillan-Junge hat schon was an sich«, meinte sie. »Wenn ich dreißig Jahre jünger wäre, würde ich vielleicht versuchen, ihn mir selbst einzufangen.«

Aislinn strich sich mit dem Ärmel über die Stirn. Es war heiß, und ihre weiße Schürze, die vor ein paar Stunden noch ganz frisch gewesen war, war nun zerknittert und verschmutzt. »Jetzt bin ich aber platt, Eugenie. Du bist eine der klügsten Frauen, die ich kenne, und ich hätte nie gedacht, daß du dich von so einem Mann blenden lassen würdest.«

»Was meinst du mit ›so ein Mann‹?« grummelte Eugenie, aber das hatte nichts zu bedeuten, denn das machte sie öfter.

»Sieh ihn dir doch mal an«, erwiderte Aislinn leise. »Er ist öfter betrunken als nüchtern. Manchmal rasiert er sich tagelang nicht, und er schläft in der Gefängniszelle. Wenn er nicht zu faul wäre, in den Sattel zu steigen, würde er vom Pferd fallen. Wenn du mich fragst, es ist eine Schande, daß Shay McQuillan den Marshalstern trägt.«

»Er ist ein feiner Kerl und ein anständiger Mann«, sagte Eugenie leise. »Er hat Schweres durchgemacht, als seine Verlobte vor nicht einmal zwei Jahren getötet wurde. Manche Menschen brauchen lange, um so etwas zu verdauen und darüber hinwegzukommen.«

Aislinn hätte einwenden können, daß auch andere Menschen mit schweren Schicksalsschlägen hatten fertig werden müssen und ihr Leben wieder in den Griff bekommen hatten. Sie selbst und ihre beiden jüngeren Brüder hatten es geschafft, nachdem ihre Eltern in einem Feuer umgekommen waren, aber sie sah Eugenies Gesicht an, daß diese Diskussion zu nichts führen würde. Außerdem sprach Aislinn nie über ihre Vergangenheit, sie hatte sich niemandem anvertraut. »Ich mache mich jetzt wohl besser wieder an die Arbeit«, erklärte sie nur und huschte davon. In der Küche stand die Hitze, und im Speisesaal, der bis auf den letzten Platz gefüllt war, war es kaum kühler. Aislinn lief rasch die Treppen zum Schlafraum hinauf und wechselte die Schürze. Dann servierte sie ein Essen nach dem anderen, räumte die Tische ab und säuberte sie. Als am frühen Nachmittag ihre Schicht endete, war sie vollkommen erledigt und ausgebrannt.

Während die beiden anderen Mädchen, die mit ihr im Speisesaal gearbeitet hatten, sich bis auf die Unterröcke auszogen und erschöpft in die Betten fallen ließen, streifte Aislinn ihre Schuhe ab, zog ein schlichtes braunes Baumwollkleid über, löste ihr Haar, bürstete es durch und flocht es zu einem breiten Zopf. Dann wusch sie ihr Gesicht mit lauwarmem Wasser und ging zur Tür.

»Aislinn Lethaby«, sagte ihre Freundin Eloise streng. »Wo willst du denn an so einem heißen Nachmittag noch hin?«

»Ich will einfach nur ein bißchen laufen.«

»*Laufen?*« fragte ein anderes Mädchen ungläubig. »Du hast ja nicht mal Schuhe an – und außerdem bist du doch schon den ganzen Tag auf den Beinen.«

Aislinn machte sich nicht die Mühe zu erklären, daß sie nie Schuhe trug, wenn sie es vermeiden konnte. Sie und ihre Brüder waren im Osten, in Maine aufgewachsen – wild wie die Indianer. Vom Frühjahr bis zum ersten Frost im Herbst waren sie barfuß gegangen. Auch heute noch liebte sie es, im Freien das frische Gras oder die warme Erde unter ihren nackten Füßen zu spüren, dann fühlte sie sich wieder wie jene junge Aislinn, die noch ihre Eltern und ein Zuhause gehabt hatte.

Sie verließ das Hotel durch den Hinterausgang und ging ein schmales Gäßchen entlang, das parallel zur Hauptstraße von Prominence verlief. Dabei aß sie einen Apfel, den sie im Vorbeigehen in der Vorratskammer stibitzt hatte.

Dorrie McQuillan, die Schwester des Marshals, saß auf der kleinen Veranda auf der Rückseite des Krämerladens und rauchte eine dünne, lange Zigarre. Miss Dorrie hatte strohiges blondes Haar und wimpernlose braune Augen. Sie war groß und spindeldürr und war alles andere als eine Schönheit. Aber dafür hatte sie ein großes Herz und war sehr hilfsbereit. Aislinn hatte gehört, daß Dorrie in jungen Jahren einmal mit einem Hausierer durchgebrannt war. Ihr Vater, Shamus senior, hatte die beiden gerade noch rechtzeitig erwischt, bevor sie sich gegenseitig die Kleider vom Leib gerissen hatten. Shamus hatte den jungen Mann fürchterlich verprügelt, ihn wegen Entführung ins Gefängnis werfen lassen und seine Tochter an den Haaren nach Hause geschleift.

Aislinn grüßte freundlich mit einem Kopfnicken, und Dorrie erwiderte den Gruß, wobei sie eine blaue Rauchwolke in die Luft blies. In Prominence war es kein Geheimnis, daß Miss Cornelia McQuillan ihre Schwester Dorrie nur als Last empfand. Miss Cornelia war niemals durchgebrannt, sie rauchte nicht und trank keinen harten Alkohol. Daß der Marshal ein Mitglied ihrer Familie war, hätte sie wohl am liebsten verschwiegen. Sie war eine sehr schöne Frau mit kastanienbraunen Haaren und großen grünen Augen – aber sie war eiskalt und zeigte niemals ein Gefühl.

Aislinn beschleunigte ihre Schritte, ging hinter dem Viehfutter-Laden, dem Telegraphen-Büro der Western Union und dem Haus des Doktors vorbei. Jetzt mußte sie nur noch am ›Yellow Garter Saloon‹ vorbei, bis sie die Stadt hinter sich lassen konnte und vor ihr das weite Land lag. Sie hielt sich am äußersten Rand der Gasse, straffte die Schultern und richtete den Blick starr geradeaus.

Es war besser, wenn man als anständige Frau einen weiten Bogen um den Saloon machte. Einmal hatte sie gesehen, wie ein Mann in aller Öffentlichkeit neben der Eingangstür uriniert hatte, und ein anderes Mal hatte sie sich gegen die Zudringlichkeit eines Trunkenboldes wehren müssen. Auf jeden Fall war es besser, an der Rückseite des Saloons vorbeizugehen, denn vorne, vor dem Haupteingang, trieben sich zwielichtige Gestalten herum, Cowboys, die auf der Durchreise waren, Glücksritter und Spieler. Die gleichen Männer, die sie im Hotel mit Anstand behandelten, konnten sich hier in rohe Bestien verwandeln, weil sie zu tief ins Glas geschaut hatten.

»Das ist wahrscheinlich nicht die beste Gegend, um einen Spaziergang zu machen, Ma'am«, hörte sie eine bekannte Stimme hinter sich, als Aislinn schon geglaubt hatte, unbemerkt am Saloon vorbeigekommen zu sein. Sie brauchte nicht aufzusehen, um zu wissen, daß der Marshal sie angesprochen hatte. Sie drehte den Kopf und wollte ihm einen vernichtenden Blick zuwerfen, aber als sie ihn ansah, spürte sie plötzlich, wie ihr Herz zu hämmern begann. Sein Stern funkelte in der Sonne, und seine abgetragene Kleidung war sauber. Konnten ein Bad und eine Rasur einen Mann wirklich so verändern?

»Ihre Sorge ist berechtigt, Marshal«, entgegnete sie. »Wenn Sie endlich etwas gegen die kriminellen Elemente in dieser Stadt unternehmen würden, könnten wir Frauen uns überall frei und ohne Angst bewegen.«

Er schaute sie mit seinem frechen Grinsen an – das nach Aislinns Ansicht verboten werden müßte, denn es war nicht weniger gefährlich als die Fünfundvierziger, die er an der Hüfte trug.

»Sie haben recht«, meinte er seufzend und tippte dabei entschuldigend an den Rand seines Hutes. »Ich habe in letzter Zeit die Dinge etwas schleifen lassen, aber ich verspreche, daß sich das ändern wird.« Er kaute auf einem Zündholz, das er von einem Mundwinkel zum anderen rollte, stieß sich von der Hintertür des Saloons ab und kam auf Aislinn zu. »Ich werde Sie begleiten, damit Sie heil an Ihrem Ziel ankommen.«

Aislinn spürte, wie sich ihr die Nackenhärchen sträubten, und sie hoffte nur, daß sie nicht auch noch rot wurde. »Nicht nötig«, sagte sie hastig, »ich komme ganz gut allein zurecht.«

»Bedaure, aber ein Nein kann ich nicht gelten lassen, Ma'am«, erwiderte er kopfschüttelnd. »Ich könnte ja nachts nicht mehr ruhig schlafen, wenn ich so ein armes, hilfloses Wesen allein an einem Saloon vorbeigehen ließe, ohne ihm den ganzen Schutz des Gesetzes zu gewähren.«

Dieser eingebildete Kerl! Jetzt wagte er es auch noch, sich über sie lustig zu machen. »Hilflos? Glauben Sie mir,

Marshal, ich kann sehr gut allein auf mich aufpassen.« Für einen kurzen Moment war sie in Versuchung, ihn in dieser Hinsicht aufzuklären und ihm zu erzählen, was sie im Leben schon alles durchgemacht hatte.

Er schien nicht die Absicht zu haben, sich zurückzuziehen. »Wenn das der Fall wäre«, meinte er nachdenklich, »wären Sie doch nicht so um die Sicherheit unserer weiblichen Mitbürger besorgt.«

Sie hatten das Ende der Gasse erreicht, und vor ihnen lag der Friedhof, in dessen Mitte die Presbyterianer-Kirche stand. Das ganze Areal war von einem Holzzaun umgeben. Hinter der Kirche gab es einen Teich, der von einer Quelle mit frischem Wasser gespeist wurde. Dort befanden sich ein paar glatte Felsen, die jetzt am Nachmittag von der Sonne beschienen wurden. Aislinn liebte es, dort zu sitzen und zu träumen und die Füße ins Wasser baumeln zu lassen.

Sie hatte genug von McQuillan und war am Ende ihrer Geduld. Trotzdem sprach sie ruhig und würdevoll. »Na schön, Marshal, nun haben Sie mir also die Meinung gesagt«, erklärte sie und schaute ihm fest in die Augen. »Wenn Sie jetzt so freundlich wären, mich allein zu lassen? Es gibt nämlich Menschen, die für ihren Lebensunterhalt hart arbeiten müssen und deren knapp bemessene Freizeit kostbar ist.«

Er lachte, zog seinen Hut und preßte ihn an seine Brust, als wollte er eine blutende Wunde stillen. Im Sonnenlicht glänzte sein Haar wie pures Gold, das ein Zauberer auf seiner Spindel gesponnen hatte, und das Blau seiner Augen leuchtete wie kostbare Saphire. Seit mehr als einem Jahr hatte sie ihm fast täglich das Essen serviert. Wieso war ihr dabei nie aufgefallen, was für ein gefährlich gutaussehender Mann der Marshal war?

»Auch ich muß arbeiten, Ma'am, selbst wenn es manchmal nicht danach ausgesehen hat«, entgegnete er. »Ich werde Ihnen beweisen, daß Sie mich vollkommen falsch eingeschätzt haben, und ich bin entschlossen, Ihr Vertrauen zu gewinnen. Ja, dazu bin ich wirklich fest entschlossen.«

Aislinn drehte sich um und hob ihren Rock gerade so weit, wie es noch züchtig war, um besser über den Friedhofszaun klettern zu können. »Machen Sie sich bloß keine Umstände«, sagte sie und schwang das eine Bein über die oberste Stange des Zaunes. »Einen schönen Tag noch, Marshal!« Damit zog sie das zweite Bein über die Stange und wollte auf der anderen Seite ins Gras springen, aber irgendwie blieb ihr Kleid an einem Splitter hängen, so daß sie nach vorne fiel und der Rock über ihren Kopf rutschte.

Aislinn rappelte sich auf. Ihr Herz raste, und ihr Gesicht war vor Scham feuerrot. Es war ihr schrecklich peinlich, daß er, wenn auch nur kurz, ihre nackten Schenkel gesehen hatte – und ihre grobe Wollunterhose. Im gleichen Moment sprang der Marshal über den Zaun, wobei er sich heroisch das Lachen verkniff. »Alles in Ordnung?« fragte er und fuhr ihr mit den Fingerspitzen merkwürdig zärtlich über die Wange.

Aislinn sah ihn nicht an, sondern strich zuerst ihren Rock glatt und beschäftigte sich dann mit ihren Haaren, da sich einzelne Strähnen aus dem sorgfältig geflochtenen Zopf gelöst hatten. Als sie ihn schließlich doch anschaute, glitzerten zwei Wut-Tränchen in ihren Augenwinkeln.

»Du bist verletzt«, stellte er besorgt fest. Er verlagerte sein Gewicht, so daß er ganz dicht neben ihr stand und sie seine Wärme und seine Kraft spürte. Einen wunderbar furchtbaren Moment lang dachte sie, daß er sie küssen würde, aber statt dessen trat er einen Schritt zurück. »Ich schätze allerdings, daß in erster Linie dein Stolz verletzt ist.« Er setzte den Hut wieder auf, und sie sah, wie seine blauen Augen blitzten – aber wenigstens besaß er so viel Anstand, nicht zu grinsen. »Ich gehe dann jetzt wieder zurück.«

Zurück in den Saloon, dachte Aislinn bitter, aber im gleichen Augenblick empfand sie eine unglaubliche Zärtlichkeit für diesen Mann, was sie sich überhaupt nicht erklären konnte. Sollte Eugenie etwa recht haben? War McQuillan doch ein anständiger Kerl und ein guter Mann? Hatte er die Zeit der Trauer hinter sich gelassen und blickte nun wieder nach vorne, in die Zukunft?

»Hast du sie geliebt?« Die Worte sprudelten einfach so aus ihr heraus. Wenn sie bei klarem Verstand gewesen wäre, hätte sie nie eine so direkte und persönliche Frage gestellt. »Ich meine Grace«, fügte sie hinzu.

Er drehte sich um und hakte beide Daumen in den Gürtel, an dem der schwere Revolver hing. Sie konnte seine Augen nicht erkennen, da sie im Schatten der Hutkrempe lagen. »Ja«, erwiderte er ernst und ohne zu zögern. »Ich habe sie sehr geliebt.«

Aislinn stand eine Weile regungslos da. Plötzlich sah sie Shay McQuillan in einem ganz anderen Licht. Nach diesen wenigen Worten verstand sie ihn, und sie wußte, daß die Meinung, die sie sich vorschnell über ihn gebildet hatte, falsch war. Sie beobachtete ihn, wie er über den Zaun stieg und über die Hauptstraße zur Stadt zurückging.

Sie selbst ging um die Kirche herum zum Teich und setzte sich auf ihren Lieblingsfelsen. Es war unglaublich still und friedlich hier; nur das Säuseln der Blätter im Wind war zu hören. Sie sah, wie sich vorsichtig ein Reh dem Teich näherte, sie aufmerksam beäugte und dann den Kopf senkte, um zu trinken, wobei sich ein zarter Wellenkranz bildete, der sich langsam über die ganze Wasseroberfläche ausbreitete.

Aislinn seufzte leise, rutschte zum Rand des Felsens vor und streckte ihre nackten Füße ins Wasser. Es war ein wunderbares Gefühl. Dann öffnete sie ihren Zopf und kämmte ihre langen Haare mit den Fingern durch.

Alles wäre noch viel friedlicher gewesen, wenn da nicht

die irritierenden Gedanken an Shay McQuillan gewesen wären, denn immer stärker wurde ihr bewußt, daß er, indem er sich selbst verändert hatte, auch etwas an ihr verändert hatte.

2

Für jemand, der seine Anwesenheit in Prominence geheimhalten wollte, bis der richtige Zeitpunkt für die Enthüllung gekommen war, machte Saint-Laurent wenig Anstalten, im verborgenen zu bleiben. Als Shay nach der Begegnung mit Aislinn in sein Büro zurückkam, saß sein Zwillingsbruder auf dem besten Stuhl, hatte die Beine auf den Schreibtisch gelegt und betrachtete die Steckbriefe der gesuchten Verbrecher.

Er blickte auf und begrüßte seinen Bruder mit einem Grinsen, das zu Shays Gesicht gehörte. Es war schon verdammt komisch, Saint-Laurent anzusehen – irgendwie so, als würde man von seinem eigenem Geist gejagt.

»Hat dir eigentlich schon mal jemand gesagt, daß du ein gutaussehender Teufelskerl bist?« fragte Tristan, der so nüchtern war wie Petrus an der Himmelspforte.

Shay warf ihm einen wütenden Blick zu, stürmte zum Ofen und schenkte sich einen Becher voll Kaffee ein. Er selbst war zwar inzwischen auch wieder vollkommen nüchtern, aber dafür hatte er andere Probleme. Er wußte nicht, was er mit dem Gefühl anfangen sollte, das er empfand, wenn er Aislinn anschaute oder gar berührte. Und dann stand er auch noch einem Bruder gegenüber, der ihm aufs Haar glich. Das war alles ein bißchen zu plötzlich gekommen, und er fragte sich, wieviel ein Mann im Verlauf eines einzigen Tages eigentlich verkraften konnte.

»Hast du hier irgendwo noch so einen Stern herumliegen?« erkundigte sich Tristan in seiner beiläufigen Art.

Shay setzte den Kaffeebecher hart auf das Bücherbord,

in dem sich verstaubte Akten und unzählige Zeitungsausschnitte stapelten. »Wenn ich einen Stern hätte, würde ich ihn dir bestimmt nicht aushändigen. Wer sagt mir denn, daß du kein Verbrecher oder gar ein Mörder bist?«

Saint-Laurent setzte seine Füße auf den Boden und stand auf. »Wenn ich das wäre, hätte ich dir letzte Nacht eine Kugel durch den Kopf gejagt. Es wäre mir ein leichtes gewesen, mir deinen Stern an die Brust zu heften und in deine Fußstapfen zu treten.« Shay mußte zugeben, daß Tristan ihn wirklich hätte umbringen können, wenn er die Absicht gehabt hätte. Da sie einander so ähnlich waren, mußten sie wohl auch miteinander verwandt sein, aber das bedeutete noch lange nicht, daß er seinem Ebenbild auch vertrauen konnte. Außer Kain und Abel hatte es in der Geschichte immer wieder Brüderpaare gegeben, von denen der eine den anderen aus Neid, Habgier oder Eifersucht umgebracht hatte.

»Wenn du mich erschießen willst, solltest du es gleich hier und jetzt tun«, meinte Shay und grinste nun seinerseits. »Falls du es schaffst.«

Tristan setzte sich auf die Schreibtischkante und verschränkte die Arme vor der Brust. Er verdrehte die Augen und schaute auf den Fünfundvierziger, den Shay an der Hüfte trug. »Immer ruhig Blut, Marshal. Ich bin vielleicht nicht dein Freund, aber ich bin auch nicht dein Feind. Ich bin nur an dem Geld aus dem Überfall interessiert, und wenn ich das habe, reite ich wieder davon.«

»Gut, aber ich frage mich, wozu du mich brauchst.«

»Als der Ältere von uns beiden muß ich wohl auch der Klügere sein. Wie ich dir schon einmal erklärt habe, Marshal: Durch dich habe ich die Möglichkeit, gleichzeitig an zwei verschiedenen Orten zu sein, und das wird ein paar Leute verunsichern und aus dem Gleichgewicht bringen.«

»Vielleicht werde ich dir helfen, vielleicht aber auch nicht«, erwiderte Shay. Er hatte plötzlich Kopfschmerzen, und er fragte sich, ob Aislinn ihn wohl geohrfeigt hätte, wenn er sie geküßt hätte. »Nenn mir einen guten Grund, warum ich dir helfen sollte.«

»Du bist ein Mann des Gesetzes, und deine Aufgabe ist es, die Banditen zu stellen und vor Gericht zu bringen. Außerdem sagt mir mein Gefühl, daß du ein persönliches Interesse hast, diese Leute hängen zu sehen. Wenn du selbst mir den Grund nicht sagen willst, finde ich es auf anderem Weg heraus.«

Shay drehte seinem Bruder den Rücken zu, und er überlegte, wie es wohl gewesen wäre, wenn er zusammen mit diesem Mann, den er nicht kannte und von dessen Existenz er nichts geahnt hatte, aufgewachsen wäre. Für einen kurzen Moment bedauerte er es schmerzlich, daß sie all die Jahre voneinander getrennt gewesen waren. »Der Fahrer der Kutsche war ein guter Freund von mir«, knurrte er. »Ein feiner, anständiger Mann und ein Familienvater.«

»Das war er sicher«, erwiderte Tristan leise, »aber du mußt dir schon etwas Überzeugenderes einfallen lassen. So ein feiger Überfall ist immer eine Tragödie, aber ein Mann wie du würde davon nicht derart aus der Bahn geworfen werden.«

Shay mußte sich zum Reden zwingen und brachte die Worte dennoch nur stoßweise heraus. »In der Kutsche saß eine Frau. Ihr Name war Grace Warfield. Wir wollten eine Woche später heiraten.«

Tristan schwieg lange. Dann trat er zu seinem Bruder und legte seine Hand auf dessen Schulter. »Tut mir leid.«

Shay wandte sich zu ihm um, aber er hatte nicht die Absicht, noch ein Wort mehr über Grace zu sagen. »Wieso glaubst du, daß wir die Schuldigen nach so langer Zeit noch finden werden? Es ist doch nicht so, daß ich – und die Männer an meiner Seite – nicht gesucht hätten. Wir haben im Umkreis von fünfzig Meilen jeden Heuschober durchwühlt, wir haben jeden Saloon auf den Kopf gestellt und jedes Hurennest ausgeräuchert.«

»Die Spielsaloons und die Hurenhäuser habe ich auch alle abgeklappert«, antwortete Tristan düster. »Wer immer die Kerle sind, dort verkehren sie nicht, und das deutet darauf hin, daß sie sich direkt vor unserer Nase aufhalten müssen. Denk nach, Marshal. Wer könnte eine Brücke in die Luft jagen, wenn eine Kutsche mit unschuldigen Menschen darüber fährt? Warum haben die Banditen sich so viel Arbeit gemacht? Warum haben sie die Kutsche nicht einfach angehalten, das Geld genommen und sind mit der Beute über alle Berge verschwunden?«

Tristan hatte die unschuldigen Opfer natürlich absichtlich erwähnt, er wollte Shay reizen, ihn wütend machen und aus der Reserve locken. Das durchschaute der Marshal zwar, aber es änderte nichts daran, daß Saint-Laurent sein Ziel erreicht hatte. Shay ballte die rechte Hand zur Faust, aber er brachte es nicht über sich, das Gesicht zu schlagen, das sein eigenes zu sein schien.

»Nur zu«, sagte Tristan leise. »Schlag mich, wenn du dich dann besser fühlst. Vielleicht können wir danach tun, was getan werden muß.«

Langsam lockerte Shay seine Faust.

Tristan verschränkte die Arme vor der Brust und grinste wieder. »Vielleicht bist du ja doch klüger, als ich dachte. Wenn du mir nämlich ein blaues Auge geschlagen hättest, hätte ich dir auch ein Veilchen verpassen müssen – damit die Leute uns nicht unterscheiden können. Ich gebe allerdings zu, daß ich dir gerne eine reingehauen hätte.«

Shay seufzte tief. »Vielleicht könntest du mich wirklich verprügeln, aber ich schwöre dir, daß du auch dein Fett abbekommen hättest. Also, was schlägst du vor?«

»Setz dich, Marshal«, brummte Tristan und deutete auf den Stuhl, auf dem er eben selbst noch gesessen hatte.

Shay nahm Platz, und er mußte sich beherrschen, die

Beine nicht auf den Schreibtisch zu legen, wie sein Bruder es getan hatte – und wie er selbst es gewöhnlich tat, seit er als Marshal vereidigt war.

Tristan begann zu reden, wobei er vor dem Schreibtisch hin und her lief wie ein Großstadt-Anwalt vor der Geschworenenbank. Was er sagte, machte durchaus Sinn. Natürlich würden die Leute in Prominence bald vermuten, daß es einen Doppel-Marshal gab, aber da das logischerweise unmöglich war, würde die Verwirrung immer größer werden, wodurch die Brüder einen gewissen Vorteil haben würden.

Als Tristan seine Rede beendet hatte, öffnete Shay eine Schublade und holte den Stern heraus, den sein Vorgänger im Amt, Big Dan Collins, getragen hatte. Shay war fünf Jahre lang Dans Assistent gewesen, bis der ältere Mann bei dem Versuch, einen Streit im ›Yellow Garter Saloon‹ zu schlichten, erschossen worden war. Es gab keinen Menschen, den Shay jemals so bewundert hatte wie Big Dan Collins.

Er polierte den Silberstern an seinem Hemd, bevor er ihn seinem Bruder gab. »Falls du dich erschießen läßt«, sagte er – und seine Stimme klang plötzlich rauh, »dann achte bitte darauf, daß du irgendwo anders getroffen wirst, damit der Stern nicht beschädigt wird. Den möchte ich nämlich wie neu zurückgeben.«

Ohne hinzusehen, steckte Tristan den Stern genau an die gleiche Stelle, an der sein Bruder den Stern trug. Wie üblich ging er nicht weiter auf Shays Bemerkung ein. »Ich muß natürlich erst etwas üben, du zu sein«, meinte er und deutete mit dem Daumen in die Richtung, in der der Saloon lag. »Es ist klar, daß du ein Mann bist, der seinen Whiskey liebt. Hast du eine Lieblingsmarke, oder schluckst du alles, was man dir vorsetzt?«

»Hört sich an, als würdest du nie einen trinken«, erwiderte Shay, lehnte sich im Stuhl zurück und legte die

Hände hinter den Kopf. »Wahrscheinlich gehst du auch sonntags in die Kirche und betest.«

Auch darauf ging Tristan nicht ein. Er zog einen Zigarillo aus der Tasche und riß ein Zündholz am Schreibtisch an.

»Dafür rauche ich nicht«, bemerkte Shay, und er erinnerte sich daran, daß Tristan mehrmals darauf hingewiesen hatte, daß er der ältere Zwilling sei. »Wie kommst du eigentlich darauf, daß du zuerst geboren wurdest?«

Bedauernd blies Tristan das Zündholz aus und steckte den Cheroot in die Tasche zurück. »Ich habe ein Muttermal an meinem rechten Oberschenkel, das du nicht hast. Wie meine Mutter – ich meine damit die Frau, die mich großgezogen hat – mir erklärte, hat die Hebamme, die uns während des Trecks auf die Welt gebracht hat, diese Tatsache festgehalten.«

Shay beugte sich vor, als ihm plötzlich ein anderer Gedanke durch den Kopf schoß. »Wo ist eigentlich dein Pferd? Irgend jemand muß dich doch gesehen haben, als du in die Stadt geritten bist.«

Tristan lachte grimmig. »Ich hoffe nur, daß dein Verstand bald wieder klar arbeitet, denn ich bin auf dich angewiesen. Mann, es war stockfinster, als ich in die Stadt kam. Ich habe einen langen Mantel getragen und hatte meinen Hut tief ins Gesicht gezogen. Außerdem erinnerst du dich vielleicht noch, daß ich bei meiner Ankunft einen Vollbart hatte.« Er strich sich mit der Hand durchs Gesicht, als vermißte er etwas. »Dem Mann im Mietstall habe ich gesagt, daß das Pferd dir gehört – das Geschenk eines alten Freundes.«

»Der Kerl muß besoffen gewesen sein oder im Halbschlaf oder wahrscheinlich beides.«

»Tatsächlich meinte der Mann, daß ich ihn an jemanden erinnere, aber er konnte sich nicht entsinnen, an wen.« Tristan lächelte, als er daran dachte, wie verwirrt der Mann gewesen war. »In ein paar Stunden wird es dunkel sein, Marshal. Also erzähl mir ein bißchen mehr über dich. Wem werde ich in der Stadt begegnen, und was wird man von mir erwarten? Redest du viel mit den Leuten, oder bist du eher der schweigsame Typ?«

»Wie schätzt du mich denn ein?« fragte Shay herausfordernd. Er spürte, daß er immer noch verkatert war, er wußte, daß er ständig an Aislinn Lethaby dachte, und er merkte, daß er sich einfach nicht an den Gedanken gewöhnen konnte, daß er plötzlich einen Zwillingsbruder namens Tristan Saint-Laurent hatte. Das war alles ein bißchen viel auf einmal.

»Ich glaube, daß du nicht viel redest«, erwiderte Tristan. »Du ziehst es vor, zu beobachten und zuzuhören, bevor du deine Schlüsse ziehst. Du bist im Sattel zu Hause und wahrscheinlich ziemlich gut mit dem Fünfundvierziger – wenn du nüchtern bist. Als Kind hattest du gute Noten in der Schule, aber du hast viel Zeit damit verbracht, aus dem Fenster zu starren und dir vorzustellen, daß du woanders wärst. Du hast gerne gelesen – und das tust du immer noch. Du bist ein exzellenter Pool-Billard-Spieler, oder zumindest warst du es mal, als deine Hände noch nicht gezittert haben. Deshalb wirst du auch viel Glück brauchen, damit du nicht erschossen wirst, bevor diese Sache vorüber ist.«

Shay ignorierte die Bemerkung, daß seine Hände zitterten – denn das war leider wahr. Er betrachtete seinen Bruder nachdenklich, denn im großen und ganzen stimmte alles, was er gesagt hatte. »Woher weißt du das alles?«

»Ganz einfach. Abgesehen vom Pool-Billard – ich ziehe ein gutes Pokerspiel vor – und dem Whiskey, hätte ich mich selbst beschreiben können. Alles andere war leicht zu erraten. Daß du in letzter Zeit trinkst, ist kein großes Geheimnis, und da du zwischen Zeige- und Mittelfinger der linken Hand Hornhaut hast, war das mit dem Billardspiel auch nicht schwer zu erraten, denn dort hinterläßt das Queue seine Spuren. Aber nun erzähl mir von deinen Schwestern.«

»Da gibt es nicht viel zu erzählen«, murmelte Shay. »Sie hassen mich. Zumindest Cornelia.«

Als die Sonne unterging und die Moskitos kamen, ging Aislinn langsam zum Hotel zurück. Sie hörte die Musik aus dem Saloon, als sie an der Rückseite daran vorbeiging, aber der Marshal war nicht zu sehen. Sie war etwas enttäuscht und versuchte gar nicht erst, sich einzureden, daß sie im Grunde doch sehr erleichtert war, ihn nicht zu sehen.

Das Zwielicht der Abenddämmerung war für Aislinn die traurigste Zeit des Tages. Die Menschen kehrten in ihre Häuser zurück, um sich im Kreis der Familie zum Abendessen zu setzen. Sie hörte die Stimmen der Frauen, die vor der Tür standen und ihre Kinder riefen.

Sie biß sich auf die Unterlippe, als sie an ihre eigene Mutter dachte, eine Frau voller Liebe und Herzlichkeit, und an ihren Vater, einen schwerarbeitenden Landarzt. Die beiden waren bei einem Hotelbrand ums Leben gekommen, als sie sich einen der seltenen Ausflüge in die Stadt gegönnt hatten, um dort ihren Hochzeitstag zu feiern.

Aislinn und ihre jüngeren Brüder, Thomas und Mark, waren zu Hause gewesen, als man ihnen die schreckliche Nachricht überbracht hatte. Noch heute sah sie das traurige Gesicht des freundlichen Polizisten vor sich, der beim ersten Morgenlicht eines strahlenden Sommertages ins Haus gekommen war, um die Kinder zu informieren.

Aislinn und ihre Brüder hatten keine Verwandten, die ihnen hätten helfen können. Also hatte *sie* als die Älteste sich um alles kümmern müssen. Geld war praktisch keins vorhanden gewesen, das Haus war mit einer Hypothek belastet gewesen, und obwohl Aislinn es kurzfristig hatte verkaufen können, war davon gerade noch so viel übrig geblieben, um die anderen Schulden zu bezahlen. Ein paar Männer hatten ihr angeboten, sie zu heiraten – das wäre vermutlich die einfachste Lösung gewesen –, aber alles in Aislinn hatte sich gegen eine Verbindung ohne Liebe gesträubt. Außerdem hatte sie als Tochter eines Doktors gewußt, was diese Männer von ihr verlangt hätten – und dazu war sie mit ihren sechzehn Jahren noch nicht bereit gewesen.

Schließlich hatte sie sich entschlossen, ihre Brüder in einem Internat in Portland, Maine, einzuschulen – wofür sie die letzten Ersparnisse hatte ausgeben müssen. Sie hatte sich dann an eine Agentur gewandt und nach Arbeit im Westen gefragt. Nun plante sie, ihren Verdienst zu sparen, ein kleines Stück Land zu kaufen und ihre Brüder nachkommen zu lassen, sobald sie ihnen ein Dach über dem Kopf bieten konnte.

Aislinn hatte auch sofort eine Stelle als Serviermädchen im Bahnhof von Kansas City bekommen. Sie hatte die Arbeit auch nur aufgegeben, weil einer der Gäste ihr allzu aufdringlich nachgestellt hatte. So war sie von Stadt zu Stadt weiter nach Westen gezogen.

Jetzt war sie neunzehn und hatte ein hübsches Sümmchen gespart. Ein paar Meilen außerhalb von Prominence hatte sie eine verlassene Farm entdeckt, die zum Verkauf stand. Wenn der Vertrag erst unter Dach und Fach war, würde sie ihren Brüdern Geld schicken, damit sie zu ihr in den Westen kamen, worauf die beiden Jungs schon sehnsüchtig warteten. Natürlich hoffte sie, eines Tages zu heiraten und eigene Kinder zu haben, aber das Leben hatte sie vorsichtig gemacht. Je erwachsener und erfahrener sie wurde, desto weniger war sie bereit, Kompromisse zu machen. Wenn sie heiratete, mußte es schon der richtige Mann sein.

Als sie sich dem Eingang der Hotelküche näherte, hörte sie das Klappern der Töpfe und des Geschirrs, die hektischen Worte, die zwischen der Köchin und den Serviermädchen gewechselt wurden, und die beruhigende Stimme von Eugenie, die alles im Griff hatte. Aislinn lächelte, als sie in die Küche trat, denn irgendwie war das wie nach Hause zu kommen.

»Da bist du ja wieder«, meinte Eugenie, deren Arme bis zu den Ellbogen im Wasserbecken steckten. Neben ihr stand ein Berg von schmutzigem Geschirr, das noch gespült werden mußte. »Ich wollte schon Mathilda losschicken, um nach dir zu sehen. Nimm dir etwas zu essen und komm mir nicht damit, daß du keinen Hunger hättest, Miss. Ich werde mir nicht nachsagen lassen, daß ich meinen Mädels nicht genug zu essen gebe.«

Aislinn war hungrig, und sie war froh, daß es jemanden gab, der sie erwartet hatte, der ihr zeigte, daß sie hier an diesem Ort zu Hause war – wenn auch vielleicht nur vorübergehend. Die Küche war warm, und Eugenies warmherzige Zuneigung tat ihr gut. Aislinn nahm sich eine dicke Scheibe Braten, einen Löffel voll Wurzelpüree mit Butter und ein Stück Maisbiskuit. Damit setzte sie sich in die Ecke an einen Tisch, der vom warmen Schein einer Lampe beleuchtet wurde, und begann zu essen.

Eugenie war ausgesprochen gesprächig, was bei ihr selten vorkam. »Soll ich dir einen Kessel heißes Wasser machen?«

»Ja, gerne«, erwiderte Aislinn. Jeder wußte, daß sie peinlich auf Sauberkeit achtete. Bevor sie abends zu Bett ging, wusch sie sich im Schlafraum hinter einem Paravent von Kopf bis Fuß. Auf die meisten anderen Mädchen wirkte das ebenso exzentrisch wie das Barfußlaufen. »Sieht aus, als wäre heute abend viel Betrieb im Speisesaal gewesen.« Sie deutete mit dem Kopf auf den Geschirrstapel. Wenn sie mit dem Essen fertig war, wollte sie Eugenie ablösen und das Spülen übernehmen.

»Der Junge war hier«, sagte Eugenie geheimnisvoll, und es dauerte einen Moment, bis Aislinn begriff, daß sie von Marshal Shay McQuillan sprach. Ihn als »Jungen« zu bezeichnen war eine gewaltige Untertreibung, denn McQuillan war ein ausgewachsener Mann – ein wahres Prachtstück von einem Mann. »Ich glaube, er hoffte, dich zu sehen.«

Aislinns Kehle wurde trocken, und sie spürte wieder dieses seltsame Gefühl im Magen, das sie an die Maiskörner, die in einem heißen Topf aufplatzten, denken ließ. »Unsinn«, erwiderte sie, merkte aber, daß ihre Stimme bebte. »Für ihn ist eine Frau wie die andere. Das weiß doch jeder.«

Eugenie pumpte Wasser in einen großen Eisenkessel, den sie schweratmend auf die Herdplatte setzte. »Ach, tatsächlich?« Aislinn dachte daran, wie sie vorhin in seine blauen Augen geschaut hatte, und ihre Kehle zog sich zusammen. Nachdem sie wieder ruhig atmen konnte, stand sie auf und sah Eugenie, die sie herausfordernd anblickte, direkt ins Gesicht. »Tut mir leid«, erklärte sie bestimmt. »Ich verstehe ja, daß der Marshal dein Freund ist, und es ist natürlich dein gutes Recht, für ihn einzutreten, aber ich habe das Recht auf meine eigene Meinung, und ich denke, daß er schlicht und einfach ein Ärgernis ist.«

Erstaunlicherweise lachte Eugenie über diese Bemerkung. »Das kann er durchaus manchmal sein. Aber alles im Leben hat zwei Seiten, Mädel. Ich hoffe nur, daß du das herausfindest, bevor es zu spät ist.«

Die Köchin gluckste. »Das hast du schön gesagt, Eugenie!«

Aislinn leerte die Essensreste von ihrem Teller in einen Abfallbehälter, der später vor die Tür gestellt wurde, damit Bert, ein liebenswerter streunender Hund, etwas zum Fressen hatte. Dann machte sich Aislinn ans Spülen, denn sie mußte ja sowieso darauf warten, daß ihr Wasser heiß wurde. Eugenie und die Köchin trafen schon erste Vorbereitungen fürs Frühstück, wobei sie leise miteinander tuschelten und wie Schulmädchen kicherten. Aislinn schüttelte nur den Kopf.

Als sie in den Schlafraum unter dem Dach kam, war es heiß und stickig im Zimmer. Da einige der Mädchen schon schliefen, öffnete Aislinn ganz leise das einzige Fenster, wusch sich gründlich, zog ein Nachthemd an, bürstete die Haare durch und flocht sie wieder zu einem Zopf. Dann kroch sie ins Bett und sprach ihr Nachtgebet. Sie bat den Herrn, Thomas und Mark zu beschützen, und betete darum, daß sie ihre Brüder bald zu sich holen konnte. Als sie dann die Augen schloß, hörte sie ein leises Wimmern.

Zuerst glaubte sie, daß eines der neuen Mädchen weinte, weil es Angst und Heimweh hatte, aber dann merkte sie, daß das Wimmern von der Straße kam.

Niemand im Schlafsaal rührte sich. Aislinn versuchte, das unterdrückte Schluchzen zu ignorieren – aber schließlich hielt sie es doch nicht mehr aus. Sie stand auf, trat zum Fenster und lauschte in die Dunkelheit. Es waren die üblichen Geräusche der Nacht zu hören: die Musik aus dem Saloon, das Hundegebell, die Schreie eines Esels, das Gelächter der Cowboys, sogar ein einzelner Revolverschuß – wobei sie sofort an den Marshal dachte und um sein Leben und seine Sicherheit fürchtete. Zu hören war aber vor allem das verzweifelte und hoffnungslose Weinen.

Aislinn beugte sich weit aus dem Fenster und erkannte eine geduckte Gestalt, die in dem schmalen Spalt zwischen Hotel und Krämerladen kauerte. Aislinn wollte sie rufen, aber dann verwarf sie diese Idee, denn die Mädchen, die das Zimmer mit ihr teilten, hatten den ganzen Tag hart gearbeitet und brauchten ihren Schlaf. Hastig warf sie sich einen Morgenmantel über und eilte leise die Hintertreppe hinunter. In der Küche, in der jetzt niemand mehr war, zündete sie eine Lampe an und schob den Riegel der Hintertür zurück.

Bert, der Streuner, blickte nur kurz von seinem Fressen auf, ließ sich aber nicht stören, sondern verschlang weiter gierig die Essensreste, bevor ein anderer Hund sie ihm wegschnappte. Aislinn hoffte, daß niemand die Tür hinter ihr verriegeln und sie aussperren würde. Dann schlich sie vorsichtig ums Haus.

»Wer ist da?« rief sie leise und hielt in der Hoffnung, die wimmernde Gestalt erkennen zu können, die Laterne in die Höhe.

Sie sah ein kleines zitterndes Wesen, das ein grelles Kleid aus rotem und lila Taft trug und das der Stimme nach zu urteilen – noch sehr jung war. »Verschwinde und kümmere dich um deinen eigenen Kram!«

Aislinn trat näher und ignorierte die unfreundliche Aufforderung. »Bist du verletzt?« Sie sah in große funkelnde Augen, las darin Angst und Verzweiflung und fühlte sich an ein Tier erinnert, das in eine Falle geraten war, aus der es sich nicht mehr befreien konnte. »Soll ich den Doktor holen?«

»Ich habe doch gesagt, daß du verschwinden sollst. Du kannst nichts für mich tun, und der Knochenflicker auch nicht.«

Aislinn trat noch einen Schritt näher, und nun erkannte sie im Schein der Lampe, daß es sich bei der jungen Frau um eine der ›Tänzerinnen‹ aus dem ›Yellow Garter Saloon‹ handeln mußte. Wer sonst hätte so ein freizügiges Kleid und ein Hütchen mit Federn getragen? Aislinns Neugier wurde nur noch von ihrem Mitleid übertroffen. »Ich werde nicht gehen, denn es ist doch klar, daß du Hilfe brauchst.«

Die junge Frau wischte sich mit dem Handrücken die

Nase und wollte lachen, aber aus ihrer Kehle kam nur ein krächzender Laut. »Gehörst du zufällig zu den Mädels, die im Hotelrestaurant die Kaffeetassen füllen und den Kerlen das Essen vorsetzen?« fragte sie herausfordernd.

So wie Aislinn und ihre Kolleginnen im Hotel sich bisweilen flüsternd über die »Tänzerinnen« im ›Yellow Garter Saloon‹ unterhielten und sich ausmalten, was diese Frauen sonst noch alles machten, schienen diese sich umgekehrt über die jungen Mädchen zu unterhalten, die sich im Hotel abplagten.

»Ja«, antwortete sie und ging neben der »Tänzerin« in die Hocke. »Mein Name ist Aislinn Lethaby. Und wie nennt man dich?«

Das krächzende Lachen klang bitter. »Dir würden die Ohren klingeln, wenn du wüßtest, welche Namen die Kerle mir geben.« Sie schwieg und fuhr dann verloren fort: »Meine Mama und mein Papa haben mich Liza Sue genannt, aber die bin ich schon lange nicht mehr.« Wieder schwieg sie einen Moment. »Was ist Aislinn denn für ein Name? Bist du Ausländerin?« Aislinn lächelte und setzte die Laterne ab. »Meine Mutter hat den Namen in einem Buch gefunden. Ich glaube, es ist ein irischer Name, aber ich bin in Maine geboren – wie meine Eltern auch.«

Liza Sue schniefte. »Das ist mehr, als ich dich gefragt habe.« In dem schwachen flackernden Licht der Laterne sah Aislinn, daß die junge Frau schwer mißhandelt worden war. Die Haut in ihrem Gesicht war an mehreren Stellen aufgeplatzt, und ihre nackten Arme waren voller Striemen. »Ein betrunkener Cowboy hat seine Wut an mir ausgelassen und mich verprügelt«, erklärte Liza Sue, als sie Aislinns prüfenden Blick bemerkte. »Bist du nun zufrieden? Morgen früh bin ich wieder in Ordnung. Ein bißchen Schminke – und man sieht die blauen Flecken überhaupt nicht mehr.«

Aislinn war entsetzt. »Wir müssen zum Marshal gehen

und ihm den Vorfall melden. Der Mann, der dich so zugerichtet hat, gehört ins Gefängnis.«

Die Prostituierte – denn das waren die »Tänzerinnen« des Saloons in Wirklichkeit – schüttelte energisch den Kopf. »Wenn ich das tue, bekomme ich gleich die nächste Tracht Prügel.«

»Aber der Marshal würde niemals …«

Liza Sue verzog das Gesicht. »Vor Shay McQuillan habe ich keine Angst – der würde den Burschen, der mich geschlagen hat, ins Gefängnis werfen. Und dann? Am nächsten Tag wäre er wieder frei, und dann würde er mich vor Wut halbtot schlagen. Nicht mit mir, Ma'am. Wenn McQuillan fragt, wieso ich überall grün und blau bin, werde ich ihm erzählen, daß ich die Treppe hinuntergefallen bin. Und wenn du etwas anderes sagst, werde ich auf die Bibel des Pfaffen schwören, daß du eine Lügnerin bist.«

»Aber du willst doch nicht etwa in den Saloon zurückkehren?«

»Wohin sollte ich denn sonst gehen?«

Aislinn hob frustriert die Arme und ließ sie wieder fallen, wobei sie beinahe die Lampe umgestoßen hätte. »Ich weiß auch nicht«, meinte sie nachdenklich. »Ich könnte mal mit Eugenie sprechen. Im Hotel werden ständig Hilfskräfte gebraucht, denn jeden Monat gehen ein oder zwei Mädchen weg, weil sie heiraten wollen und …«

»Du bist doch verrückt«, unterbrach Liza Sue sie keineswegs unfreundlich. Die Schminke um ihre Augen war verschmiert, und ihr Blick verriet, daß sie sich wünschte, daß so etwas möglich wäre. »Wenn ich in diesem Kleid das Hotel betrete, wirft man mich doch auf der Stelle wieder raus.«

Aislinn dachte angestrengt nach. Geschminkt und praktisch halbnackt konnte Liza Sue allerdings wirklich nicht Eugenie unter die Augen treten. »Hast du denn kein anderes Kleid? Eins, das etwas mehr geschlossen ist? Und wenn wir dann das Zeug aus deinem Gesicht waschen …«

»Das würde nie funktionieren«, seufzte Liza Sue.

»Also ich kann das Problem nicht allein lösen«, erklärte Aislinn streng. »Meiner Meinung nach hast du doch nichts zu verlieren, und es wäre sicher einen Versuch wert.«

»Du würdest für mich lügen? Warum?«

»*Ich* werde nicht lügen, sondern du.«

Liza Sue kicherte verhalten. »Das kann doch gar nicht klappen. Ich habe doch überall blaue Flecken, und irgendein Gast würde mich bestimmt als eine der Huren aus dem ›Yellow Garter Saloon‹ erkennen.«

»Du hast doch vorhin selbst gesagt, daß du dich verletzt hast, als du die Treppe hinuntergefallen bist«, erwiderte Aislinn trocken. »Und falls dich jemand erkennt, so glaube ich nicht, daß er öffentlich ausposaunen wird, die … Huren des Saloons zu kennen – schon gar nicht in so einer feinen Umgebung wie dem Hotelrestaurant.«

Die junge Frau schwieg eine Weile. »Ich habe keine anderen Kleider. Jake Kingston, der Besitzer des Saloons, hat mir alle persönlichen Dinge abgenommen, als ich mich verpflichtet habe, im Saloon als ›Tänzerin‹ zu arbeiten. Das macht er mit allen Mädchen so, um zu verhindern, daß wir weglaufen.«

»Ich werde dir ein Kleid von mir geben. Ich habe noch zwei andere.« Beide Frauen schwiegen, denn keiner war klar, wie es nun weitergehen sollte. Bert, der Streuner, kam um die Ecke und versuchte dankbar Aislinns Gesicht zu lecken, aber sie schob den Hund mit einer Armbewegung zur Seite.

»Warum willst du das eigentlich alles für mich tun?« fragte Liza Sue. »Wenn uns die Hotelleute auf die Schliche kommen, jagen sie mich davon, und du kannst auch gleich deine Sachen packen.«

»Damit könntest du recht haben«, gab Aislinn zu. »Aber

ich habe einen Platz, wo ich in diesem Fall hingehen kann.« Sie dachte an die kleine Farm außerhalb der Stadt, die sie kaufen wollte, um dort mit ihren Brüdern zu leben. Das Dach des Wohnhauses war halb eingestürzt, die Fenster waren zerbrochen, und der Garten war vollkommen verwildert. Aber noch gehörte ihr das Anwesen ja nicht, denn erst in ein oder zwei Monaten hatte sie genug Geld zusammen, um ein Kaufangebot abzugeben und ihre Brüder aus dem Osten kommen zu lassen.

»Entschuldige, aber das ist keine Antwort auf meine Frage.«

Aislinn seufzte leise. »Ich weiß es selbst nicht genau. Nicht, daß ich ein besonders edelmütiger Mensch wäre oder mir in den Kopf gesetzt hätte, die Menschheit zu retten …«

»Das habe ich auch nicht behauptet.«

»… aber ich kann dich doch nicht hier in der Gosse liegenlassen, Liza Sue. Das kann ich einfach mit meinem Gewissen nicht vereinbaren.« Aislinn griff nach der Lampe und stand auf. »Wenn du nicht mit mir kommst, werde ich dem Marshal die ganze Geschichte erzählen. Du kannst zwar behaupten, daß ich lüge, aber es wird sich herausstellen, wem man mehr glaubt.«

»Verflucht noch mal«, murmelte Liza Sue und stand ebenfalls auf. »Du hörst einfach nicht zu.«

»Komm jetzt. Du kannst dich in der Vorratskammer verstecken, während ich dir etwas anderes zum Anziehen besorge. Später verbrennen wir dann diesen … Fummel im Ofen.«

»Du *willst* einfach nicht zuhören«, protestierte Liza Sue, trottete aber hinter Aislinn her, die zur Küchentür ging. Zum Glück hatte sie in der Zwischenzeit niemand verriegelt.

»Leise jetzt«, flüsterte Aislinn, als sie Liza Sue durch die Küche zur Vorratskammer führte. Jede einzelne Diele schien zu knarren, was Aislinn bisher noch nie aufgefallen war. Sie zündete einen Kerzenstummel an und drückte ihn der jungen Frau in die Hand, die ganz klein und zerbrechlich aussah – und schreckliche Angst zu haben schien.

»Du kommst doch bestimmt wieder zurück?« wisperte sie.

»Natürlich«, versicherte Aislinn. »Aber verhalte dich ganz still.«

Sie hatte mit der Laterne gerade den ersten Treppenabsatz erreicht, als Eugenie mit einer Lampe in der Hand aus ihrem Zimmer kam. »Aislinn? Was ist los mit dir? Du siehst so blaß aus, bist du krank?«

Aislinns Herz begann heftig zu pochen. »Ich … ich bin nicht krank. Ich hatte nur plötzlich Hunger.« Sie haßte sich dafür, daß sie Eugenie belog, die immer freundlich zu ihr gewesen war und die vielleicht sogar Verständnis für Liza Sues Situation gehabt hätte, aber sie wagte es nicht, sich der älteren Frau anzuvertrauen, denn es stand zuviel auf dem Spiel. »Es tut mir leid, daß ich dich gestört habe.«

Eugenie betrachtete Aislinn schweigend, gab aber nicht zu erkennen, ob sie dem Mädchen glaubte oder nicht. Schließlich seufzte sie tief, nickte und zog sich in ihre Kammer zurück.

Aislinn huschte nach oben und eilte mit einem einfachen grünen Wollkleid leise wieder die Treppe hinunter. Sie hoffte nur, daß niemand erkennen würde, daß es ihr Kleid war.

Liza Sue saß im Dunklen in der Vorratskammer, denn die Kerze war inzwischen heruntergebrannt. Sie knabberte an einem Kanten Brot, den sie gefunden hatte, und starrte das Wollkleid an.

»Schnell, zieh dich um«, befahl Aislinn leise. »Ich hole inzwischen Wasser und Seife, damit du dir die Schminke aus dem Gesicht waschen kannst.«

»Der ganze Plan ist einfach verrückt«, murmelte Liza

Sue, aber sie zog ihr aufreizendes Rüschenkleid aus. Es roch nach Schweiß und billigem Parfüm.

»Mag sein«, erwiderte Aislinn ungeduldig, »aber eine andere Möglichkeit haben wir nicht. Du kannst heute nacht in der Wäschekammer neben dem Schlafsaal schlafen. Morgen früh tust du so, als wärst du gerade erst in der Stadt angekommen. Du gehst zur Küchentür und fragst nach Arbeit.«

»Und wenn sie mich nicht nehmen?«

»Verdammt«, zischte Aislinn wütend, die sonst nie fluchte. »Warum mußt du immer das Schlimmste annehmen? Ich habe dir doch gesagt, daß Eugenie ständig Hilfskräfte gebrauchen kann.« Sie holte Wasser und Seife und brachte auch ein Küchenhandtuch mit. »Hast du noch Hunger? Vom Abendessen sind noch Maisbiskuits übrig, etwas Braten müßte auch noch da sein.«

Liza Sue begann, ihr Gesicht zu schrubben. Es mußte ziemlich weh tun, denn sie zuckte immer wieder zusammen, wenn sie eine der Wunden berührte. »Ich hätte gerne ein Biskuit«, gab sie scheu zurück.

Die Mädchen löschten die Lampe und schlichen im Dunklen vorsichtig die Treppe hoch. Aislinn ging voran. Liza Sue hielt sich ängstlich an deren Hand fest. Vor dem Haus bellte Bert inbrünstig den Mond an. Als die beiden jungen Frauen den ersten Treppenabsatz erreichten, sahen sie, daß in Eugenies Zimmer noch Licht brannte, und sie hörten das gleichmäßige Quietschen eines Schaukelstuhls. Sie hielten beide den Atem an, bis sie unterm Dach in der Wäschekammer waren.

»Gute Nacht«, wisperte Aislinn.

Liza Sue nickte stumm.

3

Am nächsten Morgen kam der Marshal gutgelaunt in den Speisesaal und bestellte Eier mit Speck. Das wäre eigentlich nichts Ungewöhnliches gewesen – wenn er nicht vor einer Stunde schon eine doppelte Portion Corned beef mit Bratkartoffeln zum Frühstück gegessen hätte.

Aislinn machte sich darüber jedoch weiter keine Gedanken, da sie viel zu sehr damit beschäftigt war, einen Weg zu finden, um Liza Sue unbemerkt aus dem Hotel zu schmuggeln, damit diese zur Küchentür gehen und nach der Arbeit fragen konnte. Marshal McQuillan hatte wahrscheinlich einfach einen gesunden Appetit, nachdem er sich monatelang hauptsächlich von Flüssignahrung ernährt hatte. Aus Loyalität zu Eugenie, die ja so große Stücke auf den Mann hielt, zwang sie sich sogar zu einem kleinen Lächeln. »Du bist wirklich eine Augenweide, Aislinn Lethaby«, sagte er gedehnt, als er aufstand, um zu gehen. Er schenkte ihr sein berühmtes Lächeln, aber zu Aislinns großer Erleichterung ließ sie das diesmal vollkommen kalt. »Vielleicht sehen wir uns heute abend beim Tanz.«

Aislinn biß sich auf die Unterlippe. Bei den Tanzabenden, die an jedem ersten Samstag im Monat im Hotel stattfanden, wurde den Gästen alkoholfreier Fruchtpunsch serviert. Diese Abende waren die absoluten Höhepunkte im Gesellschaftsleben von Prominence, die sich auch kaum jemand entgehen ließ, aber leider hatte der Hoteldirektor den Mädchen und den anderen Angestellten strikt verboten, sich unter die Gäste zu mischen, um möglichen Komplikationen, die sich daraus ergeben könnten, vorzubeugen. »Es tut mir leid«, antwortete sie, »aber das ist gegen die Hausordnung.«

»Das«, erwiderte er lächelnd, »ist wirklich sehr schade.«

Am Nebentisch saß ein Cowboy, dessen Augen nach einer durchzechten Nacht gerötet waren und dessen Atem faulig roch. »He, du«, rief er Aislinn zu und setzte seine Tasse hart auf den Tisch. »Ich brauche mehr Kaffee, aber dalli!«

Mit einer leichten Verbeugung nahm der Marshal Aislinn die blaue Emaillekanne aus der Hand und füllte die Tasse des Cowboys. Dabei beugte er sich dicht zu ihm hinunter und meinte leise: »Was du brauchst, Freundchen, ist eine Lektion in gutem Benehmen. Wenn du es wagst, noch einmal in diesem Ton mit der Lady zu sprechen, mache ich dich so fertig, daß du es bis zum Ende deiner Tage nicht mehr vergißt.«

Der Cowboy zuckte zusammen, senkte den Blick und schwieg.

»Danke«, sagte Aislinn verunsichert, als der Marshal ihr die Kaffeekanne zurückgab.

»Gern geschehen«, erwiderte er und verließ den Speisesaal.

Aislinn schaute sich um und sah, daß alle Frauen im Raum – ob sie nun bedienten oder bedient wurden – den Marshal geradezu mit den Augen verschlangen. Auch Eugenie beobachtete ihn mit nachdenklichem Blick.

»Was ist denn in ihn gefahren?« fragte sie leise, als Aislinn an ihr vorbei in die Küche ging, um frischen Kaffee zu holen.

»Das weiß ich auch nicht«, erwiderte diese ehrlich. »Aber ich glaube, daß ich ihn heute schon etwas besser als gestern leiden kann.« Zum ersten Mal, seit sie nach Prominence gekommen war, bedauerte sie es, daß sie nicht zum Tanz gehen durfte, denn jetzt, nachdem der Marshal offensichtlich die Fähigkeit verloren hatte, sie mit seinem schrägen Grinsen vollkommen aus der Fassung zu bringen, war sie plötzlich gar nicht mehr so wild darauf, ihm aus dem Weg zu gehen.

Irgendwann während des hektischen Trubels zwischen Frühstück und Mittagessen – der Boden mußte gefegt, die Tische mußten neu eingedeckt werden – hatte Liza Sue wohl eine Chance gesehen, unbemerkt das Hotel zu verlassen, denn als Aislinn einmal in die Küche kam, um bei einer Tasse Tee kurz zu verschnaufen, saß die junge Frau Eugenie am Tisch gegenüber – und log das Blaue vom Himmel herunter.

Sie sei schon eine Weile in Prominence, behauptete sie, habe bei entfernten Verwandten gewohnt, die sie aber nicht länger durchfüttern konnten. Die Verletzungen im Gesicht und an den Armen? Ja, das sei passiert, als sie ein Glas Marmelade aus dem Keller habe holen wollen. Sie sei auf den Saum ihres Kleides getreten und die Treppe hinuntergefallen, und sie könne von Glück sagen, daß sie sich nicht das Genick gebrochen hatte.

Eugenie hörte still zu und dachte eine Weile nach. Aislinn war klar, daß sie kein Wort von Liza Sues Geschichte glaubte. Eugenie war lebenserfahren und klug. Wie sie selbst einmal gesagt hatte, war ihr Leben auch nicht gerade ein Zuckerschlecken gewesen. Sie sah zu Aislinn hinüber, und ihr Blick verriet deutlich, daß sie sich auch jetzt nicht zum Narren halten ließ. Dann räusperte sie sich umständlich.

»Nun, Mädel«, richtete sie sich an Liza Sue, »wenn du gerne Betten machst und morgens Spucknäpfe ausleerst, bist du hier richtig. Du hast ein Bett, bekommst genug zu essen, und ich zahle dir vier Dollar im Monat. Anständige Arbeitskleidung wird vom Hotel gestellt.«

Liza Sues blaugrün geschwollenes Gesicht errötete vor Freude, und ihre traurigen Augen begannen zu glänzen. »Danke, Ma'am«, murmelte sie, »vielen Dank.«

»Hm«, knurrte Eugenie. »Wir werden ja sehen, ob du nach ein paar Tagen harter Arbeit immer noch glücklich bist. Laß dir zuerst mal von der Köchin etwas zum Frühstück geben, und dann soll Aislinn dir zeigen, wo du schlafen kannst.« Eugenie wuchtete ihren mächtigen Körper hoch. »Ach ja, bei *uns* im Haus gibt es auch ein paar strenge Regeln. Was du in deiner freien Zeit machst, interessiert mich nicht, aber um acht Uhr bist du zu Hause. Sonntag morgens gehst du zur Kirche – ob du an den Herrn glaubst oder nicht. Einmal pro Woche schreibst du an deine Familie. Rauchen, Alkohol und Fluchen sind verboten, und wenn ich dich jemals hier im Haus mit einem Mann erwische, mache ich dir die Hölle heiß. Ich denke, ich habe mich klar genug ausgedrückt.«

»Ja, Ma'am«, versicherte Liza Sue und nickte eifrig.

Eugenie schaute Aislinn noch einmal lange an. »Kümmere dich um deine Freundin«, meinte sie nur und machte sich wieder an die Arbeit.

Aislinn führte Liza Sue die Treppe hinauf und zeigte ihr den Schlafraum, in dem zur Zeit zwei Betten frei waren. Liza Sue entschied sich für das Bett, das am nächsten am Fenster stand. Sie strich mit der Hand über das Eisengestell, als ob es ein Himmelbett wäre, und als sie Aislinn anschaute, schimmerten Tränen in ihren Augen.

»Ich hätte nie geglaubt, daß das möglich wäre«, gestand sie mit leiser zitternder Stimme. »Ich habe gedacht, daß Eugenie mich sofort durchschauen und wegjagen würde.«

Sie hat uns beide durchschaut, dachte Aislinn, die sich Eugenies Verhalten nicht erklären konnte. »Eugenie ist wie eine Mutterglucke, die manchmal laut gackert und mit den Flügeln schlägt – aber wehe dem Hahn, der einem ihrer Küken zu nahe kommt.« Sie legte die Hand auf die Schulter der neuen Freundin. »Aber eins laß dir gesagt sein, Liza Sue: Eugenie meint es bitter ernst mit ihren Regeln. Vor ein paar Wochen blieb eine von uns eine ganze Nacht außer

Haus. Am nächsten Tag hat Eugenie das Mädel in die Kutsche gesetzt und zurück nach Hause geschickt. Da halfen auch keine Tränen.«

Liza Sue wischte sich das Gesicht mit dem Handrücken ab. »Ich werde bestimmt nichts tun, um mir diese Chance zu vermasseln«, beteuerte sie. »Ich werde wie ein Sklave schuften und jeden Cent sparen, um irgendwann – weit weg von hier – einen neuen Anfang zu machen.«

Diesen Wunsch, ein bescheidenes, aber anständiges Leben zu führen, verstand Aislinn nur zu gut, denn sie träumte ja auch davon. Sie wollte ihre Brüder aus Maine kommen lassen, und wenn die Jungs jede erdenkliche Arbeit annehmen würden – als Schuhputzer, Tellerwäscher oder Zeitungsausträger – und sie selbst bis zum Frühjahr im Hotel arbeiten und jeden Dollar sparen würde, dann könnte ihr Traum von der eigenen Farm Wirklichkeit werden. Aber man durfte eben nicht nur träumen, sondern mußte hart dafür arbeiten.

»Du gehst jetzt besser zu Eugenie zurück«, riet Aislinn. »Sie wird dir sagen, was du alles zu tun hast.«

»Eins meiner Weiber ist weg«, knurrte Jake Kingston, dessen Atem nach saurem Whiskey stank. »Die Hure hat mir gutes Geld eingebracht, und deshalb will ich sie zurückhaben, Marshal.«

Shay blickte sich im ›Yellow Garter Saloon‹ um, der nur schwach beleuchtet war. In der rauchgeschwängerten Luft tanzten Staubpartikel, und das Sägemehl auf dem Fußboden starrte vor Schmutz. Einige halbnackte Frauen saßen herum und warteten auf Kundschaft. Ihre Haare waren strähnig, ihre Augen müde und traurig. An einem Tisch in der Ecke war ein Pokerspiel im Gange, das irgendwann am gestrigen Nachmittag begonnen hatte und sicher noch bis in die Nacht weitergehen würde.

Shay rieb sich mit der Hand den Nacken und fragte sich, wieso er in dieser schäbigen Umgebung so viel Zeit verbracht hatte. Dieser Saloon war schlimmer als der Vorhof zur Hölle. Im stillen hoffte er, daß die Frau den Absprung geschafft hatte und inzwischen längst über alle Berge war. »Es gibt kein Gesetz, das die Frauen zwingt hierzubleiben. Sie sind frei und können gehen, wohin sie wollen, Jake«, erklärte er ernst.

Jake setzte eine Whiskeyflasche und ein Glas vor Shay auf den Tresen, aber der Marshal ignorierte es. Er dachte an die Nacht, als Big Dan in dieser Kaschemme ums Leben gekommen war, weil er leichtsinnig und unvorsichtig geworden war. Das sollte ihm nicht passieren. »Du mußt die Kleine finden«, wisperte Jake verzweifelt. »Bring sie mir zurück – ich zahle auch gut dafür.«

Shay verzog verächtlich den Mund. »Dir sind doch auch früher schon Mädchen weggelaufen, und es war dir egal. Was ist an dieser einen Frau so besonders?«

Jake fuhr sich mit der Zunge über seine fleischigen Lippen. Auf seiner Stirn standen Schweißperlen. »Sie ist Billy Kyles Lieblingshure, verdammt noch mal. Wenn er kommt und die Kleine nicht da ist, wird er mir die Schuld geben und mir eine Kugel in den Kopf jagen.«

Shay seufzte. Billy war der einzige Sohn des reichsten Ranchers in einem Umkreis von hundert Meilen. Billy hatte gemeine Augen, er war ein hinterhältiger Bursche, der schnell mit einem Bowie-Messer bei der Hand war, und er hatte eine Schwäche für billigen Whiskey. Er war ein Tagedieb, der noch nie in seinem Leben anständig gearbeitet hatte. Shay traute ihm durchaus zu, daß er Jake Kingston aus purer Wut erschießen würde. »Laß es mich wissen, wenn du Probleme mit Billy hast«, meinte er. »Ich werde ihn mir dann vorknöpfen und ihm eine Lektion erteilen.«

Jakes mächtiger Adamsapfel hüpfte beim Schlucken auf

und ab. »Wenn er mir erst eine Kugel verpaßt hat, wird es dazu zu spät sein«, wimmerte er und wischte sich den Schweiß von der Stirn. »Ich habe dir doch erklärt, daß Billy auf die Kleine scharf ist und keins der anderen Mädchen will.«

»Dann wird er es sich wohl selbst besorgen müssen«, bemerkte der Marshal trocken, »denn eine Frau, für die er nicht bezahlen muß, läßt ihn ja nicht an sich ran.«

Der Mann hinter der Bar zog seine roten Schweinsäuglein zu Schlitzen zusammen. »Ich glaube, du nimmst die ganze Sache nicht sehr ernst.«

»Du bist ja heute ein richtiger Schnelldenker, Jake«, erwiderte Shay grinsend, tippte an seinen Hutrand, blickte sich noch einmal im Saloon um und stieß die doppelflügelige Schwingtür auf. Da sein Bruder aufs Land geritten war und er nicht befürchten mußte, daß sie beide gleichzeitig in Prominence gesehen wurden, beschloß er, eine Runde durch die Stadt zu machen, damit die anständigen Bürger erkannten, daß sie doch noch einen Marshal hatten.

Er hatte noch nicht ganz die Straße erreicht, als eine der Frauen aus dem Saloon ihn am Arm festhielt. Im Sonnenlicht wirkte ihr Haar wie ausgebleichtes Stroh, und man sah die Risse in der Schminke, die viel zu dick aufgetragen war. Die Frau hatte den Körper einer Zwanzigjährigen, aber die Augen einer Greisin. Sie warf einen Blick über ihre nackte Schulter und war sich bewußt, daß Jake sie im Auge behielt.

»Wenn Sie Liza Sue sehen«, wisperte die Prostituierte, »müssen Sie ihr sagen, daß sie unter keinen Umständen hierher zurückkommen darf. Wenn Billy sie noch einmal in die Finger kriegt, wird er sie umbringen. Er hat sie gestern nacht grundlos verprügelt und dabei halbtot geschlagen. Wenn der Pianospieler und ich Billy nicht abgelenkt hätten, hätte er Liza Sue alle Knochen im Leib gebrochen.«

»Ich schätze, ich muß mir Billy mal vorknöpfen und ihm klar zu verstehen geben, daß ich so ein Verhalten in dieser Stadt nicht dulde«, erwiderte Shay ruhig. Er warf Jake einen schnellen Blick zu, der im Saloon hinter der Schwingtür stand und sie beide über den Rand hinweg mißtrauisch beäugte.

»Liza Sue muß sich irgendwo in der Stadt versteckt haben«, murmelte die Frau und preßte dabei ihre Finger in Shays Arm. »Sie müssen Sie finden, Marshal, und in die nächste Kutsche setzen, die die Stadt verläßt, bevor Billy das Mädchen findet.«

Jake war vor die Tür getreten, und Shay wußte, daß die Frau kein Wort mehr sagen würde, solange der Barmann in Hörweite war.

»Mach, daß du in den Saloon zurückkommst, Belle!« rief Jake. »Ich zahle dir schließlich nicht das gute Geld, damit du vor der Tür herumlungerst.«

»Stimmt, Jake, du bezahlst mir kein gutes Geld«, erwiderte Belle rebellisch. Sie drückte noch einmal fest Shays Arm und sah ihn mit einem flehenden Blick an. Dann löste sie sich von dem Marshal und wandte sich einem Cowboy zu, der eben die Bar betreten wollte. »Hallo, Süßer«, flötete Belle und klimperte kokett mit den Wimpern. Sie hakte sich bei dem Mann unter und stieß ihn auffordernd mit der Hüfte an. »Dieser gutaussehende Viehtreiber möchte mir einen Drink spendieren, Jake. Gib uns eine Flasche Whiskey, und spar dir das Wasser!«

Shay ging die Straße entlang und ließ sich noch einmal durch den Kopf gehen, was Belle ihm erzählt hatte. Er war so in Gedanken versunken, daß er fast mit Dorrie zusammengestoßen wäre, die vor dem Krämerladen stand. Als er Tristan erzählt hatte, daß seine Schwestern ihn haßten, hatte er ein wenig übertrieben. Zwar würde Cornelia keinen Finger rühren, um ihm zu helfen – selbst wenn er sie auf Knien darum bitten würde –, aber zu Dorrie hatte er ein ausgesprochen gutes Verhältnis. Sie würde alles für ihn tun. Als er noch ein Junge gewesen war, hatte sie ihn immer gedeckt, wenn er etwas angestellt hatte.

»Guten Morgen, Schönheit«, begrüßte er sie.

Als Dorrie ihn sah, strahlte sie übers ganze Gesicht. Sie war gerade dabei, die Schaufensterscheibe mit Essigwasser und zerknülltem Zeitungspapier zu putzen. Nun ließ sie alles stehen und liegen, ballte die Hand zur Faust und schlug ihrem Bruder mit aller Kraft in den Bauch. Das war so eine Art Ritual zwischen den beiden, und deshalb war Shay auf den Schlag vorbereitet und hatte die Bauchmuskeln angespannt.

Dorrie lachte vergnügt und betrachtete ihren Bruder von Kopf bis Fuß. »Ich glaube, du bist tatsächlich nüchtern, Shamus McQuillan«, sagte sie anerkennend. »Wenn ich das Cornie erzähle, ist ihr der ganze Tag verdorben.«

Shay verzog das Gesicht und verdrehte die Augen. Er war zwar in den letzten achtzehn Monaten nicht immer ganz auf der Höhe gewesen, aber er hatte auch nicht permanent in der Gosse gelegen. Trotzdem taten die Leute – und sogar seine eigene Schwester! – manchmal geradezu so, als ob er Tag und Nacht trinkend und spielend im ›Yellow Garter Saloon‹ verbracht hätte. Er spürte ein Prickeln im Nacken und blickte über die Schulter zum Saloon. »Sag mal, Dorrie«, fragte er gedehnt, »hast du etwas von einem Mädchen namens Liza Sue gehört? Sie hat drüben im Saloon gearbeitet und ist weggelaufen, nachdem ein Kerl sie verprügelt hat.«

»Wenn ich etwas wüßte, würde ich es dir nicht erzählen«, erwiderte Dorrie. »Keine Frau sollte in so einem schmuddeligen Etablissement ihren Lebensunterhalt verdienen müssen. Sie schüttelte mißbilligend den Kopf und runzelte dann die Stirn. »Wieso bist du eigentlich hier?« hakte sie nach. »Ich habe doch mit eigenen Augen gesehen, daß du vorhin auf einem schwarzen Wallach mit drei weißen Socken aus der Stadt geritten bist.«

Shay grinste und legte seinen Handrücken an Dorries Stirn, als wollte er prüfen, ob sie Fieber hatte. »Ich glaube, du wirst alt, wenn du schon solche Sachen siehst.«

»Scher dich zum Teufel«, brummte sie freundlich. »Ich werde dich bestimmt überleben und Cornie sowieso.«

»Theodora!« Die Frauenstimme, die aus dem Ladeninnern ertönte, klang ein bißchen schrill. »Wirst du heute vielleicht noch mit dem Fensterputzen fertig?«

Dorrie hob seufzend die Schultern und ließ sie wieder sinken. »Gott, wie ich diese Frau hasse!« sagte sie laut und voller Inbrunst.

»Warum bleibst du dann hier?« fragte Shay irritiert. Shamus und Rebecca McQuillan waren zwar nie wirklich reich gewesen, aber sie hatten ihren Kindern den florierenden Krämerladen – den einzigen in der Stadt – und ein schönes zweistöckiges Wohnhaus mit einem Garten drumherum hinterlassen. Es war also nicht so, daß Dorrie keine andere Wahl gehabt hätte, als zu bleiben.

»Weil ich mich von der alten Meckerziege nicht vertreiben lasse. Diese Genugtuung gönne ich meiner Schwester einfach nicht.«

»Theodora!«

»Schrei nicht so herum, Cornie«, rief Dorrie erbost. »Ich unterhalte mich nämlich gerade mit meinem kleinen Bruder.« Sie senkte die Stimme zu einem Flüstern. »Ich kann warten, Shamus. Wenn sie mit den Zehenspitzen nach oben auf dem Friedhof liegt, werden wir, du und ich, den Laden verkaufen und uns das Geld, das wir dafür bekommen, teilen.«

Shay gab Dorrie einen zärtlichen Kuß auf die Stirn. Er hatte sich nie um den Laden gekümmert, obwohl er – rechtlich gesehen – daran beteiligt war. Er war kein Kaufmann, und deshalb hatte er das Geschäft seinen Schwestern überlassen und auch auf seinen Anteil am Gewinn verzichtet. »Warte nicht zu lange«, murmelte er. »Cornelia wird aus purer Bosheit steinalt werden.«

In diesem Moment trat Cornelia in die Tür. Rein äußerlich betrachtet, war sie eine beeindruckende Frau von fast fünfzig Jahren. Sie hatte große grüne Augen und kupferfarbene Haare, die sorgfältig zurechtgemacht waren. Ihr Herz war jedoch so kalt und ihre Seele so schwarz, daß wohl der Teufel persönlich erschaudert wäre. »Was willst du?« fragte sie herrisch und starrte Shay an. »Geld, damit du dir noch mehr Whiskey kaufen kannst?« Sie hatte ihn nie als Bruder akzeptiert, sondern in ihm immer nur einen Eindringling gesehen, aber Shay hatte sich längst an ihre Feindseligkeit gewöhnt.

Er tippte mit dem Finger gegen die Hutkrempe und lächelte sie mit seinem berühmten schrägen Grinsen an, denn er wußte, daß sie das auf den Tod nicht ausstehen konnte. »Ich will gar nichts«, meinte er im Plauderton. »Ich habe alles, was ich brauche, und bin vollkommen glücklich und zufrieden.« Das stimmte zwar nicht ganz, aber schon bei dem Gedanken, daß es ihm gutging, würde Cornelia sich ärgern – und das war eine kleine Lüge wert.

»Du kannst jederzeit wieder zu uns ins Haus ziehen, Shamus«, erklärte Dorrie und betonte dabei jedes einzelne Wort, während Cornelia bei diesem Vorschlag zusammenzuckte. »Mama und Papa hätten es so gewollt.«

Es gab Zeiten, in denen Shay das geräumige alte Haus vermißte, die Bücherregale mit den kostbaren Büchern, die großen hellen Räume mit dem kühlen, glänzenden Holzfußboden. Er hatte seine ganze Kindheit und Jugend in dem Haus verbracht. Nie hatte er daran gedacht, daß seine Eltern, die er über alles geliebt und verehrt hatte, einmal sterben würden und daß dann alles anders sein würde. Aber als sie beide tot gewesen waren, hatte er es für besser gehalten auszuziehen. Sein Zimmer hatte sich unter dem

Dach befunden. In die Schräge war ein Fenster eingelassen, so daß er in klaren Nächten vom Bett aus die Sterne hatte beobachten können. Und wenn es geregnet hatte, war es herrlich gewesen, sich in die warme Bettdecke zu kuscheln und der Musik der Regentropfen zu lauschen, die auf die Dachziegel geprasselt waren.

»Danke, Dorrie«, sagte er, »aber ich bin drüben in der Pension ganz gut aufgehoben.« Er schwieg einen Moment. »Tja, dann will ich jetzt mal wieder weiter.«

»Das wird auch Zeit«, zischte Cornelia. »Du hältst uns nur von der Arbeit ab.«

Dorrie bückte sich, nahm den Eimer mit Schmutzwasser und goß ihrer Schwester die Brühe vor die Füße. Cornelia schrie auf und konnte nur durch einen kühnen Sprung verhindern, daß ihre Schuhe und ihr Kleid naß wurden. Sie warf Dorrie einen vernichtenden Blick zu, aber die zuckte nur mit den Schultern.

Shay grinste, denn er wußte natürlich genau, daß Dorrie das mit Absicht gemacht hatte. Er schaute zuerst kurz in der Bank vorbei und ging dann zum Mietstall. Shay merkte, daß sein Erscheinen für Aufsehen sorgte, denn Tristan hatte hier ja erst vor einer Stunde ein Pferd gemietet und war damit, für alle sichtbar, aus der Stadt geritten. Die Männer im Stall wechselten zweifelnde Blicke und kratzten sich nachdenklich am Kopf. Shay genoß das Verwechslungsspielchen, aber ihm war klar: Die ganze Sache würde bald auffliegen. Für so etwas war Prominence einfach zu klein.

Als er weiterging, sah er eine Staubwolke, und er erkannte, daß Billy Kyle, der von vier seiner Freunde begleitet wurde, dafür verantwortlich war, denn die Reiter sprengten in vollem Galopp über die Hauptstraße.

Shay trat in die Mitte der Straße und wartete.

Erst im letzten Augenblick zügelte Billy sein Pferd und kam kurz vor Shay zum Stehen. Mit einem verächtlichen

Blick aus seinen kalten Augen musterte er den Marshal. »Schau mal einer an, unser Marshal aufrecht und nüchtern!«

Shay packte Billys Pferd am Zaumzeug. »Habe ich euch Jungs nicht schon einmal gesagt, daß ich es nicht mag, wenn ihr durch die Stadt galoppiert? Dabei könnte jemand verletzt werden.«

Man konnte Billy die Gedanken vom Gesicht ablesen. Er hatte gute Lust, dem Marshal ins Gesicht zu spucken, fürchtete jedoch, daß der ihm dann vor aller Augen eine Tracht Prügel verpassen würde. Er war klug genug, sich zurückzuhalten. »Das solltest du nicht vergessen, Marshal«, spottete er. »Ich meine, daß jemand verletzt werden könnte.«

Shay überlegte kurz, ob er Billy vom Pferd holen sollte, um ihn Stück für Stück auseinanderzunehmen, aber auch er beherrschte sich. Er war ein geduldiger Mensch und konnte warten.

So nickte er Billys Begleitern kurz zu. »Kyle und ich haben etwas unter vier Augen zu besprechen, Jungs. Reitet weiter und erledigt, was ihr hier in der Stadt zu erledigen habt.«

Billys Gesicht lief vor Wut rot an, seine Augen blitzten. Seine Hand fuhr zum Griff des sechsschüssigen Revolvers, der in seinem Gürtel steckte, aber als er Shays Blick sah, ließ er die Hand wieder sinken. Er begann zu sprechen, und seine Stimme klang haßerfüllt. »Reitet zum ›Garter‹ und reserviert mir einen Platz am Pokertisch«, sagte er zu seinen Männern. »Ich komme gleich nach.«

Die vier Reiter konnten ihre Erleichterung kaum verbergen. Vorsichtig ritten sie um Shay herum und ließen ihre Pferde nur noch im Schritt gehen. Sobald sie verschwunden waren, packte der Marshal Billy blitzschnell am Hemd und zerrte ihn aus dem Sattel. »Zieh doch, du Dreckskerl«, stieß er zwischen zusammengepreßten Lippen hervor, als Billy wieder nach seiner Waffe griff. »Aber ich bin schneller als du, und nichts würde mir mehr Spaß machen, als dich umzulegen.«

Billy war ein Mensch, der sich stark fühlte, wenn er wußte, daß seine Freunde hinter ihm standen. Dann schlug er wehrlose Frauen zusammen oder stieß einem Betrunkenen sein Bowie-Messer von hinten in den Rücken, aber wenn er alleine einem richtigen Mann wie Marshal Shamus McQuillan gegenüberstand, war er nur noch ein erbärmlicher Feigling. »Das werde ich meinem Daddy erzählen«, winselte er. »Dem wird es gar nicht gefallen, wie du mich behandelst.«

»Laß deinen alten Herrn aus dem Spiel, Freundchen. Das hier geht nur dich und mich an.« Er ließ Billy los und versetzte ihm dabei einen Stoß, daß er auf den Rücken fiel. Bevor er sich wieder aufrappeln konnte, packte Shay den Jungen unsanft und zog ihn hoch. »Man erzählt sich, daß du dich gestern abend an einem der Mädchen im Saloon ausgetobt hast. Wie ich gehört habe, sollst du es übel zugerichtet haben. Ich kann einfach nicht glauben, daß so ein anständiger Bürger wie du, Billy-Boy, so etwas getan haben soll. Sag mir doch, daß das alles nicht wahr ist, damit ich ruhig schlafen kann.«

»Was denn, du machst dieses ganze Theater wegen einer Hure?« Billys Gesichtsfarbe wechselte erneut. Er wurde blaß. »Zum Teufel, McQuillan, ich habe gutes Geld für die Nutte bezahlt. Da kann ich doch mit ihr machen, was ich will.«

»Du hast vielleicht bezahlt«, erwiderte Shay, »aber nicht genug.« Mit einem kurzen Tritt kickte er Billys Beine weg und sah mit Genugtuung zu, wie der Widerling mitten in einen Pferdeapfel fiel.

Jetzt konnte Billy sein Temperament nicht länger zügeln. Zornig rappelte er sich auf und zog seinen Revolver, von dem der Pferdedreck tropfte. Aber Shay hatte inzwischen längst gezogen und Kyle seinen Revolverlauf unter die Nase gepreßt. Sie starrten einander lange an, und es fehlte nicht viel, und einer von beiden hätte geschossen.

Shay machte sich keine Illusionen. Auf diese Entfernung spielte es keine Rolle, daß Billys Revolver verdreckt und naß war. Die Kugel würde ihm, Shay, den Magen zerfetzen – und das wäre dann das Ende, doch vorher würde er noch Billy in die Hölle schicken.

»Willst du wirklich mit dem Teufel tanzen, Billy?« fragte er und wußte, daß die nächsten Sekunden über Leben und Tod entscheiden würden.

Billy schluckte mehrmals und senkte schließlich die Waffe. »Sie war doch nur eine Hure«, murmelte er.

»Halt den Mund!« fauchte Shay und nahm ihm den Revolver ab. Er öffnete die Trommel und ließ die Patronen in den Schmutz fallen. »Ich habe von einer Frau gesprochen, Billy-Boy. Wenn du noch einmal eine schlägst, ob sie nun eine Hure oder eine Heilige ist, werde ich *dich* schlagen. Und das nicht zu knapp.«

Shay steckte Billys Revolver in den Gürtel und ging davon. »Ich werde dich umbringen, du Hurensohn«, kreischte Billy Kyle.

Shay drehte sich nicht um. Denn wenn er es getan hätte, hätte er abgedrückt – und das wäre kaltblütiger Mord gewesen.

Die Musik war im ganzen Hotel zu hören. Sie hing in der Luft wie süßer Duft, schwoll manchmal laut an und war dann nur noch ganz leise, wie aus weiter Ferne zu hören. Bisher hatte Aislinn die Tanzabende meist damit verbracht, an Thomas und Mark zu schreiben, oder sie hatte ein Buch gelesen, das sie sich in der kleinen Bücherei ausgeliehen hatte. Aber heute sehnte sie sich danach, Tanzschuhe anzuziehen und ein elegantes Kleid über einem spitzenbesetzten Unterrock zu tragen.

Sie war mit Liza Sue allein im Schlafraum. Die anderen Mädchen bedienten entweder die Gäste oder beobachteten die Tanzenden von der hinteren Halle aus. Liza Sue lief nervös im Zimmer auf und ab, ging immer wieder zum Fenster, schob den Vorhang zur Seite und starrte in die warme Sommernacht.

»Was ist los mit dir?« fragte Aislinn, während sie darüber nachdachte, ob Shay McQuillan in diesem Augenblick wohl eine Frau im Arm hielt und mit ihr über die Tanzfläche schwebte. Sie ärgerte sich über sich selbst, weil sie überhaupt an ihn dachte. Was kümmerte es sie, wen er im Arm hielt?

»Er wird mich finden«, antwortete Liza Sue. »Er wird so lange nach mir suchen, bis er mich gefunden hat.«

»Wer?«

»Billy Kyle. So heißt der Mann, der mich geschlagen hat.« Die Schwellungen in ihrem Gesicht waren etwas zurückgegangen, aber die grünblauen Flecken waren immer noch sichtbar. In dem schwarzen Baumwollkleid, das Eugenie ihr gegeben hatte, sah sie schmal und zerbrechlich aus – und noch jünger, als Aislinn sie eingeschätzt hatte.

Aislinn legte die Feder zur Seite, mit der sie geschrieben hatte, obwohl sie den Brief an ihre Brüder noch nicht beendet hatte. Sie zitterte, und ihr war plötzlich ganz flau im Magen. »Wie alt bist du eigentlich?«

Liza Sue schwieg und kaute auf ihrer Unterlippe. »Das spielt doch keine Rolle.«

»Ich will es aber wissen«, erwiderte Aislinn leise.

»Fünfzehn«, gestand Liza Sue. »Ich war dreizehn, als ich nach Prominence gekommen bin.«

»Guter Gott!« murmelte Aislinn mitfühlend. Sie wagte gar nicht, sich vorzustellen, was das Mädchen in diesen zwei Jahren alles durchgemacht hatte.

»Hör auf, mich zu bemitleiden«, erwiderte Liza Sue

scharf. »Ich bin weder so hübsch noch so gescheit wie du. Ich mußte schließlich irgendwie überleben.«

»Natürlich«, lenkte Aislinn verständnisvoll ein. Sie hätte Liza Sue gerne in die Arme genommen und an sich gedrückt, so wie sie es früher mit Thomas und Mark getan hatte, wenn sie Angst gehabt hatten oder sich beim Spielen weh getan hatten, aber sie wagte es nicht.

»Ich hätte Lust, nach unten zu gehen und zu tanzen, bis mir die Füße brennen«, brach es aus Liza Sue heraus. »Möchtest du das nicht auch?«

Aislinn seufzte. »Ja«, gab sie zu, obwohl ihr zum Heulen zumute war. Und dafür gab es viele Gründe. Weil ihre Eltern tot und ihre Brüder so weit weg waren. Weil ihr Traum zum Greifen nahe war, sie aber nicht wußte, ob er Wirklichkeit werden würde. Weil sie nicht sicher war, ob sie das kleine Farmhaus instand setzen konnte und ob die Erträge aus dem Garten ausreichen würden, um drei Menschen zu ernähren. Und sie hätte weinen mögen, weil es junge Mädchen wie Liza Sue gab, die ihren Körper verkaufen mußten, um zu überleben.

»Laß uns doch runtergehen und ein bißchen zusehen«, schlug Liza Sue mit verträumter Stimme vor. Allein der Gedanke, das fröhliche Tanzvergnügen vom Rande aus zu beobachten, schien ihre Stimmung aufzuhellen. »Man wird uns doch bestimmt nicht wegschicken, wenn wir nur zusehen.«

»Nein«, räumte Aislinn ein, »Zusehen ist nicht verboten.«

Fünf Minuten später standen sie hinter einer mächtigen Topfpalme und betrachteten durch die gefingerten Blätter hindurch die Männer und Frauen von Prominence, die ihre besten Sonntagskleider trugen und sich vergnügt lachend zu den Walzerklängen im Kreise drehten. Aislinn fühlte sich seltsam erleichtert, als sie nirgends Shay McQuillan sah.

Die Luft im Speisesaal, der jetzt als Tanzsaal diente, war stickig. Aislinn hatte das Bedürfnis nach frischer Luft und ließ Liza Sue allein. Sie huschte durch die Hotelhalle und trat auf die Veranda. Es war zwar eine warme Nacht, aber hier im Freien konnte Aislinn wieder durchatmen.

Sie hatte schon eine Weile an der Brüstung der Veranda gestanden und die Sterne am klaren Himmel betrachtet, als sie hinter sich das Knarren einer Diele hörte. Sie rührte sich nicht und drehte sich nicht um. Das war auch nicht nötig, denn ihr Gefühl verriet ihr, daß *er* es war.

»Guten Abend«, sagte der Marshal.

Seine Stimme, seine Nähe machten ihr bewußt, wie einsam sie war. Das war ein Gefühl, das sie gewöhnlich ignorierte – aber jetzt gelang es ihr nicht, und das gefiel ihr überhaupt nicht. »Warum sind Sie nicht drin bei den anderen?«

Er trat neben sie und stützte seine Hände auf die Brüstung. »Warum sollte ich drin sein, wenn ich viel lieber hier bin?« entgegnete er.

Aislinn antwortete nicht. Sie brachte einfach keinen Ton heraus. Sie hatte geglaubt, nichts für diesen Mann zu empfinden und gegen seinen Charme immun zu sein, aber als er jetzt so dicht neben ihr stand, wurde ihr klar, daß sie sich die ganze Zeit etwas vorgemacht hatte.

Drinnen im Saal intonierten die Musiker eine neue Melodie, sanft und getragen, einen langsamen Walzer.

Shay legte seine Hand auf Aislinns Schulter und drehte sie zärtlich zu sich um, so daß sie ihm ins Gesicht sah. Für einen kurzen Moment – wunderbar und entsetzlich zugleich – glaubte sie, daß er sie küssen würde. Statt dessen nahm er sie in den Arm und begann mit ihr zu tanzen. Er wiegte sie leicht und drehte sie im Kreis. Es war dunkel auf der Veranda, und sie waren ganz allein.

Es wäre besser gewesen, wenn er mich nur geküßt hätte, dachte sie, während sie in seinen Armen lag. Bei einem

Kuß hätten sich nur ihre Lippen berührt, aber das Tanzen war so zärtlich, so intim – das Tanzen war fast so, als würde er mit ihr schlafen.

Shay legte sein Kinn auf ihren Kopf und zog Aislinn an sich. Sie spürte seine muskulöse Brust und die Kraft seiner Arme. Sein Körper war hart – und doch weich. So war es, auch wenn sie sich diesen Gegensatz nicht erklären konnte.

»Ich habe Angst«, murmelte sie, nachdem sie ihre Stimme wiedergefunden hatte.

Aislinn sagte es zu sich selbst, aber auch zu ihm. Sie wußte nicht mehr, was in ihr vorging, das alles war so plötzlich gekommen wie ein Erdbeben. Sie wußte nur, daß ihr Leben nie wieder so sein würde wie vorher.

»Ich auch«, erwiderte er leise lachend. Seine Stimme klang rauh und unglaublich männlich. Dann zog er sie an sich und preßte seine Lippen auf ihren Mund.

Aislinn erwiderte den Kuß ganz impulsiv. Sie hatte sich nicht vorstellen können, daß es so wunderbar sein könnte, in den Armen eines Mannes zu liegen und geküßt zu werden. Sie spürte, wie ihre Knie weich wurden und nachgaben, aber Marshal Shay McQuillan hielt sie ja fest.

4

Schließlich wandte sie sich von ihm ab. Sie war verzweifelt, irritiert und zitterte am ganzen Körper. Shay zwang Aislinn jedoch, ihn wieder anzusehen, wobei er ihr Kinn mit dem Zeigefinger anhob.

Ruhig und überlegt vorzugehen war gewöhnlich eine von Aislinns Stärken, doch daran war in diesem Moment gar nicht zu denken. Sie hatte zwar geglaubt, mittlerweile immun gegen Shays fragwürdigen Charme geworden zu sein, aber nun merkte sie, daß sie sich selbst nur etwas vorgemacht hatte. Sie konnte nicht mehr klar denken, sie spürte Angst und zugleich eine ihr unbekannte Sehnsucht, denn die Musik, die durch die Fenster und Türen aus dem Ballsaal des Hotels drang, hallte in ihrem Körper wider, pulsierte in ihren Adern und vernebelte ihre Sinne, als wollte ein listiger Zauberer sie mit Hilfe der Musik in seinen Bann schlagen.

»Bist du schon vergeben, Aislinn Lethaby?« fragte Shay mit heiserer Stimme. »Denn wenn du irgendwo einen Ehemann oder Liebhaber versteckt hast oder wenn ein Mann auf dem Weg in den Westen ist, dem du versprochen bist, dann sag es mir besser jetzt gleich.«

Ihr Gesicht wurde feuerrot. Da er sie nicht mehr festhielt, hätte sie sich umdrehen und weggehen können, aber sie war nicht fähig, sich zu bewegen. »Ich habe keinen Ehemann! Und schon gar keinen Liebhaber! Für welche Art Frau hältst du mich eigentlich, Marshal?«

Sein leises Lachen ließ sie erbeben. Die Musik in ihrem Inneren beschleunigte sich, dennoch bildete sie einen zarten Kontrast zu dem heftigen Pochen ihres Herzens. Aislinn fühlte, wie sein Lachen ihren ganzen Körper erfaßte – und plötzlich schien er ein Teil von ihr zu sein.

»Reg dich nicht auf, Liebes«, erwiderte er. »Ich habe die Frage ernst gemeint.« Dann beugte er sich zu ihr und küßte sie erneut zärtlich auf den Mund.

Aislinn war auch früher schon geküßt worden. Na ja, damals, zu Hause in Maine, da hatte schon mal einer der schüchternen Nachbarsjungen seine Lippen auf ihre Wange gedrückt. Und einmal, als sie in Kansas City Kaffee serviert hatte, war ein älterer Viehzüchter, ein Mann mit einem gewachsten Schnurrbart, aufgesprungen und hatte erklärt, daß er sie glühend verehrte. Sie hatte den Mann verblüfft angestarrt, da hatte er auch schon seine Arme um sie geschlungen und ihr einen feuchten schmatzenden Kuß auf den Mund gedrückt.

Diese Küsse waren allerdings nicht vergleichbar mit denen, die Shay McQuillan ihr an diesem Abend im Schatten der Hotelveranda gab, während die Musik sie leise umflutete. *Seine* Küsse trafen Aislinn wie Blitze, sie machten ihre Knie weich, raubten ihr den Atem – und versetzten sie in Verzückung.

»Meine Güte«, murmelte sie schweratmend, als sie endlich ihre Stimme wiederfand.

Noch einmal lachte er, hielt sie mit seinen kräftigen Händen an den Schultern fest und gab ihr einen Kuß auf die Stirn. »Du solltest jetzt besser wieder reingehen, Aislinn, bevor Eugenie mit ihrem altertümlichen Schießprügel rauskommt und uns die Hölle heiß macht.«

»Ich schätze, das ist ein guter Rat, Marshal.« Eugenie stand in der offenen Tür. Ihre üppige Körperform war im Lichtschein deutlich zu erkennen, aber ihr Gesicht lag im Dunkeln, und ihre Stimme klang ausdruckslos.

Aislinn hielt die Luft an, und es dauerte eine Weile, bis sie wieder normal atmen konnte. Wenn Eugenie sie nach diesem Vorfall wegschicken würde, konnte sie ihren Traum begraben, ihre Brüder bald zu sich in den Westen kommen zu lassen. Sie warf Shay einen verzweifelten Blick zu und wollte fortlaufen.

Mit einer unglaublich schnellen Handbewegung hielt er sie auf. Sein Griff war fest, aber trotzdem zärtlich. »Gute Nacht, Aislinn«, sagte er ruhig. »Schlaf gut.«

Wie sollte sie gut schlafen? Wahrscheinlich würde sie in dieser Nacht kein Auge zutun – egal, ob Eugenie sie nun auf der Stelle wegschicken oder ihr Zeit lassen würde, so lange im Hotel zu bleiben, bis sie eine andere Unterkunft gefunden hatte. Sie nickte Shay nur kurz zu und huschte dann an Eugenie vorbei ins Haus.

Shay beobachtete, wie Aislinn verschwand. Regungslos wie ein Fels in der Brandung stand er da und wartete leicht belustigt auf die Moralpredigt, die er gleich zu hören bekommen würde. Jeder in Prominence wußte, daß Eugenie argwöhnisch über *ihre* Mädels wachte, und nach allem, was er in letzter Zeit im Speisesaal beobachtet hatte, vermutete er, daß Aislinn Eugenies Liebling war.

»Wo ist denn dein Schießprügel?« fragte er, als Eugenie ihrem Schützling nicht ins Haus folgte, sondern zu ihm an die Brüstung trat.

Die ältere Frau wirkte ungefähr so liebenswürdig wie eine Bärenmutter, die ihre Jungen verteidigt, aber Shay konnte Eugenie gut leiden, auch wenn sie manchmal rauh und ruppig war. Gewöhnlich gingen sie herzlich miteinander um, und man konnte sie durchaus als Freunde bezeichnen. »Bilde dir bloß nicht ein, daß ich dich nicht erschießen würde, nur weil du den Stern trägst«, knurrte sie.

»Ich erwarte bestimmt keine Sonderbehandlung«, meinte er mit seinem berühmten schrägen Grinsen.

»Gut«, erwiderte Eugenie streng, ohne auf seinen ironischen Ton einzugehen, »denn die bekommst du von mir auch garantiert nicht. Wenn du es ehrlich mit dem Mädchen meinst, dann halte dich gefälligst an die Regeln – die kennst du ja. Meine Mädels dürfen nur in der Zeit zwischen dem Nachtessen und acht Uhr abends Besucher empfangen oder am Sonntag nachmittag.« Sie schwieg und betrachtete sein Gesicht. Selbst im Halbdunkel sah Shay, daß ihre Augen leuchteten. »Aislinn ist zehnmal mehr wert als die anderen, aber sie ist ein unschuldiges junges Ding, das Schweres durchgemacht hat. Ihr Weg durchs Leben war hart, und sie mußte ihn allein gehen. Sie stellt zwar hohe moralische Ansprüche an sich selbst, aber ich fürchte, daß sie jedes Wort glauben wird, wenn sie erst einmal Vertrauen zu einem Menschen – zu einem Mann – gefaßt hat. Also, entweder benimmst du dich so, daß du ihr Vertrauen nicht enttäuschst, oder du ziehst besser Leine, denn falls du nur die Absicht hast, dich auf ihre Kosten ein bißchen zu amüsieren, dann rate ich dir, dich anderswo auszutoben.«

Shay betrachtete seine alte Freundin mit Respekt, ja sogar mit Anerkennung – was er jedoch wohlweislich verbarg. »Ich kann dir nicht genau sagen, was ich für Aislinn empfinde«, gab er zu, »denn ich verstehe meine Gefühle selbst nicht. Aber etwas ist hier drin passiert«, er klopfte mit der Hand gegen seine Brust und deutete auf sein Herz, »und ich kann dir nur sagen, daß ich die Sache nicht auf die leichte Schulter nehme. Ich habe nicht geglaubt, daß ich mich überhaupt noch einmal für einen Menschen interessieren würde, nachdem Grace getötet worden ist, aber plötzlich ...«

Eugenie verzog ganz leicht die Lippen und lächelte, was sie höchst selten tat. Das Lächeln verschwand auch sofort wieder aus ihrem Gesicht, und sie machte die übliche griesgrämige Miene. »Ich dachte mir schon, daß du dich eines Tages wieder aufrappeln und dein Leben neu in die Hand nehmen würdest – und wie ich sehe, hatte ich recht damit. Aber vergiß meine Warnung nicht. Wenn du nur mal eben schnell mit einer Frau ins Heu springen willst, um deinen Spaß zu haben, hältst du dich besser weiter an deine Witwe. Aislinn hat nämlich andere Pläne für ihr Leben. Sie hat außerhalb der Stadt eine kleine verlassene Farm entdeckt, die sie kaufen möchte, um dort ihre beiden kleinen Brüder großzuziehen, die jetzt noch im Osten sind. Deshalb braucht sie einen guten, starken Mann an ihrer Seite, der fest zu ihr hält und ihr dabei hilft, die Farm wieder aufzubauen.«

Shay hatte weder gewußt, daß Aislinn jüngere Geschwister hatte, noch, daß sie sich auf einer Farm niederlassen wollte, aber er sah keinen Sinn darin, das Thema jetzt zu vertiefen. Er würde sich um die Angelegenheit kümmern, sobald sie ihn direkt betraf. Die Zuneigung zu Aislinn hatte ihn wie ein Blitz aus heiterem Himmel getroffen, und damit mußte er zuerst einmal fertig werden. Und dann war da ja auch noch Tristan. »Denkst du nicht, daß ich ein guter Mann für Aislinn sein könnte?« fragte er. Er wollte keineswegs Komplimente hören. Nicht von Eugenie – er wollte wirklich eine ehrliche Antwort.

»Du bist schon ganz in Ordnung«, erwiderte sie und boxte ihm dabei so fest gegen den Oberarm, daß er wahrscheinlich einen blauen Fleck bekommen würde. »Aber ich muß schon sagen, daß ich eine Weile wirklich geglaubt habe, du würdest von dem irischen Fluch nicht mehr loskommen.«

Der irische Fluch – das Saufen bis zum Umfallen. Er selbst hatte mehr als einmal befürchtet, daß er vom Alkohol nicht mehr loskommen würde, wenn er morgens schweißgebadet aufgewacht war und am ganzen Körper gezittert hatte, wenn ihm so übel gewesen war, daß er seinen rebellierenden Magen nur mit dem nächsten Schluck Whiskey beruhigen konnte. Aber bei einem Schluck war es dann nicht geblieben. »Ich scheine plötzlich gar keine Lust mehr auf

Schnaps zu haben«, meinte er. »Das ist schlagartig passiert, und ich weiß selbst nicht, wieso.« Er vermutete allerdings, daß sein Bruder die Ursache dafür war. Als Tristan mitten in der Nacht aufgetaucht war und ihm die Pistole unter die Nase gehalten hatte, war das ein Schock gewesen. Noch schlimmer war allerdings der verächtliche Blick gewesen, mit dem sein Bruder ihn dabei angesehen hatte.

»Das Wieso spielt doch keine Rolle«, erwiderte Eugenie und zwinkerte ihm zu.

Aus dem ›Yellow Garter Saloon‹ waren spitze Angstschreie der Frauen und laute Männerstimmen zu hören. Es klang nach Streit – und das verhieß nichts Gutes. Shay runzelte die Stirn und nahm seinen Hut, den er auf der Bank abgelegt hatte, wo er gesessen hatte, als Aislinn auf die Veranda getreten war.

»Weißt du«, fuhr Eugenie fort, »wenn es nicht so verrückt klingen würde, könnte man glauben, daß es dich zweimal gibt.«

Shay blieb wie angewurzelt stehen. Er mußte ein Grinsen unterdrücken. »Was soll das denn heißen, Eugenie?«

»Seltsam, daß du heute morgen zweimal gefrühstückt hast«, murmelte sie nachdenklich. »Und noch seltsamer war es, daß du beim zweiten Mal ganz anders auf mich gewirkt hast, Marshal Shay McQuillan.«

Er nahm seinen Hut, schlug ihn kurz gegen den Oberschenkel und stieß dabei langsam die Luft aus. Er war drauf und dran, Eugenie alles zu erklären, als im Saloon Schüsse fielen. »Zum Teufel«, fluchte er und überprüfte mit einem Blick, ob sein Fünfundvierziger voll geladen war. »Ich muß rübergehen und nachsehen, was da schon wieder los ist.«

»Paß gut auf dich auf«, bat Eugenie, als Shay an ihr vorbeirannte, und es klang wie ein Befehl.

»Mache ich«, versprach er, ohne sich noch einmal umzusehen.

Aislinn saß allein am Küchentisch. Sie hatte die Ellbogen aufgestützt, das Kinn in die Hände gelegt und betrachtete gedankenverloren die flackernde Kerosinlampe, deren Licht sich in dem gefleckten Wachstischtuch widerspiegelte. Sie war sich darüber im klaren, daß sie Eugenies eiserne Regeln gebrochen hatte und nun die Konsequenzen tragen mußte, aber daran dachte sie überhaupt nicht, denn ihre Gedanken schienen sich nur um Shay McQuillans Küsse zu drehen. Sie schrak zusammen, als Eugenie sie ansprach, denn sie hatte gar nicht gehört, daß sie in die Küche gekommen war.

»Du solltest jetzt besser schlafen, Kind. Um sechs mußt du wieder raus aus den Federn, um Frühstück zu machen.«

Aislinn drehte sich auf der Bank um und schaute Eugenie ins Gesicht. »Dann schickst du mich also nicht weg?« Sie hielt den Atem an und wartete auf eine Antwort. Eugenie ließ sich damit jedoch Zeit. Sie nahm eine Tasse, goß sich kalten Kaffee ein, der vom Abendessen übrig war, und trank ein paar Schlucke. »Ich jage meine Mädchen nicht mitten in der Nacht auf die Straße«, sagte sie und schaute dabei aus dem Fenster über der Spüle.

Aislinn schloß die Augen und spürte die Erleichterung. Es war schon ein großes Risiko gewesen, Liza Sue zu helfen und sie ins Hotel zu schmuggeln. Daß sie sich heute von dem Marshal auf der Terrasse – sozusagen in aller Öffentlichkeit – hatte küssen lassen, war mehr als leichtfertig gewesen, denn schließlich wußte sie ja, daß Eugenie strikt darauf achtete, daß die Mädchen die Regeln befolgten. »Ich … ich weiß nicht, was in mich gefahren ist«, erklärte sie und sagte damit absolut die Wahrheit. »Ich bin doch sonst immer so … vernünftig.«

Eugenie ging nicht darauf ein. »Wie macht sich unsere kleine Liza Sue?«

Aislinn verkrampfte sich. »Gut«, erwiderte sie leise. Sie

haßte sich dafür, daß sie Eugenie belogen hatte, die sie immer so herzlich und liebevoll behandelt hatte, aber es war eine Notlage gewesen, und sie hatte auch nur gelogen, damit Liza Sue nicht wieder in den ›Yellow Garter Saloon‹ zurückgehen mußte.

Schließlich drehte Eugenie sich zu Aislinn um. »Ich denke mir, daß das Kind froh ist, endlich von Jake und dieser lüsternen Männerhorde fort zu sein, die in diesem üblen Loch verkehrt.«

»Jake?« wiederholte Aislinn gedehnt. Ihr Herz schlug so laut, daß das Pochen die Musik aus dem Ballsaal zu übertönen schien.

»Das ist ein verdammt hartes Leben für ein junges Mädchen«, fuhr Eugenie traurig fort. »Das Schicksal, in so einem Schuppen arbeiten zu müssen, hat niemand verdient.«

Aislinn verschwamm alles vor den Augen. Das, was sie am meisten gefürchtet hatte, war eingetreten: Die Wahrheit war ans Licht gekommen. Eugenie würde bestimmt ihre Meinung ändern und sie in Schimpf und Schande davonjagen – wenn nicht heute nacht, dann morgen früh. Aislinn wurde es ganz flau im Magen. Die Farm konnte sie vergessen, Thomas und Mark, die die Tage zählten und es kaum erwarten konnten, die Schule zu verlassen und den Zug nach Westen zu besteigen, würden bitter enttäuscht sein, und Aislinns eigene Träume, deren Erfüllung gestern noch zum Greifen nah gewesen war, schienen plötzlich wieder unerreichbar fern zu sein. Sie öffnete den Mund, um etwas zu sagen, aber sie sank nur schweigend in sich zusammen.

Eugenie trat zum Tisch und setzte sich neben Aislinn. »Hast wohl geglaubt, du könntest mich hinters Licht führen, was?«

Aislinn dachte daran, daß sie ihren Brüdern einen Brief schreiben mußte, in denen sie den Jungs mitteilte, daß sie nun doch nicht nach Kalifornien kommen konnten, und sie dachte daran, daß sie selbst Prominence verlassen mußte, ohne zu wissen, wohin sie gehen sollte. »Ich hatte gehofft, daß du den Schwindel nicht bemerken würdest«, gab sie tonlos zu. »Das war natürlich ziemlich dumm von mir. Wie hast du es denn herausgefunden?«

Eugenie lächelte und tätschelte Aislinns Hand, die eiskalt war. »Erstens, weil Liza Sue nicht einmal eine kleine Tasche mit persönlichen Dingen bei sich hatte, als sie an der Küchentür vorgesprochen hat. Zweitens, weil man sich nicht so verletzt, wenn man die Treppe hinunterfällt. Diese Art von Verletzungen stammt in aller Regel von der Faust eines Kerls, der brutal zugeschlagen hat. Selbst wenn die Schwellungen zurückgehen und die blauen Flecken nicht mehr sichtbar sind, sieht man immer noch die Angst in den Augen der Frau. Und drittens, weil du nicht so viele Kleider besitzt, daß ich sie nicht genausogut wie meine eigenen kennen würde.«

»Wirst du Liza Sue jetzt wegschicken?« Aislinns eigene Lage war ernst genug, aber die ihrer neuen Freundin war verzweifelt. Sie hatte kein Dach über dem Kopf und kein Geld in der Tasche, um Prominence mit der Kutsche verlassen zu können. Der Ärmsten würde also gar nichts anderes übrigbleiben, als wieder in den ›Yellow Garter Saloon‹ zurückzukehren – und dort würde es ihr dann noch schlechter gehen als zuvor.

Eugenie seufzte schwer. Sie wirkte so erschöpft wie jemand, der gerade eine lange Reise hinter sich hatte. »Machst du dir darüber Sorgen, daß ich das kleine Hascherl nicht hierbehalten könnte?«

Aislinn nickte. »Dieser Mann, der Liza Sue verprügelt hat – sie sagte mir, daß er geschworen hat, sie umzubringen, wenn er sie noch einmal in die Finger bekommt …«

»Gut möglich«, meinte Eugenie, die wieder durchs Fenster in die Dunkelheit starrte. »Liza Sue kann bleiben, Aislinn, und du auch. Geh jetzt ins Bett, denn morgen steht uns wieder ein harter Tag bevor.«

Aislinn traten die Tränen in die Augen, die sie schnell wegblinzelte, als sie von der Bank aufstand. »Danke«, wisperte sie. »Danke!«

Eugenie drehte sich wieder zu ihr um und schaute sie an. »Du bist ein gutes, anständiges Mädchen, Aislinn, und ich muß zugeben, daß ich dich mehr als die anderen mag – ein bißchen jedenfalls. Ich weiß, daß meine Regeln sehr streng sind, aber dafür gibt es gute Gründe, und ich werde darauf achten, daß sich *alle* daran halten. Du verstehst, was ich damit meine. Wenn du dich nicht so verhältst, wie ich es erwarte, mußt du dir eine andere Unterkunft suchen. Dann kannst du auch nicht mehr hier im Hotel arbeiten.«

Aislinn nickte. Eugenie konnte sie zwar gut leiden, aber das bedeutete nicht, daß sie ihr noch mehr durchgehen lassen würde. Das war einfach eine Frage des Prinzips. »Ich habe verstanden«, murmelte sie, »und ich werde in Zukunft nichts mehr tun, was verboten ist.« Damit verließ sie eilig die Küche und stieg im Dunkeln die Hintertreppe hinauf. Im Schlafraum brannte kein Licht, denn die anderen Mädchen schliefen schon alle – nur Liza Sue nicht. Sie saß aufrecht im Bett und hatte die Arme um die Knie geschlungen, wie Aislinn im fahlen Schein des Mondes erkennen konnte.

»Sie weiß es«, flüsterte Liza Sue.

»Ja«, erwiderte Aislinn ebenso leise. »Aber es ist alles in Ordnung, du darfst bleiben.«

»Ist das wirklich wahr?«

»Ja, Eugenie wird auf dich aufpassen und dich beschützen. Aber jetzt mußt du schlafen.« Aislinn kuschelte sich ins Bett und war gerade eingeschlummert, als Liza Sue ganz leise noch etwas sagte.

»Hörst du den Lärm aus dem Saloon? Vorhin sind dort sogar Schüsse gefallen!«

Aislinn war die ganze Zeit so mit sich und ihren Problemen beschäftigt gewesen, daß sie nicht weiter auf die Geräusche von draußen und vom Saloon geachtet hatte. Jetzt lauschte sie in die Dunkelheit, und ihr wurde bewußt, daß der Lärm anders klang als gewöhnlich. Die Stimmen waren lauter und aufgeregter, und ihr fiel siedendheiß ein, daß es nur einen Vertreter des Gesetzes in der Stadt gab. Was immer im ›Yellow Garter Saloon‹ vor sich ging, Marshal Shay McQuillan würde bestimmt vor Ort sein und im Mittelpunkt des Geschehens stehen. Gestern wäre ihr das noch ziemlich egal gewesen, aber nachdem er sie heute abend geküßt hatte, war alles anders. Sie setzte sich aufrecht hin und zuckte zusammen, als sie ein peitschendes Geräusch hörte.

»War das ein Schuß?«

»Ich bin nicht sicher«, flüsterte Liza Sue. »Möglich, daß Billy jemanden erschossen hat. Vielleicht diesen gutaussehenden Marshal, weil der ihn heute mittag auf der Straße in den Augen der ganzen Stadt lächerlich gemacht hat.«

Nun war Aislinn nicht mehr zu halten. Sie warf ihre Decke weg und sprang aus dem Bett. »Wo ist das Kleid, das du getragen hast?«

Liza Sue antwortete erst, als sie beide im Flur vor dem Schlafraum standen. »Ich habe es hinter dem großen Schrank in der Wäschekammer versteckt«, wisperte sie. »Warum?«

Aislinn huschte zur Tür der Kammer. »Kümmere dich gar nicht um mich. Geh wieder ins Bett und schlaf.«

Aber so leicht ließ sich die ehemalige Prostituierte nicht abschütteln. »Ich will wissen, was du vorhast. Schließlich ist es mein Kleid.«

Aislinn gab keine Antwort, sondern suchte in der kleinen vollgestopften Wäschekammer nach dem Kleid und zog es wenig später vollkommen zerknittert hinter dem Schrank hervor. Es war ihr zu eng, roch nach Schweiß, billigem Parfüm, Tabak und schalem Whiskey. Sie unterdrückte ein Ekelgefühl und zwängte sich in das Kleidungsstück.

»Du willst doch nicht wirklich so ... Du kannst nicht in den ›Yellow Garter Saloon‹ gehen! Schon gar nicht in diesem Kleid! Darin fällst du mehr auf als ein bunter Hund!« Liza Sue schwieg einen Moment, um ihre erregte Stimme wieder unter Kontrolle zu bringen. »Bist du denn von allen guten Geistern verlassen? Man wird dich erschießen, ins Gefängnis werfen oder zumindest so verprügeln, daß du es dein Leben lang nicht mehr vergessen wirst!«

Aislinn war sich vollkommen darüber im klaren, daß ihr Vorhaben an Wahnsinn grenzte, und sie wußte auch genau, daß sie damit das Versprechen brechen würde, das sie Eugenie gegeben hatte. Wenn sie jetzt ging, würde sie erneut die Regeln mißachten – und das bedeutete, daß sie ihre sichere Stelle verlieren würde und ihre Sachen packen mußte. Das alles sagte ihr der Verstand, aber ihr Herz sprach eine andere Sprache. Sie hatte Angst, daß Shay in Schwierigkeiten war. Wie jeder in der Stadt wußte auch sie von der Auseinandersetzung, zu der es am Nachmittag zwischen Shay und Billy Kyle vor dem Haus des Totengräbers gekommen war. Wahrscheinlich hatte sich der Sohn des Ranchers seither im Saloon Mut angetrunken, um sich an Shay für die erlittene Demütigung zu rächen. Sollte sie sich da etwa die ganze Nacht unruhig im Bett wälzen und sich fragen, ob der Marshal noch lebte oder ob ihn ein gemeiner Trunkenbold wie einen räudigen Hund erschossen hatte?

Sicher, das Kleid war ziemlich freizügig, aber schließlich war sie auf dem Weg in eine Bar und nicht in die Kirche. Und da die Frauen im ›Yellow Garter Saloon‹ alle ähnlich gekleidet waren, würde sie wahrscheinlich weniger auffallen, als wenn sie eines ihrer schlichten Baumwollkleider getragen hätte.

Sie verließ die Wäschekammer, ging zur Treppe und

stieg schnell, aber leise im Dunkeln die Stufen hinunter. Liza Sue folgte ihr nicht.

Auf dem zweiten Treppenabsatz stieß Aislinn gegen ein unerwartetes Hindernis – Eugenie. Die ältere Frau, die hier offensichtlich Wache hielt, riß ein Schwefelholz an und zündete damit eine Wandlampe aus Messing an.

Eugenies graue Haare waren ordentlich zu einem einzelnen Zopf geflochten, der über die Schulter nach vorne fiel. Über ihrem hochgeschlossenen Nachthemd trug sie einen karierten Morgenrock. Sie blickte Aislinn durchdringend an.

»Ich muß gehen«, murmelte die junge Frau.

Eugenie betrachtete nun das freizügige Kleid, in dem Aislinn ausgesprochen fehl am Platz wirkte. »Ich denke, ich brauche dich nicht zu fragen, *wohin* du gehst, aber ich möchte doch sehr gerne wissen, *warum* du dort hin willst und weshalb in so einem Aufzug.«

»Ich will mich mit eigenen Augen davon überzeugen, daß Shay nichts zugestoßen ist. Billy Kyle hat geschworen, daß er den Marshal umbringen wird, und ich habe Schüsse gehört ...«

»Shay McQuillan ist ein erwachsener Mann und ein Marshal der Vereinigten Staaten«, unterbrach Eugenie die Jüngere. »Dieser Mann hat die meisten Kämpfe seines Lebens allein ausgetragen, und ich bin sicher, daß er sich auch in diesem Fall allein verteidigen kann. Er wird es dir bestimmt nicht danken, wenn du dich in seine Angelegenheiten einmischst.«

»Ich muß trotzdem gehen«, wiederholte Aislinn trotzig und versuchte, an Eugenie vorbeizugehen.

Diese unterdrückte einen Fluch. »Warte hier einen Moment. Ich gebe dir etwas mit, was du vielleicht brauchen wirst.«

Ungeduldig, aber auch neugierig wartete Aislinn, bis die ältere Frau wieder aus ihrem Zimmer kam. In der ausgestreckten Hand hielt sie eine kleine Pistole, die sie Aislinn reichte. »Sie ist geladen«, erklärte Eugenie emotionslos. »Falls du sie benutzen mußt, dann geh ganz dicht an dein Ziel heran, damit du es auch triffst. Denk immer daran, daß du nur eine Kugel hast.«

Aislinn stellte keine Fragen mehr, sondern nahm mit zitternder Hand den Derringer mit dem Perlmutt-Griff, eilte die Treppe hinunter und rannte durch die Hotelhalle. Der Tanz war zu Ende, und die Gäste waren längst nach Hause gegangen. Als der Nachtportier Aislinn in dem freizügigen Kleid sah, riß er Mund und Augen weit auf. Falls er eine Bemerkung machte, hörte Aislinn sie nicht. Sie rannte ins Freie und lief über den hölzernen Fußweg in Richtung Saloon.

Abgesehen von einem stadtbekannten Trunkenbold, der seinen Rausch in einer Pferdetränke ausschlief, wobei er bis zum Hals im Wasser steckte, war die Straße leer. Als Aislinn den ›Yellow Garter Saloon‹ erreichte, holte sie tief Luft, schickte ein Stoßgebet zum Himmel und bat den Herrn, gut für Thomas und Mark zu sorgen, falls ihr etwas zustoßen sollte.

Dann trat sie durch die Schwingtür in den Saloon.

Sie versank knöcheltief in dem schmutzigen Sägemehl, mit dem der Boden bedeckt war. Es dauerte einen Moment, bis sich ihre Augen an die plötzliche Helligkeit und den beißenden Tabakqualm gewöhnt hatten. Die Cowboys am Tresen und die Kartenspieler an den Tischen betrachteten sie mit unverhohlener Neugier, aber Aislinn achtete gar nicht auf die anzüglichen Blicke.

Shay war über den Billardtisch gebeugt, der mitten im Raum stand. Sein Revolver lag in Reichweite auf dem Rand des Tisches. Sein Gegner war ein Mann, den Aislinn nicht kannte. Er war groß und hager und hatte ein pockennarbiges Gesicht. Sein Holster war leer, aber auch seine Waffe lag griffbereit. Billy Kyle saß mit dem Rücken zur

Bar auf dem Fußboden. Seine Hände waren mit Stahlbändern an der Fußstange der Bar festgemacht, sein Gesicht war puterrot, und die Adern an seinen Schläfen traten blau hervor. Selbst aus der Entfernung sah Aislinn, daß der Mann vor Wut und Erregung zitterte.

Sie wagte es kaum, Shay noch mal direkt anzuschauen, denn sie spürte seinen Blick, mit dem er sie zu durchbohren schien. Sie hatte das Gefühl, daß der Marshal nicht weniger wütend und erregt als Billy Kyle war – wenn auch vielleicht aus einem anderen Grund. Aislinn zwang sich, Shay in die Augen zu sehen, und erkannte, daß sie seine Gemütsverfassung richtig eingeschätzt hatte – was unter den gegebenen Umständen allerdings nur ein schwacher Trost war. Sie hatte sich von törichten Gefühlen hinreißen lassen, sie hatte überhastet gehandelt und mußte nun erkennen, daß es ein großer Fehler gewesen war, in den Saloon zu kommen.

Shay legte das Queue ab und zog seine wunderschönen blauen Augen zu schmalen Schlitzen zusammen, während sein Blick langsam über ihr ängstliches Gesicht, das schäbige geliehene Kleid und den Derringer in ihrer Hand glitt.

»Wie wär's mit uns beiden, Süße?« lallte ein unbedarfter Cowboy. »Tanz mit mir, dann spendiere ich dir einen Drink.« Schwankend torkelte er auf Aislinn zu.

Ohne seinen Blick von ihr abzuwenden, griff Shay nach seinem Revolver und schob ihn mit einer fließenden Bewegung in den Holster zurück. »Wenn sich jemand bewegt«, sagte er mit gefährlich leiser Stimme, die bis in den letzten Winkel dieses gottverlassenen Ortes drang, »bekommt er eine Kugel zwischen die Augen.«

Der Fremde am Billardtisch lächelte süffisant und stützte sich auf sein Queue. Der Piano-Spieler in der Ecke beendete sein Spiel mit einem Mißton, und der Cowboy, der mit Aislinn tanzen wollte, blieb unsicher schwankend stehen.

Aislinn machte einen Schritt rückwärts, aber Shay ging auf sie zu.

»Es war ziemlich leichtfertig, einfach hierherzukommen«, erklärte er kalt. »Hier hast du nichts verloren.«

Die Bemerkung löste bei den Trinkern, Spielern, Huren und Tunichtguten ein nervöses Lachen aus. Aislinn war sich zwar sehr wohl bewußt, daß sie einen groben Fehler begangen hatte, aber sie war auch empört, daß er so mit ihr sprach. Sie war schließlich in bester Absicht gekommen; sie verdiente dafür zwar kein Lob, aber zumindest etwas Verständnis.

Shay nahm ihr den Derringer aus der Hand und steckte die Minipistole in seine Westentasche. Sein Verhalten erinnerte nicht im entferntesten mehr an den Mann, der Aislinn an diesem Abend auf der Hotelveranda so zärtlich geküßt hatte. Er sprach mit leiser Stimme, kalt und hart. »Ich nehme dich fest. Du stehst hiermit unter Arrest.« Mit allem hatte Aislinn gerechnet, aber damit nicht. Sie stand nur regungslos da und brachte keinen Ton mehr heraus, während Shay zu Billy Kyle ging, sich zu ihm beugte und seinen Kopf an den Haaren zu sich hochzog. »Du wartest hier, bis ich wieder zurück bin, Billy. Ist das klar?«

Der Adamsapfel des Ranchersohns hüpfte auf und ab, und seine Wangenmuskeln zuckten nervös. Der Mann sah aus, als hätte er dem Marshal am liebsten ins Gesicht gespuckt, aber dann nickte er. Was blieb ihm auch anderes übrig, denn so, wie Shay ihn an die Fußleiste gefesselt hatte, konnte er sich selbst nicht befreien.

Shay richtete sich auf, warf noch einen warnenden Blick in die Runde, ging zu Aislinn zurück, nahm sie fest am Arm und verließ mit ihr die Bar. Kaum standen sie auf dem hölzernen Fußweg, als sich die Spannung im ›Yellow Garter Saloon‹ in einem lauten Gelächter löste.

Aislinn schloß fest die Augen. »Es tut mir wirklich leid«, murmelte sie.

Shay erwiderte nichts darauf, und ihr war klar: Er war viel zu wütend zum Sprechen.

»Ich denke, du … siehst die Sache vollkommen falsch«, stotterte sie atemlos. Er ging so schnell, daß sie drei Schritte machen mußte, wenn er einen Schritt machte. »Es müßte dir doch klar sein, daß ich dir nur helfen wollte.«

Wieder gab er ihr keine Antwort.

Überrascht stellte Aislinn fest, daß er sie nicht zum Hotel führte, wie sie erwartet hatte, sondern daß er mit ihr auf dem Weg zum Gefängnis war. Offensichtlich hatte er es ernst gemeint, als er sie unter Arrest gestellt hatte – obwohl sie das immer noch nicht glauben wollte.

»Was für ein Verbrechen habe ich denn begangen? Du kannst mich doch nicht einfach ins Gefängnis werfen, nur weil dir gerade danach zumute ist. Es gibt schließlich Gesetze.«

Keine Antwort. Statt dessen schlang er einen Arm um ihre Taille, hob sie hoch und trug sie wie einen locker zusammengerollten Teppich an seinen Körper gepreßt unterm Arm. Die Tür zum Gefängnis öffnete er mit einem wütenden Fußtritt, wobei Aislinn zusammenzuckte.

»Ich verlange, daß du mir antwortest«, schrie sie. Sie war nun ebenfalls wütend.

Er trug sie durch sein winziges Büro, an das sich die einzige Zelle anschloß, die es im Gefängnis von Prominence gab. In der Zelle legte er sie auf die schmale Pritsche, auf der er selbst so manche Nacht verbracht hatte. Aislinn war so aufgebracht, daß sie sich gar nichts dabei dachte, daß überall im Büro Kerosinlampen brannten, deren Licht flackernde Schatten auf Boden und Wände warfen.

»Du kannst alles verlangen, was du willst«, meinte Shay, »aber es ist niemand hier, der dir zuhört.« Er trat aus der Zelle, bevor Aislinn sich von der Pritsche erheben konnte, schlug die Tür zu und verschloß sie mit einem schweren Schlüssel.

Aislinn kam zu spät. Sie konnte nur noch an den Gitterstäben rütteln, aber das brachte sie natürlich auch nicht weiter. »Warte!« rief sie. »Du kannst mich doch nicht einfach hier einsperren! Ich habe gegen kein Gesetz verstoßen!«

Shay machte auf dem Absatz kehrt und starrte Aislinn an. Er hatte in der Eile seinen Hut im ›Yellow Garter Saloon‹ vergessen, und nun waren seine blonden Haare vollkommen zerzaust. Obwohl Aislinn unglaublich wütend auf Shay war, hatte sie plötzlich das unwiderstehliche Bedürfnis, seine Haare mit den Fingern glattzustreichen.

»Dann besorg dir einen Anwalt!« erwiderte er ungerührt. »Du kannst mich ja vor Gericht verklagen!«

Sie ließ sich erschöpft gegen die Gitterstäbe sinken und war den Tränen nahe. Als sie wieder aufschaute, sah sie einen Mann, der es sich hinter dem Schreibtisch gemütlich gemacht hatte. Er trug Stiefel und hatte seine überkreuzten Füße auf die Tischplatte gelegt. Der Mann war tief in den Sessel gesunken; auf seiner Brust lag ein aufgeschlagenes Buch. Aislinn blinzelte mehrmals, schaute Shay an und dann wieder den Fremden. Die Ähnlichkeit war einfach verblüffend. Rein äußerlich glichen sich die beiden wie ein Ei dem anderen – aber es gab unsichtbare Unterschiede, die man jedoch wohl nur mit dem Gefühl erspüren konnte, wie Aislinn vermutete.

Auch Shay hatte mittlerweile den anderen Mann gesehen. »Was willst *du* denn schon wieder hier?« seufzte er.

Der Doppelgänger ignorierte die Frage, stand auf und trat zum Gitter der Zelle. Er verneigte sich leicht und grinste dabei ebenso hinreißend schräg wie Shay. »Guten Abend. Ich bin Tristan Saint-Laurent. Und wer bist du?«

»Mein Name ist Aislinn Lethaby«, antwortete sie und richtete sich auf. In diesem schrecklichen Kleid kam sie sich plötzlich absolut würdelos vor, und deshalb hatte sie das Bedürfnis, ihre Identität genauer zu erklären. »Ich bin im Hotel angestellt, wo ich im Speisesaal arbeite.«

»Tss«, meinte Tristan kopfschüttelnd. »Man sollte wirklich mal ein ernstes Wort mit dem Hotelmanager reden. Wenn er von seinen Mädchen verlangt, daß sie eine solche Arbeitskleidung tragen, könnten die Gäste einen falschen Eindruck bekommen.«

Obwohl er keine Miene verzog, entdeckte sie das spöttische Funkeln in seinen Augen. Jetzt war ihr klar, daß sie am Morgen nicht Shay gesehen hatte, der zu einem zweiten Frühstück ins Hotel zurückgekommen war, sondern Tristan. Das erklärte auch, weshalb sie innerlich so unberührt gewesen war, als sie ihm das Essen gebracht und den Kaffee serviert hatte.

»Hör auf, die Gefangene zu belästigen«, knurrte der Marshal. Aislinn hatte den Eindruck gewonnen, daß Shay sofort wieder in den ›Yellow Garter Saloon‹ hatte zurückgehen wollen, nachdem er sie eingesperrt hatte, aber jetzt machte er keinerlei Anstalten zu gehen.

Tristan zwinkerte Aislinn verschmitzt zu, bevor er sich zu Shay umdrehte. Die beiden waren Zwillinge, eine andere Erklärung konnte es gar nicht geben. »Wie lautet die Beschuldigung? Du hast doch nichts dagegen, wenn ich frage?«

»Doch, ich *habe* etwas dagegen«, erwiderte Shay. »Diese Sache geht dich nämlich überhaupt nichts an.«

»Ich wollte nur versuchen zu verhindern, daß man dich erschießt!« rief Aislinn aufgebracht, denn es stand zweifellos fest, daß Shay McQuillan sie ruiniert hatte, indem er sie ins Gefängnis geworfen hatte. Selbst wenn Eugenie ihr wider allen Erwartens noch einmal verzeihen würde – die feinen Damen der besseren Gesellschaft von Prominence würden sie mit Schimpf und Schande aus der Stadt jagen.

»Ist das ein Verbrechen?« fragte Tristan und hob spöttisch eine Augenbraue.

»Halt du dich da raus!« erwiderte Shay grimmig.

»Ich denke, daß er nur eine legitime Frage gestellt hat«, jammerte Aislinn.

»Es ist mir vollkommen egal, was du denkst«, knurrte Shay. »Ich bin hier der Marshal, und du stehst unter Arrest. Basta!«

»Aber weshalb?« begehrte sie eine Spur lauter auf. Sie würde sich das nicht einfach so gefallen lassen, sondern für ihr Recht kämpfen. Er war zwar der Marshal, aber auch er mußte sich an das Gesetz halten – und sie hatte nichts Gesetzwidriges getan.

»Du stehst unter Arrest, weil du dieses Kleid trägst«, erklärte Shay.

Tristan lachte laut. »Wenn es nach mir ginge, würde ich sie freisprechen, aber du hast schon recht, kleiner Bruder. Es sollte wirklich verboten sein, daß eine Frau, die in so einem häßlichen Fetzen herumläuft, so gut aussieht.« Er blickte über die Schulter und zwinkerte Aislinn noch einmal zu. Sie dachte, daß er eigentlich sehr nett war, und bemerkte, daß sie ihn irgendwie gut leiden konnte – obwohl ihr seine nächsten Worte gar nicht gefielen. »Dieses Kleid ist ein klarer Fall von Erregung öffentlichen Ärgernisses.«

Shay seufzte, schloß die Augen und hielt die Nasenwurzel zwischen Daumen und Zeigefinger fest, als ob er Kopfschmerzen hätte. »Genau«, brummte er. »Das ist es. Dieses Kleid ist eine Gefahr für die öffentliche Sicherheit.« Er öffnete die Augen und schaute Aislinn an. »Du wirst verstehen, daß ich dich nicht freilassen kann, Aislinn Lethaby. Nicht, solange du so ein freizügiges Kleid trägst und damit ein öffentliches Ärgernis bist.«

Aislinn wollte nicht glauben, daß er sie unter diesem Vorwand weiter festhielt. »Wenn ich schuldig bin, dann sind es alle anderen Frauen, die im ›Yellow Garter Saloon‹ arbeiten, auch. Warum sind *die* nicht hinter Gittern?«

»Wenn du gerne die Zelle mit ihnen teilen möchtest,

kann ich das arrangieren«, erwiderte Shay scheinbar gleichmütig.

»Das wird mir eine Lehre sein, dir helfen zu wollen«, murmelte Aislinn verbittert.

Shay lächelte grimmig. »Das will ich doch hoffen.« Dann wechselte er einen kurzen Blick mit Tristan, warf den Zellenschlüssel in die Luft, fing ihn wieder auf und steckte ihn zu dem Derringer in seine Westentasche. Danach drehte er sich um und verließ ohne ein weiteres Wort das Gefängnis.

5

Aislinn saß verloren auf der Kante der Gefängnispritsche – Gott allein wußte, wer hier schon geschlafen hatte und welche Keime und Bakterien diese Leute in der schäbigen Decke hinterlassen hatten –, stützte ihre Ellbogen auf die Knie und legte das Kinn in die Hände. Sie hätte weinen mögen, aber sie wußte, daß sie sich durch ihre eigene Dummheit und Unbesonnenheit in diese mißliche Lage gebracht hatte. Gerne hätte sie ja die Schuld dafür Shay McQuillan in die Schuhe geschoben, aber das wäre weder fair noch gerecht gewesen. Sie hatte sich Sorgen um ihn gemacht, und dafür bekam sie nun seine Undankbarkeit zu spüren – denn schließlich hatte er sie nicht darum gebeten, mitten in der Nacht in diesem freizügigen Kleid in den ›Yellow Garter Saloon‹ zu kommen, um ihm beizustehen. Eugenie hatte recht gehabt: Shay hatte ihre Hilfe nicht gebraucht – und sie auch nicht haben *wollen,* nicht dort. Schließlich war er der Marshal und nicht einer ihrer kleinen Brüder.

Aislinn schniefte. Sie hatte sich von einem Impuls, einer spontanen Eingebung, leiten lassen – was eigentlich gar nicht ihrer Art entsprach – und nun bekam sie die Quittung dafür. Die Anstellung im Hotel konnte sie abschreiben, denn selbst wenn Eugenie sie nicht wegschicken würde, könnte Aislinn nicht bleiben, denn das wäre nach allem, was sie sich in den letzten Tagen geleistet hatte, einfach unmoralisch. Die Autorität der älteren Frau würde für immer untergraben sein, auch andere Mädchen könnten dann aus der Reihe tanzen und Eugenies Anweisungen mißachten. Die strengen Hausregeln wären nichts mehr wert.

Aislinn seufzte tief. Sie war zwar in der Lage, eine Weile von ihren Ersparnissen zu leben, aber sie konnte nicht mehr die kleine Farm kaufen, und es war völlig ausgeschlossen, daß sie ihre Brüder in den Westen kommen ließ. Die Jungen waren ziemlich unglücklich in der Internatsschule in Maine, aber dort bekamen sie wenigstens etwas Anständiges zu essen, wurden eingekleidet und hatten saubere Betten zum Schlafen.

»Er versucht nur, dich zu beschützen.«

Sie blickte auf und sah Tristan, der auf der anderen Seite des Gitters stand. Er lächelte und hielt einen Kaffeebecher in der Hand. Aislinn hatte ganz vergessen, daß er auch noch da war, und es dauerte einen Moment, bevor sie begriff, daß er ihr zu erklären versuchte, weshalb Shay sie eingesperrt hatte.

»Hier, trink einen Schluck Kaffee«, meinte Tristan und streckte seine Hand mit dem Becher durch die Gitterstäbe. »Vielleicht hebt das deine Stimmung ein bißchen.«

Sie nickte, stand auf, nahm den Becher und trank einen Schluck Kaffee, der erstaunlich gut schmeckte. Schon der Duft war belebend, und sie mußte an ihren Vater denken, der zum Frühstück gerne einen leicht nussigen Kaffee getrunken hatte.

»Wer bist du?« fragte sie.

»Das habe ich dir schon gesagt«, antwortete er. »Mein Name ist Tristan Saint-Laurent.«

»Und du bist der Zwillingsbruder des Marshals?«

»Sieht so aus«, antwortete Tristan seufzend, aber dann verzog er seinen Mund zu diesem unnachahmlichen Lächeln, das selbst die Sonne in den Schatten gestellt hätte. »*Ich* erkenne allerdings keine Ähnlichkeit.«

Gegen ihren Willen mußte Aislinn lachen.

»Schon besser«, meinte Tristan freundlich, zog sich einen Stuhl heran, setzte sich und schlug die Beine übereinander, während Aislinn sich wieder auf die Kante der Pritsche setzte. »Was dachtest du dir eigentlich dabei, in so einem Kleid in den Saloon zu gehen?« fragte er. Seine Stimme klang vielleicht ein wenig verwundert, aber bestimmt nicht vorwurfsvoll.

»Im ersten Moment erschien mir das vollkommen logisch«, bekannte sie. »Ich wußte, daß Shay … daß Marshal McQuillan heute mittag eine Auseinandersetzung mit Billy Kyle hatte. Billy ist ein mieser Bursche, gefährlicher als eine Viper. Als wir – Liza Sue und ich – die Schüsse hörten, bekam ich plötzlich Angst um Shay. Ich … ich konnte den Gedanken nicht ertragen, daß er tot sein könnte. Deshalb mußte ich irgendwas unternehmen.«

Tristan gab sich sichtlich Mühe, nicht zu grinsen. Er hob nur eine Augenbraue und schwieg. Aber das war beredt genug.

»Ich weiß, daß es verrückt klingt«, fuhr sie fort, »aber ich dachte, daß ich weniger auffallen würde, wenn ich ein Kleid tragen würde wie die anderen Frauen im ›Yellow Garter Saloon‹. Deshalb habe ich einfach Liza Sues Kleid angezogen und bin losgerannt – ohne genau zu wissen, was ich tun sollte.«

»Aha«, murmelte Tristan, als ob damit alles erklärt wäre. »Und wer bitte ist Liza Sue?«

Aislinn erzählte kurz, wie sie das Mädchen gefunden und ins Hotel geschmuggelt hatte, um ihm zu helfen.

»Scheint eine Gewohnheit von dir zu sein, anderen Menschen helfen zu wollen«, entgegnete er. Auch diesmal klang seine Stimme nicht vorwurfsvoll, sondern eher neugierig.

»Nein«, erwiderte sie und senkte schnell den Kopf. Dabei stimmte es, daß sie Menschen in Not immer zu helfen versuchte. Aber war das etwas Besonderes? Man mußte seinen Mitmenschen doch helfen! Sie hatte Mitleid mit Liza Sue gehabt, und sie war zum Saloon gegangen, weil sie Angst um Shay gehabt hatte. Wurde man jetzt schon dafür bestraft, daß man andere Menschen nicht einfach ihrem Schicksal überließ?

Tristan stand auf, ging zum Ofen und goß sich selbst einen Becher mit Kaffee ein. Er hob den Becher hoch. Offenbar wollte er wissen, ob sie auch noch einen Schluck wollte. Aislinn schüttelte den Kopf. Sie war es nicht gewohnt, daß jemand *sie* bediente, wo sie doch in den letzten drei Jahren – sechs Tage die Woche und zehn bis zwölf Stunden am Tag – immer andere Menschen bedient hatte.

Tristan ging zu seinem Stuhl zurück, drehte ihn um, setzte sich rittlings darauf und stützte einen Arm auf die Lehne, während er in der anderen Hand seinen Becher hielt. »Seit wann hast du denn diese zärtlichen Gefühle für meinen Bruder?« Seine Stimme war ausdruckslos wie immer.

Aislinn starrte ihn an. »Zärtliche Gefühle?«

Er beugte sich vor und verzog den Mund zu dem berühmten schrägen Grinsen. »Na ja, warum bist du sonst in diesem Aufzug und mit einem Derringer in der Hand in den Saloon gestürmt?«

Aislinn sackte noch ein bißchen mehr in sich zusammen und suchte nach einer vernünftigen Antwort, die ihr jedoch nicht einfallen wollte. »Ich weiß es nicht«, gab sie schließlich kläglich zu. »Gestern konnte ich den Menschen noch nicht ausstehen.«

Tristan lachte leise in sich hinein. »Verstehe«, murmelte er, stand auf und stellte den Stuhl an die Wand zurück. »Kann ich dir irgendwas aus dem Hotel besorgen? Ein anderes Kleid vielleicht?«

Sie blickte ihn traurig an. »Wenn du mir helfen willst, dann sag deinem Bruder, daß er mich auf der Stelle gehen lassen soll. Ich habe schon genug Schwierigkeiten, und es muß nicht die ganze Bevölkerung sehen, wie ich am hellichten Tag das Gefängnis verlasse.«

Tristan schaute sie mitfühlend an. »Tut mir leid, aber ich kenne Shay nicht gut genug. Mir scheint, daß er unglaublich stur sein kann. Wenn er dich freiläßt, dann nur, weil *er* es so entscheidet.«

»Wahrscheinlich hast du recht«, meinte sie zögernd.

»Was ist nun mit einem anderen Kleid?«

Sie schüttelte den Kopf, obwohl sie sich nichts sehnlicher wünschte, als Liza Sues stinkenden Fummel loszuwerden. Aber jetzt würden Eugenie und alle anderen im Hotel schlafen, und wenn Tristan sie weckte, würde die Sache nur noch schlimmer werden. »Gibt es vielleicht noch eine andere Decke …?«

Tristan fand eine Wolldecke, die zwar kratzig, aber sauber war, und reichte sie ihr durch die Gitterstäbe. Dann setzte er sich wieder an den Schreibtisch und las in seinem Buch, das er zur Seite gelegt hatte.

Diesen Mann schien einfach nichts erschüttern zu können.

»Soll ich noch mal in einen Pferdetrog tunken, Billy, oder wirst du dich ab sofort wie ein Gentleman benehmen?« Shay hockte neben seinem Gefangenen und spielte mit dem Schlüssel der Handschellen.

»Ich will nur heim«, jammerte der Gernegroß. Er traute sich nicht, Shay in die Augen zu sehen, aber der Marshal wußte, daß der Bursche ihn am liebsten umgebracht hätte. »Laß mich endlich gehen. Mein Pa wird sich schon Sorgen um mich machen.«

Shay rieb sich nachdenklich das Kinn.

»Ich sorge dafür, daß er zur Powder Creek Ranch kommt, Marshal«, bot der Mann an, mit dem Shay Billard gespielt hatte. Jim O'Sullivan war der Vormann auf der Kyle-Ranch, und der alte Herr schickte ihn oft mit Billy mit, damit Jim Kindermädchen spielte und der Junge keinen Unsinn machte. Geholfen hatte das bisher allerdings wenig.

»Gut, Jim«, entschied der Marshal. »Schaff Billy aus der Stadt und sorge dafür, daß er sich eine Weile von hier fernhält. Billy und ich stehen nicht gerade auf freundschaftlichem Fuß, und es wäre besser, wenn wir uns eine Zeitlang nicht sehen würden.«

O'Sullivan nickte sofort, um sein Einverständnis zu erklären, denn er wußte, daß ihm der alte Kyle die Hölle heiß machen würde, wenn er ohne Billy zur Powder Creek Ranch zurückkehren würde.

Das war Shay natürlich auch klar, aber ihm blieb gar nichts anderes übrig, als Billy freizulassen, da ja Aislinn bereits in der einzigen Zelle des Gefängnisses saß.

Billy hatte sich mit seinem Bowie-Messer auf den Marshal gestürzt, als der in die Bar gekommen war. Es war zu einem kurzen Handgemenge gekommen, bei dem Shay alle Kraft und Geschicklichkeit hatte aufwenden müssen, um Billy in die Knie zu zwingen. Dann war es ihm gelungen, den Raufbold an die Fußstange zu fesseln.

Anschließend hatte Shay mit Jim O'Sullivan Billard gespielt, bis Aislinn die Partie unterbrochen hatte. Sie hatten über den Überfall der Kutsche gesprochen. Der Vormann der Powder Creek Ranch hatte zwar nicht definitiv zugegeben, die Täter zu kennen, aber ihm war der Schweiß auf die Stirn getreten, und Shay hatte daraus geschlossen, daß O'Sullivan wußte, wer den Anschlag ausgeführt hatte.

Shay hatte Runde um Runde spendiert, und der Mann war immer betrunkener – und gesprächiger geworden. Es war nur noch eine Frage der Zeit gewesen, bis Jim die Katze aus dem Sack gelassen hätte. Aber dann war Aislinn plötzlich aufgetaucht und hatte ihm einen Strich durch die Rechnung gemacht, denn seither hatte der Vormann kein Wort mehr gesagt.

Shay löste die Handschellen, riß Billy hoch und stieß ihn in die Arme des Vormanns. »Schaff ihn weg«, knurrte er.

Billy öffnete den Mund, um etwas Unflätiges zu sagen, aber O'Sullivan packte den Jungen am Arm und schob ihn schnell durch die Tür ins Freie.

»Billy ist ein Typ, der einen Mann von hinten erschießt«, meinte Jake gleichmütig, während er ein schmutziges Glas mit einem noch schmutzigeren Lappen polierte. Seinem Gesicht war anzusehen, daß er in so einem Fall nichts dagegen unternehmen würde.

Shay rieb sich nachdenklich den Nacken. Es war ein langer Tag gewesen, und er war froh, daß nicht mehr passiert war. Er blickte noch einmal in die Runde und verließ dann den Saloon.

Es war eine warme Nacht, und die Sterne hingen so tief am Himmel, als wollten sie im nächsten Augenblick wie silberne Taler zur Erde regnen.

Langsam ging er zum Gefängnis und öffnete die Tür. Tristan, der am Schreibtisch saß und ein Buch las, legte den Finger an die Lippen und deutete auf Aislinn, die auf der Pritsche lag und schlief. Leise trat Shay zur Zelle und betrachtete die junge Frau durch die Gitterstäbe hindurch. Er spürte einen Stich in der Brust – und er hatte plötzlich Angst, denn gegen seine Gefühle halfen ihm weder sein Fünfundvierziger noch seine Muskeln.

Nach einer Weile drehte er sich um und trat zu Tristan. »Du solltest schlafen gehen«, meinte er. »Es ist schon spät.« Er zog einen Schlüssel aus der Tasche und legte ihn auf den Schreibtisch. »Ich habe ein Zimmer drüben in der Pension bei Miss Mamie. Es ist oben im ersten Stock, hinten links. Die Wirtin weiß, daß ich gewöhnlich spät komme, und wird sich nicht um dich kümmern.«

Tristan nahm den Schlüssel und nickte. »Schätze, daß einer von uns mal ein paar Stunden schlafen sollte.« Er warf einen Blick auf Aislinn und schaute dann wieder seinen Bruder an. »Hast du im Saloon übrigens was herausgefunden?«

Shay sah ebenfalls zu Aislinn, die friedlich in der Zelle auf der Pritsche schlummerte, und seufzte. »Ich war gerade dabei, Jim O'Sullivan zu knacken, als Miss *Ich-rettedich* in die Bar stürmte. Danach hat der Mann kein Wort mehr gesagt.«

Tristan lachte leise und knuffte seinen Bruder auf den Arm. »Die kleine Lady hat es doch nur gut gemeint.«

»Mach, daß du wegkommst«, brummte Shay. Er brauchte weder Aislinn noch irgendeine andere Frau, die es *gut* mit ihm meinte und sich dann so idiotisch aufführte. Wieder spürte er einen Stich in der Brust. Er hatte schon gemerkt, daß Aislinn stur wie ein Maulesel sein konnte – und das machte ihm zu schaffen.

»Nacht«, murmelte er und blies die Lampe aus.

»Nacht, kleiner Bruder«, erwiderte Tristan, bevor er die Tür hinter sich schloß.

Wäre Aislinn nicht gewesen, hätte ich in einem weichen Bett in der Pension schlafen können, statt auf einem harten Stuhl zu sitzen, dachte er, und legte die Füße auf den Schreibtisch. Miss Mamie hatte strenge Regeln. Sie roch sofort, wenn jemand Alkohol getrunken hatte, und sie duldete es nicht, daß einer ihrer Gäste angesäuselt ins Haus kam – was auch der Grund dafür war, weshalb Shay öfter mal in der Gefängniszelle übernachtet hatte.

Er war gerade dabei einzudösen, als er hörte, wie die Hintertür aufgebrochen wurde. Geräuschlos wie ein Indianer stand er auf und zog seinen Fünfundvierziger.

»Du mußt doch verrückt sein, dich mit dem Marshal anzulegen!« wisperte einer.

»Du hast doch selbst gesehen, daß er rüber in die Pension gegangen ist«, erwiderte ein anderer. Shay konnte die beiden Gestalten zwar nur schemenhaft erkennen, aber er wußte genau, wer sie waren.

»Die Sache gefällt mir trotzdem nicht, Billy. Ich spüre, daß wir Ärger bekommen.«

»Unsinn, O'Sullivan! Wir schnappen uns das Mädchen und lassen es verschwinden. Das wird McQuillan eine Lehre sein.«

»Eine Lehre? Mensch, Billy, hast du denn aus der letzten Sache gar nichts gelernt?«

Aus der letzten Sache! Was meinte der Vormann mit dieser Bemerkung? Spielte er etwa auf den Überfall auf die Kutsche an? Regungslos wartete Shay, ob er noch mehr erfahren würde, aber wieder kam ihm Aislinn in die Quere.

»Wer ist da?« rief sie. In ihrer Stimme schwang ein bißchen Angst mit, die sie jedoch tapfer zu unterdrücken versuchte.

»Verflucht«, murmelte O'Sullivan. »Wenn sie nun schreit?«

Billy ging nicht darauf ein. »Ich bin dein neuer Verehrer, Ma'am«, sagte er und hielt sich wahrscheinlich für witzig. »Ich hole dich hier raus, denn eine Schickse wie du langweilt sich doch bestimmt so ganz allein. Wir beide könnten sicher eine Menge Spaß miteinander haben.«

Shay spürte, daß seine Handflächen feucht wurden, aber er hielt den Revolver fest in der Hand.

»Verdammt noch mal, Billy«, fluchte der Vormann leise. »Hast du jetzt vollkommen den Verstand verloren? Laß uns abhauen, bevor der Marshal zurückkommt. Falls du es nicht bemerkt hast, er hat seit Tagen keinen Tropfen mehr getrunken und ist so nüchtern wie der Erzengel Gabriel.«

»Selbst wenn wir wollten, könnten wir das Mädchen nicht hierlassen«, entgegnete Billy. »Es kennt unsere Namen, und deshalb muß es verschwinden, damit es nicht gegen uns aussagen kann.« Aus Billys Sicht war das durchaus logisch. »Ich frage mich, wo McQuillan den Schlüssel zur Zelle aufbewahrt.«

Shay packte den Revolver fester. »Hier in meiner

Tasche, Jungs«, erklärte er fast freundlich. »Und jetzt laßt mal schön eure Waffen zu Boden fallen, denn sonst müßte ich euch erschießen.«

»Dieser Hurensohn!« murmelte O'Sullivan. Mit einem scheppernden Geräusch polterte sein Revolver auf den Fußboden.

»Das ist doch unmöglich«, knirschte Billy und ließ ebenfalls seine Waffen fallen. »Ich habe doch mit eigenen Augen gesehen, wie du aus dem Gefängnis gekommen bist und in Miss Mamies Pension gegangen bist.« Natürlich hatte er Tristan gesehen, aber Shay sah keine Veranlassung, dieses Mißverständnis aufzuklären. Sein Bruder hatte recht gehabt: Es konnte manchmal durchaus von Vorteil sein, einen Zwilling zu haben, der die anderen an der Nase herumführte. Dadurch konnte man selbst praktisch an zwei Orten gleichzeitig sein. Shay hielt seinen Fünfundvierziger weiter auf die ungebetenen Besucher gerichtet und riß mit der freien Hand ein Schwefelholz an, mit dem er die Kerosinlampe anzündete.

Im Licht der Lampe sah er Billy und O'Sullivan, die mit hängenden Schultern vor der Zelle standen. Auf dem Boden lagen die Waffen. Billy hatte ein ganzes Arsenal bei sich getragen. Sein Bowie-Messer, einen achtunddreißiger Revolver und außerdem noch eine kleinere Pistole, ähnlich dem Derringer, den Shay Aislinn im Saloon abgenommen hatte.

Der Marshal machte eine Bewegung mit seinem Revolver. »Hier rüber«, befahl er. »Legt euch flach auf den Boden und macht keine Zicken, denn die Versuchung, euch zu erschießen, ist sowieso schon groß genug.«

Die beiden Männer wechselten einen Blick und befolgten dann schweigend den Befehl. Shay trat über sie hinweg, zog den Schlüssel aus der Tasche und öffnete die Zellentür.

Aislinn huschte an ihm vorbei, um die Zelle für die

neuen Gefangenen zu räumen. Sie zitterte und hatte riesengroße Augen.

Shay hielt seinen Revolver an Billys Kopf und durchsuchte ihn mit der anderen Hand nach weiteren versteckten Waffen. Als er sicher war, daß Billy »sauber« war, packte er ihn am Kragen, riß ihn hoch und stieß ihn so heftig in die Zelle, daß er an der anderen Seite gegen die Wand fiel. Dann tastete Shay O'Sullivan ab, schob ihn in die Zelle und schloß die Tür ab.

»He, Mann, in diesem Loch gibt es ja nur ein Bett«, maulte Billy.

»Wechselt euch beim Schlafen ab oder kuschelt miteinander«, knurrte Shay und wandte sich Aislinn zu. Er glaubte nicht, daß sie in Gegenwart der beiden Männer Tristan erwähnen würde, aber er wollte kein Risiko eingehen. »Ich bringe dich besser ins Hotel zurück«, meinte er und nahm ihren Arm.

Aislinn war blaß, aber sie wahrte Haltung. »Was ist mit der Hintertür. Die beiden haben das Schloß aufgebrochen.«

»Aber es gibt nur einen Schlüssel zur Zelle«, erwiderte er und klopfte mit der Hand auf seine Tasche. »Und den habe ich. Komm jetzt.«

Sie traten gemeinsam ins Freie. Die silbernen Sterne am wolkenlosen Himmel schienen zum Greifen nahe zu sein. »Hast du gehört, was der andere Mann zu Billy Kyle gesagt hat?« wisperte sie aufgeregt. »Er sagte, daß Billy *aus der letzten Sache* nichts gelernt habe.«

Shay nickte grimmig. Die ganze Zeit dachte er schon darüber nach, was O'Sullivan damit gemeint haben könnte, aber er wollte darüber jetzt nicht reden. »Ja, das habe ich gehört.«

»Sicher war das eine Anspielung auf Liza Sue, die Billy so schrecklich verprügelt hat«, fuhr Aislinn fort.

»Nein, *das* hat Jim sicher nicht gemeint«, erwiderte er ernst und dachte an die Kutsche in der Schlucht, an die

Pferde, die in Todesangst gewiehert hatten, und an die Leichen. Er dachte an Grace, deren leblosen Körper er in seinen Armen gehalten hatte. Nein, Shay zweifelte nicht daran, daß Billy skrupellos genug war, um so ein Blutbad anzurichten – aber er konnte sich nicht vorstellen, daß Billy Kyle diesen Überfall allein geplant hatte. Shay war sich sicher, daß Billy und auch O'Sullivan etwas mit dem Überfall zu tun hatten, aber irgend jemand mußte Kyle dazu angestiftet haben. Billy selbst hätte zwar vielleicht das Geld geraubt – aber die Brücke zu sprengen und damit fünf Menschen in den Tod zu reißen, das konnte Billy sich nicht selbst ausgedacht haben. Dahinter mußte jemand stecken, der ein ganz anderes Ziel verfolgte.

Sie gingen in Richtung des Hotels, auf dessen Veranda der Marshal Aislinn geküßt und mit ihr getanzt hatte. Das schien schon eine Ewigkeit her zu sein – nicht erst ein paar Stunden. Vor der Treppe blieb sie stehen.

»Ich kann Eugenie nicht bitten, mich wieder aufzunehmen«, begann sie. »Das wäre nicht fair. Du kennst ihre strengen Regeln, und ich möchte sie nicht in Verlegenheit bringen.«

Shay starrte sie nachdenklich an und nickte. Diese Aislinn Lethaby war schon eine ungewöhnliche Frau! Auch in dieser Lage dachte sie nicht nur an sich. »Komm«, entschied er und nahm ihre Hand. »Du brauchst ein paar Stunden Schlaf. Ich miete dir ein Zimmer im Hotel.«

Sie schüttelte den Kopf. »Frauen ohne Begleitung sind in diesem Haus nicht gern gesehen«, erwiderte sie. »Sieh mich doch mal an. In diesem Kleid käme ich am Nachtportier nicht mal dann vorbei, wenn der Präsident der Vereinigten Staaten bei mir wäre.«

Shay sah ein, daß sie recht hatte. Aber was sollte er mit ihr machen? Er konnte sie ja weder in die Pension zu Tristan bringen noch im Gefängnis bei Kyle und O'Sullivan lassen.

»Ich gehe in die Kirche und lege mich dort auf eine Bank«, sagte sie kläglich.

»In dem Kleid?« schimpfte er. »Es würde mich nicht wundern, wenn das Kirchendach über dir zusammenbrechen würde.«

»Dann setze ich mich eben hier auf die Veranda und hoffe, daß mich niemand sieht.«

Shay betrachtete erneut das Kleid und schüttelte den Kopf. Dann nahm er ihre Hand und zog Aislinn mit sich. Er hatte seine Schwestern um keinen Gefallen mehr gebeten, seit er nach dem Tod ihrer Eltern das Haus verlassen hatte, aber nun mußte es sein, denn die Lage war aussichtslos.

»Was soll das?« fragte Aislinn wenig später, als Shay das weiße Gattertürchen des schönsten Hauses in der Stadt öffnete und sie in den Vorgarten schob.

Er starrte auf das zweistöckige Haus und dachte sehnsüchtig an sein Zimmer unter dem Dach. »Ich besorge dir einen Platz zum Schlafen«, brummte er und ging zur Eingangstür. Gute Manieren und Diplomatie waren jetzt fehl am Platz. Er ballte die Hand zur Faust und hämmerte gegen die Tür. »Cornelia!« schrie er, »mach, daß du runterkommst, oder ich stehe morgen früh vor dem Laden und verlese das Testament deines Vaters.«

Ein Licht wurde im Haus entzündet, und jemand eilte von oben die Treppe herunter. »Verlaß sofort mein Grundstück, Shamus McQuillan«, rief Cornelia von der anderen Seite der Tür, »oder ich werde ...«

»Was wirst du, Cornelia? Willst du den Marshal rufen? Der bin ich selbst.«

Der Riegel wurde zurückgeschoben. Die Tür quietschte leise in den Angeln, als sie geöffnet wurde. Cornelia trug ein hochgeschlossenes Nachthemd und einen Morgenmantel. Die Haare hatte sie aufgedreht; ihr Gesicht war dick eingecremt. »Was willst du hier mitten in der Nacht?«

fragte sie wütend. Dann sah sie Aislinn und wollte die Tür zuschlagen, aber Shay hatte bereits seinen Fuß vorgestellt.

Er lächelte seine Schwester an. »Ich werde dir sagen, was ich will. Diese junge Dame braucht ein Bett zum Schlafen und morgen früh ein anständiges Kleid, in dem sie sich auf der Straße sehen lassen kann.«

Cornelia musterte Aislinn verächtlich von Kopf bis Fuß. Ihr Blick verriet, was sie von Frauen hielt, die *solche* Kleider trugen. Shay hielt Aislinn an der Hand fest, denn wenn er das nicht getan hätte, wäre sie bestimmt davongelaufen, denn sie schämte sich in Grund und Boden.

»Natürlich kann sie bei uns bleiben«, erklärte Dorrie, die jetzt hinter Cornelias breitem Rücken auftauchte. »Mach Platz, Cornelia, damit das arme Kind endlich ins Haus treten kann.«

»Wie komme ich dazu?« empörte sich die ältere Schwester.

Dorrie schob sie kurzerhand mit dem Ellbogen zur Seite, lächelte Shay liebevoll an und hob die Lampe, die sie in der Hand trug etwas höher, um Aislinn besser sehen zu können. »Weil unser Pa es so gewollt hätte«, erwiderte sie, ohne ihre Schwester auch nur eines Blickes zu würdigen. Im Gegensatz zu Cornelia war Dorrie offensichtlich von dem freizügigen Kleid schwer beeindruckt. »Junge, Junge, das ist schon ein Teil!« murmelte sie und zog Aislinn am Arm über die Türschwelle. »Sagen Sie, meine Liebe, singen Sie vielleicht auch? Im Kirchenchor brauchen wir dringend noch eine schöne Sopranstimme.« Sie betrachtete Aislinns Gesicht aus der Nähe. »Ich habe Sie doch schon mal irgendwo gesehen.«

»Wohl kaum«, meinte Cornelia gehässig. »Es sei denn, du treibst dich neuerdings mit den Huren aus dem ›Yellow Garter Saloon‹ herum.«

Aislinn straffte ihren Rücken und blickte Cornelia mit vor Stolz blitzenden Augen an. »Ich bin Kellnerin im Speisesaal des Hotels – zumindest war ich das bis heute abend.«

»Verstehe«, nickte Dorrie freundlich und legte ihren Arm um Aislinns Schulter. Dann sah sie Shay an. »Was ist mit dir, Shamus? Übernachtest du auch hier?« fragte sie hoffnungsvoll.

Cornelia stöhnte gequält auf, mischte sich aber nicht weiter ein.

»Nein, ich habe Gefangene, um die ich mich kümmern muß«, antwortete er, »aber vielen Dank für die Einladung, Dorrie.« Dann wandte er sich an Cornelia: »Ich kann doch wohl davon ausgehen, daß die junge Dame unter diesem Dach anständig behandelt wird?«

»Hm«, knurrte Cornelia nur und stürmte dann mit der Kerze in der Hand die Treppe hinauf.

Dorrie wirkte in dem knöchellangen Nachthemd und mit den nackten Füßen und den Zöpfen wie ein junges Mädchen. »Mach dir darüber keine Gedanken, Shamus. Ich kümmere mich schon um … um …«

»Aislinn«, ergänzte die junge Frau. »Aislinn Lethaby – aus Livingston in Maine.« Sie reichte Dorrie förmlich die Hand.

Shay hätte beinahe gelacht, denn die Situation war absurd. Er wußte jedoch, daß Aislinn sich verzweifelt in diese höfliche Förmlichkeit flüchtete, um den letzten Rest ihrer Würde aufrechtzuerhalten. »Komm morgen früh in mein Büro, Aislinn«, sagte er, »dann überlegen wir, was wir tun können. Vielleicht sollte ich mit Eugenie reden und …«

Aislinn wirbelte zu ihm herum, und ihre Augen blitzten. »Wage es nicht, dich in meine Angelegenheiten einzumischen, Shay McQuillan. Nach allem, was heute nacht passiert ist, habe ich nicht das Recht, von Eugenie noch einen Gefallen zu erbitten. Ich muß von jetzt an meinen Weg allein gehen.«

»Und wie willst du das anstellen, wenn du keine Arbeitsstelle mehr hast?« fragte er erregt.

Dorrie trat zwischen die beiden. »Ganz ruhig, ihr zwei«, flötete sie. »Es ist schon spät, und wir sind alle ein bißchen nervös.« Freundlich lächelnd, aber bestimmt schob sie Shay zur Tür. »Gute Nacht, Shamus.«

Bevor er wußte, wie ihm geschah, fand er sich auch schon draußen auf der Veranda wieder. Die Tür fiel hinter ihm ins Schloß, der Riegel wurde vorgeschoben. Er stand einen Moment regungslos da und versuchte, seine Gedanken zu ordnen. Dann drehte er sich um und ging langsam durch die Nacht davon.

6

Dorrie führte Aislinn in ein Zimmer unter dem Dach. Es hatte schräge Wände und war nur spärlich möbliert. An der einen Seite stand ein Bett, über das eine ausgeblichene Decke gebreitet war. Vor dem Bett lag ein abgetretener Teppich. An der Wand gegenüber stand eine Kommode, über der ein Spiegel hing. Es gab eine Waschschüssel aus weißem Messing mit einem roten Rand und einen dazu passenden Wasserkrug. Auf der Kommode stand eine Lampe, die Dorrie inzwischen angezündet hatte.

»Um Cornie dürfen Sie sich gar nicht kümmern, mein Kind«, plapperte Dorrie drauflos, während sie die einzelnen Schubladen aufzog und ein blaues Männerhemd herauszog. »Das können Sie als Nachthemd tragen.«

Aislinn nahm das Hemd, das, obwohl es sicher schon lange in der Schublade lag, immer noch nach Shay roch, und blickte sich noch einmal im Raum um, wobei ihr Herz etwas schneller zu schlagen begann. Dies war einmal Shays Zimmer gewesen! Sie versuchte, sich vorzustellen, wie er wohl als Junge gewesen sein mochte, aber es gelang ihr nicht – ihre Gedanken waren zu sehr von dem Mann eingenommen, zu dem er sich entwickelt hatte.

Dorrie nahm ihre eigene Lampe, die sie auf der Kommode abgestellt hatte, und schaute Aislinn warmherzig an. »Schlafen Sie gut, Kindchen«, meinte sie. »Morgen früh sieht alles ganz anders aus. Das hat meine Mutter schon immer gesagt, und sie hat damit recht gehabt.«

Aislinn nickte nur und schloß die Tür hinter Dorrie. Sie verriegelte sie sicherheitshalber, um vor einem ungebetenen nächtlichen Besuch von Cornelia geschützt zu sein. Leider war kein Wasser in der Karaffe, so daß sie sich nicht waschen konnte, obwohl sie das dringende Bedürfnis danach hatte. Schnell zog sie Liza Sues Kleid aus und streifte Shays Hemd über, wobei sie seinen Duft noch deutlicher roch. Das Bettzeug war etwas klamm, weil lange niemand mehr darin geschlafen hatte, aber die Wäsche war sauber und nicht mit der Decke auf der Gefängnispritsche zu vergleichen.

Sie blies die Lampe aus und schlug das Bettzeug zurück. Die Matratze war fest, aber ausgesprochen bequem, die Laken waren kühl und fühlten sich gut an, als sie sich in die Kissen kuschelte. Sie hatte gedacht, daß sie sofort einschlafen würde, aber kaum lag sie im Bett, da kreisten ihre Gedanken nur noch um Shay. Sie dachte daran, wie er sie auf der Hotelveranda geküßt hatte, und drehte sich auf die Seite. Das nützte jedoch nicht viel, denn nun fragte sie sich, was vorgefallen sein mochte, daß er so ein gespanntes Verhältnis zu seiner ältesten Schwester hatte, und was er wohl damit gemeint hatte, als er das Testament ihres Vaters erwähnt hatte. Aislinn drehte sich auf die andere Seite, nur um erneut an die süßen Küsse zu denken. Sie sehnte sich danach, wieder seine Lippen auf ihrem Mund zu fühlen, und gleichzeitig machte es ihr angst, daß sie dieses Verlangen verspürte. Schließlich fiel sie dann doch in einen tiefen Schlaf.

Sie wachte auf, als die Sonne durch das Fenster schien. Unten im Haus hörte sie die Stimmen zweier Frauen, die miteinander stritten. Aislinn konnte zwar die Worte nicht verstehen, aber sie zweifelte nicht daran, daß sie selbst die Ursache des Streits war. Sie zog sich die Decke über den Kopf und sehnte sich nach einem eigenen Heim, einem Platz, der ihr gehörte, einem Ort, an dem sie immer willkommen sein würde.

Irgendwann verstummten die Stimmen, und Aislinn

hörte, wie eine Tür ins Schloß geworfen wurde. Sie wollte sich gerade dazu zwingen, aufzustehen und der Welt ins Auge zu schauen, als sie auf dem Flur vor ihrem Zimmer ein Geräusch hörte.

»Aislinn?« Zum Glück war es Dorries Stimme. »Machen Sie mir die Tür auf, Liebes. Ich bringe Ihnen heißes Wasser, ein Handtuch und ein schönes Stück Lavendelseife. Und während Sie sich waschen, werde ich ein anständiges Kleid für Sie suchen.«

Aislinn war dankbar für die Freundlichkeit und Herzlichkeit der Frau. Sie öffnete die Tür und lächelte Dorrie scheu an.

»Guten Morgen!« grüßte diese und trat ins Zimmer. Sie trug einen Eimer mit dampfendem Wasser in der einen Hand und ein Stück duftende Seife in der anderen. »Haben Sie gut geschlafen?« flötete Dorrie fröhlich, während sie Wasser in den Krug goß und den Eimer, der immer noch halb voll war, griffbereit neben die Waschschüssel stellte.

Aislinn nickte. Obwohl Dorrie so gastfreundlich war, fühlte sie sich wie ein Eindringling. »Das war früher wohl Shays Zimmer?« Es war keine wirkliche Frage, sondern eine Feststellung, für die sie nur eine Bestätigung haben wollte.

Dorrie machte für einen Moment ein trauriges Gesicht. »Ja, aber das ist schon lange her«, erwiderte sie gedehnt. Sie ging langsam zur Tür, um etwas zum Anziehen für ihren Gast zu besorgen, und seufzte tief. »Ich denke oft an die Zeit, als Shay noch bei uns war«, fuhr sie dann leise fort. »Früher war auch Cornie nicht so hart und verbittert – aber damals hoffte sie ja noch, daß William Kyle sie zu seiner Frau machen würde.«

Aislinn hatte bereits Wasser in das Becken gegossen, und sie genoß den süßen Duft der Seife. Das war ein Luxus, den sie seit dem Tod ihrer Eltern entbehrt hatte, denn gewöhnlich benutzte sie zum Waschen eine scharf riechende gelbe Paste, die Eugenie in großen Eimern kaufte. Überrascht hielt sie in der Bewegung inne. »William Kyle? Ist das etwa Billys Vater?«

Dorries Augenausdruck wurde vorsichtig. Sie streckte den Kopf aus der Tür und blickte in den Flur, bevor sie Aislinn wieder ansah, die ein neugieriges Gesicht machte. Dorrie senkte ihre Stimme zu einem Flüstern. »Ich sollte das eigentlich gar nicht erzählen. Cornie glaubt, daß niemand weiß, wie sehr William Kyle ihr damals weh getan hat. Allerdings habe ich bemerkt, daß die beiden seit einiger Zeit wieder miteinander reden.« Dorries Augen begannen zu strahlen. »Wäre es nicht wunderbar, wenn sie sich wieder ineinander verlieben würden und Cornie doch noch glücklich werden würde? So glücklich, wie ich mit meinem Leander war, bevor Papa ihn ins Kittchen werfen ließ und mich wieder nach Hause gebracht hat?«

Aislinn hielt den Atem an. Sie war hin- und hergerissen. Einerseits wollte sie gerne mehr von dieser Geschichte hören, aber andererseits hätte es ihr leid getan, wenn ihr Wasser kalt geworden wäre. »Ja«, murmelte sie, »das wäre sicher schön.«

Dorrie verschwand, und Aislinn schloß die Tür, um sich zu waschen. Sie hatte sich in das Handtuch gewickelt, als ihre Wohltäterin wieder zurückkam, um ihr die Sachen zum Anziehen zu bringen. Ein braunes Baumwollkleid, einen Unterrock, Wäsche und eine Schürze. Die Sachen waren zwar getragen, aber frisch gewaschen. Während Aislinn sich ankleidete, dachte sie daran, was Dorrie ihr von Cornelias Liebe zu William Kyle erzählt hatte. Für sie selbst war diese Information zwar wertlos, aber Shay konnte vielleicht etwas damit anfangen. Wie jede anständige Frau in Prominence hatte Aislinn immer einen großen Bogen um die Männer der Powder Creek Ranch gemacht. Vater und Sohn galten als rücksichtslos und brutal, wobei der Senior der Klügere und Intelligentere – und damit der Gefährlichere war.

»Sie werden doch niemandem etwas erzählen?« vergewisserte sich Dorrie, als Aislinn wenig später nach unten in die Küche kam. »Ich meine, über Cornelia und Mr. Kyle.« Dorrie saß am Tisch und schenkte Tee ein. In einer kupfernen Schüssel waren Rühreier warm gestellt, und in einem silbernen Ständer steckten dicke Scheiben getoastetes Brot, das bereits gebuttert war. Aislinns leerer Magen begann zu knurren.

Sie schüttelte den Kopf, um Dorries Frage zu beantworten, und setzte sich an den Tisch. Obwohl sie hungrig war, mußte sie sich zwingen, etwas zu essen, denn plötzlich wurde ihr die Ausweglosigkeit ihrer Lage so richtig bewußt. Ins Hotel konnte sie nicht zurück, das wäre Eugenie gegenüber einfach nicht fair gewesen, denn wenn sie es durchgehen ließ, daß ein Mädchen die Regeln brach, würde sie das bald bei einem anderen auch tun müssen – und das Ergebnis wäre Chaos.

Im Grunde blieb ihr also gar keine andere Wahl, als in die nächste Stadt zu ziehen, denn die Farm konnte sie nicht kaufen, da ihr dafür noch Geld fehlte. Aber sie fühlte sich wohl in Prominence und wollte gar nicht in einer anderen Stadt leben.

»Sie machen so ein betrübtes Gesicht, meine Liebe«, bemerkte Dorrie, griff nach Aislinns Hand und drückte sie.

Aislinn blinzelte, um die Tränen zurückzuhalten, die ihr in die Augen traten. Sie hatte ihr Leben lang gekämpft, aber plötzlich fühlte sie sich müde und ausgebrannt. Sie stand vor einem Scherbenhaufen und wußte nicht mehr ein noch aus. »Das vergeht schon wieder«, murmelte sie mehr aus Gewohnheit als aus Überzeugung.

»Stehen Sie denn ganz allein in der Welt?«

Aislinn schüttelte den Kopf. »Nein, ich habe noch zwei jüngere Brüder, Thomas und Mark, die in Maine zur Schule gehen.«

»Was ist mit den Eltern?«

Aislinn trank einen Schluck Tee. »Die sind tot.«

»Und es gibt keine anderen Verwandten? Keine Onkel oder Tanten? Keine Großeltern?« Dorrie blickte Aislinn mitfühlend an.

Es war schon merkwürdig, dachte Aislinn. Dorrie McQuillan hatte ihren guten Ruf verspielt, als sie vor Jahren mit einem Hausierer durchgebrannt war, aber sie hatte ein warmes Herz, während Cornelia McQuillan im Kirchenvorstand saß und in der ganzen Gemeinde hoch geachtet war, dabei aber für die Menschen um sich herum kein Mitgefühl hatte.

Wieder schüttelte Aislinn den Kopf. »Meine Brüder sind alles, was ich habe. Ich will sie eines Tages herkommen lassen, damit wir eine kleine Familie sind.« Aber dieser Tag schien weiter entfernt zu sein als je zuvor. Um zu überleben, würde sie auf ihre Ersparnisse zurückgreifen müssen. Wovon sollte sie dann die kleine Farm kaufen? Ganz abgesehen davon, daß sie ja auch Geld brauchte, um Werkzeug, Saatgut und eine Milchkuh anzuschaffen. Und wovon sollte sie die Fahrkarten für die Jungs bezahlen, die ja während der langen Reise in den Westen auch Geld für Essen und Trinken brauchen würden? Wie Aislinn es auch drehte und wendete, ihre Lage war hoffnungslos.

»Dann bleiben Sie doch einfach hier. Sie können oben unterm Dach schlafen und uns im Laden helfen.«

Aislinn wagte gar nicht, darauf zu hoffen. »Das würde Cornelia doch nie erlauben«, seufzte sie. »Wenn es nach ihr gegangen wäre, hätte ich nicht mal die Nacht in diesem Haus verbringen dürfen.«

»Ach, Cornelia übertreibt manchmal. Unser Papa pflegte zu sagen, daß sie wie eine sture Stute ist, die einfach durchgeht und alles über den Haufen rennt. Rechtlich gesehen gehört der Laden genauso Shamus und mir. Und mit diesem Haus verhält es sich ebenso. Shamus und ich haben ihr aus unterschiedlichen Gründen immer ihren Willen gelassen.« Auf Dorries rosiger Gesichtshaut bildeten sich rote Flecken, und ihre Augen funkelten. »Uns beiden lag nie so viel an dem Laden und dem Haus, um deshalb mit Cornelia zu kämpfen. Ich dachte immer nur an meinen Leander, und Shamus wollte einzig und allein Marshal sein. Und nach Grace' Tod, hat er sich ja um gar nichts mehr gekümmert.« Sie betrachtete Aislinn eine Weile nachdenklich. »Aber vielleicht ändert sich das ja bald alles. Ich rechne jeden Tag damit, daß mein Leander zurückkommt, um mich mit sich zu nehmen, und Shamus scheint auch über das Schlimmste hinweg zu sein. Bevor ich die Stadt verlasse, werde ich mit Cornelia reinen Tisch machen. Shamus wird ebenso seinen Anteil am Erbe bekommen wie ich, denn Leander und ich werden das Geld brauchen, um anderswo ein neues Leben zu beginnen.«

Aislinn beugte sich gespannt vor. »Leander kommt hierher zurück?« Wenn diese Geschichte wahr war und nicht nur das Hirngespinst einer alternden Jungfer, dann war dies die romantischste Liebesgeschichte, die Aislinn je gehört hatte. »Hat Leander denn jemals geschrieben?«

Dorries Augen, die vor einem Moment noch wütend geblitzt hatten, wurden ganz sanft und verträumt. »Ich habe sein festes Versprechen, daß er kommt, sobald er aus dem Gefängnis entlassen wird. Das hat er mir an dem Tag versprochen, als mein Vater ihn ins Gefängnis werfen ließ, weil Leander mich entführt hatte – und ich weiß, daß er damals die Wahrheit gesagt hat.«

Aislinn öffnete sprachlos den Mund. Und sie hatte gedacht, daß *sie* Probleme hatte. Aber wenn man genau hinschaute, schien es doch immer noch einen Menschen zu geben, dem es noch schlechter als einem selbst ging. »Leander war all die Jahre im Gefängnis?«

Dorrie nickte. »Aber ich habe ihm regelmäßig geschrieben. Heimlich natürlich.«

Plötzlich erinnerte sich Aislinn daran, daß sie Eugenie

mehrmals beobachtet hatte, wie sie dem Fahrer der Postkutsche verstohlen dicke Briefumschläge zugesteckt hatte und daß sie manchmal zu dem Krämerladen gehuscht war – immer dann, wenn Cornelia gerade ausgegangen war.

»Eugenie«, meinte sie lächelnd. »Sie ist doch wirklich ein Schatz!«

Dorrie machte ein überraschtes Gesicht und lächelte dann. »Sie dürfen das aber niemandem verraten. Wenn Cornelia wüßte, daß ich immer noch Kontakt zu Leander habe, würde sie sehr böse werden, und ich weiß nicht, was Shamus tun würde. Manchmal ist er so hart wie unser Vater, obwohl wir Shay doch während des Oregon Trails adoptiert haben.« Sie schwieg, und es schien ihr peinlich zu sein, daß sie dieses Familiengeheimnis so unbedacht ausgeplaudert hatte. Hastig wechselte sie das Thema. »Ich schlage vor, daß ich jetzt erst mal ins Hotel gehe, um Ihre Sachen zu holen.« Aislinn wollte protestieren, aber Dorrie winkte ab. »Das macht mir wirklich nichts aus. Und anschließend gehen wir beide in den Laden, und ich zeige Ihnen, wie man die Regale auffüllt und Zucker oder Mehl abwiegt.«

Aislinn hatte zwar jetzt schon Angst vor dem nächsten Zusammenstoß mit Cornelia, aber ihre Lage war so verzweifelt, daß sie es sich nicht leisten konnte, Dorries generöses Angebot auszuschlagen. Sie mußte eben versuchen, der älteren Schwester möglichst aus dem Weg zu gehen, sie mußte hart arbeiten, wie sie es ihr Leben lang getan hatte – und dann würde sie sich vielleicht doch noch ihren Traum erfüllen können und ihre Brüder zu sich holen, damit sie endlich wieder eine kleine Familie waren.

»Ich kann Ihnen gar nicht genug danken«, sagte Aislinn. Sie stand auf, um den Tisch abzuräumen, als sie sah, daß Dorrie ihr Frühstück beendet hatte. »Wenn Sie nicht wären …«

»Schon gut«, unterbrach Dorrie die Jüngere. »Eines Tages brauche ich vielleicht Ihre Hilfe. Wenn Cornelia sieht, wie Leander in die Stadt reitet, um mich mitzunehmen, wird sie rasen – und dann wird es gut sein, wenn ich eine Freundin habe, auf die ich mich verlassen kann.«

Impulsiv umarmte Aislinn die ältere Frau. »Wenn die Zeit da ist, werden wir schon einen Weg finden, um mit Cornelia fertig zu werden – und wenn es sein muß auch mit Shay. Das verspreche ich.«

Dorrie strahlte über das ganze Gesicht, und in ihren Augenwinkeln standen Freudentränchen. »Wollen wir Freunde sein, Aislinn?« fragte sie und streckte ihre Hand aus.

Aislinn nahm die ausgestreckte Hand und drückte sie. »Freunde, Dorrie. Versprochen!«

William Kyle senior war eine imposante Erscheinung. Er war groß und schlank, hatte dunkle Haare und einen sorgfältig gestutzten Bart. Sein Auftreten war herrisch, und er war es gewohnt, daß er alles im Leben bekam, was er haben wollte. Notfalls kaufte er es sich, denn er war so unermeßlich reich, daß Geld für ihn keine Rolle spielte.

»Was fällt Ihnen ein, meinen Jungen einzusperren, Marshal?« fragte er Shay, dem er im Gefängnis am Schreibtisch gegenüberstand. Kyle hatte es nicht nötig, seine Stimme zu erheben, denn auch leise klang sie wie ein Donnerhall von Gottvater Zeus, der die Berge erzittern ließ.

Shay ließ sich davon jedoch nicht beeindrucken. »Ich hatte in letzter Zeit öfter Schwierigkeiten mit Billy«, erwiderte er. »Gestern abend sagte ich O'Sullivan, daß er dafür sorgen solle, Billy nach Hause zu bringen. Statt dessen sind die beiden durch die Hintertür ins Gefängnis eingebrochen und wollten einen Gefangenen entführen. Da war ich am Ende meiner Geduld.«

Kyle versuchte, Shay mit einem bösen Blick einzuschüchtern, aber als das nichts half, zog er seine Brieftasche aus der Tasche seiner modischen Ostküsten-Jacke. »Wieviel?« fragte er kalt.

»Es wurde keine Kaution für den Gefangenen festgesetzt«, erwiderte Shay, der sich sehr wohl bewußt war, daß dies ein Bestechungsversuch war. »Es ist Sache des Bezirksrichters, darüber zu entscheiden, nicht meine.«

»Wir brauchen keinen Richter, wenn Sie die Anschuldigungen einfach unter den Tisch fallen lassen.« Kyles schwarze Augenbrauen zuckten, denn er war es nicht gewohnt, daß sich jemand seinen Wünschen oder Anordnungen widersetzte – gleich, ob sie nun gerechtfertigt waren oder nicht.

Shay setzte sein berühmtes Lächeln auf. »Das ist richtig, Mr. Kyle«, antwortete er. »Das Problem bei der Sache ist allerdings, daß es sich hierbei nicht um einen von Billys üblichen dummen Jungenstreichen handelt. Er und O'Sullivan sind gewaltsam ins Büro eines U. S. Marshals eingedrungen, um einen Gefangenen zu befreien. Das ist eine ernste Sache. Ich kenne mehr als einen Mann, der wegen so eines Verbrechens eine Strafe im Staatsgefängnis absitzt.«

Kyles sonnengebräuntes Gesicht wurde eine Spur blasser. »Der Junge wollte sich nur einen Spaß erlauben.« Kyles Gebiß, das er sich wahrscheinlich von einem Versandhaus im Osten hatte schicken lassen, klapperte nervös. »Vielleicht haben Sie ja meinen Jungen eingebuchtet, weil Sie selbst ein Interesse an dieser Frau aus dem Saloon haben.«

Immer wieder wunderte Shay sich darüber, wie schnell sich doch manche Neuigkeiten herumsprachen. Die Powder Creek Ranch lag gut zehn Meilen außerhalb der Stadt, es war gerade erst hell geworden, und Shay hatte noch nicht mal gefrühstückt, aber trotzdem wußte der alte Kyle bereits über Aislinn Bescheid. Da er keine Gelegenheit gehabt hatte, mit seinem Sohn darüber zu reden, mußte jemand noch vor Sonnenaufgang zur Ranch geritten sein, um ihn zu informieren.

Shay polierte seinen Stern mit dem Ärmel seines Hemdes. Diese Geste hatte immer eine beruhigende Wirkung auf ihn, wenn die Lage kritisch war. »Und wenn ich kein Interesse an dieser Frau habe, hätte ich sie Ihrer Ansicht nach wohl einfach Billy überlassen sollen, damit der Junge seinen Spaß mit ihr haben kann. Das meinten Sie doch, Mr. Kyle?«

Kyle antwortete nicht, aber seine Nackenmuskeln schwollen an.

»Du mußt mich hier rausholen, Pa!« wimmerte Billy, der durch die Gitterstäbe starrte und erbärmlich aussah. Sein Bart war büschelweise gewachsen, und er hatte tiefe Ringe unter den Augen. »Seit der Marshal nichts mehr trinkt, kann man nicht mehr vernünftig mit ihm reden. Erst hat er mich auf der Straße fertiggemacht, dann hat er mich im ›Yellow Garter‹ an die Fußleiste der Bar gefesselt, und schließlich hat er mich auch noch in diese verlauste Zelle gesteckt. Du mußt dem Mann mal ordentlich Bescheid sagen, Pa, damit er weiß, wo seine Grenzen sind.«

Der Rancher drehte sich langsam um und betrachtete seinen Sohn. Shay glaubte eine Eiseskälte zu spüren, die plötzlich von dem Mann auszugehen schien. »Halt den Mund«, befahl er. Seine Stimme klang leise, aber seine Worte enthielten eine unmißverständliche Warnung. »Kein Wort mehr, Freundchen, oder ich prügele dich eigenhändig windelweich.«

Billy zuckte zusammen und ließ die Gitterstäbe los. Er schluckte so hart, als hätte er gerade eine glitschige Kröte verschluckt. Auch O'Sullivan schien reichlich nervös zu sein, denn er preßte sich in der hintersten Ecke ganz eng an die Wand.

Aus dem Augenwinkel beobachtete Shay seine Gefangenen, aber seine Gedanken drehten sich um die Frage, warum Kyle senior schon vor Sonnenaufgang in die Stadt geritten war, um seinen Jungen aus dem Gefängnis zu holen. Er wollte offensichtlich verhindern, daß Billy etwas sagte, was er besser nicht sagen sollte. Der Junge war leicht erregbar und ließ sich schnell aus der Fassung bringen.

»Wenn Sie jemanden losschicken, um den Bezirksrichter zu informieren, habe ich nichts dagegen«, erklärte Shay dem alten Rancher. »Wenn der Richter eine Kaution festgesetzt hat, werde ich Ihren Sohn nach Zahlung der Summe auf freien Fuß setzen. Bis dahin bleiben aber beide Männer in meinem Gewahrsam, weil sie in mein Büro eingebrochen sind, um Miss Aislinn Lethaby zu entführen. Ich möchte lieber nicht wissen, wie die Anklage lauten würde, wenn ich nicht hier gewesen wäre, um die beiden aufzuhalten.«

Kyle starrte den Marshal eine Weile schweigend an. Sein Gesicht war jetzt nicht mehr so gerötet, aber er war immer noch sehr erregt, was daran zu erkennen war, daß der Muskel unterhalb des Wangenknochens unaufhörlich zuckte. »Ich würde gerne mit meinem Sohn ein Wort unter vier Augen reden«, sagte er. »Ich denke doch, daß Sie das gestatten können.«

Shay rieb sich den Nacken. Er mußte an sich halten, um nicht über den Schreibtisch zu springen, Vater und Sohn mit je einer Hand an der Gurgel zu packen und sie so lange zu schütteln, bis sie *beide* die ganze Wahrheit gestanden hatten. »Gehen Sie«, meinte er.

»Er wird mich umbringen, Pa!« kreischte Billy. »Wenn du mich nicht auf der Stelle hier rausholst, wird er mich umbringen!« Billy mußte ein sehr kurzes Gedächtnis haben, denn der Alte hatte ihm doch eben erst befohlen, den Mund zu halten. Er schaute ganz überrascht, als sein Vater durch das Gitter faßte, ihn am Hemd packte und sein Gesicht hart gegen die eisernen Stäbe schlug.

»Halt's Maul«, knurrte der Alte. Zumindest war Shay ziemlich sicher, daß er so etwas gesagt hatte, auch wenn er die Worte nicht verstehen konnte, da Kyle senior nur noch wisperte.

Er setzte sich auf die Ecke des Schreibtischs, verschränkte die Arme vor der Brust und hielt den Kopf gesenkt. Er war doch ein verdammter Idiot gewesen, dachte Shay verbittert, ein Narr, dessen Verstand vom Whiskey vernebelt war. Wenn er klar im Kopf gewesen wäre, hätte ihm schon viel früher aufgehen müssen, wer für den Anschlag auf die Kutsche und für Grace' Tod und den der anderen verantwortlich war. Natürlich mußte er erst Beweise für diese Theorie finden, denn auf Grund eines Gefühls oder eines vagen Verdachtes würden die Schuldigen nicht verurteilt und gehenkt werden. Shay traute es Billy durchaus zu, eine Brücke in die Luft zu jagen und den Tod von fünf Menschen in Kauf zu nehmen, nur um an eine Kiste mit Geld zu kommen, die er sich auch anders hätte beschaffen können. Die Frage war, welche Rolle Kyle senior dabei gespielt hatte. Entweder hatte er vorher von dem hinterhältigen Anschlag gewußt und das Dynamit besorgt, weil er selbst ein Ziel damit verfolgte, oder er hatte erst später herausgefunden, daß Billy in die Sache verwickelt war und hatte sich entschlossen, seinen Sohn vor dem Gesetz zu schützen.

Shay hielt die zweite Möglichkeit für die wahrscheinlichere. Kyle hatte seinem Jungen alles gegeben, was ein junger Mensch sich nur wünschen konnte, und er hatte die Augen verschlossen, wenn der Junior mal wieder eine Dummheit begangen hatte. Für manche Leute war das väterliche Liebe, aber für Shay, der von einem ehrlichen und anständigen Mann erzogen worden war, der seinen Sohn gelobt hatte, wenn er es verdient hatte, und der ihn andererseits für seine Fehler hatte büßen lassen, zeugte so ein Verhalten nicht von Liebe, sondern von Gleichgültigkeit.

Schließlich beendete der alte Kyle sein Gespräch mit Billy und wandte sich wieder an Shay. »Sie wollen es sich nicht doch noch einmal überlegen?« Es war weniger eine Frage als eine Feststellung, ja fast schon eine Anklage.

Shay schüttelte den Kopf. »Nein, Sir.« Jeder im Raum – Billy, Kyle senior und Jim O'Sullivan – wußte, daß diese Anrede in diesem Fall kein Zeichen des Respekts vor dem älteren Mann war. »Die beiden bleiben hier, bis ein Richter anders entscheidet.«

Aislinn saß im vorderen Teil des Ladens hinter zwei Fässern auf dem Fußboden und packte eine Kiste mit neuen Büchern aus. Durch das Fenster sah sie Mr. William Kyle, der weder nach rechts noch nach links blickte, sondern direkt auf den Laden zuging. Sein Gesicht wirkte hart wie Granit. Er stieß die Tür auf und ging, ohne seinen runden schwarzen Hut abzunehmen, mit schnellen Schritten zum Hinterzimmer des Ladens, das durch einen Vorhang vom vorderen Verkaufsraum abgetrennt war. Dort war Cornelia damit beschäftigt, Seidenbänder abzumessen, die der Hutmacher geordert hatte.

Dorrie hatte Aislinn geraten, sich von ihrer Schwester fernzuhalten, bis sie Cornelia schonend beigebracht hatte, daß Aislinn ab sofort als Aushilfe im Laden arbeiten würde. Dann war Dorrie zum Hotel gegangen, um Aislinns persönliche Sachen abzuholen und Eugenie und Liza Sue eine Nachricht von Aislinn zu überbringen. Natürlich hoffte Dorrie, daß ein Brief von Leander auf sie warten würde.

Mr. Kyle mußte mit der Faust – oder gar mit dem Knauf seines Revolvers auf die Verkaufstheke geschlagen haben, denn es gab so einen lauten Knall, daß Aislinn zusammenzuckte.

»Weißt du, was dein Bruder jetzt angestellt hat?«

Cornelia schnaubte. »Der Marshal ist nicht direkt mit mir verwandt«, erwiderte sie.

Aislinn wagte zwar kaum zu atmen, aber sie konnte der Versuchung nicht widerstehen, hinter den Fässern hervorzulugen und durch den offenstehenden Vorhang ins Hinterzimmer zu spähen. Mr. Kyle stand halb über die Theke gebeugt und sah aus, als würde er Cornelia gleich bei den Haaren packen.

»Shamus McQuillan hat den Jungen aufgenommen, hat ihm seinen Namen gegeben und ihn als seinen Sohn erzogen. Nach dem Gesetz ist der Marshal dein Bruder, als wäre er in deine Familie hineingeboren worden. Wenn du weißt, was gut für dich ist, Cornelia McQuillan, wirst du deine Einstellung gegenüber Shay ganz schnell ändern. Du wirst ihn an deinen Busen drücken und dich für alles entschuldigen, was du ihm im Laufe seines Lebens angetan hast. Dann wirst du ihn zur Vernunft bringen und dafür sorgen, daß er Billy aus dem Gefängnis entläßt, denn sonst könnte es hier in Prominence mehr Tote geben, als du dir vorstellen kannst.«

Aislinn biß sich auf die Unterlippe und wartete. Sie kannte Shay ja nicht allzugut, aber sie hätte ihre gesamten Ersparnisse darauf verwettet, daß niemand – und Cornelia schon gar nicht – den Marshal von dem Weg abbringen konnte, den er einmal eingeschlagen hatte.

»Shay ist doch nicht blöd«, erwiderte Cornelia mit rauher Stimme. »Er weiß, daß ich ihn nicht ausstehen kann. Er würde mich sofort durchschauen, wenn ich ihm nach all den Jahren plötzlich um den Bart streichen und versuchen würde, die Gräben zwischen uns zu überbrücken.«

Kyle packte Cornelias Kinn mit einer Hand, aber die Geste war alles andere als zärtlich. »Dann mußt du dir eben etwas Glaubhaftes einfallen lassen«, sagte er in einem Ton, daß es Aislinn eiskalt über den Rücken lief. Abrupt ließ er sie los, drehte sich um und ging davon. Cornelia blickte dem Mann stumm hinterher, aber in ihrem Gesicht spiegelten sich all die Emotionen, die sie empfand: Angst, Wut und Hilflosigkeit.

Aislinn duckte sich wieder hinter die Fässer und sah durch das Fenster, wie Dorrie mit einem Bündel auf dem Arm vom Hotel auf den Laden zuging. Aislinn schloß für einen Moment die Augen und schickte ein stummes Gebet zum Himmel. Sie konnte nur hoffen, daß ihre neue Freundin nicht ausgerechnet jetzt mit Cornelia darüber sprechen wollte, daß sie Aislinn als neue Aushilfskraft eingestellt hatte. Cornelia würde außer sich sein, wenn sie erfuhr, daß Aislinn bei dem Zusammenstoß mit Mr. Kyle im Laden gewesen war und womöglich das Gespräch belauscht hatte.

Sie hatte zwar nicht den vollen Sinn verstanden, aber so viel war ihr klar: Die Sache war wichtig. Sobald sie mit ihrer Arbeit fertig war, wollte sie zu Shay gehen und ihm von der seltsamen Unterredung erzählen. Dann konnte er entscheiden, was er mit dieser Information anfing.

Dorrie blieb einen Moment vor dem Fenster stehen und schaute Aislinn direkt in die Augen. Dann zog sie einen Briefumschlag heraus, lächelte selig, winkte verstohlen und ging weiter, ohne den Laden zu betreten. Offensichtlich hatte sie Post von Leander bekommen und konnte es kaum erwarten, den Brief zu lesen.

Aislinn wartete eine ganze Weile regungslos und fürchtete, daß sie doch noch entdeckt würde. Aber Cornelia schien den kurzen Blickwechsel zwischen Dorrie und der neuen Aushilfe nicht bemerkt zu haben. Schließlich nahm Aislinn ihren ganzen Mut zusammen und kroch hinter den Fässern hervor. Cornelia schien sich zurückgezogen zu haben, jedenfalls war sie nirgends zu sehen.

Hastig trat Aislinn ins Freie, blieb ratlos auf dem hölzernen Fußsteg stehen und fragte sich, was sie nun tun sollte. Sie beobachtete, wie Shay aus dem Gefängnis trat. Er machte ein finsteres Gesicht, und sie wußte instinktiv, daß dies nicht der geeignete Zeitpunkt war, um ihm zu erzählen, was sie im Laden gehört hatte. Sie hatte keine Angst vor Shay, denn sie war sicher, daß er ihr – zumindest körperlich – nie weh tun würde, aber es war klar, daß er jetzt nicht in der Stimmung war, um sich ihre Geschichten anzuhören.

Er hielt einen Mann auf, der ihm entgegenkam, und die beiden sprachen eine Weile miteinander. Aislinn konnte nicht verstehen, worüber sie redeten, aber der andere Mann nickte, trat ins Büro des Marshals und ließ die Tür hinter sich offen. Shay blickte aufmerksam die Straße rauf und runter und ging dann zum Mietstall. Wenig später kam er mit seinem Pferd wieder heraus.

Falls er Aislinn gesehen hatte, zeigte er es nicht. Er schwang sich in den Sattel und ritt los. Im nächsten Moment zügelte er den Wallach und brachte das Tier direkt vor Aislinn zum Stehen.

»Hast du gut geschlafen?« fragte er.

So eine Frage stellte ein Gentleman einer Lady eigentlich nicht. Aber welchen Sinn machte es noch, über Umgangsformen nachzudenken, nachdem Aislinn ohnehin schon gegen nahezu alle Regeln der besseren Gesellschaft verstoßen hatte. Sie hatte mit Shay im Schatten der Veranda eng umschlugen getanzt und sich dann von ihm küssen lassen. Sie hatte das Kleid einer Prostituierten angezogen und war in eine Bar gegangen, über deren Schwelle eine Lady nie ihren Fuß gesetzt hätte, und dann hatte sie auch noch einen Großteil der Nacht im Gefängnis verbracht – wegen Erregung öffentlichen Ärgernisses. Das alles genügte ja wohl für einen einzigen Abend. »Hast du denn gut geschlafen?« stellte sie die Gegenfrage und hielt die Hand über die Augen, um sich gegen die Sonne zu schützen, während sie zu ihm aufschaute. Er grinste sie an. »Nein, Ma'am.«

Sie hätte ihn gerne gefragt, wohin er reiten wollte – aber das wäre ebenso unhöflich gewesen wie seine Frage.

Shay beugte sich im Sattel vor, stützte sich dabei mit der Hand auf den Sattelknopf und sah sie mit seinen himmelblauen Augen durchdringend an. »Wie kommst du mit der Arbeit im Laden zurecht?«

Offensichtlich hatte er inzwischen schon mit Dorrie gesprochen. Sie mußte ihm gesagt haben, daß sie Aislinn bei sich aufgenommen hatte.

»In zwei bis drei Tagen werde ich mich bestens auskennen«, erwiderte sie, denn wenn es etwas gab, auf das sie sich verlassen konnte, dann war es ihre Fähigkeit, sich innerhalb kürzester Zeit mit einer neuen Aufgabe vertraut zu machen. Für einen kurzen Moment dachte sie daran, Shay doch auf der Stelle von Mr. Kyles Besuch und dem seltsamen Gespräch zu erzählen, aber dann merkte sie, daß sein Blick über sie hinwegglitt und er jemanden fixierte, der hinter ihr stand.

Nach kurzem Zögern tippte er mit dem Finger an die Krempe seines Hutes. »Hallo, Cornelia«, begrüßte er seine Schwester.

»Einen wunderschönen guten Tag, Shamus«, zwitscherte sie. »Du und ich sollten uns doch wirklich mal zusammensetzen und unsere Streitigkeiten begraben. Das wäre doch sicher auch im Sinn von Mama und Papa. Vielleicht hättest du Lust, heute abend zu uns zum Essen zu kommen.«

Shays Augen zogen sich zusammen. Es war klar zu erkennen, daß Cornelias freundliches Angebot ihn irritierte und mißtrauisch machte. Doch im nächsten Moment strahlte er übers ganze Gesicht und grinste schräg. »Wie könnte ich so eine herzliche Einladung meiner Schwester ablehnen?« entgegnete er lächelnd.

7

Shay und Tristan saßen einander im Sattel ihrer nervös tänzelnden Pferde gegenüber. Die Brüder hatten sich abseits des Weges auf einer Lichtung getroffen, die von Birken umstanden war.

»Billy Kyle hat die Kutsche überfallen und die fünf Menschen auf dem Gewissen«, sagte Shay, während er den Hals seines Wallachs tätschelte.

Tristan beugte sich vor und stützte die Hand auf den Sattelknopf. Er hatte die Krempe seines Hutes tief in die Stirn gezogen, um seine Augen vor der grellen Mittagssonne zu schützen. Zwar trug er nicht haargenau die gleiche Kleidung wie Shay, aber sie glich ihr doch immerhin so sehr, daß sich die beiden Männer zum Verwechseln ähnlich sahen. »Der Junge des Ranchers?«

Shay antwortete nicht, denn die Frage war ohnehin nur rhetorisch gemeint.

»Zuzutrauen wäre es ihm, aber warum sollte der Sohn eines reichen Mannes so ein Risiko auf sich nehmen? Er muß doch wissen, daß er dafür hängen wird. Es dürfte kaum eine Jury geben, die einen Mann freispricht, der aus Habgier unschuldige Frauen umgebracht hat.«

Shay rückte seinen Hut zurecht. »Wenn Billy ein Geständnis ablegt oder ich schlüssige Beweise für seine Schuld habe, werde ich vielleicht nicht auf den Urteilsspruch einer Jury warten.«

Tristan kontrollierte sein Pferd mit der Erfahrung eines ausgezeichneten Reiters, indem er nur kurz die Zügel bewegte, die er in der linken Hand hielt. »Das wäre Selbstjustiz, und das werde ich nicht zulassen, auch wenn ich vollstes Verständnis für deine Reaktion hätte.«

»Das geht dich überhaupt nichts an.«

»Ich sehe die Sache anders«, erwiderte Tristan ruhig. »Es war immerhin *meine* Kutsche und *mein* Geld.« Entweder hatte er diese Bemerkung absichtlich fallenlassen, oder er hatte für einen Moment seine Wachsamkeit vergessen. Auf jeden Fall war das ein Ding!

Shay stieß einen leisen Pfiff aus, worauf die Pferde die Ohren spitzten und zur Seite tänzelten. »Sieht ganz danach aus, daß du mich angelogen hast, Bruder. Du hast mir doch erzählt, daß du für den Eigentümer der Kutschen-Linie arbeitest.«

Tristan grinste verschmitzt. »Das tue ich ja auch. Ich habe noch nie härter für jemanden gearbeitet als für mich selbst – vielleicht abgesehen von meinem Pa, als ich noch zu Hause auf der Ranch war.« Seine Augen funkelten nicht mehr, das Lächeln verschwand aus seinem Gesicht und machte einer gewissen Traurigkeit Platz. Shay wußte, daß dahinter eine lange Geschichte steckte, aber jetzt war nicht die Zeit, um Fragen zu stellen. Wenn Tristan seine Geschichte erzählen wollte, dann würde er es eines Tages tun. Zwingen lassen würde er sich ohnehin nicht dazu.

Tristan öffnete eine der Satteltaschen, zog ein schmales Buch heraus, das in schäbiges Ölpapier eingeschlagen war, und reichte es Shay. »Hier. Das ist das Tagebuch unserer Mutter. Es wird dir ein bißchen mehr über unsere Familie, die Killigrews, erzählen. Ich habe das Buch mindestens hundertmal gelesen und kenne es auswendig. Wenn du willst, kannst du es gerne behalten.«

Shay betrachtete das dünne Bändchen, das voller Eselsohren und Flecken war, und mußte mit widerstrebenden Gefühlen kämpfen. Einerseits wollte er es auf der Stelle verschlingen und Seite für Seite, Wort für Wort lesen, aber andererseits befürchtete er, daß der Inhalt, der sicher in einer zarten Frauenhandschrift geschrieben war, die Grundfesten seines ganzen Lebens erschüttern könnte. Deshalb war sein Wunsch, das Büchlein einfach ins Gebüsch zu werfen oder es Tristan zurückzugeben, ebenso stark wie sein Verlangen, es zu lesen.

»Ein Mann sollte seinen Ursprung kennen und wissen, woher er stammt und wer er ist«, fuhr Tristan ruhig fort, und Shay wurde bewußt, wieviel er von sich preisgegeben hatte, als er nur still dagesessen hatte und das Tagebuch seiner leiblichen Mutter angestarrt hatte.

»Ich weiß, wer ich bin«, erwiderte Shay, aber er war nicht mehr so ganz sicher, ob das der Wahrheit entsprach. Zumindest war es nicht die ganze Wahrheit. Wenn er jetzt zurückdachte, erinnerte er sich daran, daß er häufig das Gefühl gehabt hatte, nur halb zu sein, als ob ein wesentlicher Teil von ihm fehlte. Vielleicht hatte er immer gespürt, daß es Tristan gab – an dessen Existenz im Mutterleib er sich vielleicht unbewußt erinnert hatte.

Tristan ließ seinen Blick über die Prärie wandern, um seinem Bruder die Gelegenheit zu geben, seine Fassung und seine Würde zurückzugewinnen. »Du solltest Aislinn heiraten und dich mit ihr niederlassen, um eine Familie zu gründen und ein paar Kinder großzuziehen, kleiner Bruder«, sagte Tristan nach einer Weile. »Du hast zwar die meiste Zeit deines Lebens hier in Prominence verbracht, aber ich schätze, du hast auf der Suche nach einem Heim in Gedanken schon die halbe Erde durchwandert.«

Shay räusperte sich und steckte das Tagebuch seiner Mutter in seine eigene Satteltasche. Der Gedanke, mit Aislinn eine Familie zu gründen, war ihm gar nicht mal unangenehm, aber zuerst mußte er andere Dinge erledigen. »Bist du so eine Art Philosoph?« brummte er.

Tristan lachte leise in sich hinein. »Nein, aber ich bin die andere Seite der gleichen Münze. Wie ich dir schon einmal gesagt habe: Ich kenne dich so gut, weil ich mich selbst kenne.«

Das war mehr, als Shay von sich behaupten konnte, aber im Gegensatz zu ihm hatte Tristan Zeit gehabt, sich an den Gedanken zu gewöhnen, einen Zwillingsbruder zu haben. So etwas mußte auch ein erwachsener Mann erst einmal verdauen. »Hast du irgendwo eine Braut versteckt?« fragte er, weil er wissen wollte, ob sein Bruder auch in dieser Hinsicht ähnlich empfand wie er selbst.

Tristan lächelte und die Blätter der Birken, die sich im Wind bewegten, warfen Schatten auf sein Gesicht. »Nein, aber wenn du so blöd bist, nicht zu merken, daß Miss Aislinn Lethaby dich mag, könnte ich sie dir vielleicht schneller ausspannen, als du deinen Fünfundvierziger ziehen kannst.«

Shay verzog das Gesicht. »Soll das heißen, daß du hier in der Gegend bleiben willst, nachdem wir Billy und Kyle senior dingfest gemacht haben? Was ist denn mit deiner Kutschen-Linie? Mußt du dich darum nicht kümmern?«

»Oh, es gefällt mir hier in Kalifornien wirklich gut! Ich habe ein Auge auf ein Stück Land südlich der Powder Creek Ranch geworfen. Ich habe es mir heute morgen mal angesehen. Gutes Land, um Rinder zu züchten und Kinder aufzuziehen.« Er ließ diese Bemerkung einen Moment wirken und fuhr dann fort: »Die Kutschen-Linie habe ich aus verschiedenen Gründen verkauft, aber das Geschäft wird erst dann abgeschlossen, wenn ich den Raub und die damit verbundenen Morde aufklären kann. Die neuen Besitzer wollen keine Linie kaufen, die niemand mehr versichert.«

»Was meinst du damit?«

»Die Familien der Opfer wurden entschädigt, und mir selbst wurde von der Versicherung ein Teil des gestohlenen Geldes erstattet«, erklärte Tristan. »Aber die Gesellschaft erneuert die Police nicht mehr – weder für mich noch für jemand anderes –, solange ich keinen Beweis habe, daß der andere Fall geklärt ist und die Täter zur Rechenschaft gezogen wurden.«

»Können sie das denn machen?« fragte Shay verwundert.

Tristan nahm die Zügel auf und ritt mit seinem Pferd auf die Straße zu. »Sie tun es einfach. Es handelt sich hier um ein kleines Vermögen – und Versicherungen gefällt es nun mal nicht, wenn sie Geld verlieren.«

Shay blieb keine andere Wahl; er mußte seinem Bruder folgen. »Wie viele Kutschen hattest du eigentlich?« wollte er wissen. Offensichtlich waren sie sich doch nicht so ähnlich, wie man auf den ersten Blick meinen konnte. Tristan hatte sich eine eigene Firma aufgebaut, während er selbst nie mehr als fünfunddreißig Dollar verdient hatte, dafür daß er den Stern der Regierung getragen hatte.

»Sieben«, erwiderte Tristan so ruhig, als würde er über seine Zündhölzer sprechen. »Plus die eine, die Billy in die Luft gejagt hat.«

Die Erinnerung an das Grauen, das er gesehen hatte, kehrte zurück, aber diesmal mit einem beunruhigenden Unterschied: Shay konnte sich nicht mehr an Grace' Gesicht erinnern. »Hast du das Geld geerbt?« fragte er, um sich abzulenken. »Ich meine, man braucht schon eine gewisse Summe, um so ein Geschäft aufzuziehen.«

»Ich habe geschuftet, seit ich sechzehn bin«, erwiderte Tristan, der sein Pferd angehalten hatte, um auf seinen Bruder zu warten. »Ich habe mein Geld in verschiedene Geschäfte investiert und habe dabei mal Glück und mal Pech gehabt. Wer die günstigen Gelegenheiten erkennt, kommt schon ganz gut zurecht und kann sein Glück machen.«

Shay polierte seinen Stern mit dem Ärmel. Er hatte den größten Teil seines Lohns gespart, aber viel war das nicht. Er dachte sogar daran, der Stadt einen Teil des Geldes zurückzuzahlen, denn eigentlich hatte er nach Grace' Tod keinen Cent mehr davon verdient. Er war doch im Grunde die ganze Zeit betrunken gewesen und hatte sich um nichts mehr gekümmert. Der Stadtrat hatte ihn wohl nur deshalb nicht gleich rausgeworfen, weil Shamus senior ein hochgeachteter Bürger gewesen war. »Oder ein Mann nimmt die Flasche zu seinem Freund und wartet darauf, daß er stirbt und endlich alles vorbei ist.«

»Manchmal dauert es eben eine Weile, bis man über einen Schicksalsschlag hinwegkommt«, erwiderte Tristan einfach und vollkommen vorurteilsfrei. Nach einer Weile sagte er: »Was machen eigentlich inzwischen deine Gefangenen? Ich meine, mußt du dich nicht um sie kümmern?«

Shay nagte auf der Unterlippe. Er war es nicht gewohnt, irgend jemandem Rechenschaft abzulegen – auch nicht einem Bruder. »Ich habe einen Stellvertreter, der auf Billy und O'Sullivan aufpaßt«, antwortete er gepreßt.

»Du hast einen Stellvertreter?« wiederholte Tristan ungläubig. »Die meisten Städte dieser Größe haben nicht einmal einen Marshal.«

»Wenn du glaubst, daß Prominence so hinterwäldlerisch ist, dann frage ich mich, weshalb du mit dem Gedanken spielst, dich hier in der Gegend niederzulassen.«

Tristan betrachtete die Landschaft und dachte eine Weile nach, bevor er eine Antwort gab. »Ich habe eben Familie hier«, meinte er schließlich in seiner ruhigen Art.

Diese Bemerkung brachte Shay endgültig zum Schweigen, denn daran mußte er nun ziemlich knabbern. So hörte er auch nur noch mit einem Ohr zu, als Tristan plötzlich redselig wurde und Pläne zu schmieden begann, wie man den Kyles auf die Spur kommen könnte.

Nach dem Gespräch, das Cornelia mit Mr. Kyle im Hinterzimmer des Ladens geführt hatte, hatte Aislinn eigentlich erwartet, daß Shays älteste Schwester die Neuigkeit von ihrem Bleiben im Haus relativ ruhig aufnehmen würde. Aber die Unterredung mit William Kyle mußte ein harter Schlag für Cornelia gewesen sein, denn es fiel ihr nun schwer, nicht völlig die Beherrschung zu verlieren. Aislinn saß mit den Schwestern McQuillan im vornehmen Empfangssalon des Hauses. Sie tranken köstlichen Tee aus zierlichen Porzellantassen. Als Dorrie fast beiläufig erwähnte, daß sie Aislinn als Aushilfe für den Laden eingestellt hatte und sie ihr Shamus' Zimmer unter dem Dach als Teil der Bezahlung angeboten hatte, errötete Cornelia, verzog den Mund und lächelte Aislinn katzenfreundlich an.

Als Cornelia dann ihre Tasse auf dem Beistelltisch abstellte, klapperte sie in der Untertasse. »Nun gut«, meinte sie mit schriller Stimme, die sie wahrscheinlich für melodisch hielt. »Da die Entscheidung nun einmal gefallen ist, füge ich mich natürlich.« Dann wandte sie sich an Dorrie. »Ich glaube, ich habe noch gar nicht erwähnt, daß Shamus heute abend zum Essen kommt, Theodora.«

Theodora! Um ihr Lächeln zu verbergen, nippte Aislinn schnell an ihrem Tee, der mit fremdartigen Gewürzen versetzt war.

Dorrie rutschte zur Sesselkante vor und beäugte ihre Schwester mit großen Augen. Sie erinnerte in diesem Moment an ein Vögelchen, das aus dem Nest gesprungen war und nun nicht wußte, ob das dünne Ästchen, auf dem es saß, nicht brechen würde. »Wenn du versuchst, ihn zu vergiften, Cornie, werde ich dafür sorgen, daß man dich dafür zur Rechenschaft zieht.«

Die ältere Schwester verdrehte die Augen. Sie war ja immer noch eine schöne Frau, aber die Kälte, die sie ausstrahlte, machte diesen Effekt wieder zunichte. »Sei nicht albern, Dorrie! Natürlich werde ich nichts in dieser Art tun. Ich habe ein schönes Stück Schweinebraten gekauft, das jetzt schon im Backofen schmort. Wenn ich mich recht erinnere, ißt Shamus ein saftiges Rippenstück besonders gerne.«

Dorrie und Aislinn wechselten einen raschen Blick.

»Wie bist du darauf gekommen, Shamus zum Essen einzuladen?« Dorrie hätte es wirklich gerne gesehen, wenn Shay wieder einen festen Platz im Haus der Familie eingenommen hätte, einen Platz, der ihm nach dem Willen des Vaters zustand, aber natürlich war sie äußerst mißtrauisch, was die Motive ihrer Schwester betraf. Aislinn hätte Dorrie ja erklären können, daß die Einladung Teil eines Planes war, um den Marshal einzuwickeln, damit er Billy Kyle aus dem Gefängnis entließ, damit sich der Junge des Ranchers nicht vor einem Richter verantworten mußte, aber in Gegenwart von Cornelia würde Aislinn kein Wort darüber verlauten lassen. Diese Frau war heimtückisch und hinterhältig und würde jeden vernichten, der sich ihr in den Weg stellte.

Cornelia sank ein wenig in sich zusammen, was vielleicht ein Anzeichen dafür sein mochte, daß sie doch noch so etwas wie ein Gewissen hatte, auch wenn es tief in ihrer schwarzen Seele vergraben sein mußte. »Shamus und ich sind schon viel zu lange über Kreuz«, sagte sie. »Ich werde ihn nie … Ich *kann* ihn nie lieben, wie ich einen *leiblichen* Bruder lieben würde, aber es tut mir leid, daß ich …« Sie verbesserte sich mit bebender Stimme »Es tut mir leid, daß ich ihm so wenig christliche Nächstenliebe entgegengebracht habe.«

Dorrie stand auf und strich sich die Falten ihres Rockes glatt. Das grünliche Kleid, das sie trug, war ebenso unauffällig wie das braune Baumwollkleid, das sie Aislinn gegeben hatte. Doch Dorrie strahlte jetzt, und ihre Augen funkelten wie ein silbernes mexikanisches Hutband in der Sonne. »Ich werde den Tisch mit Mamas gutem Geschirr decken«, verkündete sie eifrig.

Cornelia schien protestieren zu wollen, aber sie schluckte die scharfe Bemerkung, die ihr auf der Zunge lag, herunter – obwohl ihr das sichtlich schwerfiel. Statt dessen zwang sie sich zu einer weiteren Parodie eines Lächelns. »Natürlich«, antwortete sie mit falschem Zungenschlag, »und vielleicht wäre Aislinn so nett und würde aus dem Garten einen Strauß Blumen holen. Rosen fände ich sehr schön.«

»Eine großartige Idee!« rief Dorrie begeistert. Aislinn sah eine Ecke des Briefumschlags aus Dorries Kleidertasche hervorschauen. Vermutlich hatte sie den Brief am Morgen von Eugenie bekommen. Aislinn fragte sich, ob sich darin wohl ein Hinweis auf Leanders triumphale Rückkehr fand, denn da es eindeutig war, daß Shay in diesem Haus – zumindest was Cornelia betraf – so willkommen war, wie es ein wilder Langhorn-Stier gewesen wäre, mußte es einen anderen Grund für Dorries Überschwang geben.

Aislinn ging in den Garten und schnitt dornige rote Rosen ab, deren Duft so betörend war, daß man davon trunken werden konnte. Als sie aufschaute, sah sie Liza Sue, die sie über den Gartenzaun hinweg beobachtete. Sie trug das schwarze Uniformkleid des Hotels, die Wunden in ihrem blassen schmalen Gesicht waren nicht mehr zu sehen, und sie hatte die Haare straff nach hinten gekämmt. Dadurch wirkte sie so verändert, daß Aislinn sie fast nicht erkannt hätte.

»Wie ich sehe, bist du noch mal auf die Füße gefallen«, meinte Liza Sue neidlos.

Aislinn ging mit den Rosen im Arm zum Zaun. »Ich habe dein Kleid oben im Zimmer«, erklärte sie. »Soll ich es dir holen?«

Liza Sue schüttelte den Kopf. »Verbrenn es einfach oder mach Putzlumpen daraus. Ich habe jedenfalls keine Verwendung mehr dafür.«

»Was macht Eugenie?«

»Sie ist brummig wie ein alter Grizzlybär. Sie vermißt dich, und sie würde dich bestimmt wieder im Hotel aufnehmen, wenn du sie darum bitten würdest.«

»Ich weiß«, erwiderte Aislinn seufzend. Auch sie vermißte die ältere Frau, die ihr eine echte Freundin geworden war, aber es gab keinen Weg mehr zurück.

»Eugenie hat mich übrigens geschickt, damit ich mich erkundige, ob es dir gutgeht. Und ich soll dir auch eine Nachricht von ihr überbringen. Sie läßt fragen, ob du sie vielleicht hin und wieder besuchen würdest? Natürlich nur, wenn du Lust dazu hast.«

In Aislinns Lachen mischte sich ein Schluchzen. Sie fühlte sich unendlich erleichtert. Sie hatte zwar ihre Stellung im Hotel verloren, aber die Freundschaft zu Eugenie hatte nicht darunter gelitten – und das zählte viel mehr. »Richte ihr aus, daß ich sie sehr gerne besuchen werde.«

Liza Sue lehnte sich etwas weiter über den Zaun und senkte die Stimme. »Stimmt es, daß Billy Kyle im Gefängnis sitzt und der Marshal ihn nicht freilassen will?« In ihren großen Augen lag wieder der Schatten der Angst.

»Das ist richtig«, bestätigte Aislinn dem jungen Mädchen. »Du brauchst keine Angst mehr vor Billy zu haben.«

»Das würdest du nicht sagen, wenn du ihn so gut kennen würdest wie ich. Ich werde so lange Angst vor ihm haben, bis ich mit eigenen Augen gesehen habe, daß er tot im Sarg liegt – er und sein Daddy.«

Die Erwähnung des alten Ranchers ließ Aislinn einen Schritt näher treten. Sie erinnerte sich an Mr. Kyles drohende Stimme, und sie wußte, daß Cornelia McQuillan trotz ihrer romantischen Hoffnungen, die sie vielleicht immer noch nicht aufgegeben hatte, vor Mr. Kyle senior ebenso Angst hatte wie Liza Sue. »Erzähl mir von Billys Vater«, drängte sie mit leiser Stimme. Liza Sue begann am ganzen Körper zu zittern. Es war klar, daß Aislinn einen wunden Punkt getroffen hatte. »Bitte«, drängte sie.

Liza Sue blinzelte nervös und schüttelte dann den Kopf. »Er ist ein schlechter Mensch«, meinte sie nur.

Aislinn griff mit der Hand über den Zaun und hielt ihre

neue Freundin am Handgelenk fest, um sie am Weglaufen zu hindern. Durch die harte Arbeit der letzten Jahre war Aislinn kräftig, aber sie bemühte sich, der jungen Frau nicht weh zu tun. »Erzähl mir, was er getan hat.«

Liza Sue traten Tränen in die Augen. »Ich kann nicht!« erwiderte sie heftig. Die Angst gab ihr die Kraft, sich aus Aislinns Griff zu befreien. Sie lief zum Hotel zurück und wischte sich dabei mit den Handrücken über die Wangen.

Aislinn beobachtete das Mädchen, bis es verschwunden war, und ging dann mit den duftenden Rosen ins Haus zurück. Sie wünschte, sie hätte Shay am Nachmittag von dem Gespräch zwischen Mr. Kyle und Cornelia erzählen können. Aber das wollte sie nachholen, wenn er zum Essen kam. Sie würde sich eine Ausrede einfallen lassen, um allein mit ihm zu sprechen.

Als der Gast schließlich kam, war er frisch rasiert und hatte sein leuchtendblondes Haar sorgfältig gekämmt. Er trug einen Anzug, ein weißes Hemd und eine schmale Krawatte. Diese Art Kleidung trug er mit einer solchen Selbstverständlichkeit, als würde er sich immer so kleiden. Aislinn sah den Mann nur kurz an und wußte, daß nicht Shay, sondern Tristan vor ihr stand. Es war ein rein subjektives Empfinden, denn in der äußeren Erscheinung gab es keinen Unterschied zwischen den Brüdern. Sie hatten die gleichen atemberaubend blauen Augen, das gleiche kräftige Kinn und den gleichen sinnlichen Mund. Ihre Bewegungen waren gleich, ihre Stimmen waren es – und sogar der Geruch ihrer Haut.

Aislinn hielt sich in der Eingangshalle des McQuillan-Hauses im Hintergrund, während Cornelia und Dorrie ihren ›Bruder‹ begrüßten, die eine mit falscher Freundlichkeit, die andere mit warmer Herzlichkeit, aber keine schien zu ahnen, daß es sich bei dem Mann um Shamus' Doppelgänger handelte. Als die Schwestern ins Eßzimmer vorgingen, blieb Tristan kurz neben Aislinn stehen.

»Was hat mich verraten?« wisperte er ihr zu.

Sie lächelte ihn an. Den wahren Grund – ihre Gefühle – hätte sie ihm nicht erklären können. »Die Krawatte. Seit ich in Prominence bin, habe ich Shay noch nie mit einem Schlips um den Hals gesehen. Wahrscheinlich besitzt er so ein Ding nicht einmal.« Sie wurde ernst. »Wo ist er? Es ist doch alles in Ordnung mit ihm?«

»Ihm geht es blendend«, versicherte Tristan »Er hat allerdings alle Hände voll zu tun, um mit seinen Gefangenen fertig zu werden. Shays Stellvertreter war damit ziemlich überfordert, denn der größere der beiden hat versucht, den kleineren mit dem Hosenbein aufzuhängen.« Er deutete mit einer Kopfbewegung in Richtung der McQuillan-Schwestern. »Du wirst ihnen doch nicht sagen, wer ich bin?« Die Schwestern liefen geschäftig zwischen Küche und Eßzimmer hin und her, trugen Platten und Schüsseln herein, arrangierten die Rosen in der unersetzlichen Kristallvase ihrer Mutter neu, stellten silberne Kerzenleuchter vom Tisch auf den Kaminsims und von dort wieder zurück auf den Tisch.

Aislinn hakte Tristan unter. »Natürlich nicht«, antwortete sie und versuchte, ihre Enttäuschung zu verbergen, daß sie Shay an diesem Abend nicht mehr sehen würde – es sei denn, sie würde ihn im Gefängnis aufsuchen, aber nach der schlechten Erfahrung, die sie in der vergangenen Nacht gemacht hatte, sollte sie das wohl besser bleiben lassen.

»Das könnte ein interessanter Abend werden«, meinte sie flüsternd.

»Welche der beiden haßt mich?« Mit gerunzelter Stirn betrachtete er die älteren Frauen, die immer noch den Tisch umdekorierten.

»Die Schöne, die die Befehle erteilt, ist Cornelia. Hat Shay dir denn keine Instruktionen gegeben?«

»Er hat mir nur gesagt, daß es wahrscheinlich etwas zu essen gibt, was er nicht ausstehen kann.«

»Es gibt Schweinebraten«, verriet Aislinn ihm. Sie standen jetzt auf der Schwelle der Eßzimmertür, und sie sprach besonders leise.

Tristans blaue Augen funkelten. »Mag ich Schweinebraten?«

Aislinn mußte lachen, worauf Dorrie und Cornelia sich zu ihnen umdrehten. Dorrie betrachtete das Paar, das Arm in Arm dastand, mit verzücktem Wohlwollen, während das Lächeln in Cornelias Gesicht maskenhaft und wie gefroren wirkte. »Es ist dein Lieblingsessen«, murmelte sie, ohne die Lippen zu bewegen.

Tristan lachte erleichtert auf. »Zum Glück muß ich nicht Leber mit Zwiebeln runterwürgen.«

Das Essen schmeckte ausgezeichnet, und es gab auch genug davon. Seit Aislinn Maine verlassen hatte, hatte sie nicht mehr so fürstlich gespeist. Sie wußte zwar, daß sie in diesem Haus ebensowenig willkommen war wie der Mann, den die Schwestern Shamus nannten – jedenfalls was Cornelia betraf –, aber sie ließ es sich trotzdem schmecken. Aislinn erfreute sich an dem schönen Porzellan und der weißen gestärkten Tischdecke, den silbernen Leuchtern und dem warmen Kerzenlicht. Das ganze Ambiente war festlich. Anschließend wurde Kaffee aus Arabien serviert und kleine Schokoladenstückchen, die auf einem bunten Teller zu einer Pyramide gestapelt waren. Das Tischgespräch war insgesamt lebhaft und anregend, auch wenn es manchmal etwas gekünstelt und angespannt wirkte.

Der Abend wäre fast perfekt gewesen, wenn der Mann mit den ausgefeilten Tischmanieren, der auch so unterhaltsam reden konnte und immer wieder kluge Bemerkungen machte, wirklich Shamus McQuillan junior gewesen wäre. Daß die Schwestern in keinem Moment Verdacht schöpften, zeigte nur, wie wenig Cornelia und Dorrie ihren Adoptivbruder kannten, während für Aislinn, die Shay ja erst kürzlich näher kennengelernt hatte, die Unterschiede zwischen den Zwillingen mit jedem Satz klarer und deutlicher wurden.

»Vielleicht hätte Miss Aislinn Lust auf einen kleinen Spaziergang mit mir«, sagte Tristan, als sich der Abend in die Länge zu ziehen begann. Aislinn blickte abwechselnd Cornelia und Dorrie an, denn sie konnte sich nicht vorstellen, daß Shay jemals so förmlich geredet hätte, und deshalb erwartete sie, daß der Schwindel nun doch noch auffliegen würde.

Aber keine der Frauen schöpfte Verdacht. Cornelia hatte wahrscheinlich kaum jemals Notiz von Shay genommen, obwohl er im selben Haus, in derselben Familie aufgewachsen war. Und Dorrie hatte die Realität wohl weitgehend aus ihrem Leben verdrängt und sich mehr mit den Tagträumen um Leander beschäftigt.

»Gut, gut«, meinte Cornelia und winkte fast ungeduldig mit der Hand in Aislinns Richtung. »Viel Spaß beim Spaziergang.« Der Nachsatz, den sie nicht aussprach, hing deutlich in der Luft. *Und kommt bloß nicht mehr zurück! Wenn die Kleine unterwegs verlorengeht, soll es mir nur recht sein.*

Die Sterne standen am Himmel, und aus dem Saloon waren die üblichen Geräusche zu hören: ein klimperndes Piano, schrille Frauenstimmen und rauhes Männerlachen. Shays Büro wirkte wie eine Festung, nicht wie ein Kleinstadt-Gefängnis. Vor dem Eingang standen Wachen, die mit Gewehren bewaffnet waren, und die Hinterseite des Gebäudes war wahrscheinlich ebenso gesichert.

Aislinn machte ein erschrockenes Gesicht. »Rechnet Shay mit Ärger?« fragte sie und klammerte sich an Tristans Arm fest. Er führte sie über den im Schatten liegenden hölzernen Fußweg, wie ein Oststaaten-Gentleman seine Lady durch den Park geführt hätte.

Tristan zuckte mit den Schultern. »In diesem Teil des Landes muß ein Marshal ständig mit Ärger rechnen«, erwiderte er. »Er ist nun mal der Vertreter des Gesetzes, und es gibt immer Leute, die sich nicht an diese Gesetze halten wollen. Machst du dir etwa Sorgen um Shay?«

Sie seufzte leise. »Ja«, gab sie zu. Sie glaubte, ein Lächeln in Tristans Gesicht zu erkennen, aber sie war sich nicht ganz sicher, denn es war zu dunkel, um es mit Bestimmtheit sagen zu können. »Ja, ich mache mir Sorgen«, wiederholte sie und seufzte noch einmal.

Er drückte Aislinns Arm. »Das brauchst du nicht. Shay wird mit dem alten Kyle, mit Billy und all ihren Handlangern spielend fertig. Aber verrate ihm nicht, daß ich dir das gesagt habe, sonst wird mein kleiner Bruder noch übermütig vor lauter Stolz.« Diesmal war sie ganz sicher, daß Tristan lächelte.

»Weshalb bist du nach Prominence gekommen?« erkundigte sie sich. »Hast du nach Shay gesucht?«

Er schien es nicht besonders eilig zu haben, Aislinn zum Haus der McQuillan-Schwestern zurückzubringen. Gegenüber vom Gefängnis lehnte er sich mit dem Rücken an eine Mauer, riß ein Schwefelholz an und entzündete damit einen Cheroot-Zigarillo. »Ich bin geschäftlich hier«, erwiderte er und blies den Rauch in die Luft. »Aber ich gestehe, daß ich auch neugierig auf meinen Zwillingsbruder war.«

»Das muß seltsam sein, wenn man einen anderen anschaut und das Gefühl hat, sich selbst anzusehen.«

Tristan nickte. »Es ist schon irgendwie gespenstisch, aber gleichzeitig auch wieder vollkommen normal.« Er schwieg eine Weile, legte den Kopf in den Nacken und betrachtete die Sterne am Himmel. »Aber für dich sehen Shay und ich nicht gleich aus?« Es war mehr eine Feststellung als eine Frage.

Aislinn ließ sich Zeit mit der Antwort und schüttelte dann den Kopf. »Mir ist es unbegreiflich, wieso ich euch auf Anhieb unterscheiden kann, denn ihr ähnelt euch wie ein Ei dem anderen.«

»Vielleicht liegt es daran, daß du Shay liebst. Du siehst ihn mit dem Herzen und nicht nur mit den Augen.«

Sie wollte protestieren und widersprechen, denn sie kannte Shay doch gar nicht gut genug, um ihn lieben zu können. Sie hatte auf der Veranda des Hotels mit ihm getanzt, er hatte sie geküßt, und sicher würde sie auch die Nacht, die sie in der Zelle verbracht hatte, bis zum Ende ihrer Tage nicht mehr vergessen, aber das alles konnte man doch nicht ernst nehmen. Wenn sie sich einmal für einen Mann entscheiden würde, würde sie die Sache dagegen sehr ernst nehmen.

Tristan blickte zum Büro des Marshals hinüber, während er an seinem Zigarillo zog.

»Shay hat einmal eine andere Frau geliebt«, erklärte Aislinn Tristan. »Ihr Name war Grace; und sie wurde bei einem Überfall auf eine Kutsche zusammen mit den anderen getötet.«

In diesem Moment trat Shay auf der anderen Seite der Straße aus seinem Büro, und Aislinn wurde klar, daß die beiden Brüder dieses Treffen vorab verabredet hatten.

»Ich weiß über Grace Bescheid«, erwiderte Tristan ruhig, während er seinen Bruder beobachtete, der auf sie zukam. »Als er von ihrem Tod erfuhr, fiel er in eine Art Trance und wäre fast vor die Hunde gegangen. Erst allmählich rappelt er sich wieder auf, aber du mußt ihm noch etwas Zeit geben, Aislinn.«

Aislinn freute sich, Shay an diesem Abend doch noch kurz zu sehen, aber als er mitten auf der Straße stehenblieb und einen vorbeifahrenden Einspänner anhielt, um mit dem Fahrer zu sprechen, blickte sie Tristan offen an und gestattete ihm einen Einblick in ihre wahren Gefühle. »Hast du jemals beobachtet, wie er den Marshalstern mit dem Ärmel seines Hemdes poliert? Das ist eine Gewohnheit von ihm, so wie andere Männer ständig ihre Manschetten vorziehen oder den Zeigefinger zwischen Kragen und Hals schieben. Shay ist Marshal mit Leib und Seele, und eine andere Arbeit würde ihn nie glücklich machen. Aber das Gesetz zu vertreten ist eine gefährliche Aufgabe, und ich würde jedesmal tausend Tode sterben, wenn er diesen gottverdammten Revolver umbindet und auf die Straße tritt, um Leuten wie Billy Kyle das Handwerk zu legen.«

»Dann willst du also lieber einen Mann haben, der jedem Risiko aus dem Weg geht?«

Sie biß sich auf die Unterlippe. Ihr Vater war ein praktisch veranlagter, besonnener Mann gewesen, der nie ein unnötiges Risiko eingegangen wäre. Aber trotzdem war er in der Blüte seines Lebens zusammen mit Aislinns Mutter umgekommen. Vielleicht gab es so etwas wie Sicherheit gar nicht, und möglicherweise konnte man die Menschen, die man liebte, auch nicht wirklich schützen. »Vielleicht wäre das Leben an der Seite so eines Mannes ziemlich langweilig«, räumte sie nachdenklich ein.

Tristan lachte. »Wahrscheinlich. Er wäre zwar ständig um dich herum und würde dir helfen, die Kinder großzuziehen, aber von Zeit zu Zeit würdest du dir sicher wünschen, daß er auch mal das Haus verläßt.«

»Gute Nacht, Bruder«, sagte Shay mit Nachdruck.

Tristan grinste, verabschiedete sich von Aislinn, indem er mit den Fingerspitzen an seine Hutkrempe tippte, und verschwand dann in Richtung des Saloons.

Aislinn hatte nur noch Augen für Shay, und sie fragte sich, wann es angefangen hatte, so eine Lust und so ein Vergnügen zu verspüren, diesen Mann anzuschauen. Er nahm ihren Arm, und sie zog ihn nicht zurück.

»Warum hast du Tristan zu deinen Schwestern zum Essen geschickt und bist nicht selbst gekommen? Hattest du etwa Angst, dir würde Leber mit Zwiebeln serviert?«

Shay lachte leise. Wahrscheinlich hatte Tristan ihr verraten, daß er dieses Gericht nicht ausstehen konnte – und was auf Tristan zutraf, traf fast immer auch auf ihn zu. »Mein

Bruder hatte diese Idee«, antwortete Shay, »und ich selbst hatte im Gefängnis alle Hände voll zu tun. Hat er dich täuschen können?« Langsam gingen sie durch die warme Nacht zum Haus der McQuillan-Schwestern zurück.

»Nein«, erwiderte Aislinn. »Ich wußte sofort Bescheid, aber ich glaube nicht, daß Cornelia oder Dorrie einen Verdacht geschöpft haben.« Die Schwestern mußten doch wissen, daß Shay ein Zwilling war, denn die Mädchen waren fast schon erwachsen gewesen, als der Säugling von Shamus und Rebecca McQuillan adoptiert worden war. Aislinn fand es ziemlich merkwürdig, daß sie Shay nie erzählt hatten, daß er einen Zwillingsbruder hatte.

Allzu schnell erreichten sie das Gartentor vor dem Haus, das im Nachtschatten lag, so daß die beiden ein wenig geschützt waren. Zärtlich nahm Shay Aislinns Kinn in die Hand und hob ihren Kopf. Sein zarter, liebevoller Kuß jagte ihr einen süßen Schauer über den Rücken, ihr Herz schlug schneller, und ihr wurde plötzlich ganz heiß. Als er sie wieder losließ, zitterte sie am ganzen Körper.

Zu ihrem Erstaunen wirkte er ebenso nervös wie sie. Er nahm seinen Hut ab und strich sich mit der anderen Hand durch die dichten blonden Haare. »Wenn sich die Lage in der Stadt wieder etwas entspannt hat, dann … dann möchte ich gerne, daß wir beide uns etwas besser kennenlernen.«

Aislinn war von seiner Scheu tief berührt. »Das möchte ich auch gerne«, erwiderte sie leise.

Er beugte sich vor und küßte sie ganz leicht auf die Stirn. Dann griff er um sie herum und öffnete das Gartentor. Die Luft war erfüllt vom Duft der Sommerblumen, die im Garten wuchsen. »Du gehst jetzt besser ins Haus, bevor ich etwas tue, was ich nicht tun sollte«, sagte er. »Gute Nacht, Aislinn.«

Sie zögerte kurz, drehte sich um und ging auf das Haus zu. An der Tür blickte sie noch einmal über die Schulter und sah, daß Shay sich nicht von der Stelle gerührt hatte.

Dorrie wartete mit einer Kerosinlampe in der Hand hinter der Eingangstür. Ihr Gesicht leuchtete mit der Lampe um die Wette.

»Das war ein schöner Abend, findest du nicht auch? Cornie hat sich schon hingelegt. Die Ärmste hat mal wieder Kopfschmerzen, aber ich habe mich blendend amüsiert.«

Aislinn lächelte und verriegelte die Tür, während Dorrie munter weiterplapperte. »Shay war ja so charmant, nicht wahr? Ich habe noch nie erlebt, daß er so viel geredet hat – und dann auch noch über fremde Orte und Dinge. Woher er das alles nur weiß?«

»Er hatte wirklich viel zu erzählen«, stimmte Aislinn zu und wechselte rasch das Thema. »Könnte ich wohl noch ein Bad nehmen, Dorrie?«

»Aber sicher«, antwortete die Ältere. »Im Reservoir neben dem Ofen in der Küche ist noch genug heißes Wasser. Ich hole eben die Kupferwanne aus dem Abstellraum und bringe sie dir in die Küche.«

»Nicht nötig, das mache ich schon selbst«, meinte Aislinn, die ihre Freundin nicht noch zusätzlich belasten wollte. Dorrie hatte schon genug für sie getan. Sie hatte ihr Arbeit gegeben, wie dürftig sie auch sein mochte, und ein Heim, auch wenn es nur vorübergehend war.

Dorrie entzündete an ihrer Lampe eine Kerze, die in einem Messinghalter steckte, und reichte sie Aislinn. »Ich habe heute einen Brief von Leander erhalten«, flüsterte sie geheimnisvoll. »Möchtest du ihn vielleicht lesen?«

Aislinn wußte nicht recht, wie sie sich verhalten sollte. Dorrie schien so gerne den Inhalt des Briefes mit ihr teilen zu wollen, aber die Briefe des Geliebten waren ebensowenig für andere bestimmt wie ein Tagebuch. »Wird er bald kommen?« fragte sie ausweichend. Irgendwas an dieser ganzen Geschichte beunruhigte sie, obwohl sie nicht hätte sagen können, was es war.

»Sehr bald«, antwortete Dorrie nickend. »Da bin ich ganz sicher.«

Aislinn lächelte und küßte die ältere Frau impulsiv auf die Wange. »Dann solltest du dich jetzt besser hinlegen«, meinte sie und beobachtete, wie Dorrie die Treppen hinaufstieg. Sie war so übermütig und aufgeregt wie ein Kind, das sich auf den Weihnachtsmann freute. Aber diese Freude konnte Aislinn nicht teilen, denn sie fürchtete plötzlich, daß Leander nie zurückkommen würde und daß Dorrie den Rest ihres Lebens damit verbringen würde, auf ihn zu warten.

8

Die Reiter von der Powder Creek Ranch stürmten im Morgengrauen des folgenden Tages in die Stadt. Sie stießen wie Apachen, die auf dem Kriegspfad waren, Schreie aus und schossen mit ihren Pistolen und Gewehren in die Luft. Obwohl Shay damit gerechnet hatte, daß die Männer kommen würden, zerrten die Schreie und Schüsse an seinen Nerven. Shay war kein Kirchgänger, aber jetzt bat er den Himmel doch stumm darum, daß die Bürger von Prominence – insbesondere Aislinn Lethaby – in ihren Häusern bleiben würden, damit ihnen kein Leid widerfuhr, denn Shay zweifelte nicht daran, daß es zu einer Schießerei kommen würde.

Er warf einen kurzen vorsichtigen Blick durch das vordere Gefängnisfenster und sah Tristans silbernes Zigarrenetui in den ersten Strahlen der Morgensonne aufblitzen. Das war das Zeichen, das er mit seinem Bruder vereinbart hatte, sobald der auf dem Dach des Ladens, der schräg gegenüber vom Gefängnis lag, Stellung bezogen hatte. In den geöffneten Fenstern des Hotels bewegten sich die Vorhänge im Wind, und Shay glaubte hinter einem der Fenster eine Bewegung zu entdecken. Aber abgesehen von den beiden bewaffneten Männern, die vor dem Gefängnis Wache hielten, und der Powder-Creek-Bande, die sich jetzt vor dem Gebäude zusammenrottete und weiter Löcher in die Luft schoß, war niemand auf der Straße zu sehen.

Kyle senior ritt an der Spitze seiner rund zwanzig Männer. Mit seinem runden, schwarzen Hut und seinem steifen, schwarzen Anzug ähnelte er mehr einem Wanderprediger als einem reichen Viehzüchter. Quer über die Brust hatte er ein Remington-Gewehr geschnallt, dessen polierter Holzschaft glänzte. Seine Miene war finster und grimmig.

»Shamus McQuillan!« rief Kyle, der kein Mann war, der lange zögerte. »Entweder kommen Sie auf der Stelle raus, oder ich erschieße die Wachen und komme rein, um Sie zu holen!«

Shay war bereits auf dem Weg zur Tür, denn er hatte nicht die Absicht, sich in seinem Büro zu verschanzen und abzuwarten, bis die Gefahr vorüber war. Er drehte sich noch einmal zu Billy um, der ihn durch die Gitterstäbe angrinste.

»Freu dich nicht zu früh, Billy-Boy«, sagte er ruhig und gelassen. »Du wirst so lange hinter Gittern sitzen, bis man dir den Prozeß macht und dich aufhängt.«

Billys Antwort war ein höhnischer Fluch. O'Sullivan, der älter und wohl auch etwas klüger war, hielt sich zurück – was vielleicht auch damit zusammenhing, daß er dringend einen Whiskey zum Frühstück gebraucht hätte.

Shay öffnete die Tür und trat auf den hölzernen Steg. Wie immer trug er seinen Revolver im Holster, aber er hatte den Fünfundvierziger nicht gezogen, denn er wußte, daß die Waffe schußbereit in seiner Hand liegen würde, wann immer er sie brauchen würde.

»Guten Morgen, Mr. Kyle«, grüßte er höflich. Wenn er einen Hut getragen hätte, hätte er mit dem Finger an die Krempe getippt. »Was führt Sie so früh schon in die Stadt?«

»Das wissen Sie verdammt gut, McQuillan. Ich will meinen Jungen abholen. Er gehört nach Hause, in den Schoß seiner Familie.«

Shay seufzte und begann den Stern mit dem Ärmel seines Hemdes zu polieren. Er hatte bemerkt, daß die beiden Wachen, die er als Deputies eingeschworen hatte, nervös und unruhig waren. Da sie in seinem Rücken standen, waren sie für ihn ebenso gefährlich wie die Bande vor ihm. Im Grunde konnte er sich nur auf Tristan verlassen, der auf dem Dach auf dem Bauch lag und seine Waffe auf den Hinterkopf von William Kyle gerichtet hatte. »Ich fürchte, Sie und ich haben unterschiedliche Ansichten darüber, wo Billy hingehört. Er bleibt im Gefängnis, bis der Bezirksrichter nach Prominence kommt und seine Entscheidung fällt.«

Einer von Kyles Männern versuchte zu ziehen, aber bevor er den Revolver überhaupt in der Hand hielt, hatte er schon zwei Kugeln im Leib, die eine von vorne, die andere von hinten. Mit einem ungläubig-erstaunten Gesichtsausdruck kippte er aus dem Sattel und fiel mit dem Gesicht in den Straßenstaub, während die anderen Reiter Mühe hatten, ihre Pferde unter Kontrolle zu halten. Mit dem Revolver in der Hand betrachtete Shay die Männer vor sich. Einige hatten zwar die Waffen gezogen, aber sie wagten nicht zu schießen, weil sie Angst hatten, ins Kreuzfeuer zu geraten. Auf ein Zeichen von Kyle steckten sie ihre Schießeisen weg.

»Hebt ihn auf«, befahl der Rancher und meinte damit den Toten, der es nicht mehr spürte, daß sein Körper von den Hufen seines eigenen Pferdes getroffen worden war, bevor ein anderer Mann das panische Tier unter Kontrolle hatte bringen können. Jemand am Rande der Gruppe machte eine plötzliche Bewegung – ein geschicktes Ablenkungsmanöver, auf das Shay hereinfiel. Er schaute zur Seite, und im gleichen Moment legte sich eine Schlinge um seinen Oberkörper. Das Lasso war von der anderen Seite geworfen worden und wurde nun mit einem Ruck so fest zugezogen, daß Shay den Fünfundvierziger fallen lassen mußte, weil seine Arme eng an seinen Körper gepreßt wurden.

Einer der Wachmänner hinter ihm trat vor, um ihm zu

helfen, aber der Mann wurde sofort niedergeschossen. Bevor sich Shay umdrehen konnte, um zu sehen, ob der Mann tot war, wurde er von den Füßen gerissen und hinter einem Pferd hergeschleift, dessen Reiter zwischen anderen Reitern Deckung gesucht hatte. Shay konnte sich weder befreien, noch konnte er sich aufrichten. Er war ständig in Gefahr, unter die scharfen Hufeisen der Pferde zu geraten.

Er hoffte nur, daß Tristan in dieser kritischen Situation einen kühlen Kopf bewahrte.

Die Straße war voller Schmutz, und es gab mehr spitze Steine, als Shay sich hatte vorstellen können. Der Reiter, dessen Pferd ihn hinter sich herschleifte, hatte sich aus der Gruppe gelöst. Er gab seinem Pferd die Sporen, damit es schneller lief, während er gleichzeitig die Lassoschlinge mit einem Ruck so fest zuzog, daß Shays Rippen krachten und sein Brustkorb so eingeschnürt wurde, daß er kaum noch atmen konnte. Er spürte, wie ihm die Haut in Fetzen vom Leib gerissen wurde. Sein Mund war voller Staub und Dreck. Seine Augen waren vom Schmutz der Straße verklebt. Shay wußte, daß es nicht lange dauerte, bis ein Mann zu Tode geschleift war, und er dachte daran, daß von seinem Leben kaum mehr in Erinnerung bleiben würde als die letzten achtzehn Monate, in denen er im Selbstmitleid gebadet und sich mit billigem Whiskey zu betäuben versucht hatte. Er hörte einen Schuß, der so hohl klang, als wäre er in einem Tunnel abgefeuert worden, und im nächsten Moment krachte der nächste Schuß. Es mußten also zwei Schützen sein, denn kein Mann hätte zwei Schüsse so kurz hintereinander abfeuern können.

Das Pferd, das ihn über die Hauptstraße von Prominence geschleift hatte, blieb endlich stehen, aber das war noch kein Grund zur Freude, denn Shay fühlte sich, als hätte man seinen Körper mit Kerosin übergossen und angezündet. Er rollte sich auf den Rücken und blinzelte heftig, um seine Augen vom Schmutz zu befreien. Als er seine Umgebung wieder verschwommen wahrnehmen konnte, sah er Aislinn, die neben ihm im Straßenstaub kniete und mit einem Schlachtermesser an dem Seil säbelte, um ihn zu befreien. Auf der anderen Seite kniete Dorrie, deren Gesicht so weiß wie Marmor war.

»Bist du verletzt?« fragte seine Schwester.

Das war die blödeste Frage, die er je gehört hatte. Er war gerade die halbe Länge der Hauptstraße hinter einem galoppierenden Pferd hergeschleift worden und hatte kaum noch einen Fetzen Haut auf dem Leib, der nicht verschrammt war, und wenn er nicht an gebrochenen Knochen oder inneren Verletzungen sterben würde, dann bestimmt an seinem verletzten Stolz. Trotzdem schüttelte er den Kopf, um Dorrie zu beruhigen. Als Aislinn das Seil endlich durchtrennt hatte, stand er auf. Sein Kopf brummte, und vor seinen Augen verschwamm alles, aber er biß eisern die Zähne zusammen, auch wenn er sich nur mit letzter Mühe auf den Beinen halten konnte.

Der Cowboy, der Shay überrumpelt hatte, lag ein paar Meter weiter entfernt in seinem Blut. Tristan saß hinter Kyle senior auf dessen Pferd und drückte dem Rancher den Lauf des Revolvers in den Nacken. Kyle selbst schien die ganze Situation neu zu überdenken, während alle anderen erstaunt zwischen Tristan und Shay hin- und herschauten. Eugenie, die nicht weniger verblüfft war, trat langsam zu Shay, Aislinn und Dorrie auf die Straße. Mit beiden Händen hielt sie ihr berühmtes altes Gewehr fest, von dem alle schon gehört hatten, aber das bisher noch niemand zu sehen bekommen hatte.

Shay versuchte zu grinsen, aber es gelang ihm nicht, denn die Schmerzen waren zu groß, wenn er das Gesicht bewegte. Doch jetzt wußte er wenigstens, wem er sein Leben zu verdanken hatte. Tristan hatte den einen und Eugenie den anderen entscheidenden Schuß abgefeuert.

»Liebes Lottchen!« murmelte sein weiblicher Retter. »Du siehst wirklich übel aus, Marshal.« Sie warf ihm einen mitleidigen Blick zu und wandte dann ihre Aufmerksamkeit wieder Tristan zu. »Wenn ich es nicht besser wüßte, würde ich sagen, daß du dich geteilt hast, Shay. Wer zum Teufel ist der Kerl, der dir wie aus dem Gesicht geschnitten ist? Wenn man von den Schrammen und dem Schmutz einmal absieht.«

Shay konnte inzwischen wieder atmen, auch wenn ihm dabei die ganze Brust höllisch weh tat. Er löste den Knoten der Schlinge und streifte sie ab. Ein paar der Powder-Creek-Männer waren dabei, ihre Toten auf die Pferde zu binden, aber alle anderen standen regungslos da. Die Pferde tänzelten, und über der Straße hing eine Staubwolke, die sich nur langsam legte. Die ganze Szene wirkte seltsam unwirklich.

Tristan preßte seinen Revolver fester an Kyles Kopf und schlang den anderen Arm um die Brust des Ranchers. »Reitet nach Hause«, befahl er Kyles Männern. »Alle – und zwar sofort. Wenn ihr das nicht tut, wird es niemanden mehr geben, der euch am nächsten Zahltag die Löhne bezahlt.«

»Er wird es nicht wagen, mich zu erschießen«, bellte Kyle, dessen Gesicht hart und unnachgiebig war. »Er blufft nur, um euch einzuschüchtern. Holt jetzt endlich Billy raus!«

Zwei oder drei Männer nahmen ihren Boß beim Wort und griffen zu den Waffen. Den einen davon holte Eugenie mit einem einzigen Schuß aus dem Sattel, während Tristan dem alten Ranger ein Stück vom Ohr wegschoß. Das Blut lief über seinen Schneideranzug, aber der Alte war kein Feigling – das mußte man ihm lassen. Er war zwar kreidebleich im Gesicht, und seine Ohren mußten dröhnen wie die Glocken des Doms von Boston, aber er zeigte weder Schmerz, noch griff er sich an die Wunde.

Shay nahm Eugenie das Gewehr aus der Hand und schritt auf Kyle zu. Jeder Muskel seines Körpers schmerzte, jeder Knochen tat ihm weh, und es war nur eine Frage der Zeit, wann er zusammenbrechen würde. »Mr. Kyle«, sagte er und schaute dem alten Rancher fest in die Augen, »es ist mir ein ganz besonderes Vergnügen, Sie festzunehmen. Ihr Sohn vermißt Sie schon schmerzvoll, aber jetzt sind Sie ja hier und können ihm Gesellschaft leisten.«

Im nächsten Augenblick packte Shay den Alten an der Brust und riß ihn aus dem Sattel. Kyle, der blutüberströmt war, fiel auf die Knie, richtete sich aber im gleichen Moment aus eigener Kraft wieder auf. Er starrte Shay an, und seine Augen funkelten vor Haß.

»In dieser Geschichte ist das letzte Wort noch nicht gesprochen«, zischte er.

Diesmal gelang Shay ein Grinsen. Er spürte keine Schmerzen mehr und schien alles wie durch eine rosarote Brille zu sehen. Alles erschien ihm so leicht! Er war am Leben – und das war doch wahrlich Grund genug zum Feiern. Wenn diese Sache zu Ende war, würde er Aislinn den Hof machen, wie es sich gehörte – und er würde mit ihr vor den Traualtar treten. »Doch, Sir«, entgegnete er und schob den Mann vor sich her zum Gefängnis, »diese Geschichte ist vorbei.«

Aus der Menge, die sich inzwischen auf der Straße versammelt hatte, löste sich der Doktor, der sein Köfferchen in der Hand trug. »Alles in Ordnung mit dir, Shay?« fragte er und lief im Gleichschritt neben dem Marshal und dem Gefangenen her. Dahinter bestiegen die Männer von der Powder Creek Ranch zögernd ihre Pferde und verließen die Stadt – aber schweigend und weniger triumphal als bei ihrer Ankunft.

»Mit mir ist alles in Ordnung, Doc«, behauptete Shay mehr aus Gewohnheit als aus Überzeugung. Wenn irgend jemand sich um seine Wunden kümmern mußte, dann sollte es Aislinn sein, nicht der Doktor. »Aber Mr. Kyle hat ein Stück seines Ohrs verloren. Um den solltest du dich kümmern.«

Im Innern des Büros setzte der Doktor Kyle senior auf einen Stuhl, säuberte die Wunde und legte dann einen Verband an. Der Patient lehnte es ab, eine Portion des schmerzstillenden Laudanums zu nehmen, und ging zur Zelle wie ein König, der zum Schafott geführt wurde. »Dafür wird man Sie lynchen, Marshal«, knurrte er und blickte Shay in die Augen.

O'Sullivan saß stumm in der Ecke, während Billy die Zähne fletschte und immer wieder ungläubig schrie: »Sie haben meinen Pa angeschossen! Sie haben meinen Pa angeschossen!« Er schwieg erst, als Tristan mit einem Eimer kalten Wassers kam, das er dem Jungen über den Kopf goß.

Danach wurde es hektisch.

»Aber er ist doch verletzt, Cornelia«, sagte Dorrie zu ihrer Schwester, die protestierte, als Tristan und der Deputy mit Shay zwischen sich in die Eingangshalle des McQuillan-Hauses traten. Aislinn folgte ihnen auf dem Fuß.

»Sieh ihn dir doch an! Er starrt ja vor Dreck«, giftete Cornelia, die versuchte den Männern den Weg zu verstellen. »Und er blutet! Ich muß dich doch wohl nicht daran erinnern, daß unsere Teppiche echte Perser sind!«

Dorrie ignorierte den lächerlichen Einwand ihrer Schwester und wandte sich an Tristan und den Deputy. »Sein Zimmer ist oben. Ich zeige euch den Weg. Und tragt ihn vorsichtig – nicht wie einen Sack Zwiebeln.«

Aislinn folgte ihnen bis zum Fuß der Treppe. Sie bewegte sich wie in Trance, obwohl ihr Herz wild pochte. Shay hatte sich aufrecht gehalten, bis er Kyle senior in die Zelle gesperrt hatte. Dann hatte er noch die Telegramme diktiert, die an alle Städte der Umgebung geschickt wurden, um dringend einen Bezirksrichter anzufordern. Danach hatten seine Knie aber plötzlich nachgegeben, seine Augen waren nach hinten gerollt, und sein Körper war mit einem dumpfen Schlag zu Boden gefallen – direkt vor Aislinns Füße.

Sie hatte einen kleinen Schrei ausgestoßen, denn sie hatte befürchtet, daß er tot sei, daß unter dem verkrusteten Schmutz und Blut eine tödliche Wunde verborgen sei. Aislinn hatte sich neben ihm auf die Knie fallen lassen, wie sie es zuvor auf der Straße getan hatte, um ihn in die Arme zu schließen. Tristan hatte sie behutsam zur Seite gezogen, und Eugenie hatte sie gestützt.

Shay war ohnmächtig, aber als Tristan und der Deputy ihn vom Boden aufgehoben hatten, war er gerade so lange wieder zu Bewußtsein gekommen, um zu behaupten, daß er nur ein paar Schrammen abbekommen hätte und es ihm ausgezeichnet ginge. Dann war er wieder ohnmächtig geworden, und die Männer hatten ihn zum Haus seiner Schwestern gebracht.

Aislinn kam zur Treppe. Sie war ganz auf Shay konzentriert und hatte für nichts anderes Augen. Um so überraschter war sie, als jemand sie am Arm festzuhalten versuchte. Es war Cornelia, die ihr das Haus verbieten wollte. Mit einer wütenden kraftvollen Bewegung riß Aislinn sich los und folgte den anderen die Treppe hinauf.

In dem kleinen Zimmer unter dem Dach war es stickig und heiß. Während Tristan und der Deputy den Bewußtlosen vorsichtig aufs Bett legten und Dorrie kopflos hin und her lief, öffnete Aislinn das Fenster, um die frische Morgenluft hereinzulassen. Dann trat sie ans Fußende und zog Shay die Stiefel aus.

Sie war die Tochter eines Landarztes, und sie hatte ihrem Vater gelegentlich geholfen, die Verletzten zu versorgen, wenn in der Nähe eine Kutsche in den Graben gefahren war oder es auf einer der umliegenden Farmen einen Unfall gegeben hatte. Sie hatte alle Arten von Verletzungen kennengelernt, aber sie war zuvor noch nie in einen ihrer Patienten verliebt gewesen. Wie sie merkte, machte das einen gewaltigen Unterschied. Ihre Hände zitterten, und ihr Magen schien jeden Augenblick rebellieren zu wollen.

»Heißes Wasser«, sagte sie. »Wir brauchen jede Menge heißes Wasser, saubere Tücher und Karbolsäure oder Alkohol, um die Wunden zu säubern.«

Ohne zu zögern und ohne Fragen zu stellen, fügten sich Dorrie und der Deputy Aislinns Anweisungen und eilten aus dem Zimmer nach unten, um die notwendigen Sachen zu besorgen. Tristan dagegen blieb und sprach gelegentlich mit leiser Stimme ein paar beruhigende Worte zu seinem halb bewußtlosen Bruder, während er Aislinn half, Shay die zerrissenen, blutigen Kleider auszuziehen.

Aislinn war noch Jungfrau, aber der Anblick von Shays nacktem muskulösem Körper schockierte oder erregte sie nicht – wie das unter anderen Umständen sicher der Fall gewesen wäre. Mit Tristans Hilfe untersuchte sie Shay, und sie kamen zu dem Schluß, daß mehrere Rippen gebrochen waren und er vielleicht auch an der Wirbelsäule verletzt war.

Nach einer Weile kehrten Dorrie und der Deputy mit reichlich heißem Wasser und den anderen Sachen, um die Aislinn gebeten hatte, zurück. Dorrie erklärte, daß sie zum Haus des Doktors gehen wolle, um zu sehen, ob der inzwischen den Mann versorgt hatte, den Eugenie aus dem Sattel geschossen hatte. Tristan schickte den Deputy zum Gefängnis zurück, damit er die Gefangenen im Auge behielt.

Shay war jetzt wieder vollkommen bewußtlos, und Aislinn beobachtete bewundernd, wie vorsichtig und feinfühlig Tristan die Schnitte im Fleisch und die Abschürfungen der Haut zu säubern begann. »Vielleicht solltest du ihn lieber mir überlassen«, meinte Tristan mit dem berühmten schrägen Grinsen der Zwillinge. »Wenn mein Bruderherz mitbekommt, daß du seinen nackten Luxuskörper gesehen hast, könnte er auf gewisse Gedanken kommen, zu denen er aber im Moment noch nicht fit genug ist.«

Aislinn spürte, wie sie errötete, aber sie straffte die Schultern und riß ein Stück Tuch ab, das sie in heißes Wasser tauchte, und begann eine tiefe Schnittwunde an Shays Knie zu reinigen. »Ich bleibe«, erklärte sie entschlossen.

Tristan lächelte sie an, denn er hatte nichts anderes von ihr erwartet. Er wurde wieder ernst und machte sich an einer Wunde an Shays Schulter zu schaffen. »Glaubst du, daß dieser Doktor fähig ist, Shay zu operieren, falls es nötig sein sollte?«

Aislinn schüttelte den Kopf. »Nein«, erwiderte sie. »Der Mann ist wahrscheinlich nur ein Friseur, der sich Arzt nennt, weil er vielleicht mal jemandem einen faulen Zahn gezogen hat oder dabeistand, als ein Fohlen geboren wurde. Ich traue dem Mann nicht besonders viel zu, denn ich habe ihn ein paarmal beim Essen im Hotel gesehen, und da waren seine Fingernägel so schmutzig wie die eines Kohlengräbers.«

»Du scheinst dich mit Medizin und Wunden auszukennen«, bemerkte Tristan anerkennend, ohne von seiner Arbeit aufzublicken. Shay stöhnte vor Schmerzen, als sein Bruder einen kleinen scharfkantigen Stein aus der Wunde entfernte, aber er hielt weiter die Augen geschlossen.

»Mein Vater war Arzt«, erwiderte Aislinn. »Er war sehr gut.«

»War?« hakte Tristan in seiner ruhigen Art nach. »Dann ist er also tot?« Es war keine wirkliche Frage, sondern mehr der Versuch, Aislinn zum Reden zu bewegen.

Sie nickte. »Meine Eltern kamen vor ein paar Jahren beide in einem Feuer ums Leben.«

»Und seit der Zeit bist du ganz allein auf dich gestellt?«

Wieder nickte sie. »Ich habe noch zwei Brüder, aber die sind noch sehr jung. Ich spare mein ganzes Geld, damit ich sie aus dem Osten zu mir kommen lassen kann. Aber jetzt habe ich mich durch meine eigene Dummheit in Schwierigkeiten gebracht und meine gute Stellung im Hotel verloren. Dorrie ist zwar sehr freundlich und hilfsbereit, aber ihre Schwester will mich weder im Haus noch im Laden haben, und nun weiß ich, ehrlich gesagt, nicht, was ich machen soll.«

»Es wird sich sicher eine Lösung für dieses Problem finden«, meinte Tristan zuversichtlich.

Sie zuckte die Schultern und fragte sich, wieso sie über sich und ihre Sorgen sprach, während Shay vielleicht im Sterben lag. Aber sie merkte, daß es ihr guttat, endlich jemandem ihr Herz auszuschütten, und daß das Reden sie bis zu einem gewissen Grad ablenkte. Sie erzählte von ihren Brüdern, die es kaum erwarten konnten, endlich in den Zug nach Westen zu steigen, davon, wie sie selbst nach Prominence gekommen war und unterwegs jede Stelle angenommen hatte, bei der sie so viel verdiente, daß sie ein paar Dollar sparen konnte, um sich eines Tages ihren Traum zu erfüllen.

Tristan blickte sie nicht einmal an, und er unterbrach sie auch nicht. »Die meisten Frauen in deiner Lage wären im Osten geblieben und hätten geheiratet. Warum du nicht?« wollte er schließlich wissen.

Aislinn griff nach der Flasche mit Sherry, die Dorrie zum Desinfizieren gebracht hatte, tränkte einen sauberen Lappen mit dem Alkohol und betupfte mit dem Tuch die schlimmsten Schnittwunden auf Shays Körper. »Ich wollte etwas Eigenes für meine Brüder und mich haben, damit wir von niemandem abhängig sind«, erklärte sie. »Außerdem sollte eine Frau einen Mann aus Liebe heiraten, nicht, weil sie versorgt sein will.«

»Das ist allerdings leider oft anders«, bemerkte Tristan, der seinen Bruder jetzt an beiden Schultern festhielt und ihn in das feuchte Laken drückte, weil Shays Körper sich vor Schmerzen aufzubäumen versuchte. Shay lag im Delirium und murmelte mit aufgerissenen Augen etwas davon, daß man mehr Brennholz besorgen müsse, bevor noch weiterer Schnee fiel. Dann lag er wieder mit geschlossenen Augen still da. »Mir scheint, daß Frauen oft nicht die gleichen Möglichkeiten wie Männer haben und daß sie deshalb gezwungen sind, Dinge zu tun, die sie gar nicht tun wollen.«

Aislinn seufzte und dachte an Liza Sue, der nur der Weg in die Prostitution geblieben war, bis Eugenie dem Mädchen eine Chance gegeben hatte, ihren Lebensunterhalt auf anständige Weise zu verdienen. Aber nicht allen Frauen boten sich Chancen im Leben – und nicht alle ergriffen sie. »Du hast recht«, sagte sie. »Vermutlich bin ich viel besser dran als viele andere Leute.«

Als sie die Wunden gesäubert hatten, mußten sie Shay aus dem Bett heben, um es frisch zu beziehen. Sie mußten dabei extrem vorsichtig vorgehen, falls Shay irgendwelche inneren Verletzungen hatte. Es war schon ein großes Risiko gewesen, ihn vom Gefängnis ins Haus zu tragen, aber sie hatten ihn ja nicht auf dem Boden vor der Zelle mit den Gefangenen liegen lassen können. Aislinn merkte, wie ihr Tränen in die Augen stiegen. Sie vermißte ihren Vater plötzlich so schmerzlich, daß sie kaum noch Luft bekam. Er hätte gewußt, wie er Shay am besten helfen konnte, ob er ihn operieren mußte oder ob es vernünftiger war, auf die Heilkraft der Natur zu vertrauen.

Tristan streckte seinen Arm übers Bett und berührte Aislinns Hand. Erst jetzt bemerkte sie, daß auch Tristans Kleidung voller Blut war, das inzwischen getrocknet war. »Shay ist zäh«, versicherte er leise, »er wird das hier gut überstehen.«

Sie nickte tapfer und betupfte die nächste Wunde mit Alkohol. Shay zuckte zusammen und murmelte unverständliches Zeug. Es hörte sich wie ein Fluch an – kein Wunder, der Alkohol mußte wie Feuer auf seinem rohen Fleisch brennen. »Und was wird beim nächsten Mal? Diese Bande wird wiederkommen. Auf der Powder Creek Ranch gibt es mindestens fünfzig Männer; die meisten davon sind Gesetzlose und Kriminelle, die für Geld alles tun würden. Und Geld hat Kyle so viel, daß sie auf seinen Befehl hin in die Hölle reiten würden.«

»Billy und sein alter Herr sitzen hinter Gittern, und solange das so bleibt, sind wir im Vorteil.« Tristan schien sich überhaupt keine Sorgen zu machen. »Ganz ruhig«, sagte er zu seinem Bruder, als der sich unbewußt zur Seite zu drehen versuchte, um dem Tuch mit Alkohol auszuweichen. Die rauhe Stimme war voll liebevoller Zuneigung, und Aislinn fragte sich, was die beiden Männer empfunden haben mochten, als sie sich nach all den Jahren zum ersten Mal gegenübergestanden hatten.

»In dieser Stadt gibt es nicht viele Männer, die sich freiwillig gegen die Reiter der Powder Creek Ranch stellen würden«, meinte Aislinn nach einer Weile. »Hast *du* denn gar keine Angst vor dieser Bande?«

Er lachte ganz leise. »Ich bin ein recht intelligenter Mann, Aislinn. Nur Dummköpfe haben keine Angst. Aber das Leben ist voller Herausforderungen, denen wir uns stellen müssen, ob es uns nun gefällt oder nicht, ob wir Verbündete haben oder nicht. ›Was du tun mußt, mußt du tun‹, pflegte mein Vater, der ein kluger Mann war, zu sagen. Wir können nicht den Kyles dieser Welt das Feld überlassen, wir müssen kämpfen, damit wir und unsere Kinder eines Tages in Frieden leben können.«

Sie blickte Shay an, der regungslos vor ihr lag, und ihr wurde bewußt, wie sehr sie diesen Mann liebte. Sie würde es nicht ertragen, ihn zu verlieren. »Dann wirst *du* ihn also nicht im Stich lassen?« Das war keine gewöhnliche Frage, das war die Bitte um ein Versprechen, um einen heiligen Eid.

»Ich gebe dir mein Ehrenwort, daß ich diese Sache mit Shay zusammen durchstehen werde«, erwiderte er ernst und schaute ihr dabei direkt in die Augen. »Wenn sie Shay begraben müssen, dann wird es am Tag nach meiner eigenen Beerdigung sein.«

»Danke«, antwortete sie leise. Vielleicht hätte sie ihn aus Dankbarkeit geküßt, aber in diesem Augenblick waren Geräusche von unten zu hören. Offensichtlich war der Doktor endlich gekommen. Aislinn stand auf und verließ hastig das Zimmer, damit niemand sah, in welcher Verfassung sie war.

Tristan betrachtete seinen Bruder, der mit geschlossenen Augen regungslos dalag und nur ganz flach atmete. »Vielleicht wünschst du dir ja zu sterben, bevor diese Sache vorüber ist«, meinte er leise, »aber sie liebt dich – und dafür kannst du dich glücklich schätzen, Shay McQuillan.«

Die Tür flog auf, und der Doktor trat ins Zimmer. Seine ganze Erscheinung wirkte schäbig. Seine Fingernägel waren schwarz wie die Nacht, seine Kleidung roch nach Schweiß, Whiskey und Mottenpulver, und die aufgeplatzten Äderchen in seinem Gesicht waren ein Beweis dafür, daß er ein Trinker war.

Tristan zog seinen Revolver. »Keinen Schritt weiter«, befahl er. Mit wütend blitzenden Augen schob sich Cornelia an dem alten Knochenflicker vorbei ins Zimmer. »Nehmen Sie das scheußliche Ding weg«, verlangte sie mit schriller Stimme. »Das ist mein Haus und mein Bruder, und mein Doktor wird sich um ihn kümmern.«

Tristan bewegte sich nicht und senkte auch nicht den Fünfundvierziger. »Vielleicht ist das Ihr Haus, Ma'am«, antwortete er bestimmt. »Aber dieser Mann ist *mein* Bruder – mein Gesicht ist ja wohl Beweis genug –, und niemand wird ihn gegen meinen Willen anrühren.«

»Laß es gut sein, Cornelia«, meinte der Doktor resignierend, aber immerhin noch mit einem Anflug jener Würde, die er wohl einmal besessen hatte. »Laß uns allein, damit ich mit dem jungen Mann reden kann.«

Es war Cornelia anzusehen, daß sie innerlich kochte, denn sie war es nicht gewohnt, Befehle zu empfangen. Aber dann machte sie auf dem Absatz kehrt, stürmte aus dem Zimmer und schlug krachend die Tür hinter sich ins Schloß.

Der Doktor zog seine Jacke aus, ging zur Kommode und füllte Wasser in die Waschschüssel. Dann nahm er ein Stück Seife aus seiner Tasche und begann, seine Hände zu schrubben. »Sie können Ihr Eisen ruhig wieder wegstecken, junger Freund«, erklärte er im Plauderton. »Ich habe Sie vorhin auf der Straße beobachtet, als Sie Kyles Aussehen ein wenig verändert haben. Vielleicht schießen Sie mir auch ein Ohr ab oder alle beide, vielleicht auch einen Finger oder einen Zeh, aber Sie werden mich nicht töten. Das ist nicht Ihre Art.«

Tristan richtete die Waffe auf das Herz des Mannes, aber der ließ sich davon nicht einschüchtern und blickte über die Schulter zum Bett. »Mein Name ist Jim Yancy«, stellte er sich vor. »Ich habe vor fast zwanzig Jahren das medizinische College von St. Mary's besucht. Ich denke, ich sollte einen Blick auf den Marshal werfen – ob dieser Gedanke Ihnen nun gefällt oder nicht. Wenn Sie aber glauben, daß Sie mir unbedingt irgendwelche Ohren oder Zehen abschießen müssen, dann tun Sie es bitte gleich, damit ich mich endlich an meine Arbeit machen kann.«

Seufzend schob Tristan seinen Revolver in den Holster zurück. »Sie sehen nicht gerade wie ein Arzt aus«, meinte er, aber der Mut des alten Trunkenboldes hatte ihn schon beeindruckt, und er betrachtete den Mann jetzt mit mehr Respekt.

Yancy lachte. »Ich bin auch kein Arzt«, bekannte er. »In St. Mary's hat man mich wegen einer Weibergeschichte rausgeworfen, bevor ich meine Abschlußprüfung machen konnte. Aber so, wie ich die Sache sehe, bin ich im Augenblick der einzige, der Shamus helfen kann.« Er nahm eine Bürste aus seiner Tasche und begann, sich die Nägel zu säubern. Als er mit dem Ergebnis endlich zufrieden war, trocknete er die Hände mit einem Handtuch ab, das Dorrie vorher gebracht hatte. »Machen Sie Platz, damit ich mir den Jungen mal anschauen kann.«

Tristan trat einen Schritt zur Seite und sah zu, wie Yancy Shays Rippen abtastete, seine Beine untersuchte und ihm prüfend auf den Bauch drückte.

»Wenn Sie sich nützlich machen wollen«, wandte sich Yancy an Tristan, »dann geben Sie mir doch bitte das Stethoskop aus meiner Tasche.«

Tristan fand das gesuchte Objekt zwischen Pillendosen, einem ramponierten Instrumentenkasten, einem halbleeren Whiskey-Flakon, schmuddeligem Verbandszeug und anderen medizinischen Gerätschaften. Während Yancy Herz und Lungen des Kranken abhörte, öffnete sich die Tür. Aislinn schlüpfte ins Zimmer.

»Wie geht es ihm?« fragte sie.

»Ein paar Rippen sind gebrochen«, erklärte der Doc, ohne sich aufzurichten. »Die muß ich fest bandagieren, und dazu brauche ich ein sauberes Bettlaken – ein neues, festes, nicht so ein verwaschenes, weiches – und eine Schere, um es in Streifen zu schneiden. Ach ja, und dann besorg mir auch noch eine von den Broschen, die Miss Cornelia trägt, damit ich den Verband feststecken kann.«

»Hat er … hat er innere Verletzungen?«

Yancy richtete sich auf und schaute Aislinn neugierig an, denn die Frage hatte ihn überrascht. Gewöhnlich hatten die Menschen hier im Westen keine Ahnung von medizinischen Dingen, und das war auch der Grund dafür, warum Leute wie er selbst als Arzt durchgingen.

»Ich glaube nicht«, antwortete er und sah Aislinn genauer an. »Du kommst mir irgendwie bekannt vor, aber ich weiß nicht, wo ich dich schon mal gesehen habe.«

Aislinn schob stolz das Kinn vor und straffte die Schultern. Wieder dachte Tristan, daß sein Bruder ein echtes Glückskind war – auch wenn er von einem Pferd durch die halbe Stadt geschleift worden war – aber er konnte sich glücklich schätzen, von dieser klugen, schönen Frau geliebt zu werden. »Ich bin Aislinn Lethaby und habe im Hotel im Speisesaal gearbeitet«, erklärte sie, und ihr Blick wurde etwas freundlicher, als sie sah, daß die Finger des Doktors nun blitzsauber waren. »Mein Vater war Arzt.«

»Sehr gut«, meinte Yancy nachdenklich. »Besorg mir die Sachen, um die ich dich gebeten habe, und dann kannst du mir helfen, die Rippen des Marshals zu bandagieren. Wenn die Knochen erst zusammengewachsen sind, wird er wieder ganz der alte sein.«

Aislinn warf Shay einen zärtlichen und liebevollen Blick zu. Tristan hätte alles dafür gegeben, wenn eine Frau ihn einmal so angesehen hätte. Sie nickte kurz und verließ das Zimmer.

Aus dem Untergeschoß waren harsche Worte zu hören, aber wenig später kam Aislinn mit den Sachen zurück, die Jim Yancy haben wollte. Selbst eine von Cornelias Schmuckbroschen hatte sie mitgebracht. Die Edelsteine, die in die Brosche eingelassen waren, waren größer als alles, was Tristan bisher gesehen hatte.

Aislinn erwies sich als begabte Assistentin, die nicht nur das Laken in der geforderten Breite schnitt, sondern Shay geschickt stützte, während Yancy den Verband anlegte. Tristan hielt sich im Hintergrund und sah schweigend zu.

Während der ganzen Prozedur kam Shay immer wieder mal kurz zu sich, und es war ihm anzusehen, wie schmerzhaft das alles war. Er versuchte, sich nichts anmerken zu lassen, und zuckte kaum, aber er hielt die Augen geschlossen und stöhnte bisweilen leise. Nachdem der Verband angelegt war, hoben die Männer den Marshal aus dem Bett, und Aislinn wechselte schnell die Laken.

Als Shay in dem frischen Bettzeug lag, öffnete er langsam die Augen. Er erkannte Aislinn, und ein Lächeln huschte über sein Gesicht. Da wußte Tristan mit Sicherheit, daß sein Bruder durchkommen würde.

»Du solltest Shamus dieses Medikament geben«, meinte der Doc und nahm eine braune Flasche mit Laudanum aus seiner Tasche. »Er wird nämlich noch ein oder zwei Tage höllische Schmerzen haben.«

Shay hob den Kopf aus den Kissen. »Kommt nicht in Frage. Pack dieses Zeug wieder ein, Doc.«

Aislinn setzte sich auf die Bettkante und strich Shay mit einer sanften Bewegung die Haare aus der Stirn. Sie lächelte, und ihre Augen strahlten. Tristan verabschiedete sich schnell, und Doc Yancy folgte ihm auf dem Fuß.

Aislinn beugte sich vor und küßte Shay zärtlich auf die Stirn. Vielleicht würde sie ja später diese spontane zärtliche Geste bereuen, aber das war ihr im Augenblick gleichgültig. Shay lebte – und wie es aussah, würde er schon bald wieder auf den Beinen sein. »Wie fühlst du dich?«

Shay lachte leise, mußte aber sofort husten, und seine Augen verrieten, daß er Schmerzen hatte. »Ich bin nicht sicher«, murmelte er. »Küß mich noch mal. Ich glaube, das ist die beste Medizin für mich.«

Aislinn versuchte auch zu lachen, aber statt dessen begann sie zu schluchzen, und die Tränen liefen ihr übers Gesicht. Sie preßte zwar schnell die Hand auf den Mund, aber es war zu spät. Liebevoll schlang Shay einen Arm um sie, zog sie an seine Brust und hielt sie fest.

»Ist ja gut«, flüsterte er. »Die Sache ist ausgestanden. Und ich lebe noch.«

Sie schniefte leise. »Aber diese Männer kommen zurück – und dann beginnt alles wieder von vorne, und ich …«

»Ssscht!« Er küßte ihre Stirn. »Ich hatte einfach Pech. So etwas wird mir nicht noch einmal passieren. In den nächsten Tagen wird der Bezirksrichter in die Stadt kommen, der Billy und seinen Vater verurteilen wird. Dann werden sie ins Staatsgefängnis gebracht, wo sie hingehören, und hier wird alles wieder friedlich sein. Ganz bestimmt.«

Aislinn richtete sich auf und blickte Shay in die Augen. »So einfach ist es nicht. Nicht, wenn jemand betroffen ist, der so reich und mächtig wie Mr. Kyle ist.«

Shay zog Aislinn an seine Brust zurück und strich ihr mit der Hand über den Kopf. »Ssscht«, machte er noch einmal, und nur allzu bereitwillig ließ Aislinn sich beruhigen. Sie schloß die Augen und lauschte dem Herzschlag des Mannes, den sie über alles liebte.

Wenig später berichtete ein Hausierer, der von Ort zu Ort zog, daß er einige Meilen außerhalb von Prominence einen Toten gefunden hatte. Der Mann war am Ast einer Eiche aufgehängt worden.

Es dauerte nicht lange, bis man herausfand, daß es sich bei dem Toten um den Bezirksrichter handelte, der auf dem Weg in die Stadt gewesen war, um die Gerichtsverhandlung abzuhalten.

9

Vier Tage lang gelang es Aislinn, Shay die Nachricht vom Tod des Bezirksrichters zu verheimlichen. Die meiste Zeit hatte der Marshal geschlafen und zwischendurch ergeben die Kraftbrühe gelöffelt, die Aislinn und Dorrie ihm abwechselnd eingeflößt hatten. Er hatte Aislinn in seinen wachen Stunden gebeten, ihm laut aus dem Tagebuch seiner Mutter vorzulesen, das diese während des Trecks geführt hatte. Shay hatte Aislinn zugehört, aber sein Blick war in weite Ferne gewandert.

Sie war froh gewesen, daß er sie nicht angesehen hatte, denn während sie Mattie Killigrews Geschichte vorlas, als sie von den Hoffnungen und Träumen dieser jungen Frau erfahren hatte, von ihrer Schwangerschaft und ihrem schrecklichen Ende, waren Aislinn manchmal die Tränen gekommen. Sie hatte sie heimlich wegwischen können, ohne daß Shay es bemerkt hatte.

Am fünften Tag erschien Tristan zu seinem üblichen Besuch, den er jeden Morgen machte. Er trug den Marshalstern und sah Shay so ähnlich, daß Aislinn sich nicht wunderte, daß immer noch viele Leute in der Stadt rätselten, wer eigentlich wer war. Einige behaupteten sogar, daß es *drei* Brüder gab, die alle gleich aussahen. Über diese Theorie freuten sich besonders die unverheirateten Frauen der Stadt – und aus diesem Grund bewachte Aislinn auch eifersüchtig die Tür zu Shays Krankenzimmer.

Tristan lächelte Aislinn beim Eintreten entschuldigend an, zog sich einen Stuhl ans Bett, drehte ihn um und setzte sich rittlings darauf, wobei er wie üblich die Arme auf der

Lehne abstützte. »Morgen«, begrüßte er seinen Bruder mit einem freundlichen Kopfnicken.

Aislinn knetete die Hände ineinander und hielt den Atem an. Sie wußte, daß Shay noch mehr Zeit brauchte, um sich zu erholen und um seine Verletzungen auszukurieren, die er bei der letzten Begegnung mit der Powder-Creek-Bande erlitten hatte. Aber sie wußte auch, daß Shay McQuillan als U. S.-Marshal eingeschworen war – und daß er seine Pflicht erfüllen mußte. Sie konnten ihm nicht länger die Wahrheit verschweigen, das hätte er weder ihr noch Tristan je verziehen.

Mit zwei Kissen im Rücken saß Shay halb aufrecht im Bett. Die Brust war noch bandagiert, aber er trug kein Hemd. Er hatte zwar noch ein paar Schrammen im Gesicht – ein paar Narben würde er wohl für den Rest seines Lebens zurückbehalten –, doch er konnte sich schon fast wieder schmerzfrei bewegen. »Morgen«, erwiderte er gutgelaunt. »Der Stern steht dir wirklich gut. Ich überlege ernsthaft, ob ich ihn dir nicht dauerhaft verleihen soll.«

»Sicher ist so ein Stern eine feine Sache«, meinte Tristan gedehnt. »Aber wer ihn trägt, muß auch das Gesetz vertreten – und dafür bin ich nicht geschaffen.«

Aislinn biß sich auf die Unterlippe. Es fiel ihr schwer, ruhig zu bleiben, denn sie hätte sich jetzt gerne in die Unterhaltung der Brüder eingemischt, um Shay zu sagen, daß sie in den vergangenen Tagen zwar viele Zukunftspläne geschmiedet und über die vielen Gemeinsamkeiten zwischen ihnen gesprochen hatten, aber daß sie ihn immer darum hatte bitten wollen, den Stern zurückzugeben und irgendwas anderes zu machen. Doch sie hatte bisher nicht gewagt, ihre Bitte auszusprechen.

Shay zog die Augen zusammen und starrte seinen Bruder an. »Hattest du Ärger mit dem Stadtrat?«

Tristan lächelte, aber Aislinn bemerkte dennoch, daß ihn etwas bedrückte. »Der Bürgermeister hat mir einen Besuch abgestattet und vorgeschlagen, die ganze Sache doch einfach zu vergessen. Wir sollen die Kyles freilassen, da der alte Kyle einer der ersten Siedler in der Gegend war und praktisch zu den Gründungsvätern von Prominence gehört.«

»Dieser verfluchte Hurensohn!« knurrte Shay. »Das ist ja noch schlimmer, als ich befürchtet habe.«

»Es kommt noch dicker«, seufzte Tristan, stand auf und ging zur Kommode, um Shay ein paar Sachen zum Anziehen zu holen. Er fand eine Hose, Strümpfe und ein Hemd und warf die Kleidungsstücke aufs Bett. »Jemand hat den Bezirksrichter gelyncht und aufgehängt.«

Shay knirschte mit den Zähnen und schlug die Decke zurück. Er war so nackt wie an dem Tag, als Mattie Killigrew ihn zur Welt gebracht hatte, aber das kümmerte niemanden. Aislinn stand stumm da. Sie wußte, daß sie nichts tun konnte, um Shay aufzuhalten. Er mußte tun, was zu tun war. Shay McQuillan würde jeden Gesetzlosen, jeden Kriminellen und jeden Tunichtgut, der sich auf der Powder Creek Ranch herumtrieb, persönlich zur Rechenschaft ziehen.

»Ich will für immer verdammt sein, wenn ich jetzt aufgebe«, sagte er und verzog das Gesicht vor Schmerzen, als er die Kleidung anzog. Tristan versuchte klugerweise nicht, seinem Bruder in die Hose zu helfen, obwohl Shay schwankte. Er konnte sich gerade noch aufrichten, bevor er in den Ständer mit der Waschschüssel stürzte. »Die Kyles sind doch hoffentlich noch in ihrer Gefängniszelle?« fragte er seinen Bruder.

Tristan nickte. »Das sind sie.« Ein Lächeln umspielte seine Mundwinkel. »Aber wie ich das sehe, sind sich Vater und Sohn dabei nicht gerade nähergekommen. Sie gehen bei jeder Gelegenheit wie zwei kastrierte Raubkatzen aufeinander los.«

Shay zog seinen Revolver samt Gürtel unter dem Bett

hervor – er hatte darauf bestanden, daß die Waffe immer in Reichweite war, obwohl Aislinn dagegen protestiert hatte –, schnallte den Gürtel um, zog den Revolver, klickte die Trommel auf und drehte sie mit einer kurzen Bewegung des Daumens, wie er es wohl schon tausendmal und öfter getan haben mußte. Selbst Aislinn, die sich mit Waffen nicht auskannte, sah, daß die Trommel voll geladen war. Die ganze Aktion dauerte nicht länger als ein paar Sekunden. Dann ließ Shay den Zylinder zurückschnappen und schob den Revolver in den Holster.

Erst jetzt blickte er Aislinn an. Die Bitte, die sie nicht aussprechen konnte, mußte deutlich in ihr Gesicht geschrieben sein, denn er schüttelte nur grimmig den Kopf, verließ wortlos das Zimmer und polterte die Treppe hinunter.

Tristan wartete in der Tür auf Aislinn, die regungslos dastand. Mit rauher Stimme rief er ihren Namen.

Sie drehte sich zu ihm um und sah ihn an. »Ja?«

»Bete«, sagte er schroff. Dann war auch er verschwunden.

Aislinn setzte sich auf die Kante des schmalen Bettes und dachte wehmütig an die geliebten Menschen, die sie schon verloren hatte, und daran, daß sie in den nächsten Stunden oder Tagen vielleicht wieder um einen geliebten Menschen würde trauern müssen. Nach einer langen Weile stand sie seufzend auf und verließ das Zimmer, in dem sie in der letzten Woche viele, viele Stunden verbracht hatte. Sie gab sich nicht die Mühe, die Tür hinter sich zu schließen.

Aislinn konnte sich nicht dazu durchringen, zum Laden zu gehen, um zu arbeiten, denn durch das Fenster würde sie ständig das Gefängnis im Auge haben. Statt dessen ging sie zum Hotel, wo Eugenie auf den Stufen vor der Küchentür saß und eine Tasse starken Kaffee genoß, was sie gerne tat, wenn sie sich mal eine kurze Verschnaufpause gönnen konnte.

»Wie geht es Shay?« fragte sie mit schroffer Herzlichkeit. »Wie es dir geht, brauche ich ja nicht zu fragen, denn ich sehe deinem Gesicht und deiner ganzen Haltung an, daß du ziemlich am Ende bist.«

»Er hat das Haus verlassen und ist wild entschlossen, sich bei nächster Gelegenheit erschießen zu lassen«, erwiderte sie tonlos und setzte sich auf die Stufe unter Eugenie.

Die Ältere lächelte aufmunternd. »Shay schafft das schon. Es wird alles gut werden.« Sie schwieg einen Moment und fügte dann ernst hinzu: »Du mußt fest daran glauben, denn der Glaube bewirkt manchmal wahre Wunder.«

»Ich liebe ihn, Eugenie.« Aislinn sagte das so feierlich, als würde sie ein heiliges Gelübde ablegen. »Was soll ich denn bloß tun?«

»Ihn heiraten«, schlug Eugenie ganz sachlich vor. »Ein Mann wie Shay wird stramme Babies zeugen und immer fest zu seiner Frau halten.«

Aislinn errötete verlegen. Sie selbst hatte es sich nicht erlaubt, daran zu denken, Shays Kinder zu gebären – jedenfalls nicht bewußt. Aber nun konnte sie es sich auf einmal lebhaft vorstellen. »Er hat mich ja nicht einmal gefragt, ob ich seine Frau werden will.«

»Dann solltest *du* ihn fragen, ob er dein Mann werden will«, erwiderte Eugenie ungerührt. Ihr Gesichtsausdruck ließ keinen Zweifel daran, daß sie diesen Vorschlag absolut ernst meinte. »Du willst doch wohl nicht den Rest deines Lebens von Shay träumen, so, wie die arme Dorrie von ihrem Leander träumt?«

Aislinn war froh über den Themenwechsel, obwohl diese Geschichte auch nicht gerade erfreulich war. »Dorrie hat mir angeboten, den letzten Brief von Leander zu lesen«, erzählte sie. »Sie glaubt, daß er bald kommt, um sie abzuholen.«

Eugenie seufzte tief und sorgenvoll. »Es ist schon traurig zu sehen, wie Dorrie immer noch hofft und regelmäßig Briefe an einen Mann schreibt, der ihr nie antwortet, weil er wahrscheinlich längst tot ist.«

Aislinn runzelte die Stirn. »Aber Dorrie hat doch erst vor ein paar Tagen einen Brief von Leander bekommen.«

Die ältere Frau trank einen Schluck Kaffee, und ihre Gedanken gingen viele Jahre zurück. »Objektiv betrachtet, war Leander nicht viel wert. Er sah ganz gut aus und konnte natürlich charmant sein, aber er hatte einen miesen Charakter. Außerdem war er ein Säufer. Der alte Shamus hatte allen Grund, seine Tochter vor dem Tunichtgut zu beschützen und ihn zum Teufel zu jagen – aber Shamus hat Dorrie damit leider das Herz gebrochen, denn sie liebte diesen Mann nun mal. Die Liebe ist eine große Macht, und vielleicht wäre Dorrie mit ihrem Leander ja glücklich geworden.«

»Aber du selbst hast ihr doch den Brief von Leander gegeben. Das habe ich mit eigenen Augen gesehen«, protestierte Aislinn.

Eugenie seufzte noch einmal. »Den Brief hat ein Anwalt im Osten geschrieben, der dafür seit Jahren bezahlt wird.«

Aislinn preßte die Fingerspitzen gegen die Schläfen und holte tief Luft. Sie konnte es nicht fassen. Den Geliebten, von dem Dorrie träumte, für den sie lebte – gab es gar nicht. Er war eine Täuschung, war Lug und Trug. Aber gleichzeitig waren Dorries Erwartungen an diesen Geliebten ganz real. »Willst du damit etwa sagen, daß Dorrie verrückt ist?«

»Ein bißchen seltsam vielleicht«, erwiderte Eugenie milde. »Aber sie ist schließlich nicht die erste alte Jungfer, die sich eine Traumwelt erschaffen hat.«

Aislinn biß sich auf die Unterlippe. Sie fühlte sich miserabel.

»Was hast du plötzlich?« fragte Eugenie.

»Dorrie weiß nicht, daß sie in einer Traumwelt lebt. Für

sie ist es Realität, daß Leander kommt. Sie ist schon dabei, ihre Koffer zu packen.«

»Liebes Lottchen!« murmelte Eugenie. »Ich rede am besten sofort mit ihr und stelle die Dinge klar, so schmerzhaft sie auch sein mögen. Ich hätte wahrscheinlich schon viel früher eingreifen müssen, aber Dorrie war so am Boden zerstört, als ihr Vater sie wieder nach Prominence zurückgeholt hatte, daß ich glaubte, ihr zu helfen, indem ich den *Postillion d'amour* gespielt habe.« Eugenie stand auf, um sofort zu Dorrie zu gehen, aber in diesem Augenblick rief die Köchin nach ihr.

»Komm schnell, Eugenie! Eins deiner Mädchen ist krank. Sie hat sich übergeben, und ich fürchte, daß sie schwanger ist.«

Eugenie war hin- und hergerissen, aber natürlich mußte sie sich erst einmal um die Probleme im Hotel kümmern. Mit Dorrie würde sie dann später reden.

Mit grimmigem Gesicht machte sich Aislinn auf den Weg zum Laden, denn sie wollte Klarheit haben. Zum Glück war Dorrie nicht im Verkaufsraum. Cornelia nahm gerade von einer müde aussehenden Frau in einem farblosen Kleid das Geld für einen Zehn-Pfund-Sack Mehl und ein paar Büchsen Fleisch entgegen. Ein Mann in einem geckenhaften Anzug inspizierte eine Kiste mit Zigarren, und ein anderer, ein Farmer, strich liebevoll mit der Hand über ein Werkzeug, das er wohl kaufen wollte.

Cornelia blickte Aislinn scharf an. »Da bist du ja endlich. Ich dachte schon, du glaubst, daß du dafür bezahlt wirst, bei meinem Bruder die Krankenschwester zu spielen, anstatt dich hier im Laden nützlich zu machen.«

Die Frau in dem farblosen Kleid hatte Mühe mit dem schweren Mehlsack, aber sie lächelte Aislinn mitfühlend an, bevor sie das Geschäft verließ.

Aislinn beugte sich über die Verkaufstheke und sprach

mit leiser Stimme: »Warum haben Sie Dorrie all die Jahre im Glauben gelassen, Leander würde zurückkommen?«

Cornelia war einen Moment geschockt, aber sie fand schnell ihre Fassung wieder. »Ich habe es nicht nötig, deine unverschämten Fragen zu beantworten, du undankbares Ding! Ich habe endgültig die Nase voll von dir. Pack deine Sachen, und verlaß auf der Stelle mein Haus und mein Geschäft!«

Der Zigarren-Käufer und der Farmer drehten sich verwundert um, weil Cornelia mit schriller Stimme sprach. Sie schaute die beiden Männer mit einem eisigen Blick an, worauf sich beide wieder abwandten.

»Eher würde ich auf der Straße schlafen, als von Ihnen eine Gefälligkeit anzunehmen«, antwortete Aislinn offen. Sie sprach leise und freundlich, denn Cornelia McQuillan bedeutete ihr so wenig, daß sie diese Frau nicht einmal hassen konnte. »Shay wird sich um Dorrie kümmern, wenn Sie es nicht tun.«

Das Blut schoß Cornelia ins Gesicht, und diesmal senkte sie die Stimme. »Ich habe Dorrie dieses dümmliche Spiel spielen lassen, damit sie beschäftigt war. Sie war doch vollkommen verzweifelt, als Pa sie nach Prominence zurückgebracht hatte. Sie war in diesen Leander verliebt, und die Leute in der Stadt haben hinter Dorries Rücken getuschelt, weil sie glaubten, daß meine Schwester eine Affäre mit diesem Tunichtgut gehabt hätte. Ich dachte, es sei das beste, sie in dem Glauben zu lassen, daß ihr Geliebter eines Tages wieder zurückkommen würde.«

Aislinn war klar, daß Cornelia das Gerede und den Skandal gefürchtet hatte, wenn die Leute die Wahrheit erfahren hätten. »Sie wollten nicht Ihrer Schwester helfen, sondern sich selbst, weil Sie sich geschämt haben.«

»Unsinn«, erwiderte Cornelia schrill. »So lange sie träumen konnte, war sie ruhig und hat sich nicht selbst zum Narren gemacht.«

Bevor Aislinn etwas entgegnen konnte, trat Dorrie aus dem Hinterzimmer in den Verkaufsraum. Sie war bleich und wirkte vollkommen erschüttert. Sie hatte eine Hand vor den Mund gepreßt, und in ihren Augen glitzerten Tränen. »Leander kommt nicht mehr zurück?« fragte sie mit kindlicher Stimme.

»Zufrieden, Aislinn?« zischte Cornelia, die sich zuerst gefaßt hatte.

Aislinn ging um die Verkaufstheke herum und legte einen Arm um Dorries schmale Taille. Sie spürte, daß ihre Freundin zitterte wie ein Vögelchen, das aus dem Nest gefallen war. »Komm, ich bringe dich nach Hause«, sagte sie leise. »Dort mache ich dir eine schöne Tasse Tee.«

»Du wirst mein Haus nicht mehr betreten, Aislinn Lethaby«, rief Cornelia und hob drohend den Zeigefinger. »Und wenn du es doch wagst, werde ich … werde ich …«

»Was werden Sie dann tun?« fragte Aislinn ruhig und lächelte spöttisch. »Werden Sie dann den Marshal rufen, um mich verhaften zu lassen?« Sie wartete keine Antwort ab, sondern führte Dorrie am Arm auf die Straße.

»Leander ist also schon lange tot«, murmelte Dorrie leise.

»Ich fürchte, ja«, erwiderte Aislinn. Ihr war zum Weinen zumute, denn Dorrie tat ihr schrecklich leid.

»Cornelia hat mir immer wieder gesagt, daß ich fest daran glauben solle, daß Leander eines Tages zu mir zurückkehren wird. Sie hat ständig betont, daß Leander mich liebt.«

»Es tut mir leid, Dorrie.«

»Ich weiß nicht, ob ich das Cornelia jemals verzeihen kann. Es ist, als hätte sie mir Leander zurückgegeben, nur um ihn mir wieder wegnehmen zu können. Sie hat ihn nie leiden können. Wahrscheinlich war sie auch neidisch, weil mich ein Mann geliebt hat und sie keinen hatte.«

Dorrie plapperte unentwegt weiter, bis sie zum Haus

kamen. Aislinn unterbrach sie nicht, denn sie ahnte, daß die Freundin nur so viel redete, um gegen den Schmerz anzukämpfen. Aber alles, was Dorrie sagte, hatte Hand und Fuß. Verrückt war diese Frau auf keinen Fall.

»Cornelia hat einmal etwas ganz Schlimmes gemacht«, wisperte Dorrie, als sie in die Küche kamen und Aislinn das Teewasser aufstellte.

»Was denn?« fragte Aislinn und dachte an Cornelias Beziehung zu Mr. Kyle, die sie Shay gegenüber immer noch nicht erwähnt hatte, weil sie ihn nicht hatte aufregen wollen, als er krank gewesen war.

»Ich zeige es dir.« Dorrie ging zur Kellertreppe, wo sie eine Kerosinlampe nahm und entzündete.

Aislinn warf einen raschen Blick über die Schulter, als fürchtete sie, Cornelia hinter sich zu sehen. Sie atmete auf, da sie niemanden entdecken konnte, aber ein ungutes Gefühl blieb, als sie hinter Dorrie in den Keller stieg, der mit einer Falltür verriegelt werden konnte.

Die Treppenstufen knarrten bedenklich, und die Luft roch muffig. Dorrie führte Aislinn durch ein Labyrinth von Kisten, Kartons, alten Möbeln und Gerümpel aller Art zu einer hölzernen Truhe, die mit Spinnweben bedeckt war.

Dorrie gab Aislinn die Lampe in die Hand und staubte den Deckel der Truhe notdürftig mit einem Tuch ab, das über einem zerbrochenen Korbsessel lag. Die Scharniere quietschten, als sie den Deckel öffnete. Aislinn lief ein kalter Schauer über den Rücken, und sie hatte für einen Moment das Gefühl, gleich in einen Sarg zu schauen.

»Da ist es«, erklärte Dorrie und griff in die Truhe, um etwas herauszuholen, das Aislinn zunächst nicht erkennen konnte. Es handelte sich um eine Stahlkassette, wie Kaufleute oder Banker sie benutzten, um darin Dokumente, Geld oder Wertgegenstände zu verwahren.

Dorrie setzte die Eisenkassette schweratmend auf den Boden. Erstaunlicherweise war sie nicht mit einem Schloß gesichert. Wer immer diese Kiste hier im Keller versteckt hatte, hatte wohl geglaubt, daß so eine Vorsichtsmaßnahme nicht nötig sei.

Dorrie klappte den Deckel der Kassette auf, die randvoll mit gebündelten Geldscheinen gefüllt war. Es mußten Tausende von Dollar sein. Aislinn stieß einen kleinen Schrei aus, preßte die freie Hand aufs Herz und hätte beinahe die Lampe fallen lassen.

»Um Himmels willen, Dorrie, du solltest so viel Geld nicht im Keller aufheben!«

Dorrie schaute auf. »Aber das ist nicht mein Geld, und es gehört auch nicht Cornelia.«

»Aber wem dann ...?«

Dorries Augen begannen zu glänzen, und Aislinn fragte sich, ob die Frau nicht doch den Verstand verloren hatte.

»Billy Kyle hat diese Geldkiste aus der Kutsche genommen, die in die Schlucht gestürzt ist. Grace ist dabei gestorben. Sie war eine nette Frau. Shamus mochte sie gerne.«

Aislinn war vollkommen erschüttert. »Und was hat Cornelia mit der Sache zu schaffen?«

»Sie wußte, daß Shamus Grace liebte. Sie wollte sie ihm wegnehmen, damit er nicht länger in Prominence blieb.«

»Gütiger Herr im Himmel!« murmelte Aislinn.

»Unser Pa hat Shay alles vermacht – das Haus und den Laden – denn Pa wußte, daß Shay immer für mich und meine Schwester sorgen würde. Aber Shamus hatte nie ein Interesse daran und hat alles Cornelia überlassen. Bis er sich dann in Grace verliebt hat. Da dachte er daran, eine Familie zu gründen, und wollte in unserem Haus leben.«

Aislinn setzte sich auf eine Kiste, denn ihre Beine trugen sie nicht länger. »Das war Mord, Dorrie! Nicht einfach Raub, was schon schlimm genug gewesen wäre. Wir reden von Mord an fünf Menschen. Warum um alles in der Welt hast du nie mit jemandem darüber gesprochen?«

Tränen schimmerten in Dorries Augen. »Ich wollte es

nicht wahrhaben. So wenig wie ich die Sache mit Leander wahrhaben wollte.«

Dorrie begann zu weinen, und Aislinn kniete sich neben die ältere Frau auf den Kellerboden und nahm sie in die Arme. »Papa hätte Leander und mich unseren Weg gehen lassen sollen. Wenn er sich doch bloß nicht eingemischt hätte!«

»Psst!« flüsterte Aislinn beruhigend und begann ebenfalls zu weinen. »Es wird alles gut werden.«

»Was machst du da unten, Theodora?« Auf der obersten Treppenstufe stand Cornelia, deren Schatten übergroß wirkte.

Aislinn sprang auf und riß Dorrie mit sich hoch. *Gott helfe uns*, dachte sie.

»Ich habe Aislinn erzählt, was du getan hast«, rief Dorrie schluchzend. »Du hast dich an Billy Kyle herangemacht und ihn dazu gebracht, die Brücke in die Luft zu sprengen, als die Kutsche darüber fuhr. Du bist schuld, daß all die Menschen getötet wurden. Shay hat recht, daß er diesen Unmenschen samt seinem Vater, der keinen Deut besser ist, im Gefängnis behält. Und du gehörst auch hinter Gitter!«

Cornelia sagte kein Wort. Sie nahm eine Kerosinlampe von der Wand, zündete den Docht an und schmetterte die Lampe die Treppenstufen in den Keller hinunter. Eine Stichflamme zuckte auf, und im Nu brannten die verrotteten Decken, die über den alten Möbelstücken lagen, lichterloh. Das Feuer fand Nahrung in den Holzkisten mit den abgelegten Kleidungsstücken und all dem anderen Gerümpel. Selbst die Spinnweben, die von der Decke hingen, brannten.

Durch den Rauch und die Flammen hindurch sah Aislinn, wie Cornelia die schwere Falltür zufallen ließ, und sie hörte, wie der dicke Eisenriegel vorgeschoben wurde.

Ein Feuer! Hatte sie sich dafür ihren Weg durchs Leben erkämpft, um wie ihre Eltern in einem Flammeninferno zu enden? Sie nahm Dorrie bei der Hand und suchte verzweifelt nach einem Ausweg. Wenn das ihr Ende war, würden ihre Brüder allein auf sich gestellt sein – und sie würde Shay nie wiedersehen, würde nicht seine Babies unter ihrem Herzen tragen.

»Gibt es eine Tür nach draußen?« fragte sie Dorrie, während sich die Flammen immer weiterfraßen.

Dorrie keuchte und hustete. »Es gab eine Tür, aber die hat Cornelia zumauern lassen, weil sie Angst hatte, daß dort nachts jemand ins Haus einsteigen könnte.«

»Leg dich flach auf den Boden«, schrie Aislinn, die sich daran erinnerte, daß ihr Vater ihr einmal gesagt hatte, Rauch und Hitze würden in die Höhe steigen. Sie selbst kauerte sich neben Dorrie auf den Boden. »Ein Fenster? Gibt es ein Fenster?«

Die beiden Frauen waren inzwischen von Flammen umgeben, die sich gierig weiterfraßen und dabei die Atemluft verbrauchten. Dorrie antwortete nicht mehr, sondern sank in den Armen ihrer Freundin in sich zusammen. Der Rauch war inzwischen so dicht, daß Aislinn kaum noch etwas sah und jegliche Hoffnung auf Rettung fahrenließ.

In diesem Moment nahm sie das Splittern von Glas wahr und hörte, wie jemand ihren Namen rief. Shay! Das war Shays Stimme!

»Hier bin ich!« schrie sie heiser und hustete. «Hier!«

Zuerst sah sie nur einen Schatten, der sich auf sie zubewegte. Dann erkannte sie die blonden Haare und sah, daß er ein Tuch vor Mund und Nase gebunden hatte. Im nächsten Moment riß er mit der einen Hand Aislinn hoch, mit der anderen Dorrie.

Danach registrierte Aislinn nur noch, daß sie hochgehoben und ins Freie gezogen wurde, wo sie gierig die frische

Luft einsog. Dann verlor sie für einen Moment das Bewußtsein. Als sie die Augen wieder aufschlug, blickte sie in Eugenies Gesicht, die sie in eine Decke hüllte, um die Flammen zu ersticken, die das Kleid bereits ergriffen hatten.

»Shay?« keuchte sie. »Dorrie ...?«

»Sie sind beide in Sicherheit«, antwortete Eugenie lächelnd. »Dein Shamus ist zwar ein bißchen verräuchert, aber er sieht immer noch ganz passabel aus.«

Im nächsten Moment beugte sich Shay über Aislinn. Die blauen Augen blitzten in seinem rußgeschwärzten Gesicht, das immer noch geschwollen und voller Schrammen war. »Alles in Ordnung mit dir?« fragte er mit rauher Stimme. Es war ihm anzuhören, daß es für ihn im Augenblick nichts Wichtigeres auf der Welt gab als ihre positive Antwort.

Sie nickte. Das Atmen fiel ihr noch schwer, und sie hatte auch einige kleinere Brandwunden, aber das zählte nicht. Aislinn versuchte sich aufzusetzen, aber er drückte sie zärtlich auf den Rasen zurück.

»Nicht übertreiben«, ermahnte er sie lächelnd. »Jetzt bist du der Patient, und *ich* gebe die Anordnungen. Bleib eine Weile ganz ruhig liegen, bis du wieder normal atmen kannst.«

Glückstränen traten in Aislinns Augen. »Wieso hast du es gewußt?« fragte sie mit schwacher Stimme.

»Einer meiner Deputies ging zum Laden, um sich Tabak zu kaufen, aber die Tür war mitten am Tag verschlossen. Als er mir das erzählte, wußte ich sofort, daß etwas nicht stimmte, denn Cornelia würde sich die Gelegenheit nicht entgehen lassen, einen Penny zu verdienen. Also lief ich zum Haus und sah den Rauch, der unter der Veranda hervorquoll.

»Aber woher wußtest du, daß Dorrie und ich im Keller eingeschlossen waren?«

»Das war nur eine Vermutung. Cornelia saß auf der vorderen Terrasse in Mamas altem Schaukelstuhl und lächelte, als ob sie den Verstand verloren hätte. Ich habe sie Tristan überlassen und bin ins Haus gelaufen, wo ich jedes Zimmer nach euch abgesucht habe. Als ich in die Küche kam und sah, daß die Kellertür verriegelt war, wußte ich Bescheid. Ich brach die Tür auf, aber die Treppe war schon eingestürzt. Deshalb bin ich durchs Fenster in den Keller gestiegen, um euch rauszuholen.«

Aislinn schloß die Augen und schüttelte all die schrecklichen Erinnerungen an den brennenden Keller und all die Ängste, die sie dort durchlebt hatte, ab. Als sie allmählich wieder frei durchatmen konnte, erzählte sie Shay, was Dorrie ihr gezeigt hatte.

»Das Geld aus dem Kutschen-Überfall befindet sich in einer Stahlkassette im Keller. Cornelia hat Billy zu dem Raub – und zu dem Mord an Grace – angestiftet. Sie hatte Angst, daß du deine Ansprüche auf das Haus und den Laden geltend machen würdest, wenn du heiraten würdest.«

Shay strich sich mit der Hand durch die Haare und fluchte. Erst jetzt wurde sich Aislinn all der Leute bewußt – Männer und Frauen aus der Nachbarschaft –, die das Feuer im Keller bekämpften, um das schöne Haus zu retten.

»Es tut mir leid, daß deine eigene Schwester hinter dieser ganzen Sache steckt«, sagte sie leise und merkte, daß Shay ihre Hand ganz fest in der seinen hielt.

Er beugte sich zu ihr und küßte sie leicht auf den Mund. »Du lebst«, raunte er ihr zu, »und das ist die Hauptsache. Ich liebe dich, Aislinn Lethaby, und ich möchte dich heiraten.«

Sie lachte.

»Findest du das komisch?«

»Überhaupt nicht«, erwiderte sie. »Ich bin nur so glücklich. Ich hatte schon befürchtet, ich müßte *dir* einen Antrag machen.«

Er grinste schräg, und seine blauen Augen funkelten. »Hast du gerade ja gesagt?«

Aislinn nickte. »Aus ganzem Herzen, Shay McQuillan.«

Er runzelte die Stirn. »Eine Sache muß allerdings von Anfang an klar sein«, meinte er ernst. »Ich werde nicht meinen Marshalstern abgeben.«

»Das weiß ich.« Aislinn seufzte leise und setzte sich auf. Diesmal hinderte er sie nicht daran. Das Feuer im Haus schien inzwischen gelöscht zu sein. Dorrie saß unter einem Baum. Ihr Gesicht war ebenso rußgeschwärzt wie Shays, aber es schien ihr gutzugehen. Sie trank etwas Wasser, das Liza Sue ihr reichte. Eugenies andere Mädchen waren ebenfalls anwesend und machten sich in irgendeiner Form nützlich.

Shay legte seinen Finger unter Aislinns Kinn und zwang sie, ihn anzusehen. »Ich muß mich wieder um meine anderen Angelegenheiten kümmern«, erklärte er. »Bist du sicher, daß alles in Ordnung mit dir ist?«

Sie wünschte, sie wären allein gewesen. Dann hätte sie ihren Arm um ihn legen und ihn küssen können. Doch sie entschied spontan, daß dies eine ganz besondere Situation war, denn schließlich hatte er ihr ja gerade das Leben gerettet. Also küßte sie ihn, und er erwiderte den Kuß leidenschaftlich, bis Tristan kam und Shay daran erinnerte, daß er sich um die Gefangenen kümmern mußte. Die Mörder des Richters liefen schließlich immer noch frei herum.

Cornelia wurde zu Doc Yancy gebracht. Sie war vollkommen weggetreten und nicht mehr ansprechbar. Eugenie kümmerte sich um Dorrie und Aislinn. Sie brachte die beiden Frauen ins Hotel, wo jede ein Zimmer bekam. Dorrie war so außer sich, daß Eugenie ihr ein Beruhigungsmittel verabreichte und sie sofort ins Bett steckte.

Aislinn nahm zuerst einmal ein Bad und wusch sich den

Geruch und die Spuren des Feuers ab. Sie schamponierte ihr Haar mit Lavendelseife und aß anschließend mit großem Appetit kaltes Huhn, Brot und gewürzte Erbsen.

Sie hatte gerade ein frisches Kleid angezogen und bewunderte sich darin vor dem Spiegel, als sie die Explosion hörte.

10

Die Explosion riß die gesamte Vorderfront des Gefängnisses weg. Die beiden Deputies, die vor dem Haus Wache standen, wurden durch die Luft geschleudert und landeten in einem Schauer von Holzsplittern und Glasscherben verletzt auf der Straße. Die Pferde, die vor den Häusern auf der Hauptstraße angebunden waren, stiegen hoch und wieherten laut, während langsam eine Staubwolke aus dem ansonsten blauen Himmel auf die Erde niedersank.

Shay sah das Spektakel durchs Fenster des Hotel-Speisesaals, wo er mit Tristan ein frühes Mittagessen einnahm, auf dem Eugenie bestanden hatte.

»Mist«, fluchte Shay und warf seinen Stuhl um, als er hastig aufsprang.

»Ich hoffe, daß du die Hinterseite gesichert hast«, meinte Tristan düster, der sich ebenfalls schnell erhob, dabei aber den Stuhl stehen ließ.

Die Deputies kamen gerade wieder mühsam auf die Beine, als die Zwillinge zum Ort des Geschehens kamen. Der eine von Shays Stellvertretern hatte einen armdicken Splitter im Rücken, aber beide Männer lebten – und das war alles, was Shay im Augenblick interessierte.

Von der Rückseite des Gefängnis-Gebäudes waren Schreie und Hufgetrappel zu hören. Da Shay nicht genug Freiwillige in der Stadt gefunden hatte, die bereit waren, ihm zu helfen, war die Hinterseite unbewacht geblieben. Vorsichtig betrat Shay das Gebäude, das jeden Moment ganz in sich zusammenbrechen konnte. Er hatte eigentlich erwartet, daß seine Gefangenen inzwischen geflohen wären, aber zu seiner Überraschung fand er Kyle senior in der Zelle, deren Gitterstäbe bei der Explosion zerborsten waren. Der alte Mann hielt Billy in den Armen. Die beiden waren mit Staub und Mörtel bedeckt und wirkten wie Statuen.

»Er ist tot«, sagte Kyle tonlos.

Shay warf einen Blick auf den Jungen und wußte, daß der Rancher recht hatte. Billy war bei der Explosion, mit der man ihn und seinen Vater hatte befreien wollen, von einem Balken getroffen worden. »Es tut mir leid, Mr. Kyle«, versicherte Shay, und er meinte es ehrlich.

Kyle schwieg, während Shay vorsichtig verbogene Eisenstäbe und Schutt zur Seite räumte. Dann murmelte der Alte: »Er wäre wohl sowieso gehenkt worden.«

»Ja«, erwiderte Shay leise. »Haben Sie den Tod des Richters angeordnet, Sir?«

Der Rancher streichelte das Gesicht seines toten Jungen, dessen Genick offensichtlich gebrochen war. »Nein«, antwortete er, und Shay glaubte ihm. In so einer Situation lügt man nicht mehr. »Ich vermute, daß meine Leute uns hier rausholen wollten, weil sie dachten, ich würde das von ihnen erwarten – und sie dafür natürlich gut bezahlen.«

Tristan kam mit einigen Männern in das Gebäude. »Wir müssen raus«, rief er. »Das Dach kann jeden Moment einstürzen.«

Nur zögernd ließ der Rancher den Körper seines Sohnes los, den die Männer ins Freie trugen. Gestützt auf Shay, folgte Kyle.

»Warum?« fragte der Marschall, als sie draußen waren.

Kyle machte gar nicht den Versuch, so zu tun, als würde er die Frage des Marshals nicht verstehen. »Ich wußte vorher nichts von dem Überfall auf die Kutsche«, versicherte er. »Und anschließend wollte ich meinen Jungen natürlich beschützen.«

»Welche Rolle spielte Cornelia bei der Sache?« Er wußte

es ja schon von Aislinn, aber er wollte von Kyle die Bestätigung hören.

Der alte Mann lachte trocken, und es klang verbittert. »Sie hat dem Jungen ein bißchen den Kopf verdreht. Das Übliche. Reife Frau – dummer Junge. Sie hat ihn dazu gebracht, die Kutsche in die Luft zu jagen, denn sie hoffte, daß Sie die Stadt für immer verlassen würden, wenn Grace tot wäre. Sie glauben doch nicht ernsthaft, daß Billy von sich aus auf den Gedanken gekommen wäre, eine Kutsche zu überfallen und dabei fünf Menschen umzubringen! Dazu hatte er doch gar keinen Grund, denn ich habe ihm ja genügend Geld gegeben, damit er saufen, spielen und huren konnte.«

Shay nickte. Natürlich würde er einen Suchtrupp zusammenstellen, um die Powder-Creek-Bande, die das Gefängnis beinahe ganz in die Luft gesprengt hatte, zur Strecke zu bringen, aber der Fall war im Prinzip geklärt. Trotzdem spürte er keinen Triumph, sondern nur Wut, Trauer – und Mitleid. Er hatte Mitleid mit Billy, der einer älteren Frau mit seiner Männlichkeit hatte imponieren wollen, Mitleid mit Kyle senior, der seinen Sohn hatte decken wollen; er hatte sogar Mitleid mit Cornelia, deren Selbstsucht, Eifersucht und Angst so vielen Menschen das Leben gekostet hatten.

Tristan legte eine Hand auf Shays Schulter und riß ihn aus seinen Gedanken. »Alles in Ordnung mit dir?« fragte er, während zwei Männer Kyle senior abführten. Er würde in einem Nebenraum des Mietstalls eingesperrt werden, bis entschieden war, was mit ihm geschehen sollte.

Shay nickte seinem Bruder zu und sah Aislinn, die etwas abseits stand. Sie hatte die Hände vor der Brust verschränkt und machte ein ängstliches Gesicht. Langsam ging er auf sie zu.

»Bist du verletzt?« wollte sie wissen. Er schüttelte den Kopf. »Billy ist tot, und Kyle ist ein gebrochener Mann. Ich glaube nicht, daß er die Haftstrafe überleben wird, zu der man ihn beim Prozeß verurteilen wird.«

Aislinn schob ihren Arm unter den seinen. »Und was geschieht nun?«

»Ich werde an alle Sheriffs und Marshals der Umgebung telegrafieren, damit sie nach O'Sullivan und den anderen der Powder-Creek-Bande Ausschau halten, die mittlerweile in alle Winde verstreut sein dürften.«

Aislinn atmete tief durch. »Dann wirst du diesen Männern nicht selbst folgen?« fragte sie hoffnungsvoll.

»Das kann ich im Augenblick noch nicht definitiv sagen«, antwortete er. »Zunächst will ich mal sehen, wie es Cornelia geht.« Er blickte zu Doc Yancys Haus hinüber. »Und was macht Dorrie?«

»Die schläft«, meinte Aislinn, während sie gemeinsam zum Doktorhaus gingen, das in der Nähe des ›Yellow Garter Saloons‹ lag, in dem es jetzt ungewöhnlich still war. »Eugenie hat ihr ein Beruhigungsmittel gegeben«, erklärte Aislinn. »Wie es aussieht, ist das Haus nicht allzusehr beschädigt«, fuhr sie fort. »Und Tristan hat auch sein Geld zurück. Die Kassette hat es vor den Flammen geschützt.«

Shay lachte leise. »Das hat er gar nicht erwähnt.« Dann wurde er wieder ernst. »Na ja, vielleicht hat er es einfach vergessen. Es ist heute morgen ja auch eine Menge passiert.«

Aislinn wartete vor der Tür, als Shay in das Haus des Doktors trat. Cornelia saß in der Eingangshalle und wippte scheinbar geistesabwesend mit ihrem Stuhl hin und her, als wüßte sie nicht, was sie tat. Als sie aufschaute und Shay in die Augen sah, erkannte er sofort, daß sie nur die ›Verrückte‹ spielte, in Wirklichkeit aber vollkommen klar bei Verstand war.

Sie hatte genau gewußt, was sie tat, als sie Billy dazu angestiftet hatte, Grace umzubringen – und mit ihr noch vier andere Menschen. Und Cornelia hatte vollkommen bewußt versucht, Dorrie und Aislinn zu töten.

»Ich wollte das Geld unserer Eltern nicht«, erklärte er mit rauher Stimme. »Und ich wollte weder das Haus noch den Laden.«

Cornelia lächelte, aber sie zeigte keine Reue. Sie bedauerte es, daß sie erwischt worden war, aber das war auch alles. Wenn es zu ihrem Vorteil wäre, würde sie noch einmal so handeln, wie sie es getan hatte. Sie würde wieder den Auftrag gegen, unschuldige Menschen in den Tod zu jagen und wieder ihre eigene Schwester im Keller zu verbrennen versuchen. Es war vollkommen sinnlos, mit ihr reden zu wollen. Bevor das Temperament mit ihm durchging und er sich vergaß, drehte Shay sich lieber um und rannte ins Freie, um frische Luft zu schnappen.

»Was wird nun mit deinen Schwestern?« fragte Aislinn, sobald er sich wieder unter Kontrolle hatte.

»Was mit Cornelia wird, weiß ich nicht«, erwiderte er. »Sie hat so viele Verbrechen begangen, daß sie wahrscheinlich für den Rest ihres Lebens ins Gefängnis wandern wird. Dorrie wird wohl weiter im Haus leben und sich um den Laden kümmern. Das hoffe ich zumindest.«

»Das hoffe ich auch«, meinte Aislinn, »und wenn ich kann, werde ich ihr dabei helfen.«

Shay berührte ihre Wange mit der Rückseite seiner Hand. »Dann hast du deine Meinung nicht geändert und willst mich also immer noch heiraten?«

»Ach«, entgegnete sie gedehnt, »das sollte ich mir doch noch mal gut überlegen.« Als sie sein enttäuschtes Gesicht sah, fiel sie ihm lachend in die Arme und küßte ihn auf offener Straße. »Ich liebe dich doch, Shamus McQuillan, und natürlich heirate ich dich.«

Jetzt war es an ihm, sie zu küssen. »Und wann soll unsere Hochzeit sein?«

»Sobald meine Brüder hier sind. Ich werde ihnen gleich

morgen telegrafieren, daß sie kommen sollen.« Sie warf einen Blick zum Büro der Western Union. »Heute sind ja wohl alle Leitungen besetzt.«

Wieder einmal war es Tristan, der die beiden störte. »Es tut mir ja wirklich leid, euch auseinanderreißen zu müssen, aber ich fürchte, die Heiratspläne mußt du etwas zurückstellen, Marshal. Wir sollten doch zumindest *versuchen,* die Banditen einzufangen. Ich habe einen Suchtrupp von rund einem Dutzend Männern zusammengestellt, die auf dich warten, Bruderherz.«

Shay seufzte leise. Es war vollkommen sinnlos zu versuchen, mit so wenigen Männern die Bande einfangen zu wollen, aber er wußte, daß die Bürger von Prominence das von ihrem Marshal erwarteten. Er gab Aislinn einen letzten Kuß auf die Lippen und schaute sie entschuldigend an.

»Sei vorsichtig«, bat sie.

Er nickte. Es gab so viel, was er ihr zu sagen hatte, aber er wußte, daß jetzt nicht die Zeit dazu war. Deshalb drehte er sich um und ging mit Tristan zum Mietstall, wo ihre Pferde bereits gesattelt waren.

Aislinn kehrte zum Hotel zurück, um nach Dorrie zu sehen, die sich inzwischen erholt hatte.

»Dann ist es also wahr, was Eugenie mir erzählt hat?« fragte sie. »Shamus wurde bei dieser schrecklichen Explosion nicht verletzt?«

»Es geht ihm gut«, antwortete Aislinn, aber sie verschwieg, daß Shay hinter den Männern her war, die das Gefängnis in die Luft gesprengt hatten. Auch, daß Cornelia wohl für immer hinter Gitter kommen würde, behielt sie für sich. Dorrie hatte wahrlich andere Sorgen. »Shay und ich werden heiraten.«

Dorrie strahlte. »Wunderbar. Dann werdet ihr beide in

Pas und Mas Zimmer wohnen. Und wir beide werden im Laden arbeiten.«

Der Gedanke, in dem großen schönen Haus zu wohnen und im Laden zu arbeiten, gefiel Aislinn. Natürlich würde sie alles zuerst mit Shay besprechen müssen, aber sie sah kein Problem, wenn Cornelia nicht da sein würde.

»Ich brauche aber ein Hochzeitskleid«, meinte Aislinn, die froh war, daß Dorrie die schrecklichen Ereignisse des Tages so gut überstanden hatte und bereits wieder voller Optimismus war.

»Wir haben ein wunderschönes im Laden«, meinte Dorrie und lachte. »Es kam erst letzte Woche mit der Kutsche aus San Francisco.« Sie schlug die Decke zurück und kletterte aus dem Bett. Dorrie trug eines von Eugenies hochgeschlossenen Nachthemden und schaute sich nach ihren eigenen Kleidern um. »Zuerst habe ich aber noch ein Wörtchen mit Cornelia zu reden, und dann müssen wir zusehen, daß das Haus so schnell wie möglich repariert wird.«

Als sie zum Doktorhaus kamen, war Cornelia nicht mehr da. Da man in der allgemeinen Aufregung vergessen hatte, sie unter Bewachung zu stellen, war sie irgendwann verschwunden. Niemand wußte, wohin sie gegangen war. Dorrie hatte allerdings sofort die richtige Vermutung und lief mit Aislinn zum Laden. Der Tresor stand offen, und das ganze Geld der Geschwister fehlte.

Später erfuhren sie dann, daß Cornelia sich neben all den anderen Verbrechen, die sie begangen hatte, auch noch des Pferdediebstahls schuldig gemacht hatte, indem sie sich in den Mietstall geschlichen und Kyles prächtigen Wallach gestohlen hatte, was im Westen ein schweres Verbrechen war. Aber Cornelia hatte schon so viel auf dem Kerbholz, daß es darauf nun auch nicht mehr ankam.

Aislinn wartete nervös auf Shays Rückkehr, denn sie war sich bewußt, daß die Männer, die er jagte, nichts zu verlieren hatten, und jeder den Marshal ohne Zögern erschießen würde.

Zu ihrer Erleichterung kam er noch vor Sonnenuntergang mit Tristan und den Männern des Suchtrupps zurück. Sie hatten drei Gefangene bei sich, zu denen auch O'Sullivan gehörte. Der Rest der Powder-Creek-Bande hatte sich verflüchtigt, aber diese drei waren die verantwortlichen Anführer. Sie wurden zu Kyle in den Mietstall gesperrt, wo sie bleiben sollten, bis der nächste Bezirksrichter nach Prominence kam.

Es war Doc Yancy, der Shay mitten auf der Straße die Nachricht von Cornelias Flucht überbrachte. Shay war außer sich und wollte sofort die Verfolgung aufnehmen, aber Tristan griff ihm in die Zügel und sprach leise auf seinen Bruder ein. Shay nickte schließlich und stieg vor dem Haus, in dem einmal sein Büro gewesen war, vom Pferd, während Tristan ohne einen Blick zurück aus der Stadt ritt.

Shay schaute seinem Zwillingsbruder nach und kümmerte sich dann um seine Gefangenen.

Aislinn ließ ihn in Ruhe, obwohl sie liebendgern ihre Arme um ihn geschlungen und ihm gesagt hätte, wie sehr sie ihn liebte und wie froh sie war, daß er gesund zurückgekommen war.

Sie mußte lange warten, denn es war schon dunkel, als Shay ins McQuillan-Haus kam, um mit ihr und Dorrie zu essen. Im Haus roch es noch nach Rauch und Feuer, aber Shay aß mit großem Appetit den Wildbraten und die gedünsteten Rüben, die Dorrie aufgetischt hatte. Anschließend brachte der Marshal Aislinn ins Hotel, wo sie bis zur Hochzeit wohnen sollte. Es wäre einfach nicht schicklich gewesen, wenn sie in seinem Haus – und das war es ja nun einmal – gewohnt hätte.

Er begleitete Aislinn bis zur Eingangshalle des Hotels, wo Eugenie schon mit strengem Gesicht wartete. Sie hatte die Arme vor der Brust verschränkt und die Augenbrauen hochgezogen. »Ich glaube, ich küsse dich jetzt besser nicht noch einmal«, flüsterte er, »aber du solltest wissen, daß ich im Augenblick nichts lieber täte.«

Aislinn wurde ganz warm ums Herz. Auch sie hätte ihn gern geküßt, aber so etwas wäre vielleicht im Süden möglich gewesen, aber nicht hier im Westen, wo die Sitten noch streng waren. Sie fragte sich auch, ob es eigentlich normal war, daß eine Braut sich auf die Hochzeitsnacht freute, obwohl sie doch eigentlich ein bißchen Angst davor haben sollte. Um nicht darüber nachdenken zu müssen, wechselte sie schnell das Thema: »Es gibt viel, was wir noch besprechen müssen.«

Er nahm ihr Kinn in seine Hand und warf Eugenie einen schrägen Blick zu. Aislinn selbst wagte nicht, die Freundin anzusehen, und deshalb bemerkte sie auch nicht, daß die ältere Frau verständnisvoll lächelte und sich abwandte.

»Wir werden leben, wo du möchtest«, sagte er. »Ich habe nichts dagegen, in dem Haus meiner Eltern mit dir zu wohnen, und ich bin natürlich auch einverstanden, wenn du mit Dorrie im Laden arbeitest.« Er schwieg einen Moment. »Aber es muß dir klar sein, daß ich meinen Stern niemals abgeben werde – nicht einmal für dich.«

Aislinn atmete tief durch und nickte. »Ich weiß«, versicherte sie leise.

Er fuhr ihr mit dem Daumen über die Lippen, was ihr einen Schauer über den Rücken jagte. Sie sehnte sich nach ihm, sie wollte ihn ganz nah bei sich haben, ihn spüren. »Gute Nacht«, sagte er mit rauher Stimme, drehte sich um und verließ das Hotel.

»Komm«, meinte Eugenie weich und nahm Aislinn in den Arm. »Komm mit mir in die Küche.«

Eine Kerosinlampe brannte in der Hotelküche, und das Wasser im Kessel mußte noch heiß sein, denn Eugenie machte in Null Komma nichts Tee.

»Ich wünschte, ich würde ihn nicht so lieben, Eugenie«,

gestand Aislinn, die das Kinn in die Hände gestützt hatte. »Ich habe so schreckliche Angst!«

»Wovor?« fragte Eugenie mit gerunzelter Stirn. »Du liebst diesen Mann – tu es und denke nicht an morgen, denn morgen kann es zu spät sein. Wenn man einen Menschen liebt, dann darf man nicht warten. Du hast deinen Shamus – und der ist nun einmal so, wie er ist. Er ist ein U. S.-Marshal, und das wird er immer bleiben. Du gibst ihm, was du ihm geben kannst, Kind, und er wird dir geben, was er dir geben kann. Genieße jeden Tag eures Lebens, denn ein zweites Leben gibt es nicht.«

Aislinn trank einen Schluck Tee und dachte über Eugenies Worte nach. »Wer war es, den *du* geliebt hast, Eugenie?«

Die ältere Frau setzte ihre Tasse so hart auf den Tisch, daß die Zuckerdose vibrierte. »Er war ein Marshal – wie dein Shamus. Sein Name spielt keine Rolle, denn das ist alles schon viele Jahre her. Es war unten in Missouri. Der Mann starb nach einer Schießerei – einen Tag nachdem unsere Hochzeit hätte stattfinden sollen.«

Aislinn biß sich auf die Unterlippe und wartete.

Eugenie saß ihr am Tisch gegenüber. Sie ließ sich Zeit, schenkte sich Tee nach, fügte Milch und Zucker hinzu und rührte alles langsam um. »Ich habe ihn vor dem Altar stehenlassen«, gestand sie nach einer langen Pause. »Ich hatte Angst, daß ich ihn verlieren würde, wenn er das Gesetz vertrat.« Sie trank einen Schluck und seufzte. »Sicher, manche Leute haben gesagt, daß ich recht gehabt hätte – aber ich habe diesen Mann geliebt, Aislinn! Ich hätte zu ihm stehen, ihm Kraft geben müssen, aber ich …«

Aislinn traten Tränen in die Augen. Sie blickte zur Seite und murmelte: »Es tut mir leid, Eugenie.«

Die Freundin griff über den Tisch nach Aislinns Hand. »Ich bin darüber hinweg, aber mach *du* nicht den gleichen Fehler, den ich gemacht habe, Liebes. Es gibt nicht viele

Männer wie Shamus McQuillan – den mußt du so nehmen, wie er ist.«

Die beiden Frauen tranken ihren Tee schweigend aus. Dann ging Aislinn in ihr Zimmer und legte sich ins Bett. Es schien zu groß für sie zu sein – zu leer.

Epilog

Der Wind blähte leicht die Spitzenvorhänge im besten Zimmer des Hotels, das nur von Kerzen erleuchtet war. In einem silbernen Kühler stand eine Flasche Wein, der aus der alten Welt importiert war. Das Bett war mit Rosenblättern bedeckt. Aislinn Lethaby-McQuillan betrachtete das gesammte Arrangement. Ihr Mann trug sie auf seinen Armen über die Schwelle.

Ein wohliger Schauer lief ihr über den Rücken. Sie hatte sich seit Wochen auf diese Nacht gefreut, aber mit einem Mal wurde ihr klar, wie wenig sie von der körperlichen Liebe wußte.

Shay schloß die Tür mit dem Absatz. Das Krachen, mit dem sie ins Schloß fiel, mußte im ganzen Hotel zu hören und aufschlußreicher als jedes *Bitte nicht stören*-Schild sein. Er küßte Aislinn auf die Lippen, bevor er sie auf die Füße stellte.

»Zweifel, Mrs. McQuillan?« fragte Shay mit seinem berühmten schrägen Grinsen.

Sie schüttelte den Kopf. Sie waren seit zwei Stunden Mann und Frau, und die Hochzeitsfeier drüben im Haus war noch in vollem Gange.

Thomas und Mark waren da, und Dorrie genoß es, die Gastgeberin zu spielen, wie sie es genoß, die Chefin im Laden zu sein. Cornelia war mittlerweile in einem anderen Teil der Welt – und sie hatte sicher nicht die Absicht, jemals wieder nach Prominence zurückzukommen. Tristan war ihrer Spur bis nach San Francisco gefolgt, wo Cornelia unter eigenem Namen eine Schiffspassage nach Asien gebucht hatte. Mr. Kyles Handlanger waren inzwischen fast alle dingfest gemacht worden und warteten in Sacramento, der Hauptstadt von Kalifornien, auf ihren Prozeß. Das neue Gefängnis von Prominence wurde gebaut – mit vier Zellen und einem Raum für einige Deputies.

»Nein«, antwortete Aislinn. »Ich habe keine Zweifel.«

Er legte seine Hand auf ihre Schulter und drehte sie zu sich um. »Ich bin verrückt nach dir, Mrs. McQuillan«, gestand er leise, »aber wir werden das alles ganz langsam angehen.«

Sie lächelte und nickte, denn sie vertraute ihm aus vollem Herzen. Er legte ganz leicht den Arm um sie und begann, die Knöpfe des eierschalenfarbenen Hochzeitskleides zu öffnen, das sie von ihrem eigenen Geld gekauft hatte.

Das Kleid fiel leise raschelnd zu Boden, und sie stand in ihrem weißen Hemdchen, das mit rosafarbenen Spitzen verziert war, und dem Unterrock vor ihm.

Sie zog ihm das Jackett aus und löste die Krawatte, die er sich von Tristan geborgt hatte, und knöpfte seine Weste auf. Er antwortete darauf, indem er ihr das Hemdchen über den Kopf zog und ihre nackten Brüste streichelte.

»Wunderbar«, murmelte er.

Ihre Brustwarzen richteten sich auf, als er mit den Handflächen sanft darüberstrich. Dann beugte er sich vor und küßte sie wieder auf den Mund. Diesmal war es fordernd und leidenschaftlich.

Genau das wollte sie von ihm. Sie wollte nicht, daß er sie so behandelte, als wäre sie zerbrechlich.

Shay stöhnte leise, schlang seine Arme um sie und trug sie zum Bett. Er legte sie hin und rollte ihre Strümpfe herunter. Dann zog er ihr den Unterrock aus, hob sie leicht an und streifte ihr die Unterhose ab.

Sie lag nun ganz nackt vor ihm.

»Du bist wunderschön«, flüsterte er.

Das dachte Aislinn auch von ihm, als er seine Hosenträger abstreifte, das Hemd und die Hose auszog. Er war ein Märchenprinz, ein junger Gott. »Leg dich zu mir«, bat sie leise.

Er streckte sich neben ihr aus, und sie sah, wie sehr er sie begehrte.

»Und nun?« wisperte sie.

»Noch nicht«, erwiderte er und begann sie zu küssen, während seine Hand kleine Kreise auf ihrem Bauch malte. Als er eine ihrer Brustwarzen in den Mund nahm und daran saugte, stieß Aislinn einen kleinen Schrei der Lust aus.

Er ließ sich Zeit, wie er es versprochen hatte, obwohl sie vor Verlangen bebte. Er küßte jede Stelle ihres wunderbaren Körpers, streichelte sie mit seinen Händen und ließ sie vor Lust erschauern.

Sie zitterte und konnte es kaum noch erwarten, ihm ganz zu gehören. Sein Glied – das sie inzwischen berührt und gestreichelt hatte – war mächtig. Sie wollte ihn ganz tief in sich spüren, aber als er nun sanft ihre Beine spreizte und sich auf sie legte, um in sie einzudringen, wimmerte sie leise.

Sie hatte plötzlich Angst.

Er strich mit seinen Lippen über ihren Mund. »Wir werden es ganz langsam machen«, versprach er. »Vertrau mir.«

Sie nickte. Eugenie hatte ihr gesagt, daß es weh tun würde, aber Shay war ganz sanft und vorsichtig. Aislinn spürte einen kurzen, scharfen Schmerz – dann wurde sie von einer Welle der Lust mitgerissen.

Sie spürte, wie erhitzt und kräftig er war, als er tiefer und tiefer in sie eindrang und ihr die Unschuld nahm. Wie von selbst bog sie sich ihm entgegen. Sie schrie, aber nicht vor Schmerz, sondern aus purer Lust – und dann folgte sie dem Rhythmus seiner Bewegung, bis sie den Höhepunkt erreichte.

»Ich liebe dich«, murmelte Shay schweratmend.

»Ich liebe *dich*«, erwiderte sie und fuhr ihm dabei zärtlich mit den Fingern durchs Haar.

Er lachte leise. »Was meinst du? Haben wir Zwillinge gezeugt, oder sollten wir es sicherheitshalber noch einmal versuchen?«

Sie lachte ebenfalls und zog ihn ganz eng an sich. »Sicher ist sicher, Marshal«, flüsterte sie. »Wir sollten es gleich noch mal probieren.«

»Hmm!«

Und dann begann er wieder, sie zu küssen und zu streicheln. Seine Zärtlichkeiten erregten sie, und jede seiner Berührungen steigerte ihr Verlangen. Als er spürte, wie sehr sie sich nach ihm sehnte, drang er voller Lust noch einmal in sie ein.

Eugenie blies die Lampe aus, als sie in ihrem Bett lag und von fern die leisen Lustschreie hörte. Sie lächelte, denn sie wußte, daß sich zwei Menschen gefunden hatten, die zusammengehörten.

Zweites Buch
TRISTAN

1

Prominence, Kalifornien. Juni 1884

Er sollte weiterziehen, das wäre das einzig Vernünftige. Er sollte sich von Shay und dessen liebenswürdiger Frau, Aislinn, herzlich verabschieden, sein Pferd satteln und aus der Stadt reiten, ohne sich noch einmal umzudrehen. Es gab so viele Orte, wo ein Mann wie er hingehen konnte – zurück nach Montana zum Beispiel, wo er eine gutgehende Rinderzucht betrieb, die jetzt von bezahlten Fremden geführt wurde, oder in den Süden nach San Francisco, wo gewisse Damen lebten, die aus ihrer Bewunderung für ihn keinen Hehl gemacht hatten – und diese Bewunderung hatte durchaus auf Gegenseitigkeit beruht. Er könnte auch in den Osten zurückgehen, nach Chicago, Boston oder New York – ein Mann wie er, der ein Vermögen anlegen konnte, wäre in so einer großen Stadt gut aufgehoben, denn dort ließ sich das Geldverdienen mit den Annehmlichkeiten der Zivilisation verbinden.

Er seufzte und hievte einen Getreidesack in seinen Wagen, einen kleinen, aber robusten Zweispänner, den er angeschafft hatte, als er sich vor nahezu einem Jahr eine kleine Ranch gekauft hatte, die etwas außerhalb von Prominence lag.

Sein Bruder stand neben dem Wagen und beobachtete, wie Tristan arbeitete.

Shay hatte die Arme vor der Brust verschränkt und den Mund zu einem selbstgefälligen Grinsen verzogen. Sein silberner Marshalstern funkelte in der Sonne. Shay war nun schon einige Monate verheiratet, und die Ehe mit Aislinn funktionierte bestens. Shay war der geborene Vater – und er hatte Aislinns jüngere Brüder auf Anhieb ins Herz geschlossen. Tristan hatte die Familie, die zusammen mit Dorrie im McQuillan-Haus lebte, anfangs regelmäßig besucht, um mit ihnen zu essen oder zu feiern, aber in den letzten Wochen waren seine Besuche seltener geworden. Er begründete das vor sich selbst damit, daß er nicht stören wollte, aber die Wahrheit war, daß er den Bruder um sein Heim und seine Familie beneidete.

»Du könntest mir ruhig ein bißchen zur Hand gehen, anstatt nur dumm dazustehen«, brummte er und warf den nächsten Futtersack in den Wagen. Auf dem hölzernen Fußweg vor dem Laden, der nach Cornelias Verschwinden von Dorrie geführt wurde, standen noch jede Menge Säcke und Vorratskisten.

Shay rührte sich nicht von der Stelle. Er erwähnte nicht, daß er zahllose Stunden auf Tristans Ranch verbracht hatte, um Land zu roden, Kälber zu brennen oder ausgerissene Rinder einzufangen. Er hatte Pfähle gesetzt, kilometerlange Stacheldraht-Zäune gezogen und geholfen, das Dach des Hauses neu zu decken.

Tristan schob seinen Bruder zur Seite und warf den nächsten Sack mit so viel Wucht in den Wagen, daß die Federn quietschten und die Pferde, zwei alte Schindmähren, die ihre besten Tage schon hinter sich hatten, wieherten und mit den Hufen scharrten.

»Aislinn möchte, daß du heute abend zu uns zum Essen kommst«, sagte Shay. Das stumme Verständnis in seinem Blick war für Tristan schlimmer, als es jeder andere Gefühlsausdruck gewesen wäre – schlimmer noch als offenes Mitleid. »Sie brät ein paar Hühner. Du weißt ja, welch großen Appetit ihre Brüder haben, wenn es ihnen schmeckt – und es schmeckt ihnen eigentlich immer, wenn Aislinn kocht. Natürlich gibt es dazu eine kräftige Soße und Biskuits, Kartoffelbrei und grüne Bohnen mit Zwiebeln und Speck.«

Tristan merkte, wie ihm das Wasser im Mund zusammenlief. Da seine eigenen Kochkünste mehr als bescheiden waren, aß er meistens im Hotel. Das Essen dort war wirklich nicht übel, aber es war eben keine Hausmannskost. Es mangelte ihm zwar nicht an Einladungen zum Abendessen oder zum Sonntagsbrunch in den verschiedenen Haushalten der Stadt, aber Tristan zögerte, solche Einladungen anzunehmen, denn gewöhnlich wurde bei diesen Anlässen eine Tochter im heiratsfähigen Alter vorgestellt, eine Nichte des Hausherrn oder eine entfernte Cousine der Frau. Tristan hatte zwar die Absicht zu heiraten – aber nur, wenn er die richtige Frau fand. Er mochte es nicht, wenn ihn jemand verkuppeln wollte oder ihn in peinliche Situationen brachte, die er anschließend auszubaden hatte. »Biskuits?« murmelte er.

Shay grinste, denn er wußte, daß er gewonnen hatte. Er stieß sich vom Türrahmen ab, an den er sich gelehnt hatte, packte einen Futtersack und warf ihn in den Wagen. »Biskuits«, bestätigte er.

Tristan nahm seinen Hut ab und fuhr sich mit der Hand durch die Haare, die feucht und strähnig waren. Er hatte sich ein paar Tage lang nicht rasiert und roch wahrscheinlich nach Schweiß und Pferden. »Ich bin, was mein Aussehen angeht, nicht gerade in der Verfassung, mich an den Tisch einer Lady zu setzen«, meinte er, und in seiner Stimme klang die Scham darüber mit, daß er sich so vernachlässigte und gehenließ.

Shay hob eine Augenbraue und betrachtete die Erscheinung seines Zwillingsbruders. Im stillen mußte er Tristan recht geben. So, wie er aussah, würde er sich in Gegenwart einer Lady nicht wohl fühlen – das wußte Shay aus eigener Erfahrung, denn es hatte ja mal eine Zeit gegeben, in der er selbst ziemlich heruntergekommen war. Er hob den

Kopf, blinzelte in die Sonne und schaute dann Tristan wieder an. »Du hast Zeit genug, zur Ranch zu fahren, um dich zu baden und zu rasieren. Und ein frisches Hemd kannst du von mir haben.«

Tristan schlug mit seinem Hut gegen seinen Oberschenkel. Irgendwas gefiel ihm an der Sache nicht, aber er hätte nicht sagen können, was es war. Es war einfach das undeutliche Gefühl, heute noch Ärger zu bekommen – und dem wollte er möglichst aus dem Wege gehen. »Es werden nicht ganz zufällig ein paar Damen bei diesem Essen anwesend sein?« fragte er mißtrauisch.

Shay lachte. »Nun, Aislinn wird natürlich da sein, Dorrie und vielleicht Eugenie.«

»Du weißt verdammt gut, wie meine Frage gemeint war. Nur weil Aislinn und du für die Ehe wie geschaffen seid, heißt das noch lange nicht, daß mir eine Ehe guttäte. Hört also auf, mich unter die Haube bringen zu wollen. Das gilt für dich *und* für Aislinn.«

Shay schüttelte den Kopf und schlug sich mit der Faust gegen die Brust. »Tztztz«, murmelte er mit gespielter Entrüstung. »Ist es denn zu glauben, daß mein eigener Bruder, mein einziger Blutsverwandter, mir so etwas zutraut?«

»Dir traue ich noch viel mehr zu.«

Shay lud die letzten Lebensmittel in den Wagen und meinte nachsichtig: »Du wirst ja richtig seltsam auf deine alten Tage. Wenn du nicht bald jemanden findest, der sich um dich kümmert, wirst du noch so ein komischer Kauz, der mit Ei im Bart herumläuft und vergißt, daß man in der Kirche nicht auf den Boden spucken soll.« Er nickte Tristan zu. »Ich sehe dich dann um sieben bei uns. Falls du etwas zum Anziehen brauchst – du weißt ja, wo mein Schrank steht. Bedien dich, als ob es deine eigenen Sachen wären.«

»Danke.« Es sollte ein bißchen spöttisch klingen, aber da Shay vermutlich den Nagel auf den Kopf getroffen hatte – und Tristan nicht ganz sicher war, ob er zu Hause noch etwas Frisches zum Anziehen finden würde, klang es eher kläglich. Er kletterte auf den Wagen, nahm die Zügel und fuhr zu seiner Ranch. Das Haus, in dem er dort lebte, lag etwa drei Meilen außerhalb von Prominence auf einem Hügel, von dem aus man einen großen Teil des Powder Creek überblicken konnte. Das Haus war von rund eintausend Acres bestem Grasland umgeben. Nördlich von Tristans Ranch schloß sich das Land des alten William Kyle an, eine riesige Ranch, die Tristan begehrlich betrachtete.

Er fuhr den Zweispänner in die Scheune, kletterte hinten auf den Wagen und lud die Säcke ab, bevor er über den Rand zu Boden sprang, die beiden bedauernswerten Gäule aus dem Geschirr nahm und in ihren Stall führte, wo sein Wallach stand. Dann gab er den Tieren Futter, füllte die Wassertröge auf und ging zum Haus. Es war eine langgestreckte Holzhütte, in der es an beiden Schmalseiten einen gemauerten Kamin gab. Küche, Wohnraum und Eßzimmer waren ein einziger großer Raum. Im oberen Stock gab es vier geräumige Schlafzimmer mit Vorhängen an den Fenstern und Teppichen auf dem Holzbohlen-Fußboden. Im größten Zimmer hatte Tristan sich eingerichtet. Dort stand ein guter Ofen, den man mit Holz beheizen konnte, und durchs Fenster hatte man einen hübschen Blick auf die Berge. Der Raum war auch gut eingerichtet, aber es war ein einsamer Ort – zu groß und zu unpersönlich –, und deshalb verbrachte Tristan dort so wenig Zeit wie möglich.

Er pumpte im Hof Wasser in zwei Eimer, füllte damit den Behälter in der Küche über dem Herd und entzündete ein Feuer. Er blickte sich um, seufzte tief und fragte sich, warum er in letzter Zeit eine Abneigung gegen seine eigene Gesellschaft entwickelt hatte. Er hatte einen großen Teil seines Erwachsenenlebens unterwegs verbracht, war oft tagelang allein mit sich und seinem Pferd gewesen – und das hatte ihn nie gestört. Im Gegenteil, er hatte die

Zeit als willkommene Gelegenheit genutzt, seine Gedanken zu ordnen. Aber jetzt, wo er harte Arbeit im Freien zu verrichten hatte, Arbeit, die er liebte, bei der Körper, Geist und Seele bis aufs äußerste gefordert wurden, konnte er sich plötzlich selbst nicht mehr ausstehen. Dabei hatte er genügend Geld, er hatte eine eigene Ranch, er hatte sogar so etwas Ähnliches wie eine Familie – und er hätte doch ganz zufrieden sein müssen, aber er haderte mit seinem Schicksal. Er fühlte sich wie Kain, der dazu verdammt war, bis ans Ende seiner Tage allein durchs Leben zu streifen.

Er nahm seine Eimer, ging wieder ins Freie und pumpte mehr Wasser. Dabei begann er leise zu pfeifen, und er lächelte sogar ein wenig vor sich hin. Man konnte sich auch einreden, daß es einem schlechtging, obwohl das Gegenteil der Fall war – und dann fühlte man sich natürlich auch prompt miserabel. Er würde sich jetzt gründlich waschen, sich rasieren und saubere Kleidung anziehen. Dann würde er auf seinem Wallach in die Stadt zurückreiten und sich Aislinns gebratenes Huhn schmecken lassen. Das würde seine Stimmung schon wieder heben.

Als er genügend Wasser erhitzt hatte, füllte er damit die kupferne Badewanne, zog sich splitterfasernackt aus und seifte sich in der Wanne, die er neben den Ofen in der Küche gestellt hatte, von Kopf bis Fuß gründlich ein. Um die Seife abzuspülen, war es am einfachsten, wieder nach draußen zu gehen und sich an der Pumpe einen Eimer Wasser oder zwei über den Kopf zu gießen. Deshalb wickelte sich Tristan in ein Handtuch und trat ins Freie.

In diesem Moment hörte er die Schafe.

Er hielt den Kopf schräg, damit ihm die Seife nicht in die Augen lief, und lauschte regungslos. Ein Zweifel war ausgeschlossen, denn das Blöken wurde immer lauter.

Tristan blickte auf und sah am östlichen Horizont seines Landes eine Staubwolke, die in den Abendhimmel aufstieg, als hätte dort eine mächtige Explosion stattgefunden. Das Blöken wurde lauter, und jetzt hörte Tristan auch das Bellen eines Hundes.

Dann tauchte die Herde hinter dem Hügel auf, auf dem das Wohnhaus stand. Die grauweißen Wollknäuel wirkten wie eine einzige Masse, die sich unaufhaltsam auf Tristan zubewegte. Bevor er sich von seiner Überraschung erholen konnte, waren die Tiere auch schon um ihn herum und spritzten dabei so viel Schmutz auf, daß der Erfolg seines Bades innerhalb von Sekunden zunichte gemacht wurde.

Mit wütend blitzenden Augen beobachtete er den Schaftreiber, der auf einem kleinen gescheckten Pony auf ihn zuritt. Es war ein kleiner Mann, der einen weichen Schlapphut trug, dessen Krempe seine Augen verbargen, ein braunes Hemd, einen schmutzigen Umhang, dessen Farbe nicht klar erkennbar war, blaue Denim-Hosen und abgestoßene Stiefel. Der Hund, irgendeine undefinierbare Langhaarmischung, schenkte Tristan überhaupt keine Beachtung, sondern trieb die Schafe in den Creek, wo sie Wasser finden würden. Wahrscheinlich waren die Viecher zu dumm, um selbst das Wasser zu finden.

»Offenbar haben Sie den Zaun nicht gesehen«, sagte Tristan mühsam beherrscht und hielt das Pony am Zügel fest, bevor der Schäfer an ihm vorbeiritt. »Dies hier ist Privatbesitz.«

Das Gesicht des Mannes war durch den Hut verdeckt, und die Schafe machten so einen Lärm, daß Tristan sich am liebsten die Ohren zugehalten hätte. Aber dann hätte er das Handtuch fallen lassen müssen, mit dem er seine Nacktheit notdürftig bedeckte.

Als er die sanfte Stimme des Fremden hörte, dauerte es einen Moment, bis Tristan begriff.

»Lassen Sie mein Pony los. Es ist durstig, und ich bin es auch.«

Tristan hielt das kleine Pferd weiter mit der einen Hand

fest, während er mit der anderen das Handtuch enger zog. »Dieser Zaun …«

Der Schäfer schob den Hut mit einer kurzen Handbewegung in den Nacken und enthüllte honigfarbene Haare, die zu einem Zopf geflochten waren, braune Augen, die unter dichten Wimpern mutig funkelten, und einen breiten, wunderschön geformten Frauenmund. Die Schäferin war etwa zwanzig Jahre alt, sie hatte weiche Gesichtszüge und einen zarten Knochenbau und war nach Tristans Ansicht kaum geeignet, eine Schafherde übers Land zu treiben.

»Ich habe den Zaun niedergerissen«, erklärte sie ohne ein Wort der Entschuldigung und deutete auf eine Peitsche, die sie am Sattel befestigt hatte. »Ich lasse mich doch nicht durch ein bißchen Stacheldraht daran hindern, mein Land zu betreten.«

Tristan, der es immer noch nicht fassen konnte, daß der Schäfer eine Frau war – und zwar die schönste, die er seit langem gesehen hatte und die sicher noch besser aussehen würde, wenn sie sich erst einmal ein bißchen zurechtgemacht hatte – war etwas langsam von Begriff.

»Wer sind Sie, und was machen Sie auf meinem Land?« fragte sie, ohne sich einschüchtern zu lassen.

Er setzte sein berühmtes schräges Grinsen auf. Was für eine verrückte Situation. Da stand er nur mit einem Handtuch bekleidet da, war über und über mit Schafmist bedeckt, und die junge Frau behauptete, daß er hier nichts verloren hatte! »Das ist angesichts der Lage eine ziemlich unverfrorene Frage, Miss. Mein Name ist Tristan Saint-Laurent, und dies ist *mein* Land.«

Sie wurde vielleicht eine Spur blasser, aber das änderte nichts an ihrer resoluten Haltung. »Sie irren sich, Sir«, erwiderte sie und ließ den Blick über seinen muskulösen nackten Oberkörper gleiten. Als ihr bewußt wurde, daß er nur mit einem Handtuch bedeckt war, sah sie ihm schnell wieder ins Gesicht, und diesmal schienen ihre Wangen unter dem Staub zu erröten. »Vielleicht sind Sie ja nur ein Hausbesetzer ohne Rechtsanspruch.«

»Ich habe Papiere, die meinen Rechtsanspruch sehr wohl beweisen«, antwortete Tristan freundlich. Er begann die junge Frau sogar ein bißchen zu bedauern, was auf jeden Fall besser war, als sich selbst zu bedauern. Natürlich, wenn es ein Mann gewesen wäre, der seinen Zaun eingerissen und eine Schafherde auf sein Land getrieben hätte, hätte Tristan ihn inzwischen wahrscheinlich schon längst erschossen.

Er warf den Schafen einen mißmutigen Blick zu, denn die Tiere trampelten sein kostbares Weideland nieder. Dann sah er der Frau wieder ins Gesicht. »Dies hier ist Rinderland, Miss ...?«

»Starbuck«, erwiderte sie. »Emily Starbuck.«

Die Staubwolke, die die Herde aufgewirbelt hatte, hatte sich inzwischen gelegt, und Tristan suchte den Horizont ab, aber er konnte nirgends ein Anzeichen anderer Reiter, eines Wagens oder zumindest eines Schäfers, der zu Fuß ging, entdecken. »Sie machen diesen Trip doch nicht ganz allein?« fragte er erstaunt.

»Natürlich nicht«, erklärte sie mit einem schüchternen Lächeln. »Ich habe Spud bei mir.« Mit einer Kopfbewegung deutete sie auf den Hund, der ein paar versprengte Schäfchen zurück zur Herde trieb. Dann tätschelte sie den Hals des Ponys. »Und meinen treuen Walter. Wenn Sie nun so gut wären und mir aus dem Weg gehen würden? Ich möchte gerne runter zum Fluß reiten, um das Pferd zu tränken.«

Tristan stellte vorerst mal die Frage zurück, wem das Land gehörte – obwohl er keinen Zweifel daran hatte, daß er der rechtmäßige Eigentümer war. Natürlich hatte er mit einem Blick gesehen, daß Walter eine Stute war, aber vielleicht fühlte Miss Starbuck sich wohler, wenn das Tier einen Männernamen trug. »Gut«, meinte er. »Versorgen Sie Ihre Tiere und kommen Sie dann ins Haus, damit wir die ganze Angelegenheit besprechen können.«

Wieder glitten ihre Augen über seinen Körper, und wieder errötete sie. »Ich werde doch nicht zu einem fast nackten Mann ins Haus gehen«, protestierte sie und warf einen Blick über ihre schmale Schulter auf das Gebäude. »Wartet dort Ihre Frau? Oder haben Sie wenigstens eine Schwester, damit die Regeln des Anstandes gewahrt bleiben?«

»Nein«, antwortete Tristan, »aber Sie können ganz beruhigt sein, denn ich bin ein Gentleman.«

Sie blickte ihn skeptisch an, doch dann nahm sie die Zügel auf, die er losgelassen hatte, und ritt durch die blökende Herde zum Wasser.

All das hätte ihn vielleicht amüsiert, wenn diese elende Schafherde nicht gewesen wäre. Wenn die Tiere auf das Weideland gelangten, das er für die Rinderzucht brauchte, würden die Schafe das saftige Gras bis auf die Wurzeln abfressen, und für seine Rinder wäre nichts mehr übrig – wenn er überhaupt noch Rinder besaß und nicht alle längst durch das Loch im Zaun das Weite gesucht hatten. So leid es ihm tat – er mußte Miss Starbuck und ihre Herde auf dem schnellsten Weg wieder loswerden.

Tristan eilte ins Haus und die Treppen zu seinem Zimmer hinauf. Sein Badewasser stand zwar noch in der Küche, aber um sich noch einmal zu waschen, hatte er keine Zeit, obwohl er fast so schmutzig war wie zuvor. Aber darauf konnte er jetzt keine Rücksicht nehmen. Hastig zog er sich an.

Als er ins Freie rannte, stieß er in der Eingangstür mit Emily Starbuck zusammen. Damit sie nicht stürzte, mußte er sie an der Schulter festhalten. Es war nur ein kurzer Moment, ein flüchtiger Wimpernschlag, aber in diesem Augenblick geschah etwas Unglaubliches mit ihm. Tristan ließ sie sofort wieder los, als hätte er glühende Kohlen angefaßt, aber es war schon zu spät. Er wußte, daß er nicht mehr der gleiche Mann war, der eben die Treppe hinuntergeeilt war.

»Kommen Sie rein«, sagte er mit belegter Stimme.

Sie schien ebenfalls erschrocken zu sein, und er fragte sich, ob für sie diese winzige Berührung ebenso elementar gewesen war wie für ihn.

»Gut«, murmelte sie verlegen. Sie war kleiner und zierlicher, als sie auf dem Rücken des Ponys gewirkt hatte, und Tristan dachte, daß sie sich so zerbrechlich wie ein kleines Vögelchen anfühlen müßte, wenn er sie in seine Arme schließen würde. Was er selbstverständlich nicht tun würde.

In seinem Junggesellen-Haushalt gab es keinen Tee, aber er fand noch einen Rest Kaffee, den er aufbrühte, während Miss Starbuck – in Gedanken nannte er sie schon Emily, was ja nun wirklich etwas übereilt war – an dem blankgescheuerten Holztisch Platz nahm. Ihren übergroßen Hut hatte sie neben sich auf die Bank gelegt und ihre Hände im Schoß gefaltet. Das infernalische Blöken der Schafe drang durch jede Ritze des Hauses und erinnerte Tristan daran, daß Frauen zwar Frauen waren, ein Geschäft aber ein Geschäft bleiben mußte und daß Schafe nun einmal Schafe waren, für die hier kein Platz war.

»Dies *ist* doch die Ranch von Eustache Cummings?« fragte Emily gedehnt, als Tristan einen Becher Kaffee vor sie stellte.

»Das *war* einmal Cummings Ranch«, meinte Tristan. »Ich habe sie ihm aber vor einem Jahr abgekauft. Haben Sie Hunger? Sie sehen ganz danach aus, als ob sie einen Happen vertragen könnten.«

Tränen schimmerten in ihren Augen, aber sie blinzelte sie schnell weg, während sie gleichzeitig den Kopf schüttelte. Obwohl sie den Rücken gerade und den Kopf aufrecht hielt, war ihr die Verzweiflung anzusehen. Ihre Finger zitterten, als sie ihre Lederhandschuhe auszog und in die Tasche ihres Umhangs steckte. »Ich habe hier einen Schuldschein«, erklärte sie und stand auf, um einige sorgfältig gefaltete Schriftstücke aus der Hosentasche zu ziehen. Der Gedanke, eine Frau in Hosen zu sehen, hatte etwas Erregendes an sich, und Tristan bedauerte, daß sie nicht ihren Umhang abnahm, damit er noch mehr von ihrem Körper sehen konnte. Er mußte seine ganze Willenskraft aufbringen, um sich wieder auf das Gespräch zu konzentrieren.

»Mr. Cummings hat meinem Onkel diese Ranch als Pfand für seine Schulden überschrieben«, fuhr sie fort und reichte Tristan die Schriftstücke. »Sie sehen, daß Mr. Cummings die Papiere eigenhändig unterschrieben hat. Als er die Schulden nicht bezahlen konnte, fiel dieses Haus und das dazugehörende Land in den Besitz meines Onkels, der ...«

Ihr ernster Gesichtsausdruck berührte ihn. »Was ist mit Ihrem Onkel?« hakte er leise nach, als sie sich mitten im Satz selbst unterbrach.

»Er ist vor einem Monat gestorben. Er hat mir dieses Land und die Schafherde da draußen vererbt.« Sie schob ihm die Papiere hin, und Tristan warf einen kurzen Blick darauf. Ihm war ziemlich schnell klar, daß es sich dabei um einen Betrug handelte, denn der Eustache Cummings, dem er vor einem Jahr die Ranch abgekauft hatte, war Analphabet und konnte nicht einmal seinen Namen schreiben. Die Papiere, die Emily ihm jetzt zeigte, trugen jedoch mehrfach eine flüssige Unterschrift. »Die Schafe und dieses Land sind alles, was ich besitze«, fügte sie hinzu. Sie wollte damit offenbar kein Mitleid wecken, sondern gerade davor warnen, ihr so etwas entgegenzubringen.

Tristan fragte sich, ob es in unmittelbarer Umgebung des Hauses überhaupt noch einen einzigen Grashalm gab, aber dieser Gedanke ließ ihn seltsam kalt, was ihm angesichts der Tatsache, daß er viel Geld und Arbeit in die Farm gesteckt hatte, selbst ziemlich merkwürdig vorkam.

»Man hat Sie betrogen«, erklärte er ruhig und wünschte, er hätte Emily wenigstens einen Tee anbieten können. Er machte sich nicht viel aus diesem Gebräu, aber Frauen schien es regelrecht aufzumuntern. Seine Mutter hatte immer *Orange Pekoe* getrunken, wenn sie melancholisch gewesen war, und Aislinn machte Dorrie regelmäßig Tee, wenn die wegen Leander, ihrer unerfüllten Liebe, in eine Depression fiel.

Emily saß stocksteif da und machte ein kreuzungückliches Gesicht. Mit ihren strahlend weißen Zähnen biß sie sich auf die Unterlippe. »Sie werden vor Gericht den Beweis erbringen müssen, daß Ihnen diese Farm gehört, Sir.«

»Hören Sie auf, mich ›Sir‹ zu nennen«, befahl er. »Wir sind hier schließlich nicht auf einem Ball oder einem Wohltätigkeits-Kränzchen. Hier auf dem Lande geht man formlos miteinander um. Woher kommen Sie eigentlich?«

Sie seufzte. »Aus Minnesota.«

»Sie haben diese Schafherde nur mit Hilfe eines Hundes den ganzen weiten Weg von Minnesota bis hierher getrieben?« fragte er ungläubig, aber auch ein wenig bewundernd.

In diesem Moment lächelte sie, und wenn Tristan sie besser gekannt hätte, hätte er ihr nun ein großes Kompliment gemacht. Er war drauf und dran, seinen Stuhl umzudrehen und in seiner Lieblingsstellung – mit der Lehne nach vorne und aufgestützten Armen – ihr gegenüber Platz zu nehmen. »Die Schafherde habe ich erst in Butte, Montana, übernommen«, erklärte sie. Das Lächeln verschwand so schnell wieder aus ihrem Gesicht, wie es dort erschienen war – und Tristan vermißte dieses Lächeln fast schmerzlich. »Mein Onkel lebte in Butte und ließ mich zu sich kommen, denn er war mein einziger noch lebender Verwandter. Als ich in Montana ankam, war er allerdings schon tot.«

»Das tut mir leid«, sagte Tristan, und er meinte es ehrlich. Er selbst hatte ja auch nur einen Blutsverwandten, und obwohl er Shay erst vor einem Jahr kennengelernt hatte, wagte er nicht daran zu denken, wie groß sein Schmerz sein würde, wenn er seinen Bruder verlieren würde. Erst als Emily jetzt den Blick senkte, wurde ihm bewußt, daß er ihre Hände auf dem Tisch ergriffen hatte.

Sie zog sie zurück, aber langsam und ohne Hast. »Ihren Beweis?«

Tristan wußte im Augenblick nicht, wovon sie eigentlich sprach. »Ich bitte um Entschuldigung.«

Emily tippte mit dem Zeigefinger auf ihre Papiere. »Sie behaupten, daß Sie der Eigentümer dieses Landes sind. Ich würde gerne sehen, worauf Sie diese Behauptung stützen, Sir … äh … Mr. Saint-Laurent.«

»Tristan«, verbesserte er sie und stand auf. »Reden Sie mich doch bitte mit meinem Vornamen an, denn ich habe die feste Absicht, Emily zu Ihnen zu sagen.«

Wieder wurde sie ein bißchen rot, aber sie ließ ihm diese kühne Bemerkung durchgehen.

Tristan lächelte leise in sich hinein, als er durch den Raum zu einem Tisch ging, der nahe beim Kamin stand. Das war besonders an kühlen Winterabenden angenehm, denn diesen Tisch benutzte Tristan als Schreibtisch. Er nahm aus der einzigen Schublade ein Dokument – die Abschrift des Originals, das im Tresor der Bank aufbewahrt wurde – und ging damit langsam zu Emily zurück. Vor dem Haus blökten die Schafe, als ob sie zum Schlachter gebracht würden, was wahrscheinlich die beste Lösung wäre, denn Schafzucht und Rinderzucht vertrugen sich nicht, und in diesem Teil des Landes züchtete man nun einmal kräftige Rinder und keine stinkenden Woll-Lieferanten.

Emily las das Dokument Wort für Wort durch und wurde immer blasser. Dann atmete sie tief durch. »Glauben Sie, daß Mr. Cummings meinen Onkel betrogen hat?« Die Uhr auf dem Kaminsims tickte leise vor sich hin.

Tristan wußte nur, daß er der rechtmäßige Eigentümer dieser Ranch war. Als er Emily Starbuck anschaute, die in ihren zu großen Männerkleidern so verloren wirkte und die ein heißes Bad und eine herzhafte Mahlzeit von Aislinn sicher nötiger hatte als er selbst, tat es ihm fast ein wenig leid, daß die Gesetzeslage so war. »Möglich«, meinte er schulterzuckend. »Cummings wäre nicht der erste Mann im Westen, der seine Schulden ›bezahlt‹, indem er ein Grundstück verpfändet und überschreibt, das ihm gar nicht mehr gehört.«

Emily sackte ein bißchen in sich zusammen, und er war schon auf dem Sprung, um sie aufzufangen, falls sie ohnmächtig werden würde, aber im nächsten Moment straffte sie die Schultern und richtete sich auf. »Wir werden diese Sache vor Gericht entscheiden müssen«, erklärte sie kämpferisch.

Tristan wies sie darauf hin, daß ihre Papiere erst sechs Monate später datiert waren als seine Kaufurkunde, aber er konnte sehen, daß selbst die Tatsache, daß er einen älteren Rechtsanspruch hatte, sie nicht umstimmen oder überzeugen konnte. »Ich habe oben in den Hügeln ein paar Acres Land, auf dem Sie Ihre Schafe weiden lassen können«, hörte er sich selbst mit rauher Stimme sagen. »Natürlich nur, bis diese Angelegenheit von einem Richter entschieden ist.«

Sie blickte ihn fest an, aber er wußte, daß sie in Wirklichkeit kurz davor war, zusammenzubrechen und in Tränen auszubrechen. Er hatte das Bedürfnis, sie in die Arme zu nehmen und ihr zu versichern, daß er alles daransetzen würde, die Sache in Ordnung zu bringen. Aber natürlich unterdrückte er diesen Wunsch.

Sie stand auf. »Das ist wirklich sehr freundlich von Ihnen«, erwiderte sie. »Wenn Sie mir den Weg erklären ...«

»Ich führe Sie selbst hin.« Er hatte nämlich die Absicht, Emily zu überreden, die blöden Schafe in der Obhut des Hundes zu lassen – zumindest so lange, um mit ihm in die Stadt zu reiten und sich ein Stück gebratenes Huhn und die anderen Köstlichkeiten einzuverleiben, die Aislinn auftischen würde.

»Ich kann meine Schafe nicht allein lassen«, lehnte sie ab, nachdem er ihr seinen Vorschlag unterbreitet und dabei die blökende Herde betrachtet hatte, die sich langsam in die Hügel bewegte. Tristan saß auf seinem Wallach, während Emily ihre Stute ritt, die sie Walter nannte. »Schafe kann man kaum daran hindern weiterzuziehen. Sie lassen sich nicht wie Rinder auf eine Weide sperren, Mr. Saint-Laurent.«

»Das weiß ich sehr wohl, Emily«, erwiderte er gutgelaunt. »Und nennen Sie mich doch bitte endlich Tristan.« Er rückte seinen Hut zurecht und trieb sein Pferd an. Der Geruch der Schafe brannte und juckte in seiner Nase. »Oben lebt ein alter Mann in einer Hütte. Ich werde ihn bitten, ein Auge auf die Herde zu haben. Sie können sowieso nicht allein die Nacht in den Hügeln verbringen.«

Emily blickte ihn nicht an, und ihr Gesicht war wieder unter der breiten Hutkrempe verborgen. »Ich habe nicht gerade in vornehmen Hotels geschlafen, seit ich Butte verlassen habe«, sagte sie. »Spud, Walter und ich sind gewohnt, unter dem Sternenhimmel zu schlafen.« Sie seufzte leise. »Obwohl ich gehofft hatte, hier in Prominence wieder in einem Haus Unterkunft zu finden.«

Tristan fühlte sich plötzlich ganz miserabel, obwohl das sicher nicht Emilys Absicht gewesen war. »Sie können in meinem Haus schlafen. Ich werde in der Scheune übernachten.«

Sie warf ihm einen schnellen Blick zu. »Ich schlafe bei den Schafen. Wie ich bereits gesagt habe, sind sie alles, was ich habe.«

Tristan fühlte sich gleichermaßen stark zu dieser Frau hingezogen, wie sie ihn wütend machte. »Sie wären dort oben nicht sicher«, erklärte er schroff. »Abgesehen von Bären und Pumas treibt sich dort auch allerlei lichtscheues Gesindel herum.«

»Ich bin nicht überzeugt, daß ich in Ihrem Farmhaus sicherer wäre – falls es überhaupt *Ihr* Haus ist.« Sie rieb sich den Nacken mit einer Hand. »Obwohl ich zugeben muß, daß ich schon gerne wieder mal in einem Bett schlafen würde.«

Sie schwiegen, bis sie zu der Hütte kamen, in der Tristan einen alten Einsiedler namens John S. Polymarr kostenlos wohnen ließ. Im Gegenzug berichtete ihm der Alte gelegentlich, wer sich in der Gegend herumtrieb und was drüben auf der Kyle-Ranch im Gange war.

Polymarr stand in der Tür der Hütte. Er trug ein zerschlissenes Unterhemd und eine ausgebeulte Hose, die von Hosenträgern gehalten wurde. Ungläubig starrte er auf die Schafherde, die sich blökend den Hügel hinaufschob, wobei die Tiere unablässig von einem Hund angetrieben wurden.

»Die Viecher sollten Sie aber schleunigst hier wegschaffen«, riet er Tristan. »Wenn Kyle hört, daß Sie jetzt Schafe halten, wird es mächtig Stunk geben.«

Tristan stieg vom Pferd und nahm den Hut ab. Nicht weil er vor Polymarr besonderen Respekt gehabt hätte, sondern weil er es einfach so gewohnt war. Seine Mutter hatte immer streng darauf geachtet, daß Tristan sich an die Umgangsformen hielt – und meistens tat er das auch. »Kyle sitzt seine Strafe im Staatsgefängnis ab«, erwiderte er. »So bald wird er keinen Stunk mehr machen.«

Polymarr spuckte auf den Boden, bevor er seinen Blick über Emily gleiten ließ, die noch auf ihrem Pony saß. »Ich habe es selbst nicht so mit Schafen«, meinte er.

»Ich auch nicht«, gab Tristan freimütig zu. »Aber ich

wollte dir trotzdem fünf Dollar dafür zahlen, daß du einen oder zwei Tage auf die Herde aufpaßt. Die Lady muß nämlich in der Stadt etwas erledigen.«

Der alte Mann blinzelte erstaunt. »Das ist eine Lady?«

Tristan merkte trotz der Entfernung, die zwischen ihnen lag, daß Emily sich versteifte, und er war froh, daß sie seinen Mund nicht sah, der sich leicht spöttisch verzog. Ob sie eine Lady war, mußte er erst noch herausfinden, aber auf jeden Fall war sie eine bemerkenswerte Frau, denn daß sie nur mit Hilfe eines Hundes und einer Stute eine Schafherde von Montana bis Kalifornien getrieben hatte, war eine Leistung, die ihm Respekt abverlangte.

Wieder spuckte Polymarr auf den Boden. »Fünf Dollar?«

»Zwei sofort und den Rest später«, erklärte Tristan. Es war eine aberwitzige Summe dafür, daß er Miss Emily Starbuck zu einem Essen in die Stadt führen durfte und sie ihm die Ehre erwies, unter seinem Dach zu schlafen, während er selbst im Heu übernachten würde. Aber er hätte noch viel mehr dafür gegeben.

Polymarr rieb sich den Bart und tat so, als müßte er sich das Angebot ernsthaft überlegen. »In Ordnung, Mr. St.-Lawrence, aber ich habe Sie gewarnt, ich habe es nicht so mit Schafen.«

Tristan gab sich nicht die Mühe, den Alten aufzuklären, daß sein Name Saint–Laurent war, obwohl er auf seinen Namen sehr stolz war. Es wäre vergebliche Liebesmüh' gewesen, dem alten Mann die Feinheiten der Sprache beibringen zu wollen. Er zählte ein paar Silbermünzen ab und drückte sie in die rheumatische Hand des Einsiedlers. »Wehe, es fehlt eines der Wollknäuel«, warnte er ihn. »Dann werde ich dir den Betrag dafür abziehen.«

»Ich hole nur schnell meine Sachen«, meinte Polymarr und verschwand in der Hütte. Als er nach ein paar Minuten wiederkam, trug er eine Jacke, hatte sich einen Hafersack um die Schulter gehängt, und unter dem Arm hielt er eine zusammengerollte Decke. Mit Befriedigung bemerkte Tristan die altertümliche Pistole, die der Mann sich in den Gürtel geschoben hatte.

»Was ist mit dem Hund?« fragte Polymarr. »Beißt der?«

»Er wird jeden in Stücke reißen, der es wagt, sich an einem meiner Schafe zu vergreifen«, antwortete Emily, ohne eine Miene zu verziehen. Tristan schaute sie mit einem Gefühl der Zärtlichkeit an und dachte daran, daß sie einen verdammt guten Schutzengel haben mußte, denn für ihn grenzte es fast an ein Wunder, daß sie den Trip mit der Herde überlebt hatte und nicht irgendwo mit einem Messer im Rücken oder einer Kugel im Kopf im Graben gelandet war. Das Leben im Westen war rauh – und das ganz besonders für Frauen, die auf sich allein gestellt waren.

Gemeinsam zogen sie weiter hoch in die Berge. Es war schon dunkel, und der Mond schien, als Emily dem Einsiedler erklärt hatte, worauf er zu achten hatte. Dann befahl sie dem Hund, bei der Herde zu bleiben. Das Tier sprang ein paarmal zwischen ihr und den Schafen hin und her, aber schließlich begriff Spud, wo seine Pflicht lag.

»Erzählen Sie noch mal, wo wir essen werden«, bat Emily, als sie mit Tristan auf dem Weg ins Tal war. »Ich habe es vergessen.«

»Nein, das haben Sie nicht, denn ich habe es bis jetzt noch gar nicht erwähnt«, erwiderte er. »Wir werden meinem Bruder und seiner Frau Gesellschaft leisten.« Er hoffte, daß Aislinn das Essen warm gehalten hatte, denn er liebte ihre gebratenen Hühner über alles. Für den unwahrscheinlichen Fall, daß von der Mahlzeit nichts mehr übrig sein sollte, würde er Emily im Hotel zum Essen einladen. Er fragte sich, was sie an sich hatte, daß er sie unbedingt mit Leckereien verwöhnen wollte, daß er sie beschützen und ihr die schönsten Kleider zwischen Prominence und

San Francisco kaufen wollte. Er wollte auch noch ganz andere Dinge tun, aber um daran zu denken, war die Zeit noch nicht reif.

Tristan räusperte sich. »Sie sind doch nicht wirklich ganz allein von Montana gekommen?«

»Doch«, antwortete sie, und es klang ein bißchen stolz.

»Warum?«

»Warum?« gab sie leicht spöttisch zurück. »Weil es die einzige Möglichkeit war, von dort nach hier zu kommen.«

»Ich habe diese Reise selbst gemacht«, erzählte er und erinnerte sich an die ausgebrannten Farmen, die er unterwegs gesehen hatte, er dachte an die Outlaws, denen er begegnet war, und an die versprengten Indianerbanden, die marodierend durchs Land zogen und jeden Weißen töteten, um sich dafür zu rächen, was die ihrem Volk angetan hatten. »Schon ohne eine Schafherde ist es ein verdammt harter Weg«, fügte er hinzu.

Sie blickte ihn an, doch ihre Augen waren unter dem Hut verborgen. »Ich habe die Erfahrung gemacht, daß nichts im Leben leicht ist – aber daß es sich für manche Dinge zu kämpfen lohnt.«

Er stimmte ihr im stillen zu und war sich darüber im klaren, daß ein Kampf vor ihnen lag, den sie gegeneinander führen würden. Er lächelte in sich hinein. Zum Teufel, es ging doch nichts über einen guten Kampf.

2

Als Emily das steinerne Haus in der Stadt sah, das Licht, das durch die Fenster in den Garten fiel, in dem Blumen blühten, wurde ihr vor Sehnsucht ganz schwer ums Herz. Es war schon immer ihr Traum gewesen, selbst in so einem Haus zu leben. Sie hatte sich auf dem Weg von Butte nach Kalifornien bis an die Grenze ihrer Möglichkeiten verausgabt, sie hatte gekämpft – und sie hatte durchgehalten. Aber plötzlich spürte sie, wie erschöpft und schwach sie doch war. Seit sie Montana verlassen hatte, hatte sie ständig die gleiche Kleidung getragen, und sie hatte sich unterwegs nur gelegentlich in einem Fluß mit kaltem Wasser notdürftig waschen können. Wahrscheinlich hatte sie sogar ihre guten Manieren vergessen, auf die sie ihr Leben lang immer geachtet hatte. Aber sie hatte so lange unter freiem Himmel gelebt – bestimmt würde sie sich in diesem Haus bis auf die Knochen blamieren.

»Ich kann da nicht reingehen.« Emily schaute Tristan nicht an, doch sie wußte, daß er neben ihr auf seinem Wallach saß. Pferd und Reiter bildeten eine Einheit, als ob sie miteinander verwachsen wären. Sie spürte, daß ihr Gesicht glühte, und merkte, daß sie am ganzen Körper zitterte.

»Natürlich kannst du das«, erwiderte Tristan, der während des Ritts in die Stadt dazu übergegangen war, Emily zu duzen. Aus dem Augenwinkel sah sie, daß er vom Pferd stieg und die Zügel lose um das Gatter schlang.

Bevor sie etwas entgegnen konnte, flog die Eingangstür des Hauses auf, und zwei Jungs stürmten ins Freie. Sofort stimmten sie ein Indianergeheul an.

»Thomas und Mark«, erklärte Tristan. Er umfaßte Emilys Taille, bevor sie protestieren konnte, hob sie aus dem Sattel und stellte sie vorsichtig auf den Boden. »Sie sind zwar Aislinns Brüder, aber die meiste Zeit betrachte ich sie als meine Neffen.«

»Und die übrige Zeit?« fragte Emily und strich ihre Hose glatt, als hoffte sie, die bloße Berührung würde sie in einen wunderschönen Samtrock verwandeln – oder wenigstens in ein sauberes Baumwollkleid. Sie setzte den Schlapphut ab, band ihn an Walters Sattelknauf fest und richtete dann mit unsicheren Händen ihre Haare.

Die Jungs tanzten über den Rasen auf die Gäste zu. »Die übrige Zeit«, meinte Tristan lächelnd, »habe ich mich damit abgefunden, daß sie die reinsten Wilden sind.«

In der Tür tauchte eine Frau auf, deren Haar im Licht der Lampen wie Onyx glänzte. Sie trug ein einfaches Kleid, das ihre makellose Figur umschmeichelte, obwohl erkennbar war, daß die Frau schwanger war. Wieder empfand Emily einen Stich von Eifersucht in ihrem Herzen. Sie drehte sich um und wäre auf ihr Pony gesprungen, um in der dunklen Nacht zu verschwinden, wenn Tristan sie nicht sanft am Arm festgehalten hätte.

Thomas und Mark waren inzwischen am Gartenzaun angekommen. Sie unterbrachen ihr Geschrei und starrten Emily an, die im fahlen Mondlicht nur als Schatten zu erkennen war. »Wer ist das denn?« fragte einer der Jungs neugierig.

»Miss Emily Starbuck«, erklärte Tristan so formell, als würde er sie bei einem großen Ball einer wichtigen Persönlichkeit vorstellen. »Der junge Gentleman links ist Thomas Lethaby, der junge Gentleman rechts ist sein Bruder Mark.«

»Das ist ja eine Frau!« murmelte Mark und blickte seinen Bruder erstaunt an.

»Hallo«, begrüßte Thomas die Fremde und versetzte Mark einen Rippenstoß.

»Kommt sofort wieder ins Haus zurück, Jungs«, befahl die dunkelhaarige Frau bestimmt, aber liebevoll. Sie war vor die Tür getreten. Die Kinder gehorchten ihr aufs Wort, wobei sie allerdings immer wieder einen Blick über die Schulter warfen. Tristan öffnete das Törchen im Zaun und trat einen Schritt zur Seite, um Emily vorgehen zu lassen. Sie mußte sich dazu zwingen, denn sie dachte immer noch an Flucht, obwohl sie sich von dem Haus wie magisch angezogen fühlte.

»Kommen wir zu spät zum Essen?« fragte Tristan die Frau. Seine Stimme schien ebenso zu lächeln, wie seine Augen und seine Lippen es taten. Es war ihm anzumerken, daß er die Frau sehr mochte. Er hatte seinen Hut gezogen und ließ ihn locker in der Hand nach unten hängen.

Die Frau des Hauses lachte. »Du weißt doch genau, daß du mitten in der Nacht hier aufkreuzen könntest und nicht hungrig weggehen müßtest, Tristan.« Dann streckte Aislinn die Hand aus, um Emily willkommen zu heißen. »Guten Abend«, sagte sie herzlich. »Ich bin Aislinn McQuillan.«

Emily erwiderte den Händedruck und nannte schüchtern ihren Namen.

»Kommen Sie erst mal ins Haus«, meinte Aislinn und legte einen Arm um Emilys Taille, um sie mit sanftem Druck vorwärtszuschieben. Ein Mann war auf die Veranda getreten und hatte seine Arme auf die weißgestrichene Brüstung gestützt. Das Licht aus dem Haus ließ seine blonden Haare golden leuchten. Obwohl Emily nur die Konturen des Mannes erkennen konnte, sah sie seiner ganzen Haltung an, daß er Tristans Zwillingsbruder sein mußte.

Als Emily die drei Stufen zur Veranda hinaufstieg, schämte sie sich plötzlich noch mehr wegen ihres Aussehens – besonders wegen ihrer Kleidung. Jetzt tat es ihr leid, daß sie sich von Tristan hatte überreden lassen, ihn in die Stadt zu begleiten. Sie hätte bei ihren Schafen bleiben sollen, obwohl sie sich danach sehnte, wieder einmal fröhliches Lachen zu hören, im Licht an einem gepflegten Tisch zu sitzen und mit Messer und Gabel essen zu dürfen. Und wenn es auch nur für einen einzigen Abend war. »Ich bin seit Wochen unterwegs«, sagte sie, um damit die Hosen, den Umhang und das kragenlose Männerhemd zu erklären.

»Mit einer Schafherde«, fügte Tristan düster hinzu, als er in die Eingangshalle trat.

Der andere Mann pfiff leise durch die Zähne, als ob damit alles gesagt wäre.

»Das ist mein Mann«, stellte Aislinn vor und deutete auf Shay, der ihnen ins Haus gefolgt war und Tristan wie aus dem Gesicht geschnitten war. Emily schien es unmöglich zu sein, die beiden voneinander zu unterscheiden. »Shamus McQuillan«, fuhr Aislinn fort, »aber wir nennen ihn einfach Shay.«

»Schafe?« murmelte der Marshal nachdenklich, als hätte er noch nie von solchen Tieren gehört.

Im Eßzimmer war der Tisch gedeckt. Die blütenweiße Decke, die silbernen Kerzenleuchter, das feine Porzellan – all das war eine Augenweide für Emily. Thomas und Mark waren nicht zu sehen, aber Emily vermutete, daß die Jungs sich irgendwo versteckt hatten, um sich nichts vom Gespräch entgehen zu lassen. Sie mußte lächeln, obwohl sie so nervös war.

»Hier entlang«, meinte Tristan, bevor Emily fragen konnte, wo sie sich etwas frischmachen konnte. Er berührte ganz leicht ihren Arm und führte sie durch das Eßzimmer in die geräumige Küche, die sich gleich anschloß. Er holte ein Waschbassin aus der Abstellkammer und erhitzte auf dem Herd Wasser. Dann holte er Seife und ein Handtuch.

Emily sehnte sich nach duftender Seife und warmem Wasser. Sie ließ sich von Tristan den Umhang abnehmen und wusch sich gründlich Hände und Gesicht. Am liebsten wäre sie ganz in das Becken getaucht und hätte sich von Kopf bis Fuß gesäubert.

Als Tristan sie ins Eßzimmer zurückführte, wo sein Bruder und seine Schwägerin sich leise unterhielten, fühlte Emily sich halbwegs präsentabel. Sie hatte sich dazu entschlossen, für eine Weile all ihre Sorgen und Probleme zu vergessen, um hier in diesem schönen Haus ein gutes Essen im Kreis dieser glücklichen Familie zu genießen. In den letzten Wochen und Monaten hatte sie nur in der Zukunft gelebt, hatte Pläne geschmiedet und Hoffnungen gehegt. Sie hatte sich Sorgen gemacht und hatte Ängste durchlitten. Aber da es sich nun mal so ergeben hatte, wollte sie an diesem Abend den Augenblick genießen und nur in der Gegenwart leben.

Es fiel Emily gefährlich leicht, sich vorzustellen, ihr Platz wäre hier bei diesen netten Menschen und sie würde wirklich zu ihnen gehören. Sie dachte nicht mehr an ihr hartes Leben in Minnesota, wo sie aus Not einen Mann geheiratet hatte, der im Alter ihres Onkels gewesen war und der bald nach der Hochzeit gestorben war und sie zu einer jungen Witwe gemacht hatte. Sie dachte auch nicht daran, wie enttäuscht sie gewesen war, als sie in Butte angekommen war, nur um ihren Onkel, ihren letzten Verwandten, zu begraben, und sie dachte nicht mehr an die Strapazen der langen, einsamen Reise von Montana nach Prominence. Für eine kleine Weile stellte sie sich vor, ein schönes Kleid zu tragen, daß ihre Zukunft rosig aussähe und daß sie ein Recht dazu hätte, das Lachen und das unterhaltsame Gespräch bei Tisch zu genießen.

Erst als der Abend zu Ende ging und sie noch einen starken Kaffee tranken, kam das Thema wieder auf die Schafe.

»Es wird Ärger geben, wenn die Viehzüchter davon erfahren«, sagte Shay voraus. Er blickte dabei zwar Tristan an, aber es war klar, daß er eigentlich zu Emily gesprochen hatte, denn es war schließlich ihre Herde.

»Soweit ich verstanden habe, wollte Emily die Tiere ja auf ihrem eigenen Land halten«, erklärte Tristan. Er schaute sie über den Tisch hinweg an, und sein Blick wirkte zärtlich. »Sie wurde betrogen – wahrscheinlich vom alten Eustache Cummings persönlich.«

Shay seufzte mitfühlend. »Dieser elende Betrüger hat mehr als einen hereingelegt. »Als man ihn zu Grabe getragen hat, war in der Kirche kein Platz mehr zu finden. Aber nicht, weil die Leute um ihn trauerten. Sie kamen nur, um sich davon zu überzeugen, daß er auch wirklich in die Grube fuhr.«

»Shay!« Aislinn runzelte wegen seiner Ausdrucksweise die Stirn, aber ihr Ehemann lächelte nur, bedeckte Aislinns Hand mit der seinen und strich ihr mit dem Daumen zärtlich über die Knöchel. Sie errötete ein bißchen, zog aber ihre Hand nicht weg.

Wieder verspürte Emily dieses Gefühl von Eifersucht. In der kurzen Zeit ihrer Ehe mit Cyrus Oxlade war sie nicht einmal so zärtlich berührt worden. Im Grunde war sie ja auch gar nicht seine Ehefrau gewesen, sondern sein Dienstmädchen. Während Aislinn für Shay eine gleichberechtigte Partnerin war, die er vergötterte, war Emily für Cyrus nicht mehr als ein Teil der Wohnungseinrichtung gewesen, dem man weder Liebe noch Bewunderung entgegenbrachte.

»Jedenfalls hatte Emily gehofft, hier in Kalifornien ein Heim und ein Stück Land für sich zu finden«, fuhr Tristan fort, »aber statt dessen hat sie mich gefunden.«

Seine Worte erregten sie seltsamerweise ein bißchen – obwohl das nicht hätte sein dürfen –, und sie hätte ihm eigentlich sofort eine scharfe Antwort geben müssen, aber sie brachte kein Wort heraus. *Statt dessen hat sie mich gefunden!* Wie sich das anhörte! Als wäre sie auf der Suche nach einem Mann! Was bildete dieser Mensch sich eigentlich ein?

Aislinn warf Emily einen warmen, verständnisvollen Blick zu. »Was wirst du machen?« Beim Essen war man übereingekommen, auf das förmliche Sie bei der Anrede zu verzichten, auch wenn Emily sich zwischenzeitlich damit noch etwas schwertat. Aislinn sprach ganz offen und ohne jedes Vorurteil.

Emily trank einen Schluck Wasser und räusperte sich, denn ihre Kehle war ganz trocken. »Ich fürchte, ich muß zuerst mal mit einem Anwalt sprechen«, sagte sie unsicher. Sie wollte sich nicht vor Gericht mit Tristan Saint-Laurent streiten, aber sie konnte auch nicht einfach akzeptieren, daß er die Ranch für sich beanspruchte – das konnte sie sich nicht leisten, denn sie wußte nicht, wohin sie mit ihren zweihundert Schafen ziehen sollte.

»Du kannst gerne hier bei uns im Haus wohnen, bis die ganze Angelegenheit geklärt ist«, bot Aislinn der jungen Frau an. »Wir haben Platz genug.«

Emily wagte nicht, Tristan anzuschauen. »Das ist wirklich sehr freundlich, aber Mr. Saint-Laurent war ja schon so nett, mir anzubieten, daß ich vorübergehend in ... seinem Haus wohnen kann.«

Shay hob amüsiert die Augenbraue. »Mr. Saint–Laurent?« Er betonte den Namen seines Bruders leicht spöttisch.

Es entstand ein kurzes Schweigen. Dann schob Tristan seinen Stuhl zurück und stand auf. »Es ist schon spät«, meinte er, »und Emily ist sicher müde.«

»Nach dieser anstrengenden Reise muß sie das sein«, sagte Shay und stand ebenfalls auf. Da er neben Emily gesessen hatte, rückte er formvollendet ihren Stuhl zurück, bevor er das gleiche für seine Frau tat. Emily konnte Shay McQuillan noch nicht genau einschätzen, aber während des Essens hatte sie erkannt, daß es doch erhebliche Unterschiede zwischen ihm und Tristan gab, obwohl die beiden absolut gleich aussahen. Sie würde jedenfalls keine Schwierigkeiten haben, die Zwillinge zu unterscheiden.

»Danke«, wandte sich Emily an Aislinn, als sie gemeinsam zur Tür gingen. »Ich weiß nicht, wann ich zuletzt so gut gegessen und einen so angenehmen Abend verbracht habe.« Das war kein leeres Kompliment, um der Gastgeberin eine Freude zu machen, sondern es entsprach der Wahrheit.

Aislinn blickte Tristan an, wobei ein leichtes Lächeln ihren schönen Mund umspielte. »Ich denke, wir werden uns in Zukunft öfter sehen, Emily«, antwortete sie dann. Ihre Augen funkelten vergnügt, als ob sie mehr als die anderen wüßte. Aber Aislinn war so romantisch, daß sie jedesmal die Hochzeitsglocken hörte, wenn sie Tristan in Begleitung einer Frau sah.

»Ich werde wahrscheinlich ziemlich viel mit meinen Schafen zu tun haben«, erwiderte Emily bedauernd, die Mühe hatte, Tristan durch den Garten zu folgen, so große Schritte machte er.

»Danke und gute Nacht«, rief er Aislinn zu, ohne sich dabei umzudrehen.

Etwa eine halbe Stunde später erreichten sie das Haus auf der Ranch, die Emily, nach dem Testament ihres Onkels zu urteilen, gehören sollte. Es war ziemlich dunkel, denn der Mond war hinter dichten Wolken verborgen. Tristan ging voran und zündete eine Lampe an.

Emily blieb zögernd auf der Türschwelle stehen.

»Komm rein«, meinte Tristan ruhig und geduldig. »Du kannst mir glauben, daß ich ein vollkommen harmloser Mensch bin.«

Ihre Gefühle sagten Emily, daß er alles andere als harmlos war. Dagegen sprach schon die lässige, selbstverständliche Art, mit der er seinen Fünfundvierziger trug. Und dann dieses Lächeln! So etwas sollte verboten sein, denn es war eine Waffe für sich – wenn auch eine ohne Kugeln. Aber eine innere Stimme sagte ihr, daß sie Tristan vertrauen konnte – zumindest im Augenblick. Langsam trat sie ins Haus.

Er stand an der Treppe und deutete mit dem Daumen nach oben. »Du kannst in dem großen Zimmer am Ende des Flurs schlafen«, erklärte er. »Die anderen Zimmer sind noch nicht eingerichtet. Ich bringe dir zwei Eimer heißes Wasser nach oben, und dann verziehe ich mich in die Scheune.

Der Gedanke, endlich wieder in einem weichen, warmen Bett zu schlafen anstatt auf der harten, kalten Erde, war wunderbar. Sie war froh darüber, aber gleichzeitig irritiert. »Warum bist du so freundlich zu mir?« fragte sie leise. »Ich bin immer noch fest davon überzeugt, daß dies mein Haus und mein Land sind – und ich werde mit allen Mitteln darum kämpfen.«

Er setzte sein berühmtes schräges Grinsen auf, das sie jedesmal aus der Fassung brachte. Dadurch war er ihr gegenüber ständig im Vorteil. »Ich sehe keinen Grund, *unfreundlich* zu sein«, erwiderte er. »Falls es sich herausstellt, daß du einen Rechtsanspruch auf die Ranch hast – aber den hast du nicht –, werde ich mich dem Urteilsspruch des Richters beugen. Aber bis dahin mußt du schließlich irgendwo bleiben.«

Sie blieb auf der untersten Treppenstufe stehen und ließ ihre Hand über den polierten Pfosten des Geländers gleiten. »Ich hätte auch in der Stadt bei deinem Bruder und deiner Schwägerin bleiben können.«

Er seufzte leise, entzündete eine zweite Lampe, die er ihr gab, und entgegnete: »Dann wärst du aber ziemlich weit weg von deinen Schafen gewesen.« Das klang zwar logisch und vernünftig, aber Emily wunderte sich darüber, daß er sich um ihre Herde Sorgen machte, obwohl er als Viehzüchter Schafe nicht mochte.

Die meisten Rinderbarone behaupteten wie Tristan, Schafe und Rinder könnten nicht nebeneinander leben. Doch diese Ansicht konnte Emily nicht teilen. Zugegeben, die Böcke und die Lämmer rupften das Gras bis zu den Wurzeln ab, aber im Jahr darauf sproß das Gras dann um so kräftiger. Um Schafe zu halten, brauchte man deshalb verschiedene Weiden, die die Tiere nach und nach abfressen konnten, und man mußte darauf achten, daß die Schafe nicht ausbrachen, um anderswo zu grasen. Solange Emily dafür sorgte, daß die Herde auf *ihrem* Land blieb, brauchten sich die Nachbarn, die Rinder züchteten, keine Sorgen zu machen. Anders würde es allerdings aussehen, wenn Emily kein eigenes Land hätte, auf der ihre Schafherde weiden könnte.

Emily öffnete die Tür zu dem Zimmer am Ende des Flurs. Sie hatte schon geahnt, daß es Tristans eigenes Zimmer sein würde, aber sie war nicht auf die Wirkung vorbereitet, die diese Entdeckung auf sie haben würde. Sie stand da und bestaunte das breite Bett, in dem er schlief, betrachtete die Kommode, in der er vermutlich seine Wäsche aufbewahrte, und als sie das Gestell mit dem Waschbassin sah, mußte sie unwillkürlich daran denken, daß er abends und morgens nackt vor dem Bassin stand, um sich zu waschen …

Die Hand, in der sie die Kerosinlampe hielt, zitterte. Sie schloß die Tür hinter sich und stellte die Lampe auf die Kommode, auf der nur eine Haarbürste mit Elfenbeingriff lag. Daneben stand ein Kupferstich, der eine Frau und einen Mann zeigte, die Arm in Arm vor einem flachen Holzhaus standen. Die beiden lächelten sich zärtlich an.

Beim Anblick des glücklichen Paars mußte Emily ebenfalls lächeln. Sie empfand ein bittersüßes Gefühl, das sie nicht empfinden wollte. Um sich dagegen zu wehren, packte sie den einzigen Stuhl im Zimmer und klemmte die Lehne unter die Türklinke.

Sie zog ihren Umhang aus und hängte ihn an einen Nagel an der Wand, an dem Tristan sicher normalerweise seine Kleidung aufhängte. Dann setzte sie sich auf die Bettkante und dachte darüber nach, ob die dicke Matratze wohl noch von dem Betrüger Eustache Cummings stammte oder ob Tristan sie angeschafft hatte. Ihre Gedanken wurden von einem lauten Klopfen an der Tür unterbrochen, und Emily fühlte sich wie ein Kind, das bei etwas Verbotenem erwischt worden war. »Ja?«

»Ich habe dir heißes Wasser gebracht«, teilte Tristan ihr mit. »Ich lasse es hier auf dem Flur stehen und gehe jetzt; du hast das ganze Haus für dich. Ein Handtuch und Seife findest du in der untersten Schublade der Kommode, und wenn du willst, kannst du gerne eines meiner Hemden als Nachthemd benutzen.«

Emily stand mit zitternden Knien da, und ihr Gesicht fühlte sich ganz heiß an. Sie war froh, daß zwischen ihnen eine geschlossene Tür war – weniger, weil sie um ihre Tugend fürchtete, sondern weil sie so ihre Unsicherheit verbergen konnte. Der Gedanke, ein Kleidungsstück von Tristan auf ihrer nackten Haut zu tragen, war fast zuviel für sie. Und wenn sie daran dachte, in den gleichen Laken zu schlafen wie er, Laken, die noch seinen Duft in sich trugen, dann … Ein Schauer lief Emily über den Rücken.

Zu spät kam ihr der Gedanke, daß es vielleicht doch besser gewesen wäre, bei den Schafen zu schlafen und sich dem Schutz von Spud zu überlassen.

»Danke«, antwortete sie und bemühte sich, ihrer Stimme nicht anmerken zu lassen, wie erregt sie war. Sie schlich auf Zehenspitzen zu dem Stuhl an der Tür und lauschte. Als sie hörte, wie Tristan die Treppen hinunterstieg, öffnete sie schnell die Tür und holte die beiden Eimer mit heißem Wasser ins Zimmer, bevor sie die Tür wieder sicherte.

Eine halbe Stunde später – sie hatte sich ausgiebig

gewaschen und trug eines von Tristans frischen Baumwollhemden, das ihr fast bis zu den Knien reichte – saß sie mit gekreuzten Beinen mitten im Bett und bürstete sich mit Tristans Bürste die Haare. Sein männlicher Duft umgab sie vollkommen – genau wie sie es befürchtet hatte. Aber sie hatte keine Angst mehr davor, sondern fühlte sich wohl und seltsam behütet. Es gab keinen vernünftigen Grund, Angst zu haben. Wenn ihr Gastgeber die Absicht gehabt hätte, die Situation auszunutzen, dann hätte er es schon längst getan, denn Gelegenheiten hatte es inzwischen genug gegeben. Nein, Emily hatte auch weniger Angst vor Tristan als vor sich selbst. Sie verspürte ein Verlangen in sich, das ihr fremd war und das sie sich nicht erklären konnte. Sie war zwar verheiratet gewesen, aber diese Ehe hatte sie nicht darauf vorbereitet, was sie fühlen und empfinden würde, wenn sie einmal einem Mann wie Tristan Saint-Laurent begegnen würde. Sie hatte nicht einmal den *Schatten* einer Ahnung gehabt, wie es sein könnte.

Emily flocht ihre Haare zu einem Zopf, drehte den Docht der Lampe herunter, bis sie erlosch, schmiegte sich in die Laken und streckte sich aus. Sie hatte gedacht, daß sie kein Auge zumachen würde, aber die Erschöpfung übermannte sie, und sie wurde erst wieder wach, als die Sonne warm auf ihr Gesicht schien.

Es dauerte einen Moment, bis Emily bewußt wurde, daß sie nicht in den Kleidern vom Vortag und nicht wie an den vielen Tagen, die vorangegangen waren, auf der harten Erde lag. Sie schmiegte ihr Gesicht in das weiche Kissen und streckte sich wohlig in den kühlen Laken aus.

Sie lag in Tristan Saint-Laurents Bett! So schnell, als hätte die Decke Feuer gefangen, sprang sie heraus. Emily stand zitternd auf dem kleinen Teppich, ihr Herz pochte, und sie atmete schnell und aufgeregt.

Sie schloß die Augen und versuchte, klar zu denken. Es

war ja nicht so, daß Tristan *im* Bett gewesen wäre. Er war ja nicht einmal im Zimmer!

Trotzdem machte sie nur eine schnelle Katzenwäsche mit dem restlichen Wasser, zog rasch ihre eigene Kleidung an, nahm den Stuhl von der Tür und warf einen Blick auf den Flur.

Niemand war zu sehen. Sie eilte die Treppen hinunter und sah, daß in beiden Kaminen des langgezogenen Raumes, der nur spärlich möbliert war, ein prasselndes Feuer brannte. Von Tristan keine Spur. Allerdings stand auf dem Herd ein Topf mit frisch aufgebrühtem Kaffee. Sie nahm einen emaillierten Becher vom Regal und goß sich einen Schluck ein. Der Kaffee war so heiß, daß sie einen Zipfel ihres Umhangs benutzen mußte, um den Becher überhaupt halten zu können. Ihr Magen knurrte, aber das versuchte sie zu ignorieren. Es war schon schlimm genug, daß sie sich zu einem Abendessen in der Stadt hatte überreden lassen, daß sie die Nacht in diesem Haus verbracht hatte – obwohl sie immer noch davon überzeugt war, daß es *ihr* Haus war – und daß sie ihre Schafe in der Obhut dieses Einsiedlers gelassen hatte. Wenn sie sich jetzt auch Zeit fürs Frühstück ließ, würde alles nur noch komplizierter werden. Außerdem war sie fest entschlossen, die Eigentümerfrage vor Gericht zu bringen. Wenn der Richter erst entschieden hatte, daß die Ranch und das Land ihr gehörten, würde sie Tristan für seine Freundlichkeit danken und ihn bitten, seine Sachen zu packen und sofort zu verschwinden.

Während sie noch darüber nachdachte, wurde die Tür geöffnet, und Tristan betrat den Raum. In den Armen trug er eine Ladung Brennholz, die er in die Kiste neben dem Ofen fallen ließ. Er schaute Emily bedauernd an. »Ich kann zwar Kaffee machen, aber sonst …«

»Ich kann kochen«, erwiderte sie und war selbst überrascht, daß sie sich freiwillig angeboten hatte.

»Sehr gut«, meinte Tristan und putzte sich die Hände ab. Bevor Emily antworten konnte, um die Sache klarzustellen, war er wieder verschwunden. Sie beobachtete, wie er zum Vorratshaus ging. Zu *ihrem* Vorratshaus! Es fiel ihr schwer, in Tristan einen Gegner zu sehen – denn sie dachte daran, daß sie vielleicht hier auf der Ranch endlich ein Heim finden könnte – und es schien in seiner Macht zu liegen, daß sie es fand.

Sekunden später kam er mit einer Schale aus dem Vorratsraum zurück, die mit einem Tuch bedeckt war.

»Eier«, erklärte er. »Ich habe sie gestern frisch gekauft.« Er setzte die Ladung vorsichtig ab. »Und Schinken habe ich auch.«

Emily lief das Wasser im Mund zusammen. Seit Wochen hatte sie keine Eier mit Schinken mehr gegessen. Sie stellte eine Pfanne auf den Herd und sagte sich, daß es gar nichts zu bedeuten hatte, wenn sie einmal im Leben Frühstück für Tristan Saint-Laurent machte. Das war doch das mindeste, was sie tun konnte, um ihm seine Gastfreundschaft zu vergelten.

»Schneid den Schinken bitte in dünne Scheiben«, forderte sie ihn über die Schulter gewandt auf. »Aber wasch dir bitte zuerst die Hände.«

Tristan legte die Hand an die Stirn und salutierte. »Ja, Ma'am.« Seine blauen Augen blitzten.

Emily sah durchs Fenster, wie er zur Pumpe im Hof ging und seine Hände mit Seife wusch.

Wenig später saßen sie sich am Tisch gegenüber und genossen die Mahlzeit. Emily fühlte sich ein bißchen durcheinander, denn sie wußte nicht, wie sie dazu gekommen war, die Eier mit Schinken zu braten, wo sie doch eigentlich das Haus hatte verlassen wollen, ohne noch etwas von Tristan anzunehmen. Sie konnte sich nicht erklären, wie das hatte geschehen können.

»Was hast du in Minnesota gemacht?« fragte Tristan,

nachdem er die letzte Gabel Ei mit Genuß verspeist hatte.

Emily ließ langsam die Luft aus den Lungen entweichen. »Ich war verheiratet.«

Tristan schwieg eine ganze Weile. Sie wunderte sich, daß sie das Bedürfnis hatte, ihm alles über ihre Ehe zu erzählen. Daß Cyrus nie ein wirklicher Ehemann gewesen war und daß sie nachts allein im Bett gelegen hatte und sich wie ein Baby zusammengerollt hatte.

»Was wurde aus dem Mann?« hakte Tristan schließlich nach. Seine Stimme klang unpersönlich, aber sie spürte, daß er ehrlich an einer Antwort interessiert war.

»Er ist gestorben. Einfach so. Eines Tages ist er auf dem Feld zusammengeklappt.«

»Tut mir leid.« Es hörte sich an, als würde er sich für sein Mitgefühl schämen.

Sie blickte ihm in die Augen. »Nun bist du dran«, meinte sie. »Warum hast du einen anderen Namen als dein Zwillingsbruder?«

»Das ist eine lange Geschichte, aber ich werde es kurz machen. Shay und ich wurden auf einem Trail nach Westen geboren. Unsere Eltern wurden bei einem Indianerüberfall getötet, und wir wurden von zwei verschiedenen Familien adoptiert. Die McQuillans zogen mit Shay hierher nach Kalifornien, während meine Leute, die Saint-Laurents, sich weiter im Norden niederließen.«

»Wußtest du, daß du einen Bruder hattest?«

Tristan schüttelte den Kopf. »Meine Mutter – oder genaugenommen meine Adoptivmutter – hat es mir erst erzählt, als sie im Sterben lag. Sie gab mir das Tagebuch meiner leiblichen Mutter. Aber ich hätte Shay nie gesucht und gefunden, wenn es nicht andere Gründe gegeben hätte.« Zum ersten Mal, seit sie ihn kannte, sah Tristan verunsichert aus. »Ich wollte auch längst weiterziehen, nachdem ich gefunden hatte, wonach ich gesucht hatte.«

Emily spürte plötzlich, daß es hinter der liebenswerten, beinahe jungenhaften Fassade noch eine andere, eine dunkle Seite im Leben Tristan Saint-Laurents zu geben schien. »Was hast du hier gesucht?«

Er lächelte so plötzlich und unvermutet, wie die Sonne bisweilen an einem bedeckten Tag zwischen den Wolken erscheint. »Ich habe gefunden, was ich gesucht habe«, erklärte er. »Und dabei habe ich gleichzeitig meine Familie wiedergefunden.«

Emily saß wie erstarrt da, aber um nichts in der Welt hätte sie ihn gefragt, ob er eine Frau und vielleicht Kinder hatte.

»Shay und ich hatten zwar jeder eine Adoptivfamilie, aber es war schön für uns, uns wiederzufinden.« Er lächelte und dachte an ihre erste Begegnung im Gefängnis. »Hattest du eine enge Beziehung zu deinem Onkel in Butte?«

Die Frage traf Emily unvorbereitet, denn sie hatte nie im Leben zu einem Menschen eine enge Beziehung gehabt – höchstens zu den Figuren in den Büchern, die sie gelegentlich gelesen hatte. »Eigentlich nicht«, erwiderte sie. »Mein Vater starb, bevor ich geboren wurde, und meine Mutter folgte ihm wenig später. Ich kam auf eine Nachbarfarm – dort habe ich kochen gelernt.« Sie schwieg. Normalerweise erzählte sie nicht so viel von sich selbst, und sie war froh, daß sie Tristan verschwiegen hatte, daß sie Cyrus eigentlich nur den Haushalt geführt hatte und sich um Mary, seine kranke Frau, gekümmert hatte.

»Das war aber nicht alles«, stellte Tristan ruhig fest. Seine leise, selbstsichere Art würde noch ihr Untergang sein.

Sie erhob sich, und es gelang ihr zu lächeln. Auch Tristan stand auf, und sie blickten sich über den Tisch hinweg an. »Ich muß mich jetzt um meine Schafe kümmern, Mr. Saint-Laurent. Danke für die Gastfreundschaft, aber ich denke, wir sind immer noch Gegner.«

»Sind wir das?« fragte er ruhig.

Sie trat einen Schritt zurück, obwohl sie eigentlich lieber einen Schritt auf ihn zugegangen wäre. »Ja«, murmelte sie. »Ich muß jetzt wirklich los. Meine Schafe warten.«

»Du brauchst ein Pferd«, meinte er. »Walter habe ich auf die Weide gebracht. Der kleine Hengst ist vollkommen erschöpft und braucht eine Pause.«

Hörten die Schwierigkeiten denn nie auf? Sie schüttelte den Kopf. »Walter ist ein *Hengst?*« Sie war den Tränen nahe. Warum hatte ihr das vorher nie ein Mensch gesagt? Mußte es ausgerechnet wieder Tristan Saint-Laurent sein?

»Ja«, antwortete er trocken und grinste sie schräg an. »Walter ist ein Hengst. Aber ich leihe dir gerne einen der beiden alten Klepper, die gewöhnlich meinen Wagen ziehen.«

Das Frühstück war schon genug gewesen. Wenn sie sich jetzt auch noch ein Pferd lieh ... Aber der arme Walter mußte wirklich am Ende seiner Kraft sein – und der Weg nach oben in die Berge war ziemlich weit. Sie mußte zu ihrer Herde und zu Spud, der sich vielleicht schon wunderte, wo seine Herrin geblieben war. Und dann war da ja noch dieser seltsame Mr. Polymarr. Gott allein wußte, ob der Alte sich wirklich um die Schafe gekümmert hatte. Sie hätte sie nie allein lassen dürfen!

»Kann ich nicht laufen?« fragte sie fast verzweifelt.

»Natürlich«, erwiderte er. »Es dauert etwa einen halben Tag, bis du bei deiner Herde bist.«

In diesem Moment hätte sie ihn umbringen können. »Ich leihe mir ein Pferd von dir«, gab sie nach. »Aber ich werde dafür bezahlen.«

»Das will ich doch hoffen«, rief er lachend, als sie aus dem Haus stürmte.

3

Nachdem Emily einen der Klepper gesattelt hatte – keiner der beiden schien ihr zum Reiten geeignet zu sein, aber sie sah ein, daß Walter eine Pause brauchte –, ritt sie in die Berge. Sie mochte ja in Tristans Augen ein Greenhorn sein, aber sie hatte einen erstklassigen Orientierungssinn. Sie erinnerte sich genau an jede Biegung und jede Steigung und fand ohne Schwierigkeit den Weg zur Weide, wo ihre Schafherde graste.

Trotzdem brauchte sie fast eine Stunde, bis sie ihr Ziel erreicht hatte. Zwischendurch hatte sie immer wieder mal haltgemacht und auf das Land geschaut, das zu ihren Füßen lag. Sie hatte das blaue Band des Flusses bewundert, der sich durch den Creek schlängelte, sie hatte das langgestreckte Haus mit den beiden gemauerten Kaminen betrachtet und sich über die endlosen grünen Wiesen gefreut, in denen Tristans Rinder wie kleine schwarze Punkte wirkten. Emily fand, daß die Tiere zu dieser Landschaft gehörten wie die Bäume und die Felsen.

Es ist Tristan, der nicht in diese Landschaft paßt, dachte sie, als Spud seiner Herrin freudig bellend und schwanzwedelnd entgegensprang, um sie zu begrüßen. Dann hörte sie auch das Blöken der Schafe, glitt vom Pferd und kraulte den treuen Hund hinter den Ohren.

Mr. Polymarr, der im Schatten eines Baumes ein Nickerchen gemacht hatte, rappelte sich hoch, wobei er leise vor sich hin fluchte, weil ihm sein Rheuma so zu schaffen machte.

»Morgen«, brummte er, als würde ihm sogar das Sprechen schwerfallen.

»Guten Morgen, Mr. Polymarr«, erwiderte Emily und ließ ihren Blick über die Herde schweifen. Nach dem langen Treck hatten die Tiere dringend eine Pause gebraucht, aber sie würden jetzt viel Gras fressen müssen, um den Winter gut zu überstehen. Im nächsten Frühjahr würden dann die ersten Lämmer geboren werden, und kurz danach würden die Schafe geschoren werden. Die Schur, aus der später Schafswolle gesponnen wurde, würde Emily ebenso verkaufen wie ein paar besonders kräftige Böcke, die sich für die Zucht eigneten.

Das alles würde ihr eine hübsche Summe Geld einbringen, aber so weit war es noch nicht, denn vorher warteten auf die Herde die kalten Monate – und auf sie Tristan Saint-Laurent und noch ein paar andere Probleme.

»Ich hatte nicht erwartet, Sie so bald wiederzusehen«, meinte Polymarr, der ihr entgegengekommen war, und spuckte auf die Erde. »Ich frage mich allerdings, wie Sie das Geblöke dieser Viecher aushalten können.«

Emily lachte. »Die werden sich in ein paar Minuten wieder beruhigen«, erklärte sie. »Aber wenn Spud so bellt, denken sie wahrscheinlich, daß sie gleich wieder weiterziehen müssen.«

Der Alte ging neben Emily zum Hügel, wo er unter einem Baum sein Lager aufgeschlagen hatte. »Ich hatte ja gehofft, bei der Herde bleiben zu können, bis St. Lawrence mir die restlichen drei Dollar bezahlt«, meinte er und kratzte sich am Kopf. Ihm war natürlich klar, daß er für eine einzige Nacht, die er bei den Schafen verbracht hatte, keine fünf Dollar bekommen würde.

Der Blick von hier oben war noch atemberaubender, als Emily erwartet hatte. Sie war einfach überwältigt und hätte ihre Gefühle nicht in Worte fassen können. Es war Freude und Glück, aber noch viel mehr. Sie hielt die Hand über die Augen, um sie vor der Sonne zu schützen. »Ich könnte schon Hilfe gebrauchen.« Emily stellte sich vor, wie sich die Blätter der Bäume im Herbst golden färbten, wie das Land im Winter unter einer weißen Schneedecke lag, wie im Frühling erst die Krokusse und später dann die Glockenblumen und die vielen Wildblumen sprossen und wie im nächsten Sommer die Weiden wieder in sattem Grün in der Sonne leuchteten.

»Wenn Sie wollen, können Sie bleiben«, schlug sie vor, und ihre Stimme klang ein wenig verträumt. »Aber ich sage Ihnen gleich, daß ich Ihnen nicht so viel Geld zahlen will und kann, wie Sie von Tristan bekommen.«

Polymarr rieb sich mit dem Handrücken über die Nase, bevor er wieder auf den Boden spuckte. »Wer ist Trischan?«

»Ich meine Mr. St. Lawrence«, erwiderte sie lächelnd, denn ihr war klar, daß der Alte sie kaum verstanden hätte, wenn sie *Saint-Laurent* gesagt hätte – wie Tristans Name ausgesprochen wurde. »Ich zahle Ihnen zwanzig Dollar im Monat, aber Sie werden das erste Geld nicht vor dem Frühjahr bekommen.«

»Bis dahin ist es noch lange hin.« Wieder einmal spuckte er auf die Erde. »Wo wollen Sie mit den Viechern hin? Weiter nach Süden?«

Emily seufzte und blickte zum Haus, in dem sie die letzte Nacht verbracht hatte. »Ich habe die Absicht, mich hier auf diesem Land niederzulassen. Wenn Sie mir helfen wollen, können Sie entweder in der Hütte bleiben oder sich einen Schlafplatz im Stall suchen.«

Polymarrs Adamsapfel hüpfte auf und ab. Er zog seine Augen zusammen und hob seinen knochigen Zeigefinger. »Nein, Miss, die Herde kann nicht hierbleiben – selbst wenn Mr. St. Lawrence es erlaubt. Die anderen Rancher werden Amok laufen. Ich habe schon heute nacht erwartet, daß sie kommen würden, um die Schafe zu vertreiben.«

Emily verstand, was er damit meinte. Auf dem Weg von

Montana waren ihr ein paarmal Viehzüchter in die Quere gekommen. Die Männer hatten sie mißtrauisch beobachtet, während sie die Herde über ihr Land oder durch ihre Stadt getrieben hatte. Ein paar hatten den Hut gezogen, als sie gemerkt hatten, daß der Hirte eine Frau war, ein paar hatten ständig ihre Gewehre auf sie gerichtet, bis die Schafe weitergezogen waren. Nirgendwo war Emily willkommen gewesen. Selbst die Frauen hatten sich von ihr ferngehalten. Emily hatte sich wie eine Aussätzige gefühlt. Es war manchmal schrecklich gewesen – und es sah aus, als würde es hier in Prominence nicht anders sein.

»Haben Sie einen Revolver, Miss?« wollte Polymarr wissen. »Oder wenigstens eine kleine Pistole, um sich verteidigen zu können?«

Emily zeigte ihm den Achtunddreißiger, den sie unterm Umhang verborgen hatte. Sie hatte auch Munition für die Waffe, aber da sie christlich erzogen worden war und eine angeborene Abneigung gegen Gewalt hatte, hatte sie die Pistole noch nie benutzt. Ihr wurde schon übel, wenn sie nur von weitem Schüsse hörte.

»Nicht gerade toll«, grunzte der Alte und spuckte auf den Boden. »Doch besser als gar nichts. Wenn Sie allerdings mit den Schafen in dieser Gegend bleiben wollen, Miss, müssen Sie sich ein anständiges Gewehr zulegen. Zum Beispiel einen Remington-Karabiner, wie ihn das Militär benutzt.«

Ein Schauer lief Emily über den Rücken. »Vielleicht«, meinte sie vage, denn sie wollte sich lieber friedlich hier ansiedeln und sich nicht den Weg freischießen. Sie wollte keine Revolver-Braut werden, sondern nur wie Aislinn McQuillan ein schönes Zuhause haben, mit Tischdecken und Porzellan, mit Silberleuchtern und genügend heißem Wasser, um sich täglich zu waschen.

War das denn wirklich zuviel verlangt?

Tristan sah schon aus etwa fünfzig Metern Entfernung das Loch im Zaun, den Miss Emily Starbuck mit ihrer Peitsche eingerissen hatte. Nach den Hufspuren zu urteilen, die Tristan gefunden hatte, war etwa die Hälfte seiner Rinderherde durch dieses Loch entschlüpft und hatte sich auf der anderen Seite des Creeks mit Kyles Herde vermischt.

Bisher hatte Tristan seine Ranch allein bewirtschaftet – abgesehen von der gelegentlichen Hilfe seines Bruders Shay oder den Handlangerdiensten des alten John S. Polymarr, aber Tristan war klargeworden, daß er in Zukunft ein paar kräftige hilfreiche Hände brauchen würde. Er war ein Mensch, der nicht gerne von anderen abhängig war, ein Mensch, der seine Freiheit liebte, aber nun war er an einem Punkt angelangt, an dem er eine Entscheidung treffen mußte. Er konnte hier in Prominence seine Zelte abbrechen und allein weiterziehen, oder er mußte Leute anheuern.

Er stieß einen Fluch aus und zwang seinen Wallach, über den niedergerissenen Zaun zu springen, um den Hufspuren der Rinder zu folgen.

Nach hundert Metern teilte sich die Spur. Die Tiere waren in alle Richtungen gerannt – nur nicht zurück. Tristan hätte es vorgezogen, nicht so ungedeckt im offenen Gelände zu sein, aber das war nicht zu ändern.

Er spürte die Reiter nahen, bevor er sie sah – und er hatte schon seinen Fünfundvierziger gezogen, als sie über den Hügel kamen. Sie waren zu zweit. Der eine ritt einen schwarzweiß gescheckten Hengst, der andere einen Wallach. Sie mußten Tristan schon eine Weile beobachtet haben, denn sie hielten ihre Gewehre vor sich im Schoß. Friedfertige Menschen hätten diese Waffen im Holster am Sattel bei sich getragen.

»Das hier ist Privatbesitz«, rief der eine der beiden Männer. Seine Stimme klang weder freundlich noch feindlich.

Tristan seufzte leise. Die Reiter befanden sich oberhalb von ihm auf dem Hügel – und dadurch waren sie im Vorteil. Das war schlecht für ihn, und deshalb gab er seinem Wallach die Sporen und war innerhalb von Sekunden mit den anderen auf einer Höhe. Sein Fünfundvierziger lag locker in seiner Hand.

»Du hörst wohl nicht gut«, meinte der Mann auf dem Schecken. Er war ziemlich dick, hatte einen gewachsten Schnurrbart, und seine Haut war gerötet. »Mein Partner hat doch gesagt, daß dies Privatbesitz ist.«

Tristan wußte, daß er die beiden aus dem Sattel geschossen hätte, bevor sie auch nur ihre Gewehre hätten heben können. Aber wenn es nicht unbedingt notwendig war, machte er keinen Gebrauch von seiner Waffe.

»Einige meiner Rinder sind ausgebrochen und über den Creek zu eurer Ranch gelaufen. Aber vermutlich wißt ihr das ja schon.« Er machte eine kurze Pause. »Ich bin hier, um mir mein Eigentum zurückzuholen.«

Die beiden Männer wechselten einen Blick. Offensichtlich hatten sie ihre Rollen schon vorher abgesprochen. Der eine drohte, während der andere freundlich blieb.

»Hier gibt es keine Rinder von dir«, antwortete der Freundliche. »Verlaß also unser Land.« Er hob sein Gewehr.

Unbeeindruckt richtete Tristan seinen Revolver auf den Mann. »Ich suche keinen Ärger«, erklärte er ruhig, »aber wenn *ihr* Ärger haben wollt, dann sollt ihr ihn haben.« Er blickte die Männer abwechselnd an. »Ich bin ziemlich schnell mit dem Fünfundvierziger. Wäre es also nicht einfacher – und sicherer für euch –, wenn ich mich mal nach meiner Herde umsehe und dann mit meinen Tieren euer Land verlasse?«

»Knall ihn ab«, befahl der Unfreundliche.

»Aber sein Bruder ist der U.S.-Marshal«, gab Mr. Freundlich zu bedenken.

»Das ist der Typ, der unserem Boß das Ohr abgeschossen hat und ihn ins Staatsgefängnis gebracht hat«, sagte der Grimmige und schaute Tristan haßerfüllt an.

»Also, für alles bin ich ja nun auch wieder nicht verantwortlich«, spottete Tristan. »Mein Bruder Shay hat mit Hilfe eines unbestechlichen Richters dafür gesorgt, daß Kyle in den Knast gekommen ist – zusammen mit zwölf anderen Halunken von euch.«

Dem Dicken traten die Adern an den Schläfen hervor, aber der andere, der offensichtlich einen kühleren Kopf besaß, lenkte ein. »Wir haben sicher noch eine Rechnung offen, St. Lawrence – oder meinetwegen auch Saint-Laurent. Du wirst eines Tages dafür bezahlen, daß Billy tot ist und Mr. Kyle im Gefängnis schmort. Aber so weit ist es noch nicht. Deshalb werden wir unsere Herde überprüfen, und falls wir ein Tier mit deinem Brandzeichen entdecken, wirst du es selbstverständlich zurückbekommen.«

»Ich möchte mich lieber selbst umsehen«, erwiderte Tristan ruhig. Das war keine höfliche Bitte, auch wenn es vielleicht so geklungen hatte, denn ein Mann, der seine Herde nicht mit seinem Leben beschützte, würde bald keine Herde mehr haben.

Langsam senkten die beiden Reiter ihre Gewehre, aber Tristan hielt seinen Revolver auf sie gerichtet, bis die Gewehre in den Sattelholstern steckten. Natürlich blieb Tristan wachsam, aber die Erfahrung sagte ihm, daß er im Moment nichts zu befürchten hatte.

Er ritt ein kleines Stück hinter den Männern her, so daß er beide im Auge behalten konnte. Sie ritten an einem kleinen Birken-Wäldchen vorbei, durch dichtes Gestrüpp und kamen immer höher. Als sie den Gipfel erreicht hatten, hielten sie kurz die Pferde an.

Ohne die Männer aus den Augen zu lassen, überblickte Tristan das weite Land der Kyle-Ranch. Er schaute über das riesige Terrain und betrachtete das große Haus. Tristan stellte sich vor, daß Emily einmal die Herrin dieses Hauses sein würde. Er sah sie vor sich, wie sie ein schönes Kleid trug – wie bei Aislinn am Bauch ein bißchen gewölbt, weil sie ein Kind erwartete. Ihre Haare würde Emily lose im Nacken zusammengebunden tragen, und sie würde eine gesunde Gesichtsfarbe haben.

Tristan hatte sich inzwischen mit Kyles Anwälten in der Stadt getroffen. Der alte Mann hatte keine Erben, und er selbst würde nie wieder auf die Ranch zurückkehren. Kyle wollte sein Geld einer Wohltätigkeits-Organisation vererben, aber bislang zögerte er noch, Tristan die Ranch zu verkaufen.

Eine hübsche Indianerin trat aus einer Hütte und schüttelte einen Teppich aus. Sie betrachtete Tristan neugierig, bevor sie sich schnell zurückzog. Sie ritten an weiteren Hütten vorbei, und es dauerte nicht lange, bis sich Tristans Anwesenheit herumgesprochen hatte. Er sah eine Handvoll Männer, die um das Herrenhaus herumlungerten, aber er war sicher, daß sich noch mehr Schützen irgendwo versteckt hatten.

Tristan hatte keine Angst, denn sein Adoptivvater hatte ihn gelehrt, daß Angst einen Menschen lähmte und unfähig machte zu handeln.

Natürlich war sich Tristan der Gefahr bewußt, in der er sich befand. Er wollte auch gewiß nicht sterben, aber das, was er tat, war die einzige Möglichkeit, der Powder-Creek-Bande, die ja vollkommen kopflos war, zu zeigen, wer der Herr im Ring war. Mit ruhiger Stimme befahl er den Reitern, ihre Pferde anzuhalten.

»Unser Nachbar behauptet, daß sich ein paar seiner Rinder auf unsere Weiden verirrt haben«, erklärte Mr. Freundlich. »Seht doch mal nach, ob der Herr recht hat – und falls ihr ein oder zwei Tiere mit fremden Brandzeichen entdeckt, dann bringt ihm die Rinder zurück.«

Mr. Freundlich schien der neue Vormann auf der Ranch

zu sein, denn die anderen Cowboys betrachteten ihn mit einem gewissen Respekt und fügten sich seiner Autorität. Tristan ließ seinen Blick über die Männer gleiten, die ihn ihrerseits abschätzend beobachteten. Sein Gefühl sagte ihm, daß von diesen Leuten keine direkte Gefahr ausging, denn sie waren nur an ihrem Lohn interessiert und waren Kyle gegenüber nicht ausgesprochen loyal. Keiner dieser Männer würde für William Kyle sein Leben riskieren, sie arbeiteten hier auf der Ranch für eine Weile, und wenn es ihnen nicht mehr gefiel, würden sie weiterziehen und anderswo anheuern, wo das Essen vielleicht besser war oder man ihnen einen halben Dollar mehr pro Monat zahlte. Das bedeutete jedoch nicht, daß Tristan diesen Männern hätte trauen können, und es wäre auch tödlicher Leichtsinn gewesen, ihnen den Rücken zuzudrehen. Wie zuvor ritt er mit ein paar Metern Abstand hinter den Cowboys her und hielt sie ständig im Auge.

Nach einer Weile kamen sie zu einer Weide, auf der eine beachtliche Herde graste. Einer der sechs Reiter, ein junger Bursche, der gerade erst aus den Windeln gekrochen sein mußte, ließ sich etwas zurückfallen, wobei er darauf achtete, keine hastige Bewegung zu machen.

Tristan unterdrückte ein Lächeln. Der junge Bursche hatte ziemlich große Ohren, und die schien er auch gerne behalten zu wollen – jeder auf der Ranch wußte natürlich, daß Tristan der Mann war, der Kyle ein Ohr abgeschossen hatte.

»Was für ein Brandzeichen haben Ihre Tiere?« fragte der Junge nervös.

Es war ein zunehmender Mond, und das sagte Tristan ihm auch, obwohl er sicher war, daß die Männer die Markierung seiner Tiere genau kannten. So groß war Prominence ja nun wirklich nicht, und es gab kaum mehr als ein Dutzend Ranches im Umkreis von fünfzig Meilen.

»Warten Sie hier«, meinte der Junge. »Wir sortieren Ihre

Tiere aus – falls überhaupt welche von Ihnen bei unserer Herde sind.«

»Ich wiederhole mich nicht gerne«, erwiderte Tristan, »aber ich habe die Absicht, mich selbst davon zu überzeugen.«

Danach gab es darüber keine Diskussion mehr.

Im Verlauf der nächsten zwei Stunden sonderten die Cowboys rund vierzig Tiere ab, die Tristan gehörten. Er vermutete zwar, daß sich noch mehr Rinder mit seinem Zeichen auf der Kyle-Ranch befanden, aber er ließ es gut sein. Im Augenblick konnte er mit dem zufrieden sein, was er erreicht hatte.

Der Junge, den die anderen Fletcher nannten – wobei offenblieb, ob das sein Vor- oder sein Familienname war –, wurde dazu bestimmt, Tristan zu helfen, die ausgerissenen Tiere zu dessen Ranch zurückzutreiben.

»Gefällt es dir, für diese Burschen zu arbeiten?« fragte Tristan den Jungen, während er mit einem flachen Stein den Pfosten in die Erde schlug, den Emily mit ihrer Peitsche herausgerissen hatte. Fletcher saß dabei regungslos auf seinem Pferd und sah ein bißchen ängstlich aus.

Der Junge zuckte mit den Schultern. »Die Bezahlung stimmt. Ich bekomme genug zu essen und habe einen Platz zum Schlafen. Mehr verlange ich nicht vom Leben.«

Tristan tätschelte beruhigend den Hals seines Wallachs, der nervös tänzelte. Dann blickte er Fletcher ins Gesicht. »Ich könnte auf meiner Ranch ein Paar kräftiger Hände gebrauchen. Hast du Interesse?«

»Wie viele Männer arbeiten für Sie, Mr. St. Lawrence?« erkundigte sich der Junge, ohne zu lächeln.

Tristan grinste. »Du wärst der einzige«, antwortete er. »Dafür hättest du dann aber auch die Schlafbaracke ganz für dich allein.«

Fletcher warf einen Blick über die Schulter, um zu sehen, ob ihnen jemand von der Powder Creek Ranch gefolgt war. Dann schaute er Tristan fest in die Augen. »Wieso glauben Sie, daß Sie mir vertrauen können?«

»Ich habe nicht gesagt, daß ich dir traue«, erwiderte Tristan und warf den Stein zur Seite. Dann packte er den Pfosten mit beiden Händen und überprüfte, ob er fest im Boden saß. Er wackelte nicht. »Ich habe nur gesagt, daß ich Hilfe brauche. Du kannst den Job bei mir annehmen oder nicht. Das liegt ganz bei dir.«

»Ich müßte ein Pferd haben. Dieses hier gehört Kyle.«

»Ich könnte dir ein Pony geben.«

»Schießen kann ich auch.«

Tristan verkniff sich ein Grinsen. »Fein. Ich hoffe allerdings, daß du von dieser Fähigkeit keinen Gebrauch machen mußt.« Er schlang das lose Ende des Stacheldrahtes um den Pfosten, um die Lücke im Zaun zu schließen. »Wir beginnen bei Sonnenaufgang mit der Arbeit«, erklärte er. »Ich sehe dich dann morgen früh.« Er tippte mit der Hand an seinen Hut und ritt in Richtung seines Hauses davon, während Fletcher in die entgegengesetzte Richtung ritt.

Tristan hatte es plötzlich sehr eilig, nach Hause zu kommen, denn er dachte die ganze Zeit an Emily – und er fragte sich, was sie in seiner Abwesenheit angestellt haben mochte. Er wusch sich am Brunnen vor dem Haus den Staub aus dem Gesicht, bürstete seine Haare und zog sich ein frisches Hemd an. Dann stieg er wieder in den Sattel und ritt in die Berge hinauf. Er fand Emily, die unter einem Baum im Gras saß und ihre Schafe beobachtete, die scheinbar unersättlich waren und jeden Grashalm gierig abrupften. Der Hund lag neben Emily, aber Polymarr war nirgends zu sehen.

»Immer noch hier?« fragte er, als ob er etwas anderes erwartet hätte, und zog dabei den Hut.

Der Hund knurrte und sprang auf. Seine Nackenhaare waren gesträubt.

»Ruhig«, befahl Emily und strich dem Tier über den Kopf. Spud winselte einmal kurz, legte sich wieder hin und bettete die Schnauze auf die Vorderpfoten. Dann wandte Emily sich Tristan zu, der ein Kribbeln im Bauch verspürte, wenn er sie nur anschaute. »Ich lebe hier«, antwortete sie ruhig, als ob damit alles gesagt wäre.

Er ließ ihr diese Bemerkung kommentarlos durchgehen, stieg vom Pferd und setzte sich im Schneidersitz neben sie ins Gras. Den Hut legte er neben sich. Tristan sog den Duft des Sommergrases ein, der sich mit Emilys süßem Duft vermischte, und sah, wie sie sich mit der Zungenspitze über die Lippen fuhr. Es war eine Geste, die ihn fast um den Verstand brachte, aber er ließ sich nicht anmerken, wie gerne er mit seiner Zunge über ihren Mund gestrichen hätte.

»Wo steckt Polymarr?« fragte er.

»Er arbeitet jetzt für mich. Ich habe ihn losgeschickt, um seine Sachen aus der Hütte zu holen. Er wird in Zukunft in der Schlafbaracke der Ranch wohnen.«

»Aha«, meinte Tristan nur. »Und ich habe dem jungen Fletcher gesagt, daß er die Baracke für sich allein haben würde.«

Emily errötete ein bißchen und räusperte sich. »Vielleicht hätte ich vorher mit dir darüber reden sollen, aber ...« Sie schwieg, denn nun war ihr die Sache doch sehr peinlich.

Ihre Verlegenheit berührte Tristan, aber das zeigte er nicht. »Wenn du hier auf meiner Ranch leben willst und dabei riskierst, deinen guten Ruf als ehrbare Frau zu ruinieren, ist das deine Sache, Emily Starbuck. Ehrlich gesagt, würde *ich* mich sehr freuen, wenn du hierbleiben würdest. Aber wenn du glaubst, daß ich einfach meine Sachen packen werde, nur weil du behauptest, dieses Land würde dir gehören, dann hast du dich geirrt.«

»Ich will ja nicht umsonst hier wohnen. Ich würde dir

natürlich einen Ausgleich zahlen – im Frühjahr nach der Schafschur.«

Tristan verdrehte die Augen. »Selbst wenn ich einverstanden wäre, daß diese schrecklichen Viecher hierbleiben, was ich nicht bin ... Die anderen Rancher werden das niemals zulassen. Wenn erst einmal bekannt ist – und das wird nicht lange dauern –, daß es auf dieser Ranch eine Schafherde gibt, wird man uns belagern und aushungern.«

Sie drängte ihre Tränen zurück, doch es gelang ihr dennoch nicht, ihren Kummer vor ihm zu verbergen. »Aber irgendwo müssen wir doch bleiben«, sagte sie leise und meinte damit sich selbst und die Schafe. Tristan hätte am liebsten den Arm um Emily gelegt, um sie zu trösten, aber er wußte, daß er damit ihren Stolz verletzt hätte.

»Irgendwo.« Sie sagte es so leise und so verzweifelt, als würde sie mit sich selbst reden – oder mit Gott.

Er befeuchtete seine Lippen mit der Zunge. »Du könntest die Schafe doch verkaufen«, schlug er vor. »Irgend jemand wird die Herde schon haben wollen.« Er wußte, daß er nicht gerade überzeugend klang, denn er hätte für diese grasvernichtenden Viecher nicht einmal einen Nickel bezahlt.

Emily hielt weiter den Kopf abgewandt und tupfte sich mit einem Zipfel ihres rauhen Umhangs die Augenwinkel ab. »Ich werde meine Herde *nicht* verkaufen«, erklärte sie dickköpfig. »Wenn ich um die Schafe kämpfen muß, dann werde ich das tun, denn sie sind alles, was ich habe.«

In die Bewunderung für diese Frau und in die Zuneigung, die er für sie empfand, mischte sich leiser Ärger. »Du willst also kämpfen? Eine Frau und ein alter Mann gegen ein halbes Dutzend Rancher mit ihren bezahlten Männern?« Er fuhr sich mit der Hand durch die Haare. »Das ist ja großartig! Die Viehzüchter werden bestimmt vor Angst schlottern, wenn du ihnen mit Polymarr entgegenreitest.«

»Du kannst mich ruhig verspotten«, erwiderte sie. »Aber ich werde trotzdem tun, was ich tun muß, um mein Eigentum zu schützen.«

Er seufzte tief. »Willst du dich umbringen lassen? Hast du das etwa vor? Erscheint dir das Leben vielleicht so schwierig, daß du einfach aufgeben willst?«

Tristan hatte sie provozieren und aus der Reserve locken wollen. Als sie ihm antwortete, klang ihre Stimme wie die einer Königin beim Nachmittagstee im Schloß. Das stand im krassen Widerspruch zu der Tatsache, daß sie hier in Männerhosen im Gras saß und einen Umhang trug, der abscheulich nach Hammel stank. »Ich versichere dir, daß mein Leben ein kostbares Gut für mich ist. Wenn ich es hätte wegwerfen wollen, dann hätte ich das schon viel früher getan.«

Die Art, wie sie sprach, berührte ihn, und nicht zum ersten Mal fragte er sich, was sie wohl für eine Vergangenheit hatte. Aber da er nicht bereit war, über seine eigene Vergangenheit zu reden, schnitt er dieses Thema lieber nicht an. Er stand auf und klopfte seine Hose mit beiden Händen ab. Dann griff er nach seinem Hut – und wäre dabei mit dem Kopf fast gegen Emilys Kopf gestoßen. Er war ihr so nahe, daß ihn der Wunsch, sie zu küssen, mit einer solchen Heftigkeit überkam, daß er beinahe schwach geworden wäre und es getan hätte.

Ihre Aufmerksamkeit war dagegen auf seinen Fünfundvierziger gerichtet. »Bist du gut mit dem Revolver?«

»Ziemlich«, erwiderte er und räusperte sich verlegen, weil er auf so eine Frage nicht gefaßt gewesen war. Er war wirklich kein schüchterner Mann, aber diese Frau hatte etwas an sich, was ihn verlegen wie einen Schuljungen beim ersten Rendezvous machte.

»Hast du schon mal einen Menschen erschossen?«

Er tat, als hätte er die Frage nicht gehört. »Ich muß mich wieder an die Arbeit machen«, murmelte er und ging zu seinem Wallach. »Ich sehe dich dann heute abend.« Er schwang sich in den Sattel, berührte kurz seinen Hut und ritt dann davon.

4

Als Emily am Abend nach einem langen Tag schmutzig und hungrig zu dem großen Haus zurückkam, spürte sie, wie ihr Selbstvertrauen schwand. Durchs Fenster fiel Licht, und sie sah, daß Tristan in der Küche stand. Einen Moment lang zögerte sie und überlegte, ob sie einfach ins Haus gehen sollte – denn sie betrachtete es ja als ihr rechtmäßiges Eigentum –, aber dann klopfte sie doch an die Tür.

»Herein«, rief er gutgelaunt von drinnen.

Sie trat ein. Tristan stand am Herd und schlug braungesprenkelte Eier in einer Pfanne auf. Er sah sie mit seinem berühmten schrägen Grinsen an. »Tut mir leid«, meinte er. »Eier sind so ziemlich das einzige, was ich kochen kann.«

Sie hoffte nur, daß er das Knurren ihres Magens nicht hörte, und hob den Kopf. »Besten Dank. Ich liebe gebratene Eier.«

Sein Blick verriet ihr, daß er nicht sicher war, ob sie ihn nicht auf den Arm nahm. »Dann ist es ja gut.«

Emily konnte sich nicht erklären, weshalb sie die Nähe dieses Mannes einerseits so beruhigend fand, andererseits aber wieder irritierend. Sicher, er war ein gutaussehender Mann, und er hatte auch Charme, aber Emily hatte ihr Leben lang geglaubt, daß sie für solche Äußerlichkeiten unempfänglich sei.

Sie nahm eine Waschschüssel von der Wand und trat neben Tristan an den Herd. Die Eier rochen wie Ambrosia, obwohl es ihm fast gelungen wäre, sie zu ruinieren. »Darf ich?« fragte sie und deutete auf das Wasserreservoir, in dem es fast immer warmes Wasser gab.

»Natürlich«, antwortete er, nahm die Pfanne mit den Eiern vom Feuer und stellte sie auf einen Untersetzer in die Mitte des Tisches.

Emily nahm sich heißes Wasser und ging damit ins Freie zu einer Bank, wo ein Stück Seife und ein frisches Handtuch lagen. Sie schrubbte sich Gesicht und Hände und bedauerte, daß sie ihre Haare nicht waschen konnte, aber das würde jetzt zu lange dauern. Dann ging sie wieder zurück ins Haus.

Andere Männer hätten inzwischen längst zu essen begonnen, aber Tristan hatte auf Emily gewartet. Er setzte sich auch erst, nachdem sie am Tisch Platz genommen hatte, und deutete auffordernd auf die Eier, die teilweise verbrutzelt, teilweise noch glibberig waren.

Emily bedankte sich und lud sich eine anständige Portion auf den Teller. Sie war so hungrig, daß sie sich regelrecht beherrschen mußte, um das Essen nicht in sich hineinzuschlingen. Emily hatte ihren Teller schon fast geleert, als sie merkte, daß Tristan selbst nichts aß. Sie blickte ihn fragend an.

»Das Zeug schmeckt scheußlich«, meinte er und schob seinen Teller von sich.

Insgeheim stimmte Emily ihm zu, aber sie war viel zu hungrig, um die Eier stehenzulassen. Als ihr Teller leer war, nahm sie sich eine zweite Portion, obwohl sie am liebsten gleich aus der Pfanne gegessen hätte. »*So* schlecht schmeckt es nun auch wieder nicht.«

Er lachte leise. »Du bist eine Frau voller Widersprüche, Emily Starbuck.«

Der größte Hunger war gestillt, und Emily legte ihre Gabel am Tellerrand ab. Sie schluckte den letzten Bissen herunter und dachte darüber nach, was sie auf diese Bemerkung antworten könnte. Emily war in den letzten Wochen und Monaten zu sehr damit beschäftigt gewesen zu überleben, und sie hatte keine Zeit gehabt, darüber nachzudenken, was für eine Frau sie war und wie sie auf Männer wirkte. Aber plötzlich schien ihr diese Frage wichtig zu sein.

Tristan stand auf, brachte einen Topf mit Kaffee zum Tisch und goß ihnen beiden einen Becher voll ein.

»Wie hast du es geschafft, die Schafherde allein von Montana nach Kalifornien zu bringen?« fragte er ruhig. Er stand mit dem Emailletopf in der Hand ein paar Schritte neben ihr und betrachtete sie. Sie verspürte plötzlich das brennende Verlangen, in seinen starken Armen Schutz zu suchen, ihren Kopf an seine breite Brust zu lehnen und ihm von ihren Hoffnungen und Träumen zu erzählen.

Ihr Körper versteifte sich, denn wenn sie diesem Verlangen nachgeben würde, könnte das nur zu einer Katastrophe führen, und sie würde am Ende mit gebrochenem Herzen dastehen. Männer wie Tristan Saint-Laurent, gutaussehend und erfolgreich, fanden sich in jeder Lage zurecht. Er würde die Situation ausnutzen und mit ihr ein Verhältnis beginnen, das so lange dauern würde, wie es ihm gefiel. Emily hatte aber nicht die Absicht, die Geliebte eines Mannes zu werden.

»Ich hatte doch keine andere Wahl«, erwiderte sie. Sie spürte plötzlich, wie erschöpft sie war. Sie wollte ein Bad nehmen und sich in ihrem Bett ausstrecken, aber tief in ihrem Innern spürte sie die Sehnsucht nach etwas ganz anderem. »Ich hatte die Schafherde geerbt, aber in Montana hatte ich kein Land. Also mußte ich die Schafe hierher nach Kalifornien bringen, denn dieses Land hatte ich ja auch geerbt. Wohin hätte ich denn sonst mit meinen Tieren gehen sollen?«

Er hatte den Kaffeetopf auf den Herd zurückgesetzt und war wieder zum Tisch gekommen. Den einen Fuß stellte er auf die Sitzbank, seinen Kaffeebecher hielt er vor der Brust in der Hand. Bei anderen hätte diese Haltung vielleicht gekünstelt gewirkt, aber bei Tristan sah sie ganz natürlich aus. »Du hättest doch heiraten können.«

Sie merkte, wie sie rot wurde, blickte zur Seite, aber dann schaute sie ihm wieder in die Augen. »Ich habe *einen* Ehemann gehabt – und das genügt mir«, sagte sie stolz.

»Deine Ehe scheint ziemlich unglücklich gewesen zu sein. Das tut mir leid.«

»Das braucht dir nicht leid zu tun«, entgegnete sie kalt. »Es war keine Liebesheirat.« Ihr Gesicht glühte noch, und sie rührte ihren Kaffee nicht an, denn ihre Hände zitterten.

»Na ja, aber man kann doch wohl vermuten, daß du den Mann zumindest gut leiden konntest.«

Emily wandte zwar den Blick nicht ab, aber sie antwortete darauf auch nicht. Sie hatte gar keine Gefühle für ihren verstorbenen Mann gehabt; sie hatte immer nur gehofft, daß er sie nie, nie anrühren würde. Nach seinem Tod hatte sie ihn so schnell wie möglich vergessen wollen.

Tristan seufzte leise. »Schön, du konntest ihn also nicht mal gut leiden. Warum, zum Teufel, hast du den armen Mann dann überhaupt geheiratet?«

Aus einem ihr unerklärlichen Grund hatte Emily das Bedürfnis, daß Tristan sie verstand und besser kennenlernte, obwohl sie noch nie mit einem anderen Menschen über ihre Ehe gesprochen hatte. »Ich brauchte einen Platz, wo ich leben konnte, und er brauchte jemanden, der sich nach dem Tod seiner Frau um das Haus kümmerte.«

Tristan schwieg eine Weile. Als er weitersprach, klang seine Stimme vollkommen neutral und wertfrei. Er verurteilte sie nicht und richtete nicht über sie, er schien eigentlich nur laut zu denken. »Warum bist du dann nicht als Haushälterin zu ihm gegangen?«

»Dann hätte er mich ja für meine Arbeit bezahlen müssen«, antwortete sie. »Cyrus gab aber nie einen Cent für etwas aus, das er auch umsonst haben konnte.«

»Du hast also einen Mann geheiratet, nur um einen Platz zum Leben zu haben?«

Emily erhob sich und trug das Geschirr zur Spüle. »Ich

hätte natürlich auch in ein Bordell gehen können«, meinte sie, um ihn zu schockieren, und aus den Augenwinkeln erkannte sie, daß sie damit Erfolg gehabt hatte. Zumindest interpretierte sie seinen harten Gesichtsausdruck so. Sie füllte heißes Wasser aus dem Reservoir in einen Eimer, um das Geschirr zu spülen. »Ich hatte keine Ausbildung, und ich stand nach dem Tod meiner Eltern allein auf der Welt, denn mein Onkel, der mir später die Schafe vererbt hat, war zu der Zeit auf Reisen in Europa. Wo ich damals lebte, gibt es keine großen schönen Häuser und keine reichen Leute, die sich Dienstmädchen leisten können. Deshalb habe ich den erstbesten Mann geheiratet, der mich gefragt hat.«

Tristan trat zu ihr, nahm ihr den Eimer aus der Hand und stellte ihn zur Seite. »Ich will der zweite sein«, sagte er.

Emily war nur froh, daß sie nicht mehr den Eimer in der Hand hielt, denn sie hätte ihn in diesem Moment sicher fallen lassen und sie beide mit heißem Wasser verbrüht. »Wie bitte?«

»Ich brauche eine Frau«, erklärte er. »Ich denke, du wärst dafür genauso geeignet wie irgendeine andere Frau. Du hättest ein Heim, die Hälfte der Einnahmen von der Ranch würde dir zustehen, und unser Problem, wem das Land nun eigentlich gehört, hätte sich dann auch erledigt.«

Emily starrte Tristan fassungslos an. Cyrus war ein alter Mann gewesen, der – dem Himmel sei Dank – kein Interesse mehr an ihren weiblichen Reizen gezeigt hatte, aber Tristan war ein Mann im besten Mannesalter. Er würde Kinder haben wollen und sexuelle Ansprüche stellen. »Das kann doch nicht dein Ernst sein«, entgegnete sie. »Wir kennen uns doch überhaupt nicht. Woher willst du denn wissen, daß ich keine Trinkerin bin oder … eine gesuchte Mörderin?«

Ein einzelner Muskel in seinem schönen Gesicht zuckte,

und Emily vermutete, daß ihn das Wort ›Mörderin‹ doch irritiert hatte. Sie erkannte an seinen Augen, daß er eigentlich eine Frage stellen wollte, die er sich aber verkniff. »Ich fürchte, ich muß mich in diesem Fall ganz auf mein Gefühl verlassen«, meinte er nur.

Sie biß sich auf die Unterlippe. Das Angebot – so verrückt es war – konnte sie nicht einfach ignorieren. Emily war zwar sicher, daß die Ranch ihr gehörte, aber sie wußte natürlich nicht, wie ein Richter ihren Anspruch bewerten würde. Immerhin war dies hier Rinder-Land, und Tristan war in Prominence ein angesehener Bürger, während sie selbst eine Fremde war. Emily hatte genügend Vorurteile bezüglich ihrer Schafe kennengelernt, um zu erkennen, daß ihre Forderung auf wackeligen Füßen stand. Das durfte sie nicht aus den Augen verlieren.

»Was würde dann mit meinen Schafen geschehen?« fragte sie.

»Verkauf sie. Das Geld kannst du für dich behalten, ich werde es nicht anrühren.«

Er schien absolut von sich überzeugt zu sein. Sie fragte sich, wie es war, wenn man so durchs Leben ging, wie Tristan es tat, wenn man nie an sich zweifelte, wenn man seine eigenen Werte als die allein richtigen ansah.

Sie zuckte innerlich zurück. Die Schafe waren alles, was sie besaß. Sicher, sie hätte gerne ein Zuhause wie dieses gehabt, ein Heim, in dem sie sich wohl fühlen konnte, aber ihre Schafe hatten einen Wert, der sich ständig erneuerte und vergrößerte. Abgesehen davon, konnte ihr Tristan jetzt viel versprechen. Als ihr Ehemann könnte er ihr das Geld wegnehmen, das sie für die Herde bekommen würde – und jedes Gericht würde ihm dieses Recht zubilligen. Und wenn sie die Schafe behielt, könnte er – als ihr Ehemann – von Rechts wegen damit machen, was er wollte. Er könnte die Tiere einzeln abschießen oder sie über eine Klippe in den Abgrund jagen, denn die Gesetzeslage war nun einmal so, daß der Besitz einer Frau mit der Heirat automatisch in den Besitz des Mannes überging. Wenn Tristan ihr erst einen goldenen Ring an den Finger gesteckt hätte, hätte sie weniger Rechte als Spud.

Trotzdem, der Gedanke, ein Heim und einen Ehemann zu haben – gar nicht an die Kinder zu denken, die sie großziehen würde –, war schon sehr verführerisch. Sie stellte sich vor, wie sie sonntags in einem hübschen Kleid und mit einem Hütchen auf dem Kopf zur Kirche ging, wie sie sich mit den anderen Frauen der Stadt zum Tee traf und mit ihnen einen Wohltätigkeits-Basar organisierte. Sie sehnte sich doch nach so einem Leben! Warum konnte es denn nicht Wirklichkeit werden?

»Ich kenne dich doch überhaupt nicht«, protestierte sie hilflos.

Tristan hob Emilys Kinn an und schaute ihr tief in die Augen. »Ich zeige dir jetzt, wer ich bin«, sagte er, beugte den Kopf und berührte ihren Mund mit seinen Lippen. Langsam vertiefte er den Kuß, der wunderbar zärtlich war.

Ein Feuer durchzuckte sie wie ein Blitz. Ihre Knie begannen zu zittern, und sie hatte das Gefühl, als würde ihr Herz wie ein verschrecktes Vögelchen davonfliegen. Aber sie erwiderte seinen Kuß, anstatt sich zurückzuhalten, wie es jede vernünftige Frau wohl getan hätte. Als sie sich schließlich voneinander lösten, schwankte sie, und Tristan hielt sie an den Oberarmen fest, um sie zu stützen. Er sah sie mit seinem unwiderstehlichen Grinsen an.

»Nun?« meinte er. »Heiraten wir oder nicht?«

»Ich ... Du ... Vielleicht sollten wir es miteinander versuchen.«

Seine Augen strahlten. »Wann?«

»Es gibt noch so viel, was wir besprechen müssen. Die Schafe und ...«

»Vergiß die blöden Schafe«, unterbrach er sie. »Mit diesem Problem werden wir schon irgendwie fertig werden.«

Er führte sie zum Tisch und setzte sich rittlings auf die Bank neben sie. Seine Nähe war ebenso irritierend, wie sein Kuß es gewesen war – und ebenso schön. Sie preßte die Fingerspitzen gegen die Schläfen. Ihr war plötzlich ganz schwindelig im Kopf. Sie atmete tief durch und sagte: »Da ist noch eine Sache. Ich muß wissen, ob du ...« Wieder holte sie tief Luft. »Wirst du ... Ich meine, wirst du jetzt sofort ...« Sie stieß einen hilflosen Seufzer aus. »Willst du mit mir ... schlafen?«

Er lächelte sie zärtlich an, und seine Augen funkelten. »Ich werde dich nicht gleich in den nächsten Heuhaufen werfen und über dich herfallen«, antwortete er. »Das meinst du doch damit?«

Emily fragte sich in stiller Verzweiflung, wie dieses Gespräch eigentlich angefangen hatte. Sie rieb sich die Stirn. Ihre Wangen glühten. »Ich will ... Ich brauche etwas Zeit.« Sie wandte den Blick ab. »Ich muß mich erst an die Situation gewöhnen.«

Er dachte einen Moment nach, bevor er sie wieder mit seinem berühmten schrägen Grinsen ansah. »Natürlich will ich mit dir schlafen, Emily. Aber ich werde dir Zeit lassen.«

»Wie lange?« murmelte sie kaum verständlich, denn ihre Kehle war wie zugeschnürt.

Er hob die Hand und ließ sie wieder fallen. »Bis ich dich verführe.«

»Bis du *was?*«

»Bis ich dich so weit habe, daß *du* freiwillig zu mir ins Bett kommst.« Da war sie wieder, die Selbstsicherheit! Diese elende Selbstsicherheit! »Ich denke, das ist fair.«

»Du wirst mich also nicht gewaltsam ...?«

Er runzelte leicht verärgert die Stirn. »Bitte beleidige mich nicht! Ich habe dir gesagt, daß ich ein Gentleman bin, und ich halte mich an mein Wort.«

»Und du wirst auch meine Schafe nicht einfach erschießen, um sie loszuwerden, wenn wir erst einmal verheiratet sind?«

Er hob die Hand zum Schwur. »Ich schwöre bei Gott, daß ich den widerlichen Viechern nichts antun werde.«

Emily befeuchtete ihre Lippen mit der Zunge, und die Erinnerung an Tristans Kuß durchflutete ihren ganzen Körper. »Du hältst dich besser an deine Versprechungen«, warnte sie tapfer. »Denn wenn du mir oder meinen Schafen jemals etwas antust, werde ich dich nachts, wenn du schläfst, in die Bettdecke einnähen und dich mit der Bratpfanne grün und blau schlagen. Und wenn die Tiere im Frühjahr geschoren werden und ich die Schur verkauft habe, wirst du gut daran tun, deine Finger von *meinem* Geld zu lassen. Denn wenn du mich zu bestehlen versuchst, werde ich dich wie jeden gewöhnlichen Dieb erschießen.«

Tristan wich in gespieltem Entsetzen zurück. »Das sind ja mächtig schlimme Drohungen, Miss Emily! Ich glaube, du warst entweder zu lange in schlechter Gesellschaft, oder du liest zu viele Groschenromane.«

Emily wurde wieder rot. Tatsächlich hatte sie so etwas einmal gelesen, und die Geschichte war ihr so lebendig im Gedächtnis geblieben, daß sie die Worte der Romanheldin fast wörtlich zitiert hatte. »Ich meine, was ich gesagt habe«, antwortete sie trotzig.

Er hob abwehrend die Hände. »Ich glaube dir ja, und ich verspreche dir noch einmal, daß ich dich wie ein Ehrenmann behandeln werde – wenn du dich mir gegenüber wie eine Frau von Ehre verhältst. Abgemacht?«

Emilys Herz pochte wild. Sie zögerte einen Moment, bevor sie ihm die Hand darauf gab. Die Berührung durchzuckte sie wie ein Blitz, aber sie verzog keine Miene. »Abgemacht!« erklärte sie und traute ihren eigenen Ohren nicht.

»Du willst heiraten?« fragte Shay ungläubig. Er saß auf seinem Pferd und beobachtete Tristan, der ein anderes Stück Zaun reparierte. Fletcher, der im Morgengrauen mit einer Schlafdecke unter dem Arm auf Tristans Ranch aufgetaucht war, saß auf einem der beiden alten Klepper und zählte die Rinder der Herde.

Tristan wußte, daß er seinen Bruder mit seiner Ankündigung ernsthaft geschockt hatte. »Ja, ich nehme mir eine Frau. Ich dachte, daß Emily und ich am Sonntag nach der Messe die Ringe tauschen.«

Shay beugte sich etwas über den Rücken seines Pferdes und senkte die Stimme, obwohl niemand nahe genug war, um ihr Gespräch zu belauschen. »Aber du kennst diese Frau doch überhaupt nicht!«

»Ich habe mir schon einige Gedanken über sie gemacht – und ich verlasse mich auf mein Gefühl, das mich selten betrogen hat.«

Er strich mit seiner behandschuhten Rechten über den Nacken des Pferdes.

»Liebst du sie denn?«

»Ich bin nicht sicher«, erwiderte Tristan. »Aber ich weiß, daß ich Emily lieben könnte.«

»Angenommen, du irrst dich?«

»Angenommen, ich irre mich nicht? Ich will eine Familie haben wie du, Shay. Du müßtest das doch am besten verstehen.«

Shays Gesichtausdruck wurde ein bißchen weicher. »Ich hoffe nur, daß du keinen Fehler machst.«

»Das hoffe ich auch«, seufzte Tristan. »Aber nun sag mir endlich, was dich an so einem schönen Tag zu mir geführt hat.«

Shay rückte seinen Hut zurecht. »Zwei Dinge«, antwortete er. »Ich habe ein Telegramm vom Direktor des Staatsgefängnisses bekommen. Kyle senior ist vor zwei Tagen gestorben. Falls du also immer noch die Powder Creek

Ranch kaufen willst, solltest du dich sofort mit Tom Tudledge, Kyles Anwalt, in Verbindung setzen.«

»Und die zweite Sache?« fragte Tristan, nachdem Shay eine Weile geschwiegen hatte.

»Die betrifft Emilys Schafe. In der ganzen Gegend hat es sich inzwischen herumgesprochen, daß auf deiner Ranch eine Schafherde grast. Die anderen Viehzüchter sind außer sich und wollen die Herde vertreiben, bevor die Viecher alle Weiden hier in der Gegend ruinieren.«

Tristan hatte ja selbst nicht viel für die Schafe übrig, und er war auch nicht überrascht, daß es Probleme gab. Die hatte er ja selbst vorausgesehen. Aber die Schafe waren nun einmal auf seinem Land, und er hatte Emily praktisch versprochen, daß sie dort auch bleiben konnten. Außerdem konnte er es auf den Tod nicht ausstehen, wenn jemand versuchte, ihm Vorschriften zu machen. »Erklär den Leuten, daß sie sich nicht aufregen sollen«, sagte er mit einer Gelassenheit, die er gar nicht empfand. »Es ist *mein* Gras, das diese gefräßigen Wollknäuel bis auf die Wurzeln abfressen. Nur *meine* Rinder könnten also verhungern.«

Shay lehnte sich vor und stützte dabei seine Hand auf den Sattelknopf seines Pferdes. »Du weißt doch genau, daß es so einfach nicht ist«, seufzte er. »Die Viehzüchter argumentieren, daß es hier bald eine stinkende Schaf-Plage geben wird, wenn sie erst einmal eine Herde in der Gegend dulden. Die meisten der Rancher sind natürlich nur aufgeblasene Windbeutel, aber ein paar von den Jungs hatten in den letzten Jahren viel Pech. Die meinen es verflucht ernst, denn sie sehen ihre Existenz durch die Schafe bedroht. Du wirst mit Sicherheit Ärger bekommen, wenn du die Herde nicht schleunigst loswirst.«

Nichts hätte Tristan lieber getan, aber das Problem war, daß auch Emily gehen würde, wenn er die Herde von seinem Land verjagte. Und das wollte und würde er nicht zulassen. Außerdem hatte er ihr das Versprechen gegeben, daß er den gefräßigen Tieren nichts tun würde – was im Klartext hieß, daß er sich um sie kümmern mußte, als würden sie ihm gehören.

»Danke, daß du mich gewarnt hast«, meinte er und wechselte das Thema. »Wie geht es Aislinn und dem Baby in ihrem Bauch?«

Der Gedanke an die Geburt seines Kindes ließ Shay erbleichen, obwohl ihm die Freude und der Vaterstolz in den Augen abzulesen war. »Aislinn ist heute morgen nicht in den Laden gegangen, sondern sitzt zu Hause mit einem Kissen im Rücken auf der Veranda.«

Für eine so tatkräftige Frau wie Aislinn war das allerdings ungewöhnlich. »Laß es mich wissen, wenn es soweit ist. Ich bin schließlich noch nie zuvor Onkel geworden.«

»Ich bin auch noch nie zuvor Vater geworden«, stöhnte Shay. »Jedenfalls nicht, daß ich es wüßte.«

»Ach, du schaffst das schon, Bruderherz! Wenn du dein Söhnchen oder dein Töchterchen erst einmal im Arm hältst, wirst du alles andere vergessen.«

»Hm«, brummte Shay zweifelnd. »Paß auf dich auf – und auf diese Frau.« Er zügelte sein Pferd und ritt in Richtung Stadt davon.

Tristan nahm seine Arbeit wieder auf, aber er war mit seinen Gedanken woanders.

Die Schafe blökten nicht, sondern genossen das saftige Gras und das frische Quellwasser. Beides war reichlich vorhanden. Die ganze Szene war so friedlich, daß Emily, die die Tiere von einer kleinen Erhebung aus im Auge behielt, für einen kurzen Moment ihre Wachsamkeit vergaß und einschlummerte. Mr. Polymarr war irgendwo unterwegs, um Kaninchen fürs Abendessen zu schießen. Spud weckte seine Herrin, indem er sie aufgeregt mit der Schnauze anstupste. Hätte der Hund sie nicht gewarnt, hätten die fremden Reiter, die rücksichtslos über den Hügel kamen, Emily möglicherweise zu Tode getrampelt.

Sie sprang auf, zog ihren Achtunddreißiger, der in ihrer Hand zitterte, und richtete die Waffe auf die Brust des Anführers. Die Schafe drängten sich verängstigt aneinander und blökten laut. »Halt sie zusammen, mein Freund«, befahl sie dem Hund.

Spud zögerte, von ihrer Seite zu weichen, aber als sie ihren Befehl wiederholte, rannte er los und trieb die Tiere, die ihr Heil in der Flucht suchen wollten, zur Herde zurück. Emily betrachtete die sechs Reiter. Ihre Pferde hatten verschiedene Brandzeichen, aber Emily vermutete, daß die Bande von der Powder Creek Ranch kam.

»Was wollen Sie hier?« fragte sie und straffte entschlossen die Schultern.

Den Desperados schien die ganze Sache einen höllischen Spaß zu machen. »Wir wollen Sie nur von diesen Schafen befreien, Ma'am«, antwortete einer der Männer. Wie die meisten anderen trug er ein Gewehr bei sich, und Emily wußte, daß solche Leute ihre Waffen nicht zur Zierde trugen. Wenn es zu einer Schießerei kommen würde, wäre sie chancenlos. Vielleicht würde es ihr gelingen, den Anführer zu erschießen, aber in der nächsten Sekunde wäre sie auch tot.

Sie streckte den Arm mit dem Revolver ganz aus und wunderte sich, daß ihre Hand plötzlich ro ruhig war, obwohl ihr Herz aufgeregt klopfte. Gleichzeitig schob sie mit der flachen anderen Hand so routiniert wie ein erfahrener Schütze den Hammer zurück. *Wenn das mal nicht außer Kontrolle gerät,* flehte sie dabei stumm. »Reiten Sie zurück, woher Sie gekommen sind«, befahl sie mit erstaunlich fester Stimme. »Sonst bekommen Sie Ärger.«

Die Reiter schauten einander amüsiert an, und sie schienen von ihrer Drohung nicht im geringsten beeindruckt zu sein. Emily wußte, daß die sechs ein Blutbad unter ihrer

Herde anrichten würden, sobald sie die Hirtin ausgeschaltet hätten. Die Tiere würden elend verenden – und das konnte und würde Emily nicht zulassen.

»Sie können diese Viecher nicht beschützen, Ma'am«, sagte der Wortführer und tippte sich dabei höflich an den Hut. »Jedenfalls nicht allein«, fügte er hinzu.

In diesem Moment krachte ein Schuß, und die Kugel bohrte sich direkt vor den Vorderhufen des Pferdes in den Boden. Das Tier wieherte erschrocken und stieg auf die Hinterläufe, wobei es seinen überraschten Reiter beinahe aus dem Sattel geworfen hätte. Emily blickte über die Schulter. Sie erwartete, Tristan zu sehen, der zum nächsten Schuß bereit war, aber zu ihrer Enttäuschung – aber auch zu ihrer Erleichterung – erblickte sie Mr. Polymarr und Fletcher.

»Verschwindet«, rief Polymarr. Er sah aus wie Methusalems Großvater, aber die Art wie er dastand, wie er sein Gewehr hielt und wie er sprach, machte jedem deutlich, daß er es bitter ernst meinte. »Wir drei holen euch schneller aus dem Sattel, als ihr eure Pferde wenden könnt, um das Weite zu suchen.«

Ein Mann, der etwas außerhalb von Polymarrs Blickfeld stand, zog seinen Revolver. Bevor ihr Herz den nächsten Schlag tat, schoß Emily auch schon. Natürlich verdankte sie den Treffer ihrem Glück und nicht ihren Schießkünsten, jedenfalls durchbohrte ihre Kugel die rechte Hand des Desperados, der mit einem Aufschrei seine Waffe fallen ließ.

In diesem Moment sah Emily einen anderen Mann, der sein Gewehr wie eine Keule schwang. Sie sah den Kolben, der sich rasend schnell auf sie zubewegte und ihr in der nächsten Sekunde den Kopf zerschmettern würde. Sie wollte sich zu Boden werfen, aber ihr Körper war wie gelähmt. Da krachte der nächste Schuß, und der Angreifer flog rückwärts aus dem Sattel.

»Ich hatte euch gewarnt«, knurrte Polymarr und spuckte auf den Boden.

Die Schüsse, die Schreie und die Unruhe um sie herum hatten die Schafe natürlich in Aufruhr versetzt. Spud sprang bellend von einer Seite der Herde zur anderen und versuchte, die Tiere unter Kontrolle zu halten. Der Hund schien hin- und hergerissen zu sein zwischen seiner Pflicht als Hirtenhund und dem Wunsch, seiner Herrin beizustehen. Das Pflichtgefühl siegte.

Schweigend beobachtete Emily, wie die Männer den Toten aufs Pferd legten und dann so schnell verschwanden, wie sie gekommen waren. Aber sie gab sich keinen Illusionen hin. Diese Leute würden wiederkommen, allerdings würden es beim nächsten Mal mehr Männer sein, und sie würden geschickter vorgehen.

Mr. Polymarr und der Junge ritten zu ihr und schwangen sich von den beiden alten Gäulen, die Tristan sonst vor seinen Wagen spannte.

»Alles in Ordnung mit Ihnen, Miss?« fragte Fletcher. Sein Gesicht war mit Pickeln übersät, aber als Emily seine traurigen Augen sah, mit denen er sie freundlich ansah, wußte sie, daß dieser Junge in seinem Leben schon viel Schlimmes durchgemacht hatte.

»Ja«, erwiderte sie. Sie hätte ihm gerne irgend etwas Tröstliches gesagt, aber seine Körperhaltung verriet ihr, daß sie ihm besser nicht zu vertraulich begegnete. Sie wandte sich ab und sah Mr. Polymarr an. »Ich danke euch beiden. Wenn ihr nicht ...« Sie schwieg, denn sie wollte sich lieber nicht vorstellen, was dann passiert wäre.

Fletcher blickte über den Hügel, hinter dem die Reiter verschwunden waren. »Das waren Kyles Männer«, erklärte er. »Die holen Verstärkung und kommen wieder. Das ist so sicher wie das Amen in der Kirche.«

Polymarr nickte. Sein Gesicht war rot, er schwitzte, und sein Atem rasselte. Emily verkniff sich jedoch jede Bemerkung zu seinem Gesundheitszustand, denn auch er würde über ihre Fürsorge kaum sonderlich erfreut sein. »Nun geht es also los«, murmelte er und starrte Emily an. »Das hier war erst der Anfang, Miss, und der war noch harmlos.«

Die Sorgen um ihre Zukunft lasteten schwer auf ihr, und es fiel ihr nicht leicht, weiter an ihren Traum zu glauben. »Diese Leute sind keinen Deut besser als Gesetzlose. Ehrliche Männer versuchen nicht, ihren Willen mit Waffengewalt durchzusetzen.« Aber während sie das sagte, mußte sie an die Rancher denken, denen sie auf dem Trail von Montana begegnet war und die mit grimmigen Gesichtern und ihren Gewehren im Anschlag darauf geachtet hatten, daß Emily sich mit den Schafen nicht auf ihrem Territorium ansiedelte. Das waren keine Outlaws gewesen, sondern gesetzestreue Familienväter, Ehemänner, Brüder und Söhne, die in ihr und den Schafen eine Bedrohung für sich und ihre Familien gesehen hatten.

»Wir müssen die Viecher ins Tal treiben«, knurrte Polymarr und strich sich mit der Hand über sein unrasiertes Kinn. »Sie müssen näher beim Haus und beim Stall stehen.«

»Ich arbeite nicht mit Schafen«, erklärte Fletcher.

Emily ignorierte ihn einfach. »Das wird Tristan aber nicht gefallen«, meinte sie zu Polymarr.

»Natürlich nicht, Miss«, stimmte der Alte ihr zu und spuckte auf die Erde. »Aber wenn Sie die Tiere bis zum Frühjahr am Leben halten wollen, müssen Sie etwas unternehmen.« Er deutete mit der Hand in Richtung des Creek. »Wenn es erst dunkel ist, werden die Burschen von dort drüben kommen, und sie werden die Schafe abknallen. In diesem Gelände können wir wenig tun, um sie daran zu hindern.«

Bevor Emily darauf antworten konnte, bellte Spud wütend, und seine Herrin wirbelte kampfbereit herum.

Aus den Büschen ritt Tristan in gestrecktem Galopp auf die Gruppe zu, und Emily hätte ihn aus einem Reflex heraus beinahe erschossen.

»Was, zum Teufel, geht hier vor?« rief er und ließ sich gleichzeitig vom schweißglänzenden Rücken seines Wallachs gleiten, bevor das Tier überhaupt zum Stillstand gekommen war. Tristan mußte irgendwo weiter entfernt die Schüsse gehört haben und war sofort in aller Eile hergekommen.

»Wir hatten Besuch von der Powder Creek Ranch«, antwortete Polymarr. »Das war alles.« Er spuckte auf den Boden. »Zwei von ihnen haben wir umgenietet. Ich habe einen erschossen, und die Lady hier hat den anderen aus dem Verkehr gezogen.«

»Gütiger Himmel!« murmelte Tristan schweratmend. Es war zum ersten Mal, daß Emily Tristan fassungslos sah – aber sie kannte ihn ja auch noch nicht sehr lange, auch wenn er ihr in dieser kurzen Zeit schon einen Heiratsantrag gemacht hatte und sie ja gesagt hatte. Dann hatte er sich wieder unter Kontrolle und ging mit einem drohenden Schritt auf Emily zu. »Willst du etwa in Kauf nehmen, daß man dich wegen dieser blöden Schafe umbringt?«

Sie wich keinen Millimeter zurück, obwohl sie von seiner Haltung eingeschüchtert war. »Ja«, erwiderte sie. »Für mich sind die Schafe ebenso wichtig wie die Rinder für dich.«

Er riß sich den Hut vom Kopf und schlug ihn wütend gegen seinen Oberschenkel. Aus den Augenwinkeln sah Emily, daß Mr. Polymarr und Fletcher zurückwichen, um sich vor Tristans Wut in Sicherheit zu bringen. Sein Haar glänzte im Sonnenschein wie gesponnenes Gold, obwohl es verschwitzt und voller Staub war. »Verflucht noch mal«, knurrte er. »Du bist wirklich die uneinsichtigste Frau auf Gottes Erdboden!«

»Ich will nur mein Eigentum beschützen, wie du es auch tun würdest.«

Tristan schloß einen Moment die Augen und fuhr sich mit der Hand durch die Haare. Es war ihm deutlich anzumerken, daß er sich bemühte, die Geduld und Beherrschung nicht vollkommen zu verlieren. »Es war ein böser Fehler, daß du eine Schafherde ins Rinderland gebracht hast. Wer weiß, was nun noch alles passieren wird.«

»Es wird zu einem schmutzigen Grabenkrieg kommen«, mutmaßte Polymarr aus sicherer Entfernung.

»Willst du etwa sagen, ich hätte ruhig dastehen und zusehen sollen, wie diese Männer meine Schafe vertreiben oder vielleicht sogar töten?« fragte sie Tristan.

»Natürlich nicht!«

»Dann verrate mir doch, was ich hätte tun sollen? Was hättest *du* denn getan?«

Er öffnete den Mund, schloß ihn aber gleich wieder, denn offensichtlich fiel ihm darauf keine Antwort mehr ein. Er drehte sich einfach um, stapfte wütend zu seinem Pferd und schwang sich in den Sattel.

»Was ist nun mit den Schafen?« wollte Polymarr wissen. Sein Blick wanderte zwischen Emily und Tristan hin und her. »Wenn wir sie hier oben lassen, können wir sie auch gleich selbst abschlachten.«

»Treibt die Herde auf die untere Weide«, fauchte Tristan. Sein Blick war hart wie Stahl. »Ich knöpfe mir inzwischen mal die Kerle vor, die uns einen Besuch abgestattet haben.«

Emily sprang vor und fiel ihm in die Zügel, bevor er losreiten konnte. »Nein«, rief sie und atmete schwer. »Tu das nicht, Tristan! Diese Männer könnten dich umbringen.« Es fiel ihr nicht schwer, ihm so deutlich zu zeigen, daß sie Angst um ihn hatte.

Tristan blickte Emily tief in die Augen. »Das ist gut möglich«, erwiderte er ruhig. »Aber niemand – *niemand* – reitet auf mein Land und stößt wüste Drohungen aus.«

Sie legte ihre Hand auf seinen Oberschenkel und spürte die festen Muskeln. »Geh nicht allein«, flehte sie. »Reite zuerst in die Stadt und nimm deinen Bruder mit.«

»Nein.«

»Aber er ist der Marshal. Es gehört zu seinen Aufgaben, solche Streitigkeiten zwischen Nachbarn zu schlichten.«

»Er hat eine Frau, die ein Baby erwartet. Aislinns Brüder und Miss Dorrie sind ebenfalls von ihm abhängig. Ich werde nicht wegen ein paar Schafen sein Leben in Gefahr bringen.«

»Dann nimm mich mit«, bat sie.

Er blickte sie eine ganze Weile an. Sein Blick wurde weich. »Kümmere du dich um deine Schafe, mein kleiner Trotzkopf.« Seine Stimme klang liebevoll. Dann ritt er in Richtung Powder Creek Ranch davon, und Emily blieb voller Angst und Schuldgefühle zurück.

5

Tristan war noch nicht weit gekommen, als sein Wallach zu lahmen begann. Vielleicht war das eine Fügung des Himmels, vielleicht war es einfach Pech, aber wie auch immer, im Augenblick konnte er nichts tun, als umzukehren. Er würde ein anderes Mal zur Powder Creek Ranch reiten – und damit würde er sich nicht allzuviel Zeit lassen.

Vorsichtig kratzte er einen scharfkantigen Stein aus dem Huf des Tieres, der das darunterliegende empfindliche Fleisch verletzt hatte. Zu Fuß machte er sich auf den Rückweg, wobei er den Wallach am Zügel hinter sich führte. Es war klar, daß er nur langsam vorwärtskam, aber es war nicht so langsam, daß er nicht irgendwann die Schafe eingeholt hätte, die sich, dicht aneinandergedrängt wie eine schmutziggraue Wolke, ins Tal bewegten. Der Wallach schnaubte und tänzelte nervös auf drei Beinen, und Tristan mußte sein ganzes Können aufbieten, um das Tier zu beruhigen.

Tristan und Emily wechselten einen Blick, als er zur Herde aufschloß, aber keiner von beiden sagte etwas – in dem Geblöke der Schafe wäre sowieso jedes Wort untergegangen.

Ein Gentleman, dachte er, würde helfen, die dummen Kreaturen auf ihre neue Weide zu treiben, aber heute fühlte sich Tristan nicht in der Verfassung, sich wie ein Gentleman aufzuführen. Er hatte Emily gebeten, seine Frau zu werden – und er begehrte sie noch mehr, als er sich eingestehen wollte, aber seit er ihr den Heiratsantrag gemacht hatte, fragte er sich, ob er eigentlich noch ganz klar im Kopf war.

Blitzhochzeiten waren hier im Westen nicht ungewöhnlich, denn ledige Frauen – und noch dazu hübsche – waren eine Seltenheit. Häufig kam es vor, daß die Braut mit einem Baby im Arm oder zumindest mit einem gewölbten Bauch vor den Altar trat. Tristan hatte sich vorgenommen, daß bei ihm alles anders ablaufen sollte. Wenn er eine Frau gefunden hatte, die er heiraten wollte, würde er seine Lust und sein körperliches Verlangen zurückstellen. Er würde dieser Frau den Hof machen, wie es sich für einen Ehrenmann gehörte. Er würde ihr Blumen bringen, sie mit Geschenken überhäufen und sie mit Liebesworten umschmeicheln, aber er würde erst mit ihr schlafen, wenn sie seine rechtmäßig angetraute Ehefrau war. Das erste Kind sollte frühestens erst nach neun Monaten geboren werden, damit kein Makel auf dem Namen des Jungen lag – er wünschte sich als erstes Kind einen Sohn, damit der später mal ein Auge auf seine jüngeren Schwestern haben würde und sie beschützte, wenn Tristan nicht in der Nähe sein könnte.

Aber dann war ihm Emily begegnet, und Tristan wußte einfach nicht, wie er seine Lust und sein Verlangen zügeln sollte. Er sehnte sich nach ihr, wie er sich noch nie nach einer Frau gesehnt hatte. Und viel Zeit, ihr angemessen den Hof zu machen und um sie zu werben, blieb ihm auch nicht, denn sie wollten sich ja schon am kommenden Sonntag vor einem Priester das Jawort geben.

Er führte den Wallach in den Stall und griff nach einer Forke, mistete den Stall aus und streute frisches Stroh auf den Boden. Danach säuberte er die Wunde am Huf und trug eine dicke Schicht Salbe auf. In der Zwischenzeit hatten Emily, Polymarr, der Hund und Fletcher – leise murrend, aber sehr effektiv – die Schafe auf die beste Weide der Ranch getrieben, wo sie nun zusammen mit den Rindern grasten. Tristan schüttelte den Kopf, fluchte leise und ging ins Haus.

Er entschied, sich erst einmal gründlich zu waschen. Dann würde er mit einem der alten Klepper in die Stadt reiten. Er brauchte mehr Pferde und mehr Männer, denn allein konnte er es nicht mit den Rowdies der Nachbar-Ranch aufnehmen. Sicher, da war noch Polymarr, aber der war schon ein alter Mann, der unter Rheuma litt. Und Fletcher würde auch nach Kräften helfen, aber er war noch jung und unerfahren. Und Emily … Wenn es zu einem Kampf kommen würde, wollte er sie auf keinen Fall dabeihaben. Das würde er ihr auch klarmachen, und er würde in diesem Punkt keinen Widerspruch dulden.

Während des langen Fußmarsches über die Hügel war Tristan natürlich auch der Gedanke gekommen, daß es noch einen anderen Weg gab, um den Streit mit der Bande zu beenden. Da Kyle ja tot war und keine Erben hatte, konnte er die Ranch kaufen und die ganze Bande, die sich auf dem Land herumtrieb, zum Teufel jagen.

Der Preis für die Powder Creek Ranch würde zweifellos sehr hoch sein, aber das wäre kein Problem für Tristan. Er hatte genug Geld, weil er in den letzten Jahren klug investiert hatte. Auch seine Kutschlinie hatte er mit einem hübschen Profit verkauft. Er hatte immer sorgfältig vermieden zu erwähnen, woher überhaupt das Geld für die Kutschlinie gekommen war. Die Zeit, in der er sich das Geld verdient hatte, lag schon lange zurück. Sie war Vergangenheit, an die er nicht gern dachte und über die er noch weniger gern sprach. Er hatte es auch nicht an die große Glocke gehängt, daß er ein wohlhabender Mann war, und deshalb hatte er sich bislang auch mit den beiden alten Schindmähren begnügt. Aber nun sah die Sache anders aus.

Er lächelte, als er zwei Eimer mit heißem Wasser aus dem Reservoir über dem Ofen zapfte und die Eimer ins Freie zur Bank trug, wo er sich meistens wusch, weil er dabei nach Herzenslust um sich spritzen konnte. Wenn er das im Haus machte, stand nachher immer die halbe Küche unter Wasser. Er zog sein Hemd aus, hängte es an einen Haken an der Hauswand und seifte sich ein. In diesem Moment kam Emily um die Ecke und blieb verdutzt stehen.

Wieder fluchte Tristan, aber nur ganz leise, so daß sie es nicht hören konnte – es war auch nur ein harmloser Fluch.

»Ich bin froh, daß du zur Vernunft gekommen bist und nicht allein zur Nachbar-Ranch geritten bist«, sagte sie. »Diese Männer hätten dich kaltblütig umgebracht.«

Tristan schüttete sich einen Eimer Wasser über den Kopf, um zusammen mit der Seife auch den Schweiß und den Straßenstaub abzuspülen. »Ich wäre jetzt drüben«, erklärte er betont sachlich, »wenn mein Pferd nicht gelahmt hätte.« Das Blut stieg Emily in den Kopf und rötete ihre Wangen. Er liebte es, wenn sie so reagierte – es war für ihn ein noch schöneres Gefühl, als beim Pokern einen *Royal Flash* auf den Tisch zu blättern.

»Dann bist du ein Narr!«

»Darüber möchte ich mit dir nicht streiten.« Er nahm den zweiten Eimer und goß ihn sich schwungvoll über den Kopf. Seine Hose war natürlich patschnaß – und er war erregt, was nicht zu übersehen war. Er war sich auch nicht sicher, ob er diese Tatsache überhaupt verbergen wollte. »Ich werde nachher nach Prominence reiten«, sagte er. »Dort werde ich dann auch mit dem Priester wegen unserer Hochzeit sprechen – es sei denn, du hast deine Meinung inzwischen wieder geändert.«

Sie schaute Tristan kurz an, blickte dann verlegen zur Seite und sah ihn wieder an. »Ich habe meine Meinung nicht geändert«, antwortete sie.

Gut, daß sie so stur ist, dachte er – auch dafür liebte er sie. »Hör zu«, meinte er, und trotz seiner lässigen Haltung klang seine Stimme plötzlich todernst. »Falls irgend jemand zur Ranch kommt, während ich in der Stadt bin, und Ärger machen will, wirst du die Schafe ihrem Schicksal überlassen und dich mit Polymarr und Fletcher im Haus verschanzen. Du magst zwar närrisch genug sein, dein Leben für ein bißchen Lammfleisch und künftige Wollunterwäsche zu opfern, aber das kannst du nicht von dem alten Mann oder dem Jungen erwarten. Habe ich mich klar und verständlich ausgedrückt?«

Sie schluckte und nickte dann. Es schmerzte ihn zu sehen, daß sie ihr eigenes Leben offenbar geringer schätzte als das der beiden Männer, die ihr doch vollkommen fremd waren.

Tristan gab ihr einen Kuß auf die Stirn. »Ich komme so schnell wie möglich zurück. Kann ich dir irgend etwas aus dem Laden mitbringen?«

Sie verzog das Gesicht zu einem schelmischen Lächeln. »Vielleicht etwas fürs Abendessen – ich meine, außer Eiern. Mr. Polymarr war dabei, Kaninchen zu jagen, bevor die Outlaws kamen, aber er hatte kein Glück.«

»Er kann sich glücklich schätzen, daß er die ganze Sache überlebt hat. Und du auch, Emily. Paß also bitte auf dich auf.«

Sie nickte, und er ging ins Haus, stieg die Treppe zu seinem Zimmer hoch und zog sich eine trockene Hose und ein sauberes Hemd an. Dann kämmte er sich sein immer noch feuchtes Haar und trat wieder ins Freie. Fletcher saß auf dem kleinen Pferd, das er den ganzen Tag geritten hatte. Polymarrs Pferd hielt er am Zügel für Tristan bereit.

»Ich dachte mir, Sie wollten vielleicht Gesellschaft haben«, sagte der Junge.

Tristan war angenehm berührt, aber er zeigte es Fletcher nicht, denn er hatte schon mitbekommen, daß dem Jungen alle Gefühlsäußerungen peinlich waren. »Du bleibst besser hier«, meinte er kühl, während er die Zügel des zweiten Pferdes nahm und sich in den Sattel schwang. »Einer von uns muß schließlich auf Miss Emily aufpassen – und auf den alten Mann.«

Fletcher wollte protestieren, aber er schluckte nur und nickte. »Sie werden mehr Männer als Polymarr und mich brauchen, wenn Sie verhindern wollen, daß die Schafe abgeschlachtet werden«, bemerkte der Junge scharfsinnig. »Und gute Männer dürften hier in der Gegend schwer zu finden sein, denn die Cowboys stehen wohl alle auf der Seite der Rinder-Züchter.«

»Damit dürftest du recht haben«, gab Tristan seufzend zu. »Aber ich werde schon genug Leute zusammenbringen, um eine Herde von blöden Schafen zu bewachen. Feg du auf jeden Fall die Baracke aus, denn ich komme auf keinen Fall allein zurück.

Während er so schnell wie möglich auf dem alten Klepper nach Prominence ritt, fragte sich Tristan, wie er überhaupt in diese verzwickte Lage gekommen war. Er war schließlich selbst ein Rinder-Züchter und verstand die Position der Rancher nur zu gut. In dieser Gegend hatte man keine Verwendung für Schafe – ausgenommen in Form von guter, wärmender Wolle. Aber die Antwort auf seine Frage fiel ihm nicht schwer: Ein Blick auf Miss Emily Starbucks groben Umhang, auf ihren schäbigen Schlapphut und ihre abgetragenen Stiefel hatte ausgereicht, um ihn um den Verstand zu bringen.

Mit Vernunftsgründen konnte man so etwas nicht erklären.

Emily besaß ein Kleid aus blauem Leinen, das sie zusammengerollt in ihre kleine lederne Reisetasche gestopft hatte, in der sie ihre wenigen Besitztümer mit sich trug. Viel war es wirklich nicht. Eine Haarbürste mit einem Schildpatt-Griff, der allmählich die Borsten ausgingen, ein Miederhemdchen, das schon ziemlich abgetragen war und eine cremefarbene Unterhose, die ihr bis zu den Knien reichte. Außerdem besaß sie noch ein zerfleddertes Büchlein, in dem schon viele Seiten fehlten. Aber das war nicht weiter wichtig, denn Emily hatte die Geschichte schon so oft gelesen, daß sie sie auswendig kannte. Es war ein Liebesroman. Die Geschichte handelte von einem gutaussehenden Outlaw und einer eleganten Lady aus dem Osten. Besonders liebte Emily die Stelle, an der die Heldin den Grobian ins Bettzeug einnähte und ihn mit der Bratpfanne grün und blau schlug – was Emily ja auch Tristan angedroht hatte.

Nachdem Spud, Mr. Polymarr und Fletcher die Schafe versorgt hatten, hatte Emily den Horizont nach möglichen Angreifern abgesucht. Da nichts Auffälliges zu bemerken gewesen war, war sie ins Haus gegangen. Sie schürte das Feuer im Herd und erhitzte Wasser. Im Abstellraum neben der Küche gab es einen runden Badezuber aus Kupfer, den sie nach oben in eines der leeren Zimmer schleppte. Emily legte sich Seife, einen Waschlappen und ein Handtuch zurecht – diese Sachen hatte sie in der Kommode in Tristans Zimmer gefunden – und begann, Eimer mit heißem Wasser nach oben zu tragen. Als die Wanne endlich halbvoll war, war eine gute Stunde vergangen.

Emily klemmte eine Stuhllehne unter die Türklinke, zog sich aus, stieg in das Badewasser und ließ sich zurücksinken. Es war eine Wohltat, und sie genoß den Luxus eine kleine Weile, obwohl sie eigentlich keine Zeit verlieren durfte. Tristan konnte jederzeit zurückkommen, und bis dahin wollte sie fertig sein. Sie seifte sich ein und schrubbte sich gründlich. Dann trocknete sie sich ab und schlüpfte in ihr Kleid.

Die Wanne zog sie Stufe für Stufe die Treppe herunter, denn zum Tragen war sie zu schwer. Sie leerte das Wasser neben der Küche aus und verstaute die Wanne an ihrem alten Platz. Dann lief sie wieder nach oben, kämmte sich die Haare durch und flocht sie zu einem breiten Zopf. Dann warf sie einen prüfenden Blick in Tristans Rasierspiegel, fand sich ganz präsentabel und eilte in die Küche zurück.

Emily durchsuchte die Regale und Vorratsschränke und fand alles, was sie brauchte, um Biskuits zu backen. Sie hatte ja bei dem Essen bei Aislinn gesehen, daß Tristan ganz versessen auf frische Biskuits war. Sie rollte eben den Teig auf dem Küchentisch aus, als Fletcher an die offene Tür klopfte.

»Ma'am?«

Sie lächelte den Jungen freundlich an, aber ein Teil ihrer Hochstimmung verflog, als sie an die Schafe dachte und daran, daß die Banditen vielleicht schon in diesem Moment auf eine Gelegenheit warteten, ihre Herde abzuschlachten. »Ist alles in Ordnung, Fletcher?«

»Ja, Ma'am.« Seine Stimme kiekste, als ob der Junge im Stimmbruch wäre. Offenbar war er noch jünger, als Emily angenommen hatte. »Polymarr hat mich geschickt, um nach Ihnen zu sehen.« Er betrachtete ihr Kleid und die ordentlich frisierten Haare. »Sie sehen vollkommen verändert aus, Ma'am. Ich hätte Sie fast nicht erkannt.«

Emily wandte sich schnell ab, denn sie wollte nicht, daß Fletcher sah, wie sie errötete. »Hier ist alles in Ordnung«, murmelte sie.

Der Junge erinnerte sich, daß er seinen Hut noch auf dem Kopf hatte, und nahm ihn hastig ab. »Sie ... Sie sehen wirklich toll aus, Ma'am.«

»Danke, Fletcher, das ist sehr freundlich von dir. Wenn das Essen fertig ist, werde ich etwas rüberbringen.« Allerdings war sie nicht sicher, ob sie dieses Versprechen würde halten können, denn erstens hing es davon ab, daß Tristan zurückkam, und zweitens war es ja noch nicht sicher, ob er an die Lebensmittel gedacht hatte. Er hatte schließlich wichtigere Dinge im Kopf. Emily wäre schon glücklich gewesen, wenn er erst wieder gesund zurück gewesen wäre.

Die Sonne war untergegangen, und Emily begann, die Lampen im Haus zu entzünden, als sie draußen Geräusche hörte. Sie nahm ihren Achtunddreißiger und ging ins Freie, um nachzusehen.

Tristan war mit acht kräftigen Pferden zurück, die von Indianern geritten wurden. Er grinste sie schräg an, löste ein Jutesäckchen von seinem Sattel und reichte es ihr. »Da sind zwei Hühner drin und noch ein paar andere Sachen.« Mit dem Daumen deutete er auf die Indianer. »Unsere neuen Schafhirten brauchst du nicht zu bekochen. Sie ziehen es vor, sich selbst zu verköstigen.«

Emily drückte das Bündel fest an die Brust und war ungeheuer erleichtert. Nicht, weil es nun geschmorte Hühner zum Abendessen geben würde, sondern weil Tristan wieder heil und unversehrt nach Hause gekommen war. »Hast du Neuigkeiten von Aislinn?« fragte Emily, nachdem sich ihr Herzschlag normalisiert hatte.

»Doc Yancy ist bei ihr.«

»Und geht es ihr gut?«

Tristan sprang aus dem Sattel und sprach kurz mit einem der Indianer, der mehrmals nickte. Dann wandte Tristan sich wieder Emily zu. »Aislinn ist jedenfalls in besserer Verfassung als Shay«, erwiderte er. »Er ist vollkommen mit den Nerven fertig. So habe ich meinen Zwillingsbruder noch nie erlebt.«

Plötzlich wurde ihr bewußt, daß die bevorstehende Geburt im Hause McQuillan doch ein zu intimes Thema war, um darüber in Anwesenheit von acht Indianern zu sprechen. Sie nickte Tristan kurz zu und huschte ins Haus zurück.

Emily öffnete den Jutesack auf dem Küchentisch. Die beiden Hühner waren schon gerupft und ausgenommen. Außerdem fand sie eine Büchse Schmalz, Hefe und

Gewürze, ein Päckchen Tee, ein Dutzend Kartoffeln und mehrere Dosen mit grünen Bohnen. Dann gab es noch ein kleines Päckchen, das in Papier geschlagen und mit einem bunten Band umwickelt war. In dem Päckchen befanden sich vier nagelneue Liebesromane. Ihre Augen füllten sich mit Tränen, denn für einen kurzen Moment stellte sie sich vor, daß dies ein Geschenk für sie wäre. Sie konnte sich nicht daran erinnern, wann ihr zuletzt jemand etwas geschenkt hatte – abgesehen natürlich von dem Erbe, für das sie ihrem Onkel dankbar war, auch wenn sie damit mehr Probleme hatte, als ihr lieb sein konnte.

Es gelang ihr jedoch nicht, sich vorzustellen, daß Tristan Bücher mit Titeln wie »Vivian und der Sultan« las oder daß er in »Ein zärtliches Herz« schmökerte. Er besaß eine Reihe von Büchern, die auf einem Regal über seinem Schreibtisch standen und die in feinstes Leder gebunden waren. Tristan schien Geschichte, Mathematik und anspruchsvolle Literatur zu bevorzugen.

Sie legte die vier schmalen Bändchen zur Seite und richtete ihre Aufmerksamkeit auf das Abendessen. Als es fertig war, trat sie zur Tür und rief nach Tristan. Es war ein bittersüßes Vergnügen. Süß, weil sie so tun konnte, als hätte sie ein Heim und eine Familie, als wäre ihr Leben in bester Ordnung, bitter, weil es nun einmal leider nicht so war.

Tristan wusch sich die Hände am Brunnen und kam dann mit Mr. Polymarr und Fletcher ins Haus. Die beiden trugen ihre Hüte in den Händen, und ihre Gesichter waren rot, weil auch sie sich vor dem Essen gründlich geschrubbt hatten – was sie sonst wahrscheinlich so gut wie nie taten. Emily, die schon zwei Teller gefüllt hatte, die sie den Männern hatte bringen wollen, lächelte und machte am Tisch für die beiden Platz.

Es war ein Festessen, das Emily gezaubert hatte. Die Hühner waren knusprig gebraten. Dazu gab es Kartoffeln, grüne Bohnen, eine herrliche Soße – und die noch warmen Biskuits. Die drei Männer aßen langsam und schweigend, und Emily freute sich, daß ihnen das Essen so gut schmeckte. Sie war eine gute Köchin, aber es war schon lange her, seit sie zuletzt für jemanden gekocht hatte – und sie merkte, wieviel Spaß ihr das machte.

Schließlich wischte sich Mr. Polymarr den Mund mit dem Ärmel seines Hemdes ab und nahm sich den letzten Biskuit, gerade als Tristan danach greifen wollte. »Sie sollten die Rothäute besser gut im Auge behalten, Mr. St. Lawrence. Ihnen steht ein langer, harter Winter bevor, und sie haben eine Menge Mäuler zu stopfen. Könnte sein, daß ihnen die Schafe da gerade gelegen kommen.«

Tristan und Emily wechselten einen Blick. In seinen Augen lag dieses unwiderstehliche Lächeln, bei dem ihr immer ganz anders wurde.

»Man soll die Hoffnung nie aufgeben, Polymarr«, meinte er philosophisch. »Manchen Menschen vertraue ich ganz einfach – ich weiß selbst nicht, wieso. Und was die Indianer betrifft, da habe ich ein ausgesprochen gutes Gefühl.«

Emily dachte daran, daß sie diesen Mann am nächsten Sonntag heiraten würde, daß sie hier in diesem Haus leben würden, daß sie ihre Mahlzeiten gemeinsam einnehmen und zusammen Pläne schmieden würden. Sie würden alles miteinander teilen – und natürlich irgendwann auch das Bett. Bei dieser Vorstellung errötete sie, und deshalb erhob sie sich schnell, um den Tisch abzuräumen.

Im nächsten Moment stand Tristan mit seinem leeren Teller neben ihr. Er hatte ihre Kochkünste gebührend gelobt, aber er hatte weniger gegessen als der Junge und der Alte. »Laß nur«, sagte er, »ich mache das schon.«

Emily hatte noch nie einen Mann getroffen, der im Haushalt auch nur einen Finger krumm gemacht hätte.

Natürlich war ihr klar, daß Tristan vor kurzem die Hausarbeit noch selbst erledigt hatte, denn er hatte ja allein gelebt. Das Haus war jedenfalls picobello in Schuß.

»Du hast genug gearbeitet«, fuhr er fort. »Setz dich da drüben beim Kamin in den Sessel und ruh dich aus.« Er stellte seinen und Emilys Teller in die Spüle und griff nach den vier Romanen, die sie auf dem Sideboard abgelegt hatte, damit sie ihr beim Kochen nicht im Weg waren und schmierig wurden. »Diese Bücher sind erst letzte Woche mit der Kutsche aus Sacramento angekommen, hat mir Dorrie McQuillan erzählt. Viel Spaß beim Lesen!« Damit drückte er Emily die Büchlein in die Hand.

Sie starrte das Geschenk an und war vollkommen verwirrt.

»Besonders interessant fand ich die Geschichte des Dienstmädchens, das Kunstreiterin in einer Westernshow wird und schließlich einen Grafen heiratet.«

Emily traten Tränen in die Augen, aber das merkte sie erst, als sie Tristan anschaute und ihn plötzlich nur noch ganz verschwommen sah. »Ich ... ich weiß gar nicht, was ich sagen soll«, stammelte sie. »Ich ... ich kann dir nur danken.«

Mit seinem schrägen Grinsen brachte er sie wieder auf den Boden der Tatsachen zurück. »Ein ›Danke‹ genügt mir völlig.« Dann nahm er die Teller der beiden Männer – Polymarr und Fletcher hatten sich irgendwann unbemerkt verdrückt – und stellte sie zu den anderen in die Spüle. »Bevor ich den Abwasch mache, will ich noch einmal kurz nach unseren neuen Männern sehen.«

Sie nickte nur, aber sie war froh, daß er die Indianer als »unsere neuen Männer« bezeichnete und nicht so abfällig über sie sprach, wie Mr. Polymarr es getan hatte.

Tristan berührte ihre Wange mit seinem Handrücken. Dann zog er sie zärtlich am Zopf. »Du bist eine wunderschöne Frau, Emily Starbuck«, sagte er leise und mit rauher Stimme. Wenn er sie auf beide Wangen geküßt hätte, hätte die Wirkung auf sie nicht stärker sein können.

Emily biß sich auf die Unterlippe. Er gab ihr das Gefühl, in Samt und Seide gekleidet und mit Juwelen geschmückt zu sein, obwohl sie doch nur ein selbstgeschneidertes, einfaches Baumwollkleid trug. Sie versuchte, sich klarzumachen, daß Tristan ein Charmeur war, ein Mann, der Frauen mit Worten verzaubern konnte, aber das änderte nichts daran, daß sie sich unwiderstehlich zu ihm hingezogen fühlte. Wenn sie je einen Mann hatte haben wollen, dann war es Tristan Saint-Laurent.

Sie wollte gerade ihrem Verlangen nachgeben und ihre Arme um seinen Nacken schlingen, als er sich umdrehte und sie mit ihren Liebesromanen in der Hand vor der Spüle stehenließ.

Eine ganze Weile rührte sie sich nicht vom Fleck.

Die Indianer – es waren Angehörige verschiedener Stämme – hatten ihr Lager am Rande der Weide aufgeschlagen. Sie hatten ein Feuer gemacht, und der Geruch von geröstetem Fleisch, Rauch und Gras vermischte sich mit dem der Schafe. Falls sie sich eines der Schafe zum Abendessen brieten, dachte Tristan, sollte es ihm recht sein.

Spud sprang auf Tristan zu, bellte einmal freundlich und leckte ihm die Hand. Das Tier hatte ihn als seinen Herrn akzeptiert. Tristan begrüßte den Hund, indem er ihm über das struppige Fell strich und ihn hinter den Ohren kraulte, während er leise auf ihn einredete.

Polymarr trat aus dem Schatten der Scheune. In den Händen hielt er sein Gewehr, ohne das er kaum noch einen Schritt tat. Es war schon ernüchternd, diesen alten Mann zu sehen, der mit einem geladenen Gewehr durch die Dunkelheit schlich, denn das erinnerte Tristan unmißverständlich daran, daß jeden Augenblick ein Haufen wilder

Reiter angreifen konnte. »Diese verdammten Rothäute grillen einen Hund oder so was«, knurrte Polymarr und spuckte verächtlich auf die Erde.

»Was sie essen, ist ihre Sache«, erwiderte Tristan leicht verärgert. »Haben sie Posten aufgestellt?«

Der Alte nickte zögernd. »Tatsache ist, daß es für mich und den Jungen nicht mehr viel zu tun gibt.«

»Du hast dir deine Nachtruhe redlich verdient. Warum legst du dich nicht in die Baracke und schläfst ein paar Stunden?«

» ... und riskiere dabei, daß mir diese Wilden die Haare abschneiden?«

Tristan lachte leise. »Das Risiko ist nicht besonders groß, denn du hast ja kaum noch Haar, die sie dir abschneiden könnten.«

Fletcher trat zu ihnen. Er wagte es nicht, Tristan in die Augen zu sehen, was nicht weiter verwunderlich war, wenn man bedachte, wie der Junge während des Essens Emily angestarrt hatte. Tristan konnte ihm das allerdings nicht übelnehmen, denn sie war ja wirklich ein hübscher Anblick.

»Ist es nicht gefährlich, daß die Indianer bewaffnet sind, Sir?«

»Wie sollen sie denn kämpfen und sich verteidigen, falls wir heute nacht ungebetene Besucher bekommen?« erwiderte Tristan ungeduldig. »Kümmert ihr euch um eure Sachen, und laßt die Indianer in Ruhe! Die wissen schon, was sie zu tun haben.«

Polymarr machte ein skeptisches Gesicht und kratzte sich am Kinn. »In meinen jungen Jahren habe ich oft gegen die Roten gekämpft, und das war nicht gerade angenehm. Da ist mir natürlich schon der eine oder andere Zwischenfall im Gedächtnis hängengeblieben. Vielleicht bin ich ja ungerecht, aber ... Sind Sie wirklich sicher, daß die mir nicht im Schlaf die Kehle durchschneiden, Mr. St. Lawrence?«

»Ich schätze, das hängt ganz davon ab, wie laut du schnarchst, Polymarr«, erwiderte Tristan und ging mit dem Hund weiter, während die beiden Männer zur Schlafbaracke liefen. Tristan umrundete die Schafherde und überzeugte sich davon, daß die Wachen Posten bezogen hatten. Dann kehrte er langsam zum Haus zurück, das er in Gedanken nie verlassen hatte.

Er füllte das Becken mit heißem Wasser aus dem Reservoir und begann, das Geschirr zu spülen, wobei er ständig Emily im Auge behielt, die vor dem Kamin in einem Sessel saß und in eines der Bücher vertieft war, das er ihr geschenkt hatte. Er fand es seltsam, daß sie sich so in die Geschichten von Romanfiguren hineinversetzen konnte, wo doch ihr eigenes Leben derzeit ein einziges Abenteuer war. Wie viele Frauen konnten schon allein mit Hilfe eines Hundes eine Schafherde von Montana nach Kalifornien treiben? Und wie viele Frauen hätten sich so mutig einem wilden Haufen Männer entgegengestellt, um ebendiese Herde zu beschützen, so, wie Emily es heute in den Bergen getan hatte? Er dachte, daß Emily Starbuck eher solche Bücher schreiben als sie lesen sollte.

Als er zwanzig Minuten später zu ihr ging, blickte sie von ihrer Lektüre auf. Ihre Augen waren groß und leuchtend. »Woher wußtest du, daß das Dienstmädchen erst eine Kunstreiterin wird und dann einen Grafen heiratet?«

Im ersten Moment war ihm gar nicht klar, worüber sie redete, denn ihm gingen so viele Dinge gleichzeitig im Kopf herum. Dann erinnerte er sich. Sie sprach von dem Roman, den sie gerade gelesen hatte! »Ich habe das Buch überflogen, während Dorrie meine Sachen zusammengesucht hat. Sie wird übrigens morgen mit einem Wagen herkommen, um die restlichen Lebensmittel, die ich geordert habe, zu liefern.«

»Du hast diesen Roman gelesen?« Emilys Augen wurden noch größer, und sie blickte zu den Büchern mit den ledergebundenen Rücken, die im Regal über Tristans Schreibtisch standen.

»Natürlich! Warum denn nicht? Für mich ist ein Buch ein Buch und eine Geschichte eine Geschichte. Und diese war wirklich spannend und hat mir gut gefallen.«

Plötzlich begann sie zu lachen, leise und melodisch und sehr feminin. Tristan spürte, daß er auf einmal ganz schüchtern wurde, ein Wesenszug, den er bisher noch nicht an sich bemerkt hatte. Gewöhnlich war er nie um Worte verlegen, aber jetzt schien er die Sprache verloren zu haben. Auf dem Hof war Hufgeklapper zu hören – die Erfahrung sagte ihm, daß es nur ein einzelner Reiter war –, und so hatte er eine glaubwürdige Ausrede, das Haus zu verlassen.

Draußen sah er seinen Bruder, der gerade vom Pferd sprang. Shays Gesicht strahlte heller als der hellste Vollmond. »Es ist ein Mädchen!« rief er triumphierend.

Tristan gratulierte ihm und schlug ihm dabei kräftig auf die Schulter. Dann fragte er ernst: »Wie geht es Aislinn?«

Shays Gesicht wurde weich, als Tristan den Namen der Frau erwähnte, die Shay abgöttisch liebte. »Sie ist eine wunderbare, unglaubliche Frau.« Er sagte das mit solchem Stolz, daß man hätte annehmen können, vor Aislinn habe noch kein weibliches Wesen ein Kind auf die Welt gebracht. »Mein lieber Mann, eher lasse ich mich von einem Blinden mit einem stumpfen Messer operieren, als so etwas noch mal durchzumachen. Du kannst dir gar nicht vorstellen, wie anstrengend so eine Geburt ist. Ich war in Schweiß gebadet. Aber Aislinn saß kurz danach schon wieder aufrecht im Bett, hielt ihr kleines Mädchen im Arm und sah aus wie ein Engel. Wenn du sie jetzt sehen könntest, würdest du nicht glauben, daß sie gerade Mutter geworden ist.«

Tristan lächelte. »Dafür sieht man dir an, daß du Vater geworden bist. Ich würde dir ja einen Drink anbieten, um mit dir auf die Geburt deiner Tochter anzustoßen, aber sicher willst du gleich wieder zurück.«

Shay sah zum Haus, und an seinem Gesichtsausdruck erkannte Tristan, daß Emily an die Tür gekommen sein mußte. Er warf einen Blick über die Schulter, und als er ihre Silhouette in dem weichen Licht der Lampen sah, dachte er, daß nicht nur Aislinn wie ein Engel aussah.

»Die Stimmung in der Stadt ist ein bißchen gereizt und nervös«, berichtete Shay, wobei er die Stimme senkte. »Die Rancher sind alles andere als glücklich über die Schafe, Tristan. Einige glauben, daß du ihnen in den Rücken fällst und sie verkaufen willst.«

Tristan verschränkte die Arme vor der Brust. »Ich kann ihnen nicht vorschreiben, was sie zu denken haben«, erklärte er ernst. Dann lächelte er wieder. »Wann kann ich denn eure kleine Tochter einmal sehen? Und wie soll sie eigentlich heißen?«

»Du bist jederzeit herzlich willkommen, Bruderherz«, versicherte Shay, und es klang, als hätte ihn die Frage überrascht. »Und bring deine Freundin mit. Aislinn wird sich über Emilys Besuch freuen. Sie möchte die Kleine übrigens auf den Namen Mattie taufen lassen.«

Mattie! Der Name der jungen Frau, die Tristan und Shay während eines Indianerüberfalls auf dem Oregon-Trail geboren hatte und die wenige Stunden, nachdem sie Witwe geworden war, selbst in den Rocky Mountains gestorben war. »Das ist eine gute Wahl«, murmelte Tristan und räusperte sich.

Shay schwang sich auf sein Pferd, nickte Emily kurz zu, dann beobachtete Tristan, wie sein Bruder in der Nacht verschwand. Er hatte plötzlich Angst um ihn und hoffte, daß Shay nicht eines Tages wegen des Marshalsterns, der ihm so viel bedeutete, getötet würde.

»Ist das Baby da?« fragte Emily, als Tristan wieder ins Haus kam.

Er nickte. »Ein Mädchen. Es soll Mattie heißen – wie unsere Mutter.« Er ging zum Kamin, nahm aus dem Regal darüber eine Flasche und ein Glas und schenkte sich einen Schuß Whiskey ein, obwohl er nur ganz selten Alkohol trank. Aber dies war gewiß ein Grund zum Feiern. »Jetzt bin ich also Onkel!«

Emily beobachtete, wie er einen kleinen Schluck nahm. »Du wirkst plötzlich so besorgt.«

Tristan konnte ihr nicht sagen, daß er Angst hatte, sein Bruder könnte in dem Grabenkrieg, der ohne Zweifel wegen dieser verfluchten Schafe entbrennen würde, zwischen die Fronten geraten. Es wäre nicht fair gewesen, Emily die Verantwortung dafür aufzubürden, auch wenn sie die Schafe nach Prominence gebracht hatte. Für ihn selbst hatten diese dummen Tiere keinen großen Wert, aber offensichtlich für Emily – und diese Tatsache mußte er akzeptieren.

Schließlich entschied er sich, ihr einen Teil der Wahrheit zu erzählen. »In der Stadt gibt es Gerede. Die Rancher wollen sich wohl zusammenschließen«, erzählte er nach einem weiteren Schluck Whiskey. »Die Jungs von der Powder Creek Ranch sind nicht die einzigen, die etwas gegen deine Schafe haben, kleiner Trotzkopf.«

Sie drehte sich zum Kamin um. Im Schein der zuckenden Flammen erkannte er, daß ihre Wangen vor Empörung glühten. »Was erwarten die Rancher von mir?«

»Daß du weiterziehst.«

Emily blickte ihm in die Augen. »Willst du das auch?«

Er dachte über die Frage nach, obwohl er seine Entscheidung schon längst gefällt hatte. »Nein«, erwiderte er, »aber ich könnte auch sehr gut ohne Schafe leben.«

Sie seufzte und blickte wieder in die Flammen. Ihr Haar leuchtete, und Tristan hätte Emily gerne berührt, aber er bezwang sein Verlangen. Bis Sonntag – ihrem Hochzeitstag – dauerte es nicht mehr lange. Am gleichen Abend, wenn sie seine rechtmäßige Frau war, würde er damit beginnen, sie zu verführen. Er würde ihr Zeit lassen und geduldig warten, bis sie für ihn bereit war. Das war er sich und seiner Ehre schuldig.

»Ist es denn wahr, daß Rinder und Schafe nicht miteinander auskommen können?« fragte sie nach einer Weile. Ihre Stimme klang leise und zart, aber Tristan wußte, daß Emily eine der stärksten Persönlichkeiten war, denen er jemals begegnet war.

»Nein.« Er seufzte resigniert. »Wenn ein Mann genügend Land besitzt, um seine Schafherde von einer Weide auf die nächste zu bringen, damit das Gras sich immer erholen und nachwachsen kann, und wenn er dafür sorgt, daß die Schafe *ihre* Weide nicht verlassen können, gibt es keine Probleme. Es sind nicht die Tiere, die nicht miteinander auskommen, Emily, es sind ihre Besitzer.«

Sie stand langsam auf, stolz und würdevoll. »Diese Herde ist alles, was ich habe.«

Er hätte gerne erwidert, daß das nicht stimmte, daß er ihr die Welt zu Füßen legen und den Mond vom Himmel holen würde, aber er wußte, daß jetzt nicht der richtige Zeitpunkt für so ein Gespräch war.

»Wirst du heute nacht wieder in der Scheune schlafen?« fragte sie, als er schwieg.

Er seufzte tief. »Wo sonst?« murmelte er und leerte sein Glas mit einem Schluck.

6

Tristan betrachtete im Schein der Lampe den schmalen goldenen Ehering, den er bei Dorrie im Laden gekauft hatte. Er schloß einen Moment ganz fest die Hand um den Ring und schob ihn in seine Hosentasche zurück. Tristan dachte darüber nach, wie lange es nach der Hochzeit am Sonntag wohl dauern würde, bis Emily bereit war, mit ihm zu schlafen. Dann blies er die Lampe aus, streckte sich im Heu aus und versuchte zu schlafen.

Statt dessen malte er sich aus, daß Emily in nicht allzu ferner Zukunft ein Kind – sein Kind – gebären würde. Natürlich wäre sie ebenso stark und tapfer wie Aislinn und würde die Geburt blendend überstehen, aber er fürchtete, daß er ähnlich aufgeregt und nervös wie Shay reagieren würde. Nach außen hin waren sie ja beide eisenharte Kerle – aber wie es drinnen aussah, das war eine ganz andere Sache.

In Gedanken ging er die einzelnen Stufen von Emilys Schwangerschaft von dem Tag der Geburt an rückwärts durch und kam natürlich irgendwann unweigerlich zu dem Tag, an dem sie das Kind empfangen hatte. Diesen Augenblick sah er so lebendig vor sich, daß er zu stöhnen begann. Sein Verlangen wurde von Stunde zu Stunde quälender, und er hatte wenig Hoffnung, daß er in absehbarer Zeit von dieser Qual erlöst werden würde. Sein persönlicher Ehrenkodex verbot es nämlich, sich anderswo Erleichterung zu verschaffen. Seit Emily seinen Antrag angenommen hatte, war er gebunden – ohne Wenn und Aber.

Tristan warf sich im Heu unruhig von einer Seite auf die andere, und da er einen langen, harten Tag hinter sich hatte, verfiel er schließlich in einen leichten Schlaf. Er hörte das Wimmern des Hundes unten an der Leiter, die zum Heuschober führte, und war sofort hellwach.

»Was ist los, Spud?« rief er.

Der Hund jaulte leise. Tristan hielt den Atem an. Neben den üblichen Stallgerüchen von Heu und Pferdemist roch er noch etwas anderes. Blut!

Tristan tastete nach der Lampe, die an einem Querbalken hing, riß ein Zündholz an und entzündete den Docht. Der Hund schaute ihn mit traurigen Augen an und wimmerte erneut. Es klang entschuldigend. Tristan kletterte die Leiter hinunter und untersuchte Spud. Der Hund war übel zugerichtet. Offenbar war er einem Waschbären in die Quere gekommen oder einem Dachs, vielleicht sogar einem Puma, der um die Schafherde geschlichen war, weil er leichte Beute gewittert hatte. Egal, mit wem Spud gekämpft hatte, er hatte den Kampf verloren.

So vorsichtig wie möglich nahm Tristan den Hund auf den Arm und ging mit ihm zum Haus. Die Wachposten der Indianer waren nur als Schatten auszumachen. Ihr Lagerfeuer brannte hell und war eine Warnung an alle, die die Absicht hatten, sich der Herde zu nähern. Das galt sowohl für Zwei- als auch für Vierbeiner. Spud mußte sich also ein ganzes Stück von der Herde entfernt haben, denn jedes wilde Tier hätte sich von dem Feuer abschrecken lassen.

Tristan setzte den Hund auf dem Küchentisch ab und begann, ein paar Lampen anzuzünden. Spud winselte leise vor sich hin. Von diesem klagenden Geräusch mußte Emily wach geworden sein, denn sie kam in die Küche, als Tristan gerade eine Schüssel mit warmem Wasser füllte.

Als Emily das viele Blut sah, das Spuds struppiges Fell völlig verklebt hatte, wurde sie weiß im Gesicht. Sie trug eines von Tristans Hemden als Nachtgewand, aber er tat so, als würde er ihre nackten Beine – es waren ausgesprochen schöne Beine, wie er mit einem Blick bemerkt hatte – gar nicht sehen.

»Was ist passiert?« fragte sie entsetzt, während sie zu Spud lief und ihn liebevoll streichelte. Natürlich tat Tristan der Hund leid, denn das Tier mußte starke Schmerzen haben, aber er beneidete Spud zugleich, denn er wünschte sich, Emily würde zu ihm so zärtlich sein.

Er nahm eine Decke, Kräutersalbe und frische Tücher aus dem Vorratsschrank – Unfälle waren auf jeder Ranch an der Tagesordnung, und Tristan hielt für den Notfall immer alles bereit, obwohl Spud in den letzten Monaten sein einziger Patient gewesen war. Tristan befeuchtete ein Tuch und begann, die schlimmste Wunde zu säubern. Es war ein etwa zwanzig Zentimeter langer Riß in der linken Flanke.

Spud fletschte vor Schmerz die Zähne und knurrte, aber Emily sprach leise auf das Tier ein und beruhigte es mit ihrer sanften Stimme. Tristan dankte ihr insgeheim dafür, denn vermutlich hätte ihn der Hund sonst gebissen.

»Wird er sterben?« flüsterte sie, und Tristan war klar, daß Emily all ihren Mut zusammengenommen hatte, um diese Frage zu stellen.

»Wahrscheinlich nicht«, erwiderte er mit rauher Stimme. »Spud wird allerdings für eine ganze Weile keine Schafe mehr hüten können, denn er muß im Haus bleiben, bis sich die Wunden geschlossen haben, da sie sich sonst entzünden würden.«

Emily schloß die Augen und legte einen Moment ihre Stirn auf den Kopf des Hundes, der mit einem leisen Wimmern seine Dankbarkeit kundtat. Tristan wurde klar, daß zwischen Spud und Emily eine engere Beziehung bestand, als es sie sonst zwischen Herr und Hund gab. Wieder empfand er eine Spur von Eifersucht auf das Tier. Als Emily aufsah, standen Tränen in ihren Augen.

»Er ist ein echter Freund für mich«, erklärte sie. »Es gab Monate, da hatte ich niemanden außer ihm, mit dem ich reden konnte. Ich weiß nicht, wie ich es ertragen soll, wenn er … stirbt.«

In diesem Moment hätte Tristan Emily in den Arm genommen, wenn seine Hände nicht blutverschmiert gewesen wären. Er hätte sie gerne festgehalten und ihr versichert, daß alles – absolut alles – in Ordnung kommen würde. »Spud schafft das schon«, versicherte er mit heiserer Stimme und setzte das Tier auf den Fußboden. Der Hund schleppte sich zum Ofen, wo er sich auf einen alten Teppich legte, noch einmal kurz winselte, die Vorderpfoten weit ausstreckte und die Schnauze darauflegte. Seufzend schloß er die Augen, aber Emily sah, daß Spud ruhig und gleichmäßig atmete.

Als Tristan vom Brunnen zurückkam, wo er sich die Hände gewaschen hatte, hatte Emily bereits den Küchentisch abgeschrubbt, im Küchenherd Holz nachgelegt und einen Kessel mit Wasser aufgesetzt, um Tee zu machen. Aber als er sie in dem kurzen Hemd sah und ihren Zopf betrachtete, hatte er auf ganz andere Dinge Lust als auf Tee. Er spürte das Feuer der Leidenschaft, das in ihm brannte. Noch nie hatte er eine Frau so begehrt wie Emily. Ihm fiel ein, daß er früher manchmal in seinen Tagträumen mit Verlangen an Aislinn, die Frau seines Bruders, gedacht hatte – obwohl er ihr natürlich nie zu nahegetreten wäre –, aber Emily war real. Er wollte sie haben, er *mußte* sie haben.

»Ich denke, ich gehe dann jetzt besser wieder in den Stall zurück«, murmelte er mit rauher Stimme.

Sie sah ihn überrascht und – wenn er sich nicht irrte – auch ein bißchen enttäuscht an. »Willst du nicht noch ein paar Minuten bleiben?« fragte sie. Tatsächlich, ihre Stimme klang enttäuscht. »Ich kann mir nicht vorstellen, daß ich jetzt sofort wieder schlafen kann.« Sie goß das kochende

Wasser in die Teekanne. »Eine schöne Tasse Tee kann manchmal Wunder wirken. Man sagt, daß Tee ein Stimulanz …«

»Emily!«

Sie schwieg und schaute ihn erwartungsvoll an.

»Es gehört sich nicht, daß ich deine … nackten Beine sehe.«

»Unglaublich«, lachte sie. »Übermorgen werden wir heiraten! Und es ist doch nicht so, als ob wir irgendwas *tun* würden.«

»Aber es ist die Vorstellung, daß wir irgendwas tun *könnten«*, sagte er. »Ich denke Tag und Nacht an dich – und wenn ich dich so sehe …« Er blickte zur Seite. »Glaub mir, das ist verflucht hart für mich.«

»Oh«, hauchte sie.

Er überlegte, ob er ihr den Ehering zeigen sollte, den er bei Dorrie gekauft hatte, aber dann dachte er, daß er sie damit nur verlegen machen würde, denn vielleicht würde sie sich ihm gegenüber dann verpflichtet fühlen. Und *so* hatte er nun wirklich nicht vor, Emily zu verführen. »Ich gehe jetzt wirklich besser«, meinte er noch einmal.

Als er über die Türschwelle ins Freie trat, fühlte er sich wie der letzte Idiot.

Emily ließ sich Zeit, ihre Tasse Tee auszutrinken. Sie war ohnehin davon überzeugt, daß sie in dieser Nacht kein Auge mehr zutun würde. All ihre Gedanken – ihr ganzes Herz – waren bei Tristan. Sie dachte an Tristans Mund, an seine Hände, an seine breiten Schultern.

Emily saß an dem Tisch, an dem Tristan noch vor wenigen Minuten ihren Hund, ihren Freund, so geschickt versorgt hatte. Sie legte die Hände vors Gesicht und seufzte. Dann hörte sie, wie Spud am Ofen leise winselte.

»Du bist ein ganz untreuer Bursche, Spud«, sagte sie,

ohne es wirklich böse zu meinen. »Wie konntest du nur? *Ich* habe dir immer Futter gegeben, und *ich* habe dich immer hinter den Ohren gekrault. Aber was tust *du*, wenn du in Schwierigkeiten bist? Du rennst natürlich zu *ihm*. Findest du das vielleicht in Ordnung?«

Spud hob nur ein Lid, als ob er ihr zuzwinkern wollte. Dann seufzte er noch einmal tief und legte seine Schnauze wieder auf die ausgestreckten Vorderpfoten.

Emily seufzte und schenkte sich noch eine halbe Tasse Tee ein. Es gab leider keinen Krümel Zucker im Haus. Tristan schien darauf keinen Wert zu legen, aber Emily hoffte, daß Miss Dorrie, die am nächsten Tag Lebensmittel bringen sollte, auch an Zucker gedacht hatte.

Emily brauchte in der Küche oft Zucker. Zum Beispiel für den Rhabarberkuchen, den sie backen wollte. Sie hatte nämlich einen ausgewilderten Strauch hinter dem Haus entdeckt, den sie noch vor dem ersten Frost ernten und verarbeiten wollte.

Der Gedanke daran, was sie alles kochen und backen würde, beruhigte Emilys Nerven etwas. Sie stellte ihren Becher in die Spüle und löschte die Lampen – bis auf die eine, die sie brauchte, um nach oben zu gehen und sich in das Bett zu legen, in dem sie ab Sonntag mit Tristan liegen würde.

Dieser Gedanke machte ihr angst, obwohl sie sicher war, daß er sich an sein Wort halten würde – und sie zu nichts zwingen würde. Auf der Mitte der Treppe blieb sie stehen, atmete tief durch und ging wieder nach unten. Sie zündete die Lampe beim Kamin an und legte Holz nach, denn sie war sicher, daß es eine lange Nacht werden würde.

Am nächsten Morgen begrüßte Dorrie McQuillan Emily herzlich, als sie mit einem Wagen voller Lebensmittel auf den Hof fuhr. Sie erklärte, daß sie Shays ältere Schwester sei. Dorrie war so offen und unkompliziert, daß Emily sich richtig zu Hause und angenommen fühlte.

Emily stellte sich natürlich selbst auch vor und half, den Wagen zu entladen, obwohl sie ein schlechtes Gewissen hatte, daß sie im Haus geblieben war, während Mr. Polymarr, Fletcher und die Indianer sich um die Schafe kümmerten.

»Wurde auch Zeit, daß er eine Frau findet«, meinte Dorrie und deutete mit dem Kopf zum Stall hinüber, wo Tristan mit nacktem Oberkörper auf dem Dach stand.

In den letzten Nächten hatte Tristan bemerkt, daß das Dach der Scheune nicht mehr hundertprozentig dicht war, und er hatte sich deshalb entschlossen, es auszubessern. Fletcher half ihm dabei.

»Es ist eine rein geschäftliche Abmachung«, antwortete Emily steif.

Dorries Wagen schien mit Hunderten von Kartons beladen zu sein, und Emily wußte gar nicht, womit sie anfangen sollte. Dorrie, die eine praktische Männerhose trug, schob Emily die Kisten entgegen.

»Geschäftlich?« brummte Dorrie. »Aha!« Sie hatte eine Art an sich, daß Emily sofort den Wunsch hatte, diese Frau besser kennenzulernen. »Aislinn hat mir ein paar Kleider für Sie mitgegeben. Soweit ich das sehe, werden sie Ihnen bestens stehen.«

Emily wurde plötzlich klar, daß sie ein ziemlich schäbiges Kleid trug. Es fiel ihr zwar schwer, das Geschenk anzunehmen, aber sie konnte es dennoch kaum erwarten zu sehen, was Dorrie ihr Schönes mitgebracht hatte. »Wie geht es Aislinn und dem Baby?«

»Bestens«, erwiderte Dorrie und sprang leichtfüßig aus dem Wagen. »Das Baby ist natürlich noch sehr zart, aber es ist genauso stark wie seine Mama.«

Zusammen trugen die beiden Frauen die letzte Kiste ins Haus.

»Sie bleiben doch sicher noch auf eine Tasse Tee?« fragte Emily.

»Eine Tasse Tee? Hm ... Aber ich kann wirklich nur ein paar Minuten bleiben«, meinte Dorrie und setzte sich an den Tisch. Sie warf Spud, der immer noch neben dem Ofen lag, einen mißtrauischen Blick zu. Der Hund hob nur kurz den Kopf und legte seine Schnauze wieder auf die Pfoten. »Ich bin jetzt allein im Laden, solange Aislinn noch im Kindbett liegt. Shay hat schon recht, wenn er sagt, daß wir eine Aushilfe im Laden brauchen.«

Geschäftig durchsuchte Emily die Lebensmittel und war hoch erfreut, als sie ein Säckchen Zucker fand. Später würde sie einen Rhabarberkuchen backen, aber sie hatte leider nichts zu naschen, was sie Dorrie hätte anbieten können.

»Wo sind Sie zu Hause?« fragte Dorrie. Spud war zu ihr gekrochen und leckte ihre Hand. Dorrie streichelte dem Hund liebevoll übers Fell, aber sie ließ die Jüngere nicht aus den Augen.

Emily wußte nicht, wie sie diese Frage beantworten sollte. Sie hatte noch nie ein richtiges Zuhause gehabt. Hier in Prominence hatte sie gehofft, eines zu finden, aber ... »Ich habe kein Zuhause«, erklärte sie so leise, daß Dorrie sich vorbeugte, um Emily überhaupt zu verstehen. »Hier nicht und nirgendwo.« Sie war zwar immer noch der festen Überzeugung, daß die Ranch ihr gehörte, doch was nützte ihr das? Die Rancher würden sie vertreiben, denn sie würde niemals ihre Schafherde aufgeben.

»Verstehe«, murmelte Dorrie. Sie strich Spud noch einmal über den Kopf. »Armes Tier! Muß mächtig um sein Leben gekämpft haben.« Dorrie hob den Kopf. »Lieben Sie ihn?«

»Und wie«, erwiderte Emily – und dachte dabei an Spud.

»Dann wird ja alles gut werden«, meinte Dorrie – und dachte dabei an Tristan.

Die beiden Frauen tranken ihren Tee, und dabei erzählte Dorrie die Geschichte, wie Shay Aislinn umworben hatte, während er gleichzeitig von einer Schießerei in die andere geraten war.

Dorrie hatte zwar nur ›ein paar Minuten‹ bleiben wollen, aber als sie schließlich aufstand, um in die Stadt zu fahren, war eine gute Stunde vergangen. Doch das tat Dorrie nicht leid. Sollten sich die Kunden doch die Nasen am Fenster des Ladens platt drücken. Während sie zur Tür ging, deutete sie auf das Paket, das Aislinn geschickt hatte. Es war in braunes Papier eingeschlagen, und Emily hatte das Päckchen schon die ganze Zeit neugierig betrachtet. »Nicht vergessen!«

Emily brachte Dorrie zur Kutsche, und es tat ihr leid, daß sie sich nicht länger mit dieser verständnisvollen Frau hatte unterhalten können. Wenig später packte sie die Sachen aus, die Dorrie gebracht hatte, und sortierte sie in die Schränke und Regale ein: Mehl, Kaffee, Gemüse in Dosen, Säcke voller Zwiebeln, Kartoffeln und Rüben, noch mehr Tee – und all die kleinen Sachen, die eine Frau brauchte, um ein tolles Essen zu zaubern. Übrig blieb das braune Paket, das Geschenk von Aislinn.

»Es wird bestimmt nicht explodieren«, meinte Tristan, als er in die Küche trat und sie überraschte.

Immerhin hatte er sein Hemd wieder übergestreift – und dafür war Emily dankbar, denn sie war nicht sicher, was passiert wäre, wenn sie diesen Mann noch einmal halbnackt gesehen hätte.

»Nun mach es schon auf.« Seine Stimme klang wie die eines neugierigen Jungen, der es nicht erwarten konnte, die Geschenke zu sehen, die das Christkind gebracht hatte.

Langsam schlug sie das Papier zurück und erstarrte. Kleider! Wunderschöne Kleider, die kaum einmal getragen waren. Da war ein weißes mit rosa Streifen, ein schwarzes Satinkleid mit grünen Paspeln und Puffärmeln – und da war auch noch dieses gelbe Kleid, hochgeschlossen, mit langen Ärmeln, die mit Spitzen besetzt waren. Strümpfe und neue Unterwäsche waren auch noch in dem Paket.

Emily war vollkommen überwältigt. Ihre Knie gaben nach, sie mußte sich setzen.

Tristan legte seine Hand auf ihre Schulter. Sie wußte, daß er sie mit dieser Geste beruhigen wollte, aber er erreichte damit das Gegenteil. Die Berührung durchzuckte sie wie ein Blitz, und ihr Körper erstarrte. Zu ihrem Bedauern zog er seine Hand sofort zurück, doch er blieb dicht bei ihr stehen. Sie spürte die Wärme seines Körpers und seine Kraft. »Ich habe nachher in der Stadt noch etwas zu erledigen«, berichtete er. »Hast du Lust, mitzukommen und Aislinn zu besuchen?«

Das wäre eine willkommene Abwechslung gewesen, aber Emily hatte Bedenken. »Meinst du nicht, daß wir sie stören? Sie muß sich vielleicht erst von der Geburt erholen.«

»Shay würde beleidigt sein, wenn wir nicht ganz bald *sein* Baby bestaunen. Er kann es kaum erwarten, uns sein Töchterchen zu präsentieren.« Seine blauen Augen funkelten. »Und das wäre doch eine gute Gelegenheit, das neue gelbe Kleid auszuführen.«

»Ich … ich wollte eigentlich Rhabarberkuchen backen«, murmelte sie verlegen.

Er grinste schräg. »Laß dich nicht aufhalten. Ich habe sowieso noch eine Weile zu arbeiten.«

Sie atmete tief durch und war erleichtert, als er das Haus verließ. Andererseits bedauerte sie es jedoch, daß er nicht bei ihr geblieben war.

Als Tristan am Nachmittag wieder in die Küche zurückkam, kühlten die Rhabarberkuchen auf dem Tisch aus. Er war bereit, nach Prominence zu fahren und hatte sich offensichtlich in der Schlafbaracke zurechtgemacht. Sein Haar war noch feucht, aber frisch gekämmt. Seine Stiefel glänzten, er trug schwarze Hosen, die Emily noch nie gesehen hatte, und ein frisches Hemd. Tristan hatte sich auch rasiert. Aber der Fünfundvierziger an seiner Hüfte, den er nie abzulegen schien, erinnerte sie daran, daß es noch eine andere Seite von Tristan Saint-Laurent gab.

Emily selbst hatte sich inzwischen auch ausgehfertig gemacht. Sie trug das gelbe Kleid und hatte die Haare im Nacken zu einem Krönchen zusammengesteckt. Als sie Tristans bewundernden Blick sah, errötete sie leicht.

»Diese köstlich riechenden Kuchen sollten wir aber besser verstecken«, meinte er schmunzelnd. »Wenn Spud sich nicht darüber hermacht, dann sicher Polymarr oder der Junge.« Er nahm sich ein Handtuch, um sich nicht zu verbrennen, und schob die beiden Kuchenbleche in den Backofen zurück, der nur noch lauwarm war.

»Bist du sicher, daß wir sie allein lassen können?« fragte Emily. »Ich meine Mr. Polymarr und Fletcher.« Seit dem Zusammenstoß mit den Männern von der Powder Creek Ranch lebte sie verständlicherweise in Angst, obwohl sie gleichzeitig geradezu wünschte, daß diese Banditen angreifen würden und die Sache dann – so oder so – zu Ende wäre.

»*Schwarzer Adler* und die anderen Indianer werden schon aufpassen«, erwiderte Tristan, der grundsätzlich eine Menge Vertrauen zu Leuten zu haben schien, die er kaum kannte. In sie selbst zum Beispiel. Glaubte er etwa, sie würde ihren Anspruch auf die Ranch aufgeben, wenn er sie heiratete? War das vielleicht der wahre Grund für seinen überhasteten Heiratsantrag?

»Warum sollten sie?« fragte sie. Sie wußte nur wenig über Indianer, auch wenn sie der Ansicht war, daß diese Menschen mehr Rechte haben sollten, aber sie hatte viele

Geschichten gehört, in denen immer wieder behauptet wurde, daß Indianer alles stahlen, was nicht niet- und nagelfest war.

Sein Gesichtsausdruck wurde hart und grimmig. »Weil diese Männer Familien haben, die sie ernähren müssen«, antwortete er kalt. »Sie brauchen das Geld, das ich ihnen bezahle, damit sie nicht verhungern.«

Emily fühlte sich beschämt. »Du … du kümmerst dich um die Indianer?«

»Jemand muß es ja tun«, brummte er. »Können wir jetzt aufbrechen?«

Nicht zum ersten Mal in ihrem Leben wünschte Emily, daß sie ihre Gedanken für sich behalten hätte. Sie folgte Tristan, der mit weiten Schritten zum Wagen ging, vor den er schon die beiden alten Pferde gespannt hatte. »Ich habe auch Mitleid mit den Indianern«, sagte sie, während sie laufen mußte, um mit ihm Schritt zu halten.

»Ach ja?« Er half ihr auf den Kutschbock und stieg neben sie. »Dann schenke ihnen doch ein paar von deinen Schafen.«

Emily schwieg. Tristan löste den Bremsklotz, zog die Zügel an, und der Wagen machte einen Sprung vorwärts. Sie mußte sich mit beiden Händen festhalten, um nicht von der harten Holzbank zu fallen. »Ich gebe ihnen so viele Schafe, wie sie brauchen«, entschied sie schließlich, »wenn *du* ihnen die gleiche Anzahl Rinder gibst.«

Tristan zog seine blauen Augen zusammen. »Meinst du das ernst?«

Sie schluckte und dachte daran, wieviel Geld sie verlieren würde, aber das war es ihr wert, wenn sie damit ein paar Familien vor dem Hungertod bewahren konnte. Der Gedanke, daß andere Menschen – die praktisch ihre Nachbarn waren – Hunger leiden mußten, war ihr unerträglich. »Ja«, sagte sie, »das meine ich ernst.«

Der grimmige Gesichtsausdruck verschwand, und Tristan lächelte. »Gut«, erwiderte er. »Ich habe den Indianern heute morgen zwanzig Rinder geschenkt.«

»Zwanzig Rinder?« Das war ein kleines Vermögen! »Das glaube ich dir nicht.«

»Doch«, versicherte er nicht ohne Stolz, »ich habe ihnen zwanzig Rinder geschenkt.«

Emily seufzte und verabschiedete sich innerlich von zwanzig guten Schafen. »Wird das reichen, um den Winter zu überleben?«

Tristan wurde wieder ernst. »Ich hoffe es, aber ich bin nicht sicher. Unsere acht Männer haben noch viele Freunde und Verwandte, die auch alle essen müssen.«

Emily schwieg und versank in Grübeleien. Ihre Stimmung hellte sich erst wieder auf, als sie die ersten Häuser der Stadt erreichten. Es tat ihr gut, Menschen zu sehen, die Arm in Arm auf dem hölzernen Steg spazierengingen, Menschen, die in ihren Türen standen und mit den Nachbarn schwatzten, aber es entging ihr auch nicht, daß einige mit den Fingern auf sie zeigten und daß Tristan wieder ein grimmiges Gesicht machte.

Als sie zum Haus von Shay und Aislinn kamen, dachte Emily, daß es bei Tageslicht noch schöner war, als sie es in Erinnerung hatte – obwohl es ihrer Ansicht nach längst nicht so schön wie *ihr* Ranchhaus war.

Shay rief den beiden ein »Hallo« zu, als Tristan Emily vom Wagen hob, und kam über die Straße aus seinem Büro auf sie zu. Sein Marshalstern blitzte in der Sonne, und er strahlte übers ganze Gesicht.

»Aislinn wird sich freuen, daß ihr hier seid«, sagte er und verbeugte sich leicht vor Emily. Dann öffnete er das Törchen und trat zur Seite, damit seine Gäste vorgehen konnten. Als sie in die Eingangshalle des Hauses traten, war Emily überrascht, daß Aislinn schon wieder auf den Beinen war. Die junge Mutter begrüßte die Besucher und sah blendend aus. Sie trug ein schwarzes Satinkleid und eine gestärkte weiße Schürze und hielt ihr Baby im Arm. Ihre dunklen Haare waren sorgfältig frisiert und mit kleinen Elfenbein-Kämmen hochgesteckt. Ihre braunen Augen funkelten, und ihr Gesicht glühte vor Freude.

»Tristan«, rief sie, »Emily! Schön, daß ihr gekommen seid!«

Tristan beugte sich vor und gab Aislinn einen Kuß auf die Stirn. »Dann zeig uns mal deinen kleinen Schatz!« Er sprach so sanft, daß Emily fast eifersüchtig geworden wäre. »Ich muß mich doch davon überzeugen, ob meine Nichte ihrem Onkel ähnlich sieht.«

Mit mütterlichem Stolz schlug Aislinn einen Zipfel der Decke zurück, in die das Baby gewickelt war, und enthüllte einen kleinen, noch ein wenig runzligen Kopf mit einem Büschel blonder Haare. Das Kind sah entzückend aus. Obwohl es fest schlief, strahlte es eine ungeheure Kraft aus – wie Dorrie schon gesagt hatte.

Tristan kniete sich neben Aislinns Sessel und betrachtete das Baby. Dann blickte er seinen Bruder an. »Das ist ja ein richtiger kleiner Herzensbrecher, den ihr da produziert habt.«

Aislinn lachte. »Nein«, widersprach sie zärtlich, »unsere Mattie wird einmal eine liebenswerte, großzügige Frau werden.«

»Und klug wird sie sein«, meinte Shay, der Emilys Arm nahm und sie zu einem anderen Sessel führte.

»Wie ihre Mutter«, stimmte Aislinn zu und streckte Tristan die Kleine entgegen, als er sich wieder erhob. »Willst du sie mal halten?«

Tristan wurde rot und trat hastig einen Schritt zurück. »Ich … äh … ich glaube … lieber nicht. Ich könnte ihr weh tun.« Etwas hilflos betrachtete er seine kräftigen Hände, mit denen er ein Pferd zügeln, Dachlatten einziehen und Zaunpfosten setzen konnte.

»Feigling«, spottete Aislinn liebevoll.

»Ich glaube, ich werde mal nach draußen gehen, um eine Zigarre zu rauchen«, meinte er, ohne beleidigt zu klingen. Shay folgte seinem Zwillingsbruder, obwohl er ja nicht rauchte.

Aislinn lächelte Emily so warmherzig an, als wären sie uralte Freundinnen. »Männer«, meinte sie nur. »Wahrscheinlich wollen sie etwas bereden, von dem sie glauben, daß wir ›dummen‹ Frauen es doch nicht verstehen.«

Emily lachte. »Vermutlich.« Ihr Blick fiel auf das gelbe Kleid, das sie trug. »Danke für die wunderschönen Kleider.«

Aislinn betrachtete Emily kritisch. »Das habe ich gerne getan. Dir steht dieses Kleid ausgezeichnet. Ich habe es nur einmal getragen, aber ich sah darin aus, als ob ich die Schwindsucht hätte.« Sie lächelte. »Was ist mit dir, Emily? Möchtest du Mattie mal halten, oder hast du auch Angst?«

»Aber nein«, rief Emily und stand auf.

Aislinn gab ihr vertrauensvoll das Baby, und Emily hielt die Kleine behutsam im Arm. Ihre Augen füllten sich mit Tränen, und sie schickte ein stummes Gebet zum Himmel, daß dem Kind nie etwas Böses zustoßen möge.

»Shay sagte mir, daß Tristan und du am Sonntag heiraten werdet.«

Emily blickte auf, blinzelte die Tränen fort und nickte.

Aislinns Augen strahlten. »Das freut mich. Tristan wird dir ein guter Ehemann sein. Das ist meistens so bei reuigen Sündern. Ich habe schließlich seinen Bruder geheiratet.«

Emily wunderte sich nicht, daß Tristan einen gewissen Ruf als Frauenheld hatte. Er sah höllisch gut aus und hatte eine Menge Charme. Männer wie ihn liebten die Frauen – und das nutzten sie natürlich reichlich aus.

Liebevoll betrachtete sie das Baby in ihrem Arm und wünschte sich, daß sie selbst so eine Kleine hätte. »Tristan ist ein guter Mann«, meinte sie und blickte Aislinn an. »Wie denkst du eigentlich über Schafe, Aislinn?«

Aislinn war über den Themenwechsel sichtlich überrascht.

»Soweit ich verstanden habe, sind nicht nur die Rancher, sondern auch viele Leute hier in der Stadt gegen diese armen Tiere.«

Aislinn stand auf, nahm Emily das Baby aus dem Arm und legte es in die Wiege. Nachdem sie das Kind sorgfältig zugedeckt hatte, seufzte sie und ging zu Emily zurück. »Das sind ehrliche, schwer arbeitende Menschen«, erklärte sie leise. »Gib ihnen etwas Zeit, sich an die Situation zu gewöhnen, und sie werden schon wieder zur Vernunft kommen.«

Emily straffte die Schultern und hob das Kinn. »Ich habe meine Erfahrungen mit solchen ›ehrlichen, schwerarbeitenden Menschen‹ gemacht«, sagte sie verbittert. »Sie tun so, als würde ich die Pest oder sonst eine Plage über sie bringen.«

Aislinn legte die Hand auf Emilys Schulter. »Hattest du denn niemanden, der dir helfen konnte?«

Emily schüttelte langsam den Kopf. Sie hatte Angst, daß sie in Tränen ausbrechen und das Baby aufwecken würde.

Aislinn seufzte und verstärkte den Druck ihrer Hand. »Nun, jetzt hast du eine Familie – und von nun an wird alles ganz anders sein.«

7

Tristan blieb länger weg, als es gedauert hätte, eine Zigarre zu rauchen, aber das machte Emily nichts aus. Aislinn und sie erzählten sich gegenseitig ihre Lebensgeschichten und knüpften ein Band, das nicht mehr reißen würde.

Als Tristan schließlich kam, um Emily abzuholen, war er bester Laune. Shay machte derzeit seine Runde durch die Stadt. In Tristans Hosentasche steckte ein dickes Bündel Papiere, aber er schien keine Lust zu einer Erklärung zu haben. Er grinste nur, und es war klar, daß er sich diebisch freute – und ganz gewiß nicht nur, weil er Onkel geworden war. Er verabschiedete sich liebevoll von seiner Schwägerin und seiner kleinen Nichte und führte Emily zum Wagen.

Sie schwieg, bis sie die Stadt hinter sich gelassen hatten. »Aislinn und Shay müssen sehr glücklich sein, so ein hübsches Baby zu haben.«

»Hm«, erwiderte Tristan, der immer noch lächelte.

Emily räusperte sich und machte einen zweiten Anlauf, ein Gespräch zu beginnen. »Ich vermute, daß du eigene Kinder haben willst.«

»Hm«, meinte er nur und begann leise zu pfeifen.

Emily verstummte, aber sie würde nicht aufgeben. Sie würde herausfinden, was ihn so amüsierte – auch wenn sie das wahrscheinlich nichts anging.

Sie erreichten die Ranch, und zu Emilys Erleichterung grasten die Schafe friedlich auf der Weide, und Mr. Polymarr hatte immer noch seinen Skalp. Für einen Moment hatte sie die Hoffnung, daß von der Powder Creek Ranch keine Gefahr mehr ausging, aber ihr Verstand sagte ihr, daß die Probleme tiefer lagen. Hier glaubte man einfach, daß Rinder und Schafe nicht miteinander auskamen. Basta!

Damit der Saum ihres gelben Kleides nicht schmutzig wurde, schürzte Emily ihre Röcke, als sie auf *Schwarzer Adler* zuging. Der Mann stand regungslos wie eine Statue da und hatte seine muskulösen Arme vor der Brust verschränkt. Er roch nach Rauch, Leder und Tierfett. Als er Emily anschaute, waren seine Augen absolut ausdruckslos, aber die tiefen Sorgenfalten, die sich in sein Gesicht gegraben hatten, sagten genug. Der Mann war ausgebrannt, er war geschlagen, aber er hatte sich seinen Stolz und seine Würde bewahrt.

Sie lächelte unsicher und spürte, daß Mitleid hier völlig fehl am Platz gewesen wäre. Ihr war klar, daß *Schwarzer Adler* solche Gefühle nicht brauchte und nicht wollte, und sie fragte sich, wie sie ihm zwanzig Schafe anbieten konnte, ohne überheblich zu wirken und seinen Stolz zu verletzen. »Mir scheint, daß du und deine Männer gute Arbeit leisten«, begann sie.

Er antwortete nicht und zeigte keine Regung. Sie wünschte, sie hätte zuerst mit Tristan gesprochen und wäre erst dann zu *Schwarzer Adler* gegangen. Zumindest hätte sie Tristan fragen müssen, wie er den Indianern zwanzig Rinder ›geschenkt‹ hatte, ohne ihren Stolz zu verletzen. Aber Tristan war auch nicht gerade sehr gesprächig gewesen, nachdem sie aus der Stadt gekommen waren.

»Wo ist euer Dorf?« fragte sie.

Schwarzer Adler starrte Emily nur an, und sie starrte zurück. Sie war in bester Absicht gekommen, und sie würde sich nicht einschüchtern lassen. Als dem Indianer klarwurde, daß Emily nicht einfach aufgeben würde, deutete er mit dem Daumen nach Westen.

»Dort«, erklärte er.

Vielleicht sprach er ja kaum Englisch, dachte sie, denn es schien ihm schwergefallen zu sein, dieses eine Wort auszusprechen. Aber Emily ließ nicht locker. »Hast du eine Frau und Kinder?«

»Ich habe drei Frauen«, erwiderte *Schwarzer Adler* in makellosem Englisch. Es war also nichts an der Theorie, daß er die Sprache der Weißen nicht beherrschte. Er hatte bloß keine Lust, mit Emily zu reden. »Und zehn Kinder.«

Emily war geschockt, aber sie versuchte, sich nichts anmerken zu lassen. »Beeindruckend«, murmelte sie. Das waren viele hungrige Münder, die zu essen haben wollten, dachte sie. Und wahrscheinlich lebten in der Familie noch Eltern und Großeltern oder andere bedürftige Verwandte. Und das war nur *eine* Familie. Bei anderen Indianern, die zur Zeit hier auf der Ranch arbeiteten, sah es sicher ähnlich aus, und das waren längst nicht alle Indianer, die in dieser Gegend lebten. Sie wollte *Schwarzer Adler* gerade anbieten, sich zwanzig Schafe aus der Herde auszusuchen, als Tristan kam.

Er sah entschieden anders aus als der Mann, mit dem sie in der Stadt gewesen war. Er hatte die Stirn gerunzelt, und seine Augen waren zu schmalen Schlitzen zusammengezogen, wobei seine Wangenknochen unheilvoll arbeiteten. Emily schaute ihn mit einem unschuldigen Blick an und kam gar nicht auf den Gedanken, daß sie etwas getan haben könnte, was ihn so in Rage gebracht hatte.

»Deine Frau redet sehr viel«, sagte *Schwarzer Adler* und brach das bedrohliche Schweigen.

Emily errötete. Sie wollte protestieren. Erstens war sie nicht Tristans Frau – jedenfalls noch nicht –, und zweitens standen sie hier auf ihrem Grund und Boden. Sie öffnete den Mund, aber Tristan sah sie warnend an.

»Geh ins Haus zurück, Emily«, befahl er mit schneidender Stimme. »Und zwar auf der Stelle und ohne Widerworte.«

Ihr war klar, daß eine Diskussion die Situation nur verschärfen würde, aber sobald sie mit Tristan allein war, würde sie ihm ein paar Wörtchen ins Ohr flüstern und einige Dinge klarstellen. So würde sie sich nicht noch einmal von ihm herumkommandieren lassen! Auch nicht, wenn er erst mal ihr Ehemann war! Das würde sie ihm klipp und klar sagen. Sie warf den Kopf in den Nacken, raffte ihre Röcke und rannte in die Küche, die sie längst als *ihre* Küche betrachtete.

Tristan betrachtete den Abgang seiner künftigen Frau mit unverhohlenem Wohlwollen. Sie war eine richtige Wildkatze, die fauchte und die Krallen ausfuhr. Wahrscheinlich würde es Jahre dauern, bis er sie gezähmt hatte – falls ihm das überhaupt jemals gelingen würde. Aber er freute sich auf jede Minute, die er an der Seite dieser Frau verbringen würde – in guten wie in schlechten Zeiten. Vielleicht würde er sie eines Tages sogar lieben – was immer das bedeuten mochte.

»Indianerfrauen reden keine Männer an«, erklärte *Schwarzer Adler* kopfschüttelnd.

Tristan sah keinen Grund, darauf hinzuweisen, daß Emily ja keine Indianerfrau war. Er seufzte scheinbar resigniert. »Ich fürchte, daß ich sie mal ordentlich übers Knie legen muß«, meinte er, obwohl er nie eine Frau geschlagen hatte – und bestimmt nicht bei Emily damit anfangen würde.

Schwarzer Adler nickte nachdenklich. »Jetzt ist mir auch klar, warum ein weißer Mann sich nur eine Ehefrau nimmt.«

Tristan lachte leise in sich hinein. Er wußte, daß *Schwarzer Adler* drei Frauen hatte, und die Vorstellung, mit drei Emilys verheiratet zu sein, konnte einen Mann schon zum Nachdenken bringen. Dann lenkte er das Gespräch auf ein anderes Thema. »Ich habe heute ein großes Stück Land gekauft, und ich brauche alle Männer, die du auftreiben kannst, um die neue Ranch zu bewirtschaften. Um das Geschäft zu besiegeln, gebe ich dir zwanzig dieser Schafe, die du dir selbst aussuchen kannst.«

Schwarzer Adler rief einen der anderen Indianer zu sich und sagte etwas in einer Sprache zu ihm, die Tristan nicht verstand. Der jüngere Indianer nickte, und dann begann die Auswahl der Tiere. Tristan sah noch ein paar Minuten zu, bevor er ins Haus zurückging, denn auch er wollte Emily ein paar Worte sagen.

Sie verrührte irgendwas in einer großen Schüssel und gab mit so viel Schwung einen Schuß Milch dazu, daß die Flüssigkeit über den Schüsselrand spritzte. Emily starrte Tristan wütend an und wartete offensichtlich auf eine Entschuldigung.

Er hatte nicht die Absicht, sich zu entschuldigen, aber er war froh, daß sie nicht gehört hatte, wie er *Schwarzer Adler* versprochen hatte, sie übers Knie zu legen. »Wenn du einem Indianer ein Geschenk machst«, erklärte er und verschränkte die Arme vor der Brust, »fühlt er sich verpflichtet, auch dir etwas zu geben. Wenn er das nicht kann, verliert er seine Ehre – und die Ehre ist so ziemlich das einzige, was diesen Menschen noch geblieben ist.«

Ihr Ärger legte sich etwas, und sie stellte die Schüssel auf den Tisch. Tristan sah, daß sie darin Maismehl mit Butter und Milch verrührt hatte, und das Wasser lief ihm im Mund zusammen. »Das hättest du mir ruhig schon früher sagen können«, meinte sie grimmig.

»Das Gespräch kam nie darauf«, antwortete er sachlich.

Sie blickte ihn mißtrauisch an. »Was haben sie dir denn für die Rinder gegeben?«

»Feuerholz«, erwiderte er. »So viel, daß wir in den nächsten Jahren bestimmt nicht frieren werden. Die Frauen und Kinder sammeln es gerade in den nahe gelegenen Wäldern.«

Emily biß sich auf die Unterlippe. »Tut mir leid.«

Tristan hob eine Augenbraue. »Wirklich?«

Sie nickte betrübt. »Ich hätte beinahe einen schrecklichen Fehler begangen«, gab sie zu. »Ich wollte *Schwarzer Adler* sagen, ich hätte gehört, daß die Menschen in seinem Dorf Hunger litten und daß er sich zwanzig Schafe aussuchen könnte.« Sie preßte die Rückseite der Hand gegen die Stirn und seufzte tief. Dann blickte sie Tristan mit traurigen Augen an. »Warum hilft denn die Regierung den Indianern nicht?«

Tristan lachte einmal kurz auf, aber es klang nicht fröhlich, sondern bitter. »Die Regierung? Kein Indianer, der auch noch einen Funken Ehre im Leib hat, würde einem Politiker oder einem Soldaten vertrauen. Nicht, nachdem man sie immer wieder belogen und betrogen hat.«

Er sah ihrem Gesicht an, daß sie irgend etwas ausbrütete, und er ahnte, daß er sich nicht darüber freuen würde.

»Wirst du mich hinbringen?«

»Wohin?« fragte er, fürchtete aber, daß er die Antwort schon kannte.

»Zum Dorf der Indianer natürlich«, entgegnete sie mit einem Anflug von Ungeduld.

»Nein«, sagte er wie aus der Pistole geschossen. Die Familien, die in dem kleinen Dorf ein paar Meilen weiter westlich lebten, waren zwar friedlich, aber im Dorf hielten sich ständig abtrünnige Indianer auf, Männer, die auf der Flucht vor dem Gesetz waren. Diese Abtrünnigen spielten nach ihren eigenen Regeln. Einer von ihnen könnte auf die Idee kommen, Emily zu entführen, um ein Lösegeld zu erpressen – und kein anderer Indianer würde sich in so einem Fall einmischen, um ihr zu helfen.

»Warum nicht?« fragte sie mit großen Augen.

»Weil das kein Ort für dich ist. Deshalb!«

»Da wirst du mir schon eine bessere Erklärung geben

müssen, wenn du mich überzeugen willst«, gab sie schnippisch zurück.

Diese Frau hatte manchmal eine Art an sich, daß er die Wände hätte hochgehen können. »Ich will dich nicht überzeugen, sondern ich *befehle* dir, nicht einmal in die Nähe des Indianer-Dorfes zu gehen.«

»Du hast mir gar nichts zu befehlen«, erwiderte sie. »Ich bin schließlich keiner deiner Männer, die du herumkommandieren kannst. Hast du vergessen, daß ich Anspruch auf dieses Land erhebe? Mir scheint, daß ich auf jeden Fall ein Wort darüber mitzureden habe, *wie* die Dinge hier entschieden werden.« Sie nahm die Schüssel in den einen Arm und schlug den Teig mit einem Holzlöffel so fest, daß Tristan Zweifel hatte, ob daraus noch ein richtiges Maisbrot werden würde. Dabei aß er Maisbrot – noch ein bißchen warm und frisch gebuttert – für sein Leben gern.

Nach einer Weile entschloß er sich einzulenken – nur wegen des Essens, wie er sich selbst einredete. Den Streit, wem die Ranch nun gehörte, stellte er erst einmal zurück. »Hör zu, Emily, du könntest die Indianer mit irgendwelchen Krankheiten anstecken«, erklärte er. »Sie sind sehr empfindlich – besonders die Kinder.«

Wieder setzte sie die Schüssel auf den Tisch und wischte sich die Hände an dem Mehlsack ab, den sie an Stelle einer Schürze umgebunden hatte. Tristan sah ihrem Gesicht an, daß er sie mit seiner Bemerkung verunsichert hatte, auch wenn er nicht besonders stolz auf diese Lüge war. Aber so ganz falsch war es ja nicht, was er gesagt hatte. Viele Stämme waren durch Typhus, Cholera und andere Seuchen dezimiert worden, die erst die Weißen ins Land gebracht hatten.

»Aber ich bin vollkommen gesund«, protestierte sie.

»Das glaube ich dir ja«, antwortete er ruhig. »Aber sie könnten sich trotzdem in irgendeiner Form bei dir anstecken. Oder bei mir oder jedem anderen Weißen. Deshalb ist es besser, wenn wir sie in Frieden lassen.«

»Ich weiß nicht«, murmelte sie zweifelnd.

Er hätte sie gerne in die Arme genommen, aber er wagte es nicht, denn dann hätte er der Versuchung, sie zu küssen, nicht widerstehen können, und er war nicht sicher, was dann passiert wäre.

Schnell drehte er sich um und verließ das Haus. Er hegte immer noch die Hoffnung, daß es zum Abendessen frischgebackenes Maisbrot geben würde. Das wäre zwar nur eine kleine Entschädigung für die Küsse, die ihm entgangen waren, aber immerhin besser als gar nichts.

Wie am Abend zuvor kamen Mr. Polymarr und Fletcher zum Essen in die Küche, und Emily bemerkte erfreut, daß sich die beiden Männer alle Mühe gegeben hatten, sich zu waschen und halbwegs präsentabel auszusehen. Im Gegenzug bemühte sich Emily, den beiden ein richtiges Zuhause zu bieten, ein Heim, in dem sie nach einem langen Arbeitstag willkommen waren. Sie füllte immer wieder die Kaffeebecher und sorgte dafür, daß sie ihren Teil vom Maisbrot bekamen, das Emily als Beilage auftischte und von dem Tristan mehr aß, als vier erwachsene Männer hätten essen können.

Zum Nachtisch servierte sie den Rhabarberkuchen, den die drei Männer im Nu verputzten. Zum ersten Mal kam es Emily in den Sinn, daß ihr Tag eigentlich schon damit ausgefüllt war, die Männer zu bekochen. Aber sie beklagte sich nicht, denn sie tat es wirklich gerne.

Mr. Polymarr und Fletcher bedankten sich artig für das gute Essen und zogen sich zurück. Tristan bestand wieder darauf, den Abwasch zu übernehmen, und Emily setzte sich in den Sessel beim Kamin, in dem ein heimeliges Feuer brannte. Sie dachte immer noch über die Indianer nach, die Hunger litten und denen man keine Chance im Leben gab. Sie konnte Tristans Verbitterung darüber gut verstehen, und er stieg in ihrer Hochachtung, weil er diese Menschen anständig behandelte und nicht auf sie hinabschaute, wie viele andere Weiße es taten, die ihre Tiere besser behandelten als die Ureinwohner des Landes.

Emily war so in Gedanken versunken, daß sie zusammenzuckte, als Tristan sie ansprach. »Ich möchte dir etwas zeigen«, sagte er leise und fast ein bißchen scheu.

Sie blickte auf und sah, daß er lächelte. Im Schein des Kaminfeuers schimmerte sein Haar wie pures Gold.

Er zog sich einen Stuhl heran, setzte sich dicht zu ihr und schaute sie an. Dann gab er ihr den Packen Papiere, um die er am Nachmittag so ein Geheimnis gemacht hatte.

Ein bißchen überrascht und verwirrt schlug sie die Papiere auf und sog dann scharf die Luft ein. Die Dokumente besagten, daß Tristan Saint-Laurent vom heutigen Tag an der neue Eigentümer der Powder Creek Ranch war. »Diese Ranch dürfte eine Menge Geld gekostet haben«, meinte sie tonlos und stellte sich vor, daß ihre Ehe von einem Schuldenberg belastet sein würde, den ihre Kinder später noch würden abtragen müssen.

»Ich *habe* eine Menge Geld«, erwiderte er ruhig. Es klang nicht stolz oder eingebildet, sondern es war eine schlichte Feststellung. »Wir werden in das große Haus umziehen, sobald ich die Cowboys und das Gesindel los bin, das sich derzeit noch auf dem Gelände der Ranch aufhält«, fügte er hinzu.

Emily erschien das Haus, in dem sie sich jetzt aufhielten, schon groß. Außerdem war es ja *ihr* Haus, das ihr Onkel ihr vererbt hatte. Sie war nicht sicher, ob sie dieses Haus überhaupt noch einmal verlassen wollte. Ihre Lippen begannen zu beben, aber sie brachte kein Wort heraus. Das Wohnhaus der Powder Creek Ranch war sicher riesig. Was würde passieren, wenn Tristan es eines Tages leid tun würde, daß er sie, Emily, zur Frau genommen hatte und nicht eine elegante Lady aus dem Osten, die so ein Haus mit gesellschaftlichem Leben füllen konnte?

Er zog die Augen zusammen. »Was geht denn jetzt schon wieder in deinem außergewöhnlich hübschen Kopf vor?«

Emily kaute nachdenklich auf der Unterlippe und nahm ihren ganzen Mut zusammen. »Ich frage mich, ob du nicht vielleicht eines Tages deine Meinung ändern wirst und es bedauerst, mich geheiratet zu haben.«

Er beugte sich weit vor und gab ihr einen Kuß auf die Nasenspitze. Die Geste an sich war vollkommen unschuldig, aber wie immer, wenn Tristan sie zärtlich berührte, lief Emily ein wohliger Schauer über den Rücken. »Das glaube ich nicht«, meinte er, als wäre damit alles gesagt und jede weitere Diskussion überflüssig. »Muß ich heute nacht wieder in der Scheune schlafen?«

Ihr Puls beschleunigte sich, und ihr wurde heiß. »Ich glaube, wir müssen darüber noch einmal reden«, antwortete sie nervös.

Tristan hob die Augenbraue. »Worüber?«

»Ich … Nun ich habe mich gefragt, ob wir in einem Bett schlafen werden. Nach der Hochzeit, meine ich natürlich.«

Er lächelte, wobei seine Mundwinkel zuckten. »Schlafen denn nicht alle Eheleute in einem Bett?« meinte er unschuldig. Sie wußte natürlich, daß er sich über sie lustig machte, und wurde noch nervöser.

Emily ließ verlegen ihren Blick durch den Raum schweifen und schüttelte dann heftig den Kopf. »Wir nicht. Mein erster Ehemann und ich.«

Diese Bemerkung verblüffte ihn sichtlich. »Nie?« wollte er ungläubig wissen. »Nicht ein einziges Mal?«

Wieder schüttelte sie den Kopf. »Er war ja schon alt. Er wollte eine Frau, die ihm das Haus in Ordnung hält, keine Ehefrau.«

»Dann bist du also noch Jungfrau?«

»Ja«, sagte sie und straffte die Schultern. Ihre Würde war im Augenblick alles, an dem sie festhalten konnte.

»Das ist allerdings eine erfreuliche Mitteilung«, erklärte er und nahm ihr Kinn zwischen beide Hände. »Nicht, daß ich dich weniger mögen würde, wenn es anders wäre, aber es freut mich zu wissen, daß ich der einzige Mann sein werde, der dich in sein Bett nehmen wird.«

Sie hatte Angst, er würde sie küssen, und fürchtete gleichzeitig, daß er es nicht tun würde, denn wenn er sie nicht küssen würde, wüßte sie nicht, was sie als nächstes sagen sollte. In diesem Moment spürte sie seinen warmen Atem auf ihrem Gesicht, und Tristan berührte ihren Mund mit seinen Lippen.

»Ich … ich weiß nicht, was ich tun muß«, murmelte sie verlegen. »Ich weiß nicht, was du von mir erwartest.«

Zärtlich strich er ihr über die Lippen. »Ich werde es dir zeigen, Liebste.«

Ihr wurde ganz heiß, und sie begann zu zittern. »Ich glaube, du gehst jetzt besser«, sagte sie und stand hastig auf, als ob sie auf glühenden Kohlen säße.

Er hielt sie an der Hand fest. »Du brauchst keine Angst zu haben«, versicherte er leise und zog sie auf seinen Schoß. Sie hatte nicht die Willenskraft, sich ihm zu widersetzen. Er sprach mit leiser, einschmeichelnder Stimme. »Beim ersten Mal kann es vielleicht ein wenig unangenehm sein, aber ich verspreche dir, daß ich ganz vorsichtig sein werde und dir nicht weh tun werde.«

Sie wußte nicht, was sie erwidern sollte, und deshalb blieb sie einfach still auf seinem Schoß sitzen.

»Wir werden viel Spaß miteinander haben«, fuhr er fort und strich mit seinen Knöcheln ganz sanft über den Stoff ihres Kleides – über ihre Brustwarzen, die sich aufgerichtet hatten. »Laß mich dir die Liebe zeigen, Emily.«

Vor ihren Augen verschwamm alles. In ihrem Kopf

schien sich alles zu drehen. In ihrem Körper loderte ein Feuer, und ihre Lust und ihr Verlangen waren so heftig, daß ihr angst und bange wurde. »Tristan«, flüsterte sie.

Er beugte den Kopf zu ihrem Busen und begann, an einer der unter dem Stoff ihres Kleides verborgenen Brustwarzen zu saugen. Emily stöhnte leise auf und hatte das Gefühl, ohnmächtig zu werden. Sie spürte eine alles verzehrende Glut zwischen ihren Schenkeln, und in diesem Moment hätte sie sich Tristan ohne Zögern hingegeben.

Er seufzte schwer und stellte Emily wieder auf ihre eigenen Füße, hielt sie aber noch eine Weile an der Taille fest, bis sie ihr Gleichgewicht wiedergefunden hatte.

»Es tut mir leid, daß ich die Beherrschung verloren habe«, murmelte er und stand so heftig auf, daß sein Stuhl über den Boden scharrte. Die Papiere – die Besitzurkunde für die große Nachbar-Ranch – flatterten auf den Teppich, und Emily hob sie schnell auf.

Sie gab sie ihm und blickte ihm in die Augen. »Du brauchst dich nicht zu entschuldigen«, erwiderte sie. »Du hattest ja angekündigt, daß du versuchen würdest, mich zu verführen.«

Tristan faltete die Papiere zusammen und klopfte damit in seine offene Handfläche. »Ich mußte es zumindest einmal versuchen«, gab er zu. »Hast du etwas dagegen, wenn ich kurz nach oben gehe, um mir eine Decke und eine lange Unterhose zu holen? In der Scheune ist es schon mächtig kalt.«

Emily wandte schuldbewußt den Blick ab. »Hol dir bitte, was du brauchst.« Sie hörte noch sein rauhes Lachen. Dann war er verschwunden.

Emily hatte gehofft, daß sich ihr Verlangen im Laufe der Nacht abkühlen würde, aber als Tristan am nächsten Morgen – ohne Mr. Polymarr und Fletcher – in die Küche zum

Frühstück kam, waren ihre Lust und ihre Sehnsucht stärker als je zuvor. Sie machte ihm Kaffee und servierte ihm gepökeltes Fleisch mit dem Rest des Maisbrotes. Während er aß, ließ er sie nicht aus den Augen.

»Du reitest heute morgen zur Powder Creek Ranch?« Es war keine Frage, sondern eine resignierte Feststellung. »Allein?«

»*Schwarzer Adler* und einige seiner Männer werden mich begleiten«, antwortete er. »Und die Powder Creek Ranch heißt ab sofort Halbmond-Ranch, denn sie ist nun Teil dieser Ranch.«

Ständig hatten sie es vermieden, über die Besitzverhältnisse zu sprechen. Immer schien eine andere Sache wichtiger gewesen zu sein, und auch jetzt war nicht der richtige Zeitpunkt, um ihren Anspruch noch einmal klar und deutlich zu machen, fand Emily.

»Du hast also die Absicht, dich umbringen zu lassen«, sagte sie vorwurfsvoll. Sie gab sich gar nicht mehr die Mühe, ihre Angst zu verbergen. Tränen traten Emily in die Augen, und sie ließ ihnen einfach freien Lauf.

Tristan stand langsam vom Tisch auf, trat zu ihr und legte seine Hände auf ihre Schultern. »Im Gegenteil«, widersprach er. »Noch nie wollte ich lieber leben als jetzt. Aber es gibt nun einmal Zeiten, in denen ein Mann bereit sein muß, um sein Eigentum zu kämpfen. Dies ist so ein Zeitpunkt.«

Sie wußte, daß er recht hatte, aber das machte es ihr nicht leichter, ihn ziehen zu lassen, damit er gegen gemeine, hinterhältige Leute kämpfte, die ihn kaltblütig hinterrücks erschießen würden, wenn sich dazu die Gelegenheit ergab. Sie schlang zögernd ihre Arme um seine Taille und legte ihren Kopf an seine Brust, während er sie festhielt. Dann gab er ihr einen leichten Kuß auf die Stirn.

»Ich werde schneller zurück sein, als du es dir vorstellen kannst«, versicherte er, hob ihr Kinn mit dem Zeigefinger an und schaute ihr tief in die Augen. »Mach dir keine Sorgen, Emily.«

Sie seufzte und nickte, aber beide wußten, daß das eine Lüge war. Emily würde sich schreckliche Sorgen machen und vor Angst fast vergehen.

Kaum hatte Tristan das Haus verlassen, lief Emily nach oben, um die alte Hose und das Hemd anzuziehen, die Sachen, die sie getragen hatte, als sie vor einigen Tagen mit ihren Schafen hier angekommen war. Sie lief zum Stall, wo Walter seine Herrin schnaubend begrüßte.

Emily warf dem Pony einen Halfter über den Kopf, aber sie nahm sich nicht die Zeit, das Pferd zu satteln. Tristan, *Schwarzer Adler* und die anderen fünf Indianer hatten schon einen großen Vorsprung, aber das konnte Emily nur recht sein. Denn sie war sicher, daß Tristan sie zurückschicken würde, falls er sie entdecken würde. Und sie zweifelte nicht daran, daß er sie notfalls wie ein Bündel verschnüren würde und sie einfach über den Rücken ihres Pferdes legen würde.

Je weiter sie kam, desto steiler wurde das Gelände. Sie hatte Angst vor dem, was sie auf der früheren Powder Creek Ranch sehen würde – aber noch mehr Angst hatte sie davor, daß sie vielleicht zu spät kommen würde.

Der Wald wurde dichter. Die Blätter der Bäume – Eichen, Ahorn und Birken – begannen sich zu verfärben: tief rot, leuchtend gelb und rostfarben. Es war ein herrliches Farbenspiel, aber heute hatte Emily keinen Blick für die Schönheiten der Natur.

Sie kam zu einer großen Wiese und mußte am Waldrand stehenbleiben, denn unbemerkt hätte sie die Wiese nicht überqueren können. Von hier aus hatte sie jedoch einen guten Blick auf das Haus – in dem im Augenblick alles still war. Auch Tristan und die Indianer waren nirgends zu sehen, obwohl Emily sicher war, daß sie ganz in der Nähe waren.

Sie ließ ihren Blick über das Haus gleiten, das Tristan gekauft hatte. Es war das größte, das Emily je in ihrem Leben gesehen hatte. Der untere Teil war aus Bruchsteinen gemauert, und im ersten Stock führte ein durchgehender Balkon um das ganze Gebäude herum, so daß man von außen von Zimmer zu Zimmer gehen konnte. Hinter dem Haus drehte sich träge eine Windmühle, und auf der anderen Seite stand eine riesige Scheune. In einem Gatter tänzelten Pferde. Die Tiere schienen nervös zu sein und zu spüren, daß etwas in der Luft lag.

Dann sah sie Tristan und *Schwarzer Adler,* die aus einer Senke auf das Haus zuritten. Die übrigen Indianer folgten in kurzem Abstand.

In diesem Moment wurde Emily von hinten aus dem Sattel gerissen. Sie flog zu Boden, und bevor sie schreien konnte, legte sich eine schwielige Hand auf ihren Mund. Sie wehrte sich, aber der Angreifer preßte ihr schmerzhaft mit Daumen und Zeigefinger den Kiefer zusammen.

»Ganz ruhig, kleine Lady«, zischte eine ölige Stimme. »Ich will dir nichts zuleide tun, aber wenn es sein muß, kann ich dir sehr, sehr weh tun.« Emily hatte Todesangst, aber ihre Vernunft behielt die Oberhand. Sie tat, was der Mann verlangte, und ließ ihren Körper in sich zusammensinken, in der Hoffnung, er würde sie loslassen, weil er glaubte, daß sie ohnmächtig geworden sei.

Der Trick funktionierte jedoch nicht. Der Kerl stopfte ihr blitzschnell ein Tuch in den Mund und band ein zweites um ihren Kiefer, damit sie den Knebel nicht auswürgen konnte. Dann fesselte er ihre Handgelenke hinter dem Rücken und warf Emily mit solcher Wucht auf den Rücken eines Pferdes, daß sie glaubte, den Knebel zu verschlucken und daran zu ersticken.

Sie hatte den Mann, der sie überfallen hatte, nicht deutlich gesehen, aber das war gar nicht notwendig, denn sie wußte, daß er der Anführer der Männer war, die vor zwei

Tagen zur Ranch gekommen waren, um die Schafe abzuschlachten.

Der Mann setzte sich hinter Emily aufs Pferd. Sie spürte seinen Körper und roch seinen Schweiß und seinen sauren Atem, der nach billigem Whiskey stank. Er drückte ihr seinen Hut tief in die Stirn, was ebenso effektiv war, als hätte er ihr die Augen verbunden. Ihr Magen rebellierte, und sie fürchtete, sich erbrechen zu müssen, aber mit eisernem Willen zwang sie ihn, sich zu beruhigen. Da ihr Mund verstopft war, konnte sie sich nicht übergeben – und sie wäre an dem Erbrochenen erstickt.

Nach einer Weile begann sie wieder gleichmäßiger zu atmen, und sie versuchte, sich über ihre Lage klarzuwerden. Morgen war Sonntag, der Tag, an dem sie Tristan hätte heiraten sollen. Aber daraus würde ja nun nichts mehr werden. Den nächsten Tag würde sie vielleicht gar nicht mehr erleben – oder sich wünschen, tot zu sein. Es war klar, daß die Outlaws sie als Pfand benutzen würden, als Waffe gegen Tristan oder als Köder, um ihn in eine Falle zu locken. Wenn sie ihn erst in ihrer Gewalt hatten, würden sie ihn umbringen. Und dann wäre sie selbst an der Reihe. Diese Männer würden sie sicher vergewaltigen, bevor sie auch sie töteten.

Emily ermahnte sich, ruhig zu bleiben. Wenn sie wachsam war, würde sich ihr vielleicht eine Chance zur Flucht bieten. Wenn sie aber in Hysterie verfiel, konnte das nur fatale Folgen für sie haben. Und für Tristan auch.

Tristan spürte, wie sich seine Nackenhärchen aufstellten. Die Pferde schnaubten unruhig und scharrten mit den Hufen. *Schwarzer Adler* und seine Krieger hatten hinter Tristan einen Halbkreis gebildet, um das Haus und die übrigen Gebäude im Blickfeld zu haben.

Tristan zog seinen Fünfundvierziger und glitt vom

Rücken seines Wallachs. Im Obergeschoß des Hauses bemerkte er eine Bewegung, er sah, wie sich ein Vorhang bewegte, dann blitzte ein Gewehrlauf in der Sonne auf. Im gleichen Moment brach hinter ihm die Hölle los. Die Indianer ritten scheinbar wild umher und stießen ihre traditionellen Kriegsschreie aus, um für Verwirrung zu sorgen.

Tristan nutzte diese Verwirrung und rannte im Zickzack auf das Haus zu. Er hörte, wie hinter ihm die Kugeln in die Erde schlugen, die vom Dach aus abgefeuert wurden. Im Schutz der Hauswand blickte er sich um und sah zu seiner Erleichterung, daß *Schwarzer Adler* und seine Krieger unverletzt Deckung gefunden hatten und das Feuer erwiderten.

Im nächsten Moment stürzten zwei Männer vom Dach. Sie waren schon tot, bevor sie auf dem Boden aufschlugen.

Tristan stieß die schwere Eingangstür auf, die er als Schild benutzte. »Ihr habt keine Chance«, rief er. »Werft eure Waffen aus dem Fenster und ergebt euch. Dann bleibt ihr wenigstens am Leben.«

Die Antwort war ein Kugelhagel, der durch die Decke brach und die schöne Tür ruinierte.

»Zum Teufel«, knurrte Tristan verärgert. Er würde sich Ersatz aus San Francisco kommen lassen müssen oder vielleicht sogar aus Mexiko.

»Wo ist eigentlich deine Braut, St. Lawrence?« rief jemand höhnisch aus dem Obergeschoß. »Wann hast du sie zuletzt gesehen?«

Ein eisiger Schauer lief Tristan über den Rücken. Er hätte ja gern geglaubt, daß der Kerl bluffte, aber sein Gefühl verriet ihm, daß dies keine leere Drohung war. Er hob die Hand und gab damit den Indianern das Zeichen, das Feuer einzustellen.

»Wenn du mir etwas zu sagen hast«, erwiderte er, »dann sag es mir gleich.«

Schweigen.

Aus den Augenwinkeln bemerkte Tristan eine Bewegung auf der Wiese. Er atmete tief durch, als er Emilys Pony erkannte, das reiterlos und ohne Sattel langsam zum Haus trottete. Er hatte natürlich geglaubt, daß Emily zu Hause sei, beschützt von Polymarr, Fletcher und den restlichen Indianern. Jetzt war ihm klar, daß sie ihm gefolgt war und die Banditen sie in ihrer Gewalt hatten.

Seine Kehle schnürte sich zusammen. Diese Bastarde hatten Emily – und sie würden wer weiß was mit ihr machen.

Er brauchte einen kurzen Moment, um sich wieder zu sammeln. Dann sprang er vor und feuerte drei Schüsse durch die Decke. Oben schrie einer verletzt auf. Tristan lud sofort nach.

»Wo ist sie?« rief er. Er war außer sich, aber nach außen hin blieb er eiskalt – wie er es in solchen Situationen immer gewesen war.

»He, Mann? Bist du verrückt, oder wieso demolierst du dein eigenes Haus?«

Es hatte sich also offensichtlich schon herumgesprochen, daß er die Ranch gekauft hatte, die einmal William Kyle gehört hatte.

»Wenn es nötig ist, werde ich die Hütte bis auf die Grundmauern abbrennen«, antwortete Tristan und meinte, was er sagte. Er würde diese Bastarde rösten, bis sie ihm verrieten, wo Emily versteckt gehalten wurde.

»Woher sollen wir wissen, daß du uns nicht abknallst, wenn wir die Waffen niederlegen und rauskommen?«

»Das werdet ihr erst wissen, wenn ihr es macht«, erwiderte Tristan. »Also, wo steckt sie?«

8

Als die Verhandlungen wieder einmal zum Stillstand kamen, hielt Tristan es für an der Zeit, andere Saiten aufzuziehen. Neben dem Kamin fand er eine alte Zeitung, die er zusammenrollte und mit einem Zündholz anzündete. Mit dieser Fackel setzte er die schweren Vorhänge des Wohnzimmers in Brand. Im Nu zog ein beißend-scharfer Rauch durch das Haus, und die zwei Männer, die sich im Obergeschoß versteckt gehalten hatten, kamen hustend und nach Luft keuchend die Treppen herunter.

Tristan packte die beiden am Kragen und warf sie zur Tür hinaus. Sie stürzten auf der hölzernen Veranda zu Boden, und sofort war Tristan zur Stelle und warf sie noch einmal durch die Luft. Diesmal landeten sie mit dem Gesicht im Dreck und schrien vor Schmerzen auf.

Schwarzer Adler blieb neben Tristan stehen, während die anderen Indianer ins Haus rannten, um das Feuer zu löschen. Tristan drückte dem einen Mann seinen Fünfundvierziger an den Hals und rammte dem anderen sein Knie in den Rücken, so daß dieser sich nicht mehr vom Boden erheben konnte.

»Ich gebe euch noch eine Chance«, erklärte Tristan mit rauher Stimme, denn auch sein Hals brannte vom Rauch. »Wenn ich nicht sofort erfahre, wo ihr Mistkerle Miss Emily versteckt habt, wird es hier ein Blutbad geben, wie man in diesem Land noch keines gesehen hat.«

»Ich weiß wirklich nicht, wo sie ist«, keuchte der, dem Tristan den Revolver an den Hals hielt. »Ich schwöre, daß ich es nicht weiß.«

Tristan riß den anderen an den Haaren hoch, während er ihm das Knie noch fester in den Rücken bohrte. Der Mann heulte vor Schmerzen auf. »Irgendwo da oben in den Bergen gibt es eine Hütte«, wimmerte er. »Nördlich vom Dorf der Indianer.«

Tristan stieß das Gesicht des Mannes in den Schmutz. »Ich kann nur hoffen, daß es ihr gutgeht«, sagte er mit einer Stimme, die ihm selbst Angst eingejagt hätte, wenn sie einem anderen gehört hätte. »Mein Freund *Schwarzer Adler* wird ein Auge auf euch haben, bis ich zurück bin. Und wenn dieser Frau auch nur ein Haar gekrümmt worden ist, werde ich euch so fertigmachen, daß ihr wünscht, niemals geboren worden zu sein.« Er stand auf, und *Schwarzer Adler* gab zwei seiner Krieger ein Zeichen. Sie fesselten die Outlaws sofort an Armen und Beinen, so daß sie sich nicht mehr rühren konnten.

»Ich reite mit dir«, erklärte *Schwarzer Adler* ruhig, und Tristan sah ihm an, daß dieser Entschluß unumstößlich war.

Tristan nickte, schwang sich auf seinen Wallach und ritt in Richtung der Berge los. Auch *Schwarzer Adler* hatte sein Pferd bestiegen, gab seinen Männern noch einige Anweisungen und folgte dann Tristan.

»Was hast du deinen Kriegern befohlen?« Tristan fragte sich, ob er die beiden Männer noch lebend antreffen würde, wenn er zurückkam – aber es war ihm ziemlich gleichgültig.

Die dunklen Augen des Indianers blitzten. »Ich habe ihnen nur gesagt, daß sie die Kerle erschießen sollen, wenn sie zu fliehen versuchen oder wenn jemand sie befreien will.«

Schwarzer Adler kannte vermutlich jeden Strauch und jeden Busch in diesem Gelände, und Tristan war froh, ihn an seiner Seite zu haben, obwohl er das vor dem Indianer nie direkt zugegeben hätte. Mit ihm als Partner hatte Tristan eine wesentlich bessere Chance, Emily heil und gesund zurückzubekommen, aber noch lieber wäre es ihm gewesen, wenn Shay an seiner Seite gewesen wäre.

Es gehörte zu Tristans Angewohnheiten, sich mit der Umgebung, in der er lebte, vertraut zu machen. Deshalb war er früher oft tagelang hier in den Bergen unterwegs gewesen und hatte dabei etwa ein Dutzend Hütten entdeckt, die sich in unterschiedlichem Zustand befanden. Einige waren vollkommen zerfallen, andere noch gut in Schuß. In manchen dieser Hütten hatten früher einmal Minenarbeiter gewohnt, Glücksritter, die nach Gold gesucht hatten, oder arme Siedler, die sich kein Haus in der Stadt leisten konnten. Manche der Hütten wurden auch nur von Cowboys benutzt, die die Weidezäune einer Ranch überprüften und dabei von einem Sturm oder Unwetter überrascht wurden und hier einen Unterstand für eine Nacht fanden. Emily konnte überall sein – oder ganz woanders.

Schwarzer Adler schien Tristans Gedanken zu erraten. »Wir brauchen den Hund«, meinte er.

Tristan nickte. Spud hatte zwar eigentlich noch Ruhe nötig, aber dies war eine Notlage, und da würde der Hund eben die Zähne zusammenbeißen müssen. Tristan wendete sein Pferd und ritt zur alten Ranch zurück.

Sie brauchten etwa eine halbe Stunde, und Tristan verfluchte jede Minute, die sie verloren, aber ihm war klar, daß er mit Spuds Hilfe Emily viel schneller finden würde. Er sprang vom Rücken des Wallachs, bevor das Pferd zum Stillstand gekommen war, stürzte ins Haus und lief die Treppen hinauf, wobei er zwei bis drei Stufen auf einmal nahm. In seinem Zimmer fand er, was er suchte, Emilys Umhang, den sie getragen hatte, als er sie zum ersten Mal gesehen hatte.

Er brauchte gar nicht nach Spud zu pfeifen, denn obwohl das Tier verletzt war, schien es zu spüren, daß seine Herrin in Schwierigkeiten steckte. Unruhig lief der Hund vor der Treppe hin und her, knurrte und bellte. Tristan ließ das Tier an dem Umhang schnüffeln und war selbst überrascht, wie schnell der Hund begriff. Spud raste aus der offenstehenden Tür und sah sich nicht einmal mehr nach Tristan um.

Die beiden Männer hatten Mühe, dem Hund zu folgen, der nur von Zeit zu Zeit stehenblieb und sich ungeduldig nach den Reitern umschaute.

Noch nie im Leben war Tristan so aufgewühlt gewesen, und plötzlich wußte er, was es hieß, richtig Angst zu haben – ein Gefühl, das ihm in dieser Form bisher fremd gewesen war. Er hatte Angst um Emily, denn die Leute, die sie in ihrer Gewalt hatten, waren zu allem fähig. Vor seinem geistigen Auge sah er all die Scheußlichkeiten, die sie ihr antun könnten. Ihm wurde abwechselnd heiß und kalt.

Schließlich blieb der kluge Hund stehen, kauerte sich auf den Boden und robbte auf dem Bauch bis zum Rand der Kuppe vor. Die struppigen Nackenhaare waren gesträubt, und er knurrte gefährlich.

Tristan wäre vielleicht todesmutig weitergeritten, wenn *Schwarzer Adler* nicht seinen Arm ausgestreckt und den Wallach am Zügel festgehalten hätte.

Die Männer stiegen von den Pferden, und der Indianer führte die Tiere ein Stück in den Wald zurück, nachdem er Tristan einen warnenden Blick zugeworfen hatte. Die Hütte, die er ein Stück weiter unten sah, war so windschief, daß sie beim nächsten Sturm wahrscheinlich umfallen würde. Aber es war eindeutig, daß sich jemand in ihrem Innern befand. Zwei Pferde grasten daneben, und aus dem Schornstein stieg Rauch auf.

Schwarzer Adler kauerte sich neben Tristan. »Keine Wachen«, flüsterte er. Tristan hatte alle Mühe, Spud festzuhalten, der die Zähne gefletscht hatte und sich offensichtlich sofort auf die Hütte stürzen wollte, was wohl ein Zeichen dafür war, daß Emily in ihr gefangengehalten wurde. Vielleicht lebte sie noch, aber Tristan hatte natürlich keine Ahnung, in welcher Verfassung sie sich befand. Er schloß für einen Moment die Augen und bat einen Gott, an den er schon lange nicht mehr glaubte, sie zu beschützen.

»Mach dir keine Sorgen«, wisperte *Schwarzer Adler*. »Sie wird sie totreden.«

In diesem Augenblick wurde die Tür der Hütte aufgestoßen. Sie klemmte und quietschte in den Angeln. Einer der Powder-Creek-Männer trat ins Freie und öffnete seine Hose, um in aller Ruhe zu pinkeln. Tristan versuchte, durch die offene Tür einen Blick auf Emily zu erhaschen. Dabei lockerte er den Griff, und Spud nutzte die Gelegenheit, um sich loszureißen. Der Hund schien durch die Luft zu fliegen, seine Pfoten berührten kaum den Boden.

Der Cowboy, der immer noch an seiner Hose nestelte, stieß einen schrillen Warnschrei aus, bevor Spud bei ihm war, ihn an der Kehle packte und zu Boden riß.

Ein zweiter Mann kam aus der Hütte. Er hielt Emily dicht vor seinen Körper gepreßt, um sie als Schutzschild zu benutzen. Seinen Revolver drückte er ihr fest gegen den Hals. Sie war blaß, und ihre Haare waren zerzaust, aber sie schien unverletzt zu sein. Tristan war so erleichtert, daß er darüber fast vergaß, daß sie sich immer noch in akuter Lebensgefahr befand.

»Komm raus, Saint-Laurent«, rief der große Mann, der Emily festhielt und mit der Waffe bedrohte. Tristan erkannte ihn sofort, denn er war einer der wenigen hier im Westen, der seinen Namen korrekt aussprach. Er hieß Elliott Ringstead und war einmal Texas Ranger gewesen, bevor er sich auf die andere Seite des Gesetzes geschlagen hatte, wo er es zu einer zweifelhaften Berühmtheit als Dieb und Mörder gebracht hatte. Lange Zeit hatte Tristan vergeblich versucht, Ringstead zur Strecke zu bringen. Im Laufe der Jahre war das Kopfgeld, das auf seine Ergreifung ausgesetzt war, ständig erhöht worden, aber Ringstead war Tristan immer wieder durch die Lappen gegangen. »Es ist sinnlos, sich zu verstecken. Ich weiß, daß du irgendwo da draußen bist. Mir war klar, daß du nach der kleinen Lady suchen würdest.«

Der andere Cowboy, dem die Hose nun bis zu den Knien herunterhing, versuchte immer noch, Spud loszuwerden. Dabei schrie der Mann wie am Spieß. Emily sah den Hund an und sprach mit leiser Stimme auf das Tier ein. Zögernd und unwillig ließ Spud die Kehle des Outlaws los, aber er beobachtete die beiden Männer knurrend und wartete auf seine Chance.

Ringstead drückte den Revolver fester an Emilys Hals. »Willst du, daß ich sie erschieße, Saint-Laurent? Ein Mann wie du, der die Frauen liebt? Das paßt gar nicht zu dir!«

»In Ordnung«, rief Tristan zurück, erhob sich und warf seinen Fünfundvierziger den Hügel hinunter. »Und jetzt laß sie frei, Ringstead.« Mit erhobenen Armen begann Tristan den Abstieg.

Emily starrte ihn mit großen Augen entsetzt an. Sie schüttelte ganz leicht den Kopf und formte mit den Lippen ein lautloses Nein.

»Weißt du, Saint-Laurent«, sagte Ringstead gedehnt, »ich habe dich immer darum beneidet, daß du bei den Frauen so viele Chancen hattest. Diese hier ist besonders hübsch – da hast du dich selbst übertroffen. Zu schade, daß dir das nichts mehr nützt, aber meine Jungs und ich werden sicher viel Spaß mit ihr haben.« Er lachte gehässig.

»Ich hätte dich bis ans Ende der Welt jagen sollen, Ringstead«, erwiderte Tristan ruhig. Er schaute Emily an und las nackte Verzweiflung in ihrem Blick. Sie hatte nicht gewollt, daß er aus seinem Versteck kam, aber was hätte er denn anderes tun sollen? Außerdem war ihre Angst um ihn im Augenblick seine geringste Sorge. *»Tot oder leben-*

dig – so heißt es doch auf den Steckbriefen. Ich denke, ersteres ist in deinem Fall gut genug.«

Wieder lachte Ringstead und enthüllte dabei eine Reihe verfaulter brauner Zähne. »Für mich sieht das aber ganz so aus, als ob du gleich tot sein wirst«, bemerkte er und versetzte seinem Partner einen Fußtritt. »Steh endlich auf, Homer, oder hast du noch nicht bemerkt, daß wir im Vorteil sind?«

Emily warf Tristan einen kurzen warnenden Blick zu. Dann biß sie mit aller Kraft in Ringsteads Waffenhand. Der Mann ließ seinen Revolver fallen und fluchte, aber im gleichen Moment trat Emily ihm mit ihrem Absatz fest auf den Spann.

Tristan stürzte vor und riß Emily zur Seite, um sie in Sicherheit zu bringen. Aber auch Ringstead reagierte blitzschnell. Er rollte sich zusammen, griff nach dem Revolver und richtete die Mündung auf Tristan. Auf diese kurze Entfernung brauchte ein erfahrener Schütze nicht lange zu zielen. Ringstead schlug nur den Hammer zurück.

»Nein!« schrie Emily auf.

Ein Schuß zerriß die Stille der Berge, und Tristan wartete darauf, daß die Kugel ihn treffen und seinem Leben ein Ende bereiten würde. Er wartete und wunderte sich, wieso er noch keine Schmerzen empfand.

Dann sah er, daß Ringstead sich langsam um die eigene Achse drehte und mit der Grazie eines Ballett-Tänzers zu Boden sank. Auf seiner Brust breitete sich ein roter Blutfleck aus. Erst jetzt wurde Tristan klar, daß *Schwarzer Adler* ihm gerade das Leben gerettet hatte, aber noch war die Sache nicht vorüber. Er hörte Emily schreien und sah, daß der andere Mann seine Hosen hochgezogen, sich zur Seite gerollt und Tristans Fünfundvierziger ergriffen hatte.

»Leg die Waffe weg«, befahl Tristan ruhig.

Emily hatte sich Ringsteads Revolver geschnappt und hielt ihn nun in beiden Händen. Der Lauf war direkt auf

Homers Kopf gerichtet. Emilys Hände waren so ruhig wie die eines Meisterschützen. »Wenn du den Abzug auch nur berührst«, sagte sie gefährlich leise, »puste ich dir den Kopf weg.«

Der Cowboy ließ sich nicht lange Zeit zum Nachdenken. Er gab Tristan den Fünfundvierziger – mit dem Griff zuerst. Tristan riß den Outlaw vom Boden hoch und stieß ihn seinem indianischen Freund in die Arme, der dem Kerl wortlos Arme und Beine fesselte.

Tristan kümmerte sich nur noch um Emily, und im Augenblick schien nichts anderes um ihn herum zu existieren. »Bist du verletzt?« wollte er besorgt wissen.

Sie schmiegte sich an ihn und schlang die Arme um seinen Nacken. Wie ein Ertrinkender sich an einem kräftigen Schwimmer festhalten würde, klammerte sie sich an Tristan. »Sie haben mich verschont, denn sie wollten mich erst töten, wenn sie dich umgebracht hatten«, murmelte sie zitternd. »Ich bin ja so froh, daß du lebst und gesund bist!«

Er hielt Emily ganz fest und schloß für einen Moment die Augen. Ihm war plötzlich schwindelig. Dann hielt er sie eine Armlänge von sich weg und betrachtete sie erleichtert. Er war fast wahnsinnig vor Angst um sie gewesen; diese Angst war mittlerweile abgeklungen, aber in Gedanken stellte er sich immer noch vor, was alles hätte passieren können. Er war drauf und dran, ihr bittere Vorwürfe zu machen, weil sie diese bedrohliche Situation heraufbeschworen hatte, indem sie sich eingemischt hatte, aber sie lebte – und das war das einzige, was zählte. Er zog sie wieder an sich und begrub sein Gesicht in ihrem Haar.

Schwarzer Adler hatte sich über Ringstead gebeugt und starrte Tristan neugierig an. »Du kanntest diesen Mann?«

Tristan ließ Emily los und betrachtete den Toten. »Ich habe zwei Jahre damit verbracht, ihn zu jagen«, antwortete er tonlos.

Emily war neben Tristan getreten und sah ihm ins Gesicht. Wieder einmal zeigte sich, daß sie eine starke und zähe Persönlichkeit war. Die meisten anderen Frauen, die Tristan kannte, wären nach so einer Tortur in Ohnmacht gefallen oder zumindest in Tränen ausgebrochen, aber Emily schenkte der Leiche nicht mal einen zweiten Blick. »Was heißt *gejagt?*« fragte sie ohne Umschweife.

Tristan hatte vermeiden wollen, daß sie oder jemand anderes erfuhr, daß er sein Vermögen als Kopfgeldjäger erworben hatte. Das war zwar eine legitime und staatlich sanktionierte Art des Geldverdienstes, aber moralisch war diese Tätigkeit ziemlich zweifelhaft. Kopfgeldjäger waren kaum besser als Revolverhelden, die für Geld ihr Leben aufs Spiel setzten.

Doch nun würde er Emily seine Geschichte erzählen müssen – denn ihm war klar, daß sie nicht lockerlassen würde – er würde zugeben müssen, daß er den größten Teil seines Lebens damit zugebracht hatte, Männer zu jagen, auf deren Kopf ein Preisgeld ausgesetzt war. Wenn sie sich ergeben hatten, hatte er die Gesuchten dem nächsten Sheriff oder Marshal übergeben und die Prämie kassiert. Kam jemand nicht freiwillig mit, hatte Tristan nicht gezögert zu schießen. Auch dann hatte er seine Prämie bekommen, denn im Gesetz hieß es: *tot oder lebendig.* Die Jagd war manchmal erregend gewesen, eine Herausforderung wie ein Pokerspiel mit höchstem Einsatz. Und Tristan hatte auch nie geschossen, bevor der andere seinen Revolver gezogen hatte. Das alles würde er ihr erklären müssen – aber nicht hier und jetzt.

»Tristan?« meinte Emily ernst, als er sie weder anschaute noch etwas sagte.

Seufzend drehte sie sich um und kraulte Spud das struppige Fell. Sie lobte ihn mit sanften Worten, er winselte und versuchte, ihr das Gesicht zu lecken, bis sie wieder lachte.

Ringsteads toter Körper wurde auf den Rücken seines Pferdes gebunden und der andere Mann am Sattelknauf gefesselt. Emily saß hinter Tristan auf dem Wallach. Sie hatte ihre Arme um seine Taille geschlungen und legte ihren Mund an sein Ohr, so daß er nicht vorgeben konnte, er hätte ihre Frage nicht verstanden.

»Wirst du mir sagen, wer du wirklich bist?«

»Ja«, murmelte er nach einer Weile. »Später. Zu Hause.«

Er war froh, daß sie sich im Augenblick damit zufriedengab.

Es war wundervoll, das Ranch-Haus zu sehen, denn Emily hatte schon nicht mehr geglaubt, daß sie noch einmal dorthin zurückkehren würde. Vor der Küchentür setzte Tristan sie vom Pferd, ohne selbst abzusteigen. *Schwarzer Adler* hielt sich in respektvoller Entfernung. Vorsichtig beugte er sich vor und ließ Spud, der völlig erschöpft war, auf den Boden hinab. Der Indianer hatte den Hund auf dem Schoß mit sich geführt.

»Soll ich mit dem Abendessen warten?« fragte Emily.

Tristan schüttelte grimmig den Kopf. »Nein.« Er deutete auf den Toten und den Gefangenen. »Shay wird eine Menge Fragen haben, Emily. *Schwarzer Adler* und ich haben heute ein paar Leichen hinterlassen. Dafür wird der Marshal eine Erklärung von mir hören wollen – auch wenn er mein Bruder ist.«

Sie preßte kurz die Lippen zusammen und lächelte Tristan verlegen an. »Danke, daß du mich gesucht und gerettet hast. Ich weiß jetzt, wie dumm es war, daß ich dir gefolgt bin.«

Er schnitt eine Grimasse. »Über ›Dummheiten‹ reden wir, wenn ich wieder zurück bin«, entgegnete er. »Heb mir ein Stück vom Rhabarberkuchen auf – falls Polymarr und Fletcher ihn noch nicht ganz aufgegessen haben.«

Spud trottete langsam hinkend auf sie zu. Sein Fell war schmutzig, und einige der Wunden waren wieder aufgebrochen. »Komm bald wieder zurück«, bat sie Tristan und ging so langsam zum Haus, daß der Hund mit ihr Schritt halten konnte. Für Emilys Hände gab es reichlich zu tun, aber ihr Kopf war immer bei Tristan. Sie säuberte Spuds Wunden und versorgte sie mit heilender Kräutersalbe. Dann nahm sie wieder oben in dem freien Zimmer ein Bad und zog eines der anderen Kleider an, die Aislinn ihr geschenkt hatte. Sie ging in die Küche zurück, schälte Kartoffeln und Rüben, die sie zusammen in einen Topf mit Salzwasser gab, aber erst später kochen wollte.

Die Sonne ging langsam unter, als Fletcher leise an die offenstehende Tür klopfte und den Kopf in die Küche steckte. Emily saß am Tisch und hatte die Hände in den Schoß gelegt. Ihr Blick war in unbekannte Ferne gerichtet. Als sie den Jungen bemerkte, zwang sie sich zu einem Lächeln.

»Ich habe Ihnen diese Waldhühner gebracht, Ma'am«, meinte er und hielt die Vögel, die schon gerupft und ausgenommen waren, an den Füßen hoch. »Sie schmecken besonders gut, wenn man sie mit Speck umwickelt.«

Weiter als an Kartoffeln und Möhren zum Essen hatte Emily nicht gedacht. Um so erfreuter war sie, daß der Junge ihr die Vögel brachte – auch wenn er vielleicht einen Hintergedanken dabei gehabt hatte. »Danke, Fletcher«, sagte sie und nahm ihm die Vögel aus der Hand. »Gib mir eine halbe Stunde Zeit, dann steht das Abendessen auf dem Tisch.«

Fletcher räusperte sich, und Emily wußte, daß er jetzt nach Ringstead und dessen Kumpanen fragen würde. Sie hatte sich sowieso schon gewundert, daß Fletcher und Mr. Polymarr sich so lange Zeit gelassen hatten, bis sie diesen Punkt ansprachen. »Es sah aus, als hätte es heute in den

Bergen Ärger gegeben«, fuhr er fort. »Es waren auch eine Menge Schüsse zu hören.«

Emily sah dem Jungen in die Augen. »Jetzt ist alles wieder in Ordnung«, erwiderte sie beruhigend. Sie konnte nur hoffen, daß das die Wahrheit war, denn sie hatte das Gefühl, ihre ganze Zukunft hinge davon ab, was Tristan ihr erzählen würde, wenn er aus der Stadt zurückkam. »So, jetzt muß ich mich aber an die Arbeit machen«, erklärte sie und gab sich Mühe, sich ihre Sorgen nicht anmerken zu lassen.

Fletcher zögerte einen Moment, dann drehte er sich um und ging. Spud hatte es sich auf dem Teppich neben dem Herd bequem gemacht. Er hatte die Augen geschlossen und winselte manchmal leise im Schlaf.

Bald darauf waren die Waldhühner gar, und die Kartoffel-Möhren-Mischung stand in einem eisernen Topf dampfend auf dem Tisch. Emily ging zur Weide, wo ihre Schafe grasten. Die Herde wurde von den Indianern bewacht, während sich Mr. Polymarr und Fletcher etwas abseits hielten.

Während Emilys Blick über die Herde glitt, wußte sie, daß die Schwierigkeiten noch lange nicht zu Ende waren. Vielleicht würde sich die Situation durch das, was Tristan ihr über sich selbst erzählen würde, ändern – vielleicht aber auch nicht. Sie war und blieb eine Außenseiterin, ob ihr nun das Land gehörte oder nicht, ob sie ein Haus besaß oder nicht. Sie war ein Eindringling, eine Schaf-Besitzerin im Rinderland, so etwas wie eine Ausgestoßene. Dabei wollte sie doch niemandem etwas Böses tun, sie wollte nur Frieden und Heimat finden.

»Das Essen ist fertig«, erklärte sie ruhig.

»Diese Rothäute behaupten, daß sie sich zwanzig Schafe hätten aussuchen dürfen«, murrte Mr. Polymarr, als sie zu dritt zum Haus gingen, durch dessen Fenster der warme Schein der Lampen fiel. Dieser Mann war wohl nicht glücklich, wenn er nichts zu meckern hatte, dachte Emily, aber sie wollte jetzt keinen Streit vom Zaun brechen. »Ist das wahr? Wieso stehen diesen Wilden zwanzig Schafe zu?«

»Es ist wahr, Mr. Polymarr«, erwiderte Emily nur, aber zu einer weitergehenden Erklärung war sie nicht bereit.

Als die Männer gegessen hatten – Emily selbst hatte keinen Bissen heruntergebracht –, zogen sich Fletcher und Mr. Polymarr zurück. Polymarr hatte ein paarmal deutlich zu verstehen gegeben, daß in seinem Magen noch reichlich Platz für ein zweites Stück Rhabarberkuchen sei, aber Emily war hart geblieben.

Tristan war immer noch nicht aus der Stadt zurück, und das mindeste, was sie für ihn tun konnte, war, ihm ein Stück Kuchen aufzuheben.

Emily machte Wasser heiß, spülte das Geschirr, schrubbte die Töpfe und Pfannen und räumte die Küche auf. Dabei sah sie immer wieder zur Uhr auf dem Kamin. Es war schon nach neun, als Tristan in die Küche trat. Er sah müde und erschöpft aus. Seinen Hut warf er auf einen Stuhl und fuhr sich mit der Hand durch die Haare.

»Ich habe dir etwas zu essen aufgehoben«, berichtete sie. Wenn sie zwanzig Jahre verheiratet gewesen wären, hätte das stumme Einverständnis zwischen ihnen nicht größer sein können, dachte Emily. Sie hatte das Gefühl, daß von Tristan ein Teil der Sorgen abfiel und sie ihren Teil davon übernahm.

»Danke«, antwortete er. Während er ins Freie zum Brunnen ging, um sich zu waschen, legte sie Feuer nach und stellte Wasser auf, um frischen Kaffee aufzubrühen. Als er wieder hereinkam, setzte sie ihm das Essen vor, das sie für ihn auf einem Teller im Herd warm gestellt hatte.

Das Waldhuhn war inzwischen ein wenig verbrutzelt, und das Gemüse etwas verkocht, aber das schien ihn nicht weiter zu stören. Er aß mit gesundem Appetit, und als er das große Stück Kuchen sah, das sie ihm aufgehoben hatte, begannen seine Augen auch wieder zu strahlen, und ein Lächeln umspielte seine Mundwinkel.

Sie schenkte ihm Kaffee ein und wartete, daß er zu reden beginnen würde. Ihre Geduld wurde auch bald belohnt. Tristan schob seinen Teller zurück und blickte Emily fest in die Augen. Da wußte sie, daß er nun bereit war, über seine Vergangenheit zu sprechen.

»Das war ein gutes Essen«, meinte er. »Danke, Emily.«

Sie setzte sich ihm am Tisch gegenüber und legte die Hände ineinander. »Freut mich, wenn es dir geschmeckt hat.« Dann blickte sie ihn schweigend an.

Er seufzte tief. »Shay hat mich so lange aufgehalten. Er wollte mich nicht eher gehen lassen, bis er nicht jeden verdammten Steckbrief durchgelesen hatte, den er in seinem Büro hatte. Es war alles ziemlich peinlich. Mein Bruder hat sich angestellt, als ob ich ein gesuchter Verbrecher wäre.«

»Wirst du gesucht?« wollte Emily ruhig wissen.

Ein leichter Schatten huschte über Tristans Gesicht. »Nein«, antwortete er. »Mir ist es immer gelungen, auf der Seite des Gesetzes zu bleiben – wenn auch manchmal hart an der Grenze. Ich war ein Kopfgeldjäger. Und bevor du jetzt sagst, daß das nichts Unehrenhaftes sei, will ich dir versichern, daß du dich irrst. Ich war ein Revolverheld – auf Seiten des Gesetzes. Ich habe viele Verbrecher lebendig ins Gefängnis gebracht, aber ich habe ebenso viele gleich beim Totengräber abgeliefert. Bis heute hatte ich gehofft, dieses Leben hinter mir gelassen zu haben.« Wieder seufzte er. »Ich hätte es besser wissen müssen. Ich habe mir in meinem Leben viele Feinde gemacht – Väter, Brüder, Freunde der Leute, die ich ins Gefängnis gebracht oder erschossen habe. Was heute passiert ist, kann sich jederzeit wiederholen.«

Sie hielt einen Moment den Atem an. »Ich werde nicht

gehen«, brach es heftig aus ihr heraus. »Das wolltest du doch damit andeuten.«

»Du bist nicht sicher hier, Emily. Jetzt vergiß mal die Viehzüchter und den Streit wegen der Schafe. Ich bin eine größere Gefahr für dich als alle Rancher zusammen. Ich werde dir Geld geben, genug, um dir anderswo ein Stück Land zu kaufen, wo du mit deinen Schafen glücklich leben ...«

Sie verschränkte die Arme vor der Brust und unterbrach ihn: »Willst du dein Wort brechen und einen Rückzieher machen?«

Er schwieg, griff nach seinem Kaffeebecher und trank ein paar kleine Schlucke. »Hast du mir eigentlich zugehört?« fragte er und beugte sich vor. »Ich habe Menschen erschossen, Emily. Dutzende – auch wenn das Recht und das Gesetz auf meiner Seite waren. Aber diese Sache ist nicht vorbei und wird es wohl auch nie sein. Immer wieder wird jemand wie Ringstead auftauchen, der sich an mir rächen oder sich selbst einfach nur etwas beweisen will.«

Sie dachte eine Weile nach. »Dieses Risiko werde ich wohl eingehen müssen«, sagte sie. »Ich habe mir schließlich kein einfaches Leben erträumt – sondern nur ein schönes.«

Er starrte sie einen Moment ungläubig an. Dann lachte er und blickte sie mit diesem spitzbübischen schrägen Grinsen an, bei dem ihre Knie weich wurden. »Soll das heißen, daß ich nicht mehr in der Scheune schlafen muß?«

»Nach so einem Tag wie heute kann ich ja schlecht von dir verlangen, daß du in der Scheune schläfst«, erwiderte sie lächelnd und sah, wie seine Augen sich weiteten. »Du sollst in deinem eigenen Bett schlafen – und ich schlage mein Nachtlager in einem der freien Zimmer auf.«

Er verzog enttäuscht das Gesicht, hatte sich aber schnell wieder unter Kontrolle. »Du bist wirklich zu großzügig«, meinte er. Er hob die Arme in die Luft, reckte und streckte sich und ließ dabei seine Muskeln spielen. Diese Bewegung war so sinnlich und so ungeheuer maskulin, daß Emily sich aufregend unruhig fühlte.

Hastig stand sie auf, damit er nicht sah, wie erregt sie war. »Das war wirklich ein anstrengender Tag. Ich werde mich gleich hinlegen. Gute Nacht, Tristan.«

Er griff über den Tisch und hielt ihre Hand fest. Dann beugte er sich vor und strich mit seinen Lippen ganz zart über ihre Knöchel. »Gute Nacht, Emily«, entgegnete er leise und verführerisch. Seine Stimme klang ungeheuer erotisch, und ihr wurde ganz heiß. Als sie daran dachte, daß sie morgen um diese Zeit seine Frau sein würde, wurde ihr Verlangen noch stärker. Warum bis morgen warten, dachte sie, warum nicht schon heute?

Er hielt ihre Hand noch einen Moment länger fest und war sich dabei durchaus der erotischen Spannung bewußt, die zwischen ihnen knisterte Zögernd ließ er sie los – aber er hatte sich nun einmal geschworen, daß sie zuerst seine Ehefrau sein mußte, bevor er das Bett mit ihr teilte.

»Du schläfst im Bett«, murmelte er mit heiserer Stimme. »Du hast mein Wort, daß ich dich nicht belästigen werde.«

Emily machte auf dem Absatz kehrt und rannte davon. Das war die einzige Möglichkeit, sich selbst daran zu hindern, ihm zu gestehen, daß sie bei ihm – und mit ihm – schlafen wollte. Ob sie nun seine Ehefrau war oder nicht. Und es spielte für sie auch keine Rolle, daß er ein Kopfgeldjäger gewesen war, ein Mann, der eine Blutspur hinter sich hergezogen hatte – denn diesen Mann liebte sie.

In dieser Nacht schlief Emily nicht besonders gut, und so war sie auch bereits vollkommen angekleidet, als eine Abordnung der Rancher am nächsten Morgen kurz nach Sonnenaufgang auf den Hof ritt. Auch Tristan war schon wach – er war noch vor Emily unten. Er trug ein Unterhemd und hatte hastig seine Hose übergestreift, wobei die Hosenträger an den Seiten herunterhingen. Seine Haare waren noch zerzaust, aber er hatte seine Stiefel angezogen und den Revolvergürtel umgeschnallt, ohne den Emily sich Tristan gar nicht mehr vorstellen konnte.

Im Hof warteten etwa ein Dutzend berittene Männer. Ihre Gesichter blickten finster und grimmig, und sie waren mit Gewehren bewaffnet. Sie hatten die Hüte tief in die Augen gezogen und machten keine Anstalten, sich zu erkennen zu geben. Emily sah, daß die Pferde verschiedene Brandzeichen hatten und so nervös tänzelten, wie sie es taten, wenn sie Unheil witterten.

»Wir können keine Schafe zwischen unseren Rindern dulden«, rief der Anführer, ein Mann in den Fünfzigern, der einen grauen Bart trug und dessen sehniger Körper das Ergebnis von vielen Jahren harter Arbeit war. »Das weißt du so gut wie wir, Saint-Laurent.«

Emily ärgerte sich darüber, daß der Mann sich an Tristan gewandt hatte, obwohl doch inzwischen allgemein bekannt war, daß die Schafe ihr allein gehörten. Aber im Augenblick ging es sicher um Wichtigeres als um diese Formalität, und deshalb schwieg sie.

Tristan zog erst den einen Hosenträger hoch und dann den anderen, wobei er das Gummi leise schnappen ließ. Emily stand neben ihm und betrachtete sein Gesicht. Er starrte den Sprecher der Rancher regungslos an. Seine Augen waren absolut angstfrei. Sie verstand plötzlich, wie sich die Männer gefühlt haben mußten, die Tristan gejagt und schließlich gestellt hatte, die plötzlich einem Mann gegenübergestanden hatten, der unnachgiebig und seiner vollkommen sicher gewesen war. »Solange sich die Schafe auf meinem Land aufhalten, wüßte ich nicht, was euch die Tiere angehen.«

Emily war stolz auf ihn, aber zugleich hatte sie wieder

schreckliche Angst um ihn. Die Männer waren in der Überzahl – selbst wenn *Schwarzer Adler* und seine Krieger, Mr. Polymarr und Fletcher Tristan zu Hilfe kamen. Was würde das nützen, wenn Tristan vorher erschossen würde? Es spielte keine Rolle, wer diese Auseinandersetzung gewann oder verlor, es spielte nur eine Rolle, Tristans Leben zu schützen. Sie trat vor und baute sich vor ihm auf.

»Ich werde weiterziehen«, erklärte sie schnell und blickte in die Gesichter der Rancher, wobei sie hoffte, irgendwo ein Zeichen von Menschlichkeit und Mitgefühl zu entdecken. »Ich gebe meine Forderung auf, nehme meine Schafe und ziehe sofort los. Es gibt also keinen Grund für eine Schießerei.«

Tristan nahm sie bei den Schultern und zog sie zur Seite. »Miss Emily wird nirgendwo hingehen«, erklärte er. »Außer in die Kirche. Wir heiraten nämlich heute. Aber mit einer Sache hat meine zukünftige Frau recht: Es gibt keinen Grund für eine Schießerei. Dabei würden nur beide Seiten verlieren. Ich schlage also vor, daß ihr absitzt, ins Haus kommt und wir beim Frühstück die ganze Sache in Ruhe besprechen.«

Emily hielt den Atem an.

Die Rancher diskutierten eine Weile heftig miteinander, aber dann stiegen sie nacheinander von den Pferden. Obwohl sie ihre Gewehre in die Sattelholster steckten, war Emily noch nicht beruhigt, denn die Männer waren alle mit Revolvern bewaffnet. Tristan ging ins Haus vor, und Emily zitterte innerlich.

Die Rancher zogen ihre langen staubigen Mäntel aus, nahmen die Hüte ab und setzten sich zu beiden Seiten des langen Tisches auf die Bänke. Tristan nahm sich einen Stuhl, stellte ihn ans Kopfende und nahm Platz. Trotz seines Unterhemdes und der Hosenträger wirkte er so würdevoll wie ein Bezirksrichter, der einer Verhandlung vorsaß.

Emily brühte Kaffee auf und schlug gut zwei Dutzend Eier in eine Schüssel, gab etwas Milch und Salz dazu und verrührte alles. Dann ließ sie Speck in einer großen Eisenpfanne aus und schnitt dicke Scheiben Brot ab. Aber sie ließ sich kein Wort der Unterredung entgehen, sie achtete auf jede Bewegung, auf jede Nuance. Zu ihrer Erleichterung merkte sie schnell, daß die Rancher ganz normale Menschen waren, die einfach Angst um ihre Existenz hatten. Es waren Familienväter, deren Brüder und Söhne. Jetzt, da diese Männer in ihrer Küche Kaffee tranken, wirkten sie nicht mehr so gefährlich wie draußen auf dem Hof, als sie auf ihren Pferden gesessen und ihre Gewehre im Anschlag gehalten hatten.

»Rinder und Schafe kann man nur zusammen halten, wenn man genug Land hat, Saint-Laurent«, meinte ein bärtiger Mann. »Du hast dafür aber nicht genug Land.«

Tristan saß ganz lässig da und hatte seine Hände locker um den Kaffeebecher gelegt. Seine Stimme klang liebenswert, und seine Manieren waren gepflegt. »Mir gehört diese Ranch ...« Er machte eine kurze Pause und sah Emily an. »Zumindest gehört sie meiner zukünftigen Frau. Ich selbst habe gestern die ehemalige Powder Creek Ranch gekauft, und ich denke, das ist genug Land, um eine kleine Schafherde zu halten.«

»Seit wann hast du so viel für diese stinkenden Wollknäuel übrig?« fragte einer der jüngeren Rancher. »Ich dachte immer, daß du ein Rinderzüchter wie wir bist.«

»Das bin ich auch.« Tristan betrachtete Emily liebevoll, die jedem der Männer einen Emaille-Teller mit Rühreiern, Brot und Speck vorsetzte. Ihre Hände zitterten zwar ein wenig, aber sie hielt sich ganz fabelhaft. Er hatte ihr soeben vor einem Dutzend Zeugen seine alte Ranch geschenkt – und er war froh darüber. Das war sein Hochzeitsgeschenk für sie, damit sie immer einen Platz haben würde, der ihr, ihr ganz allein, gehörte. »Die Schafe gehören meiner

Braut«, fuhr Tristan fort. »Und weil sie ihr gehören, werde ich die Herde über den Winter bringen und sie beschützen, wie ich meine Rinderherde beschütze.«

Es entstand ein kurzes gespanntes Schweigen. Dann begannen die Rancher wieder miteinander zu diskutieren. Es klang fast wie das Gemurmel bei einem Nähkränzchen.

»Ich denke, bis zum Frühjahr können wir warten«, meinte der Sprecher der Rancher schließlich. »Bis dahin werden wir sehen, wie die Sache funktioniert.«

Die anderen nickten.

»Aber wenn es nicht funktioniert, Saint-Laurent, dann müssen die Wollknäuel weg.«

Emilys Knie wurden weich, und sie zitterte vor Erleichterung. Sie war sicher, daß alles gutgehen und sie ihre Herde behalten würde. Ihr Herz begann zu jubeln.

Sie lächelte Tristan an und konnte es kaum noch abwarten, endlich seine Frau zu werden.

9

Als Emily und Tristan am Nachmittag vor dem Priester standen und sich das Jawort gaben, war die Kirche praktisch leer. Shay fungierte als Tristans Trauzeuge, und Aislinn war Emilys Trauzeugin. Aislinn saß in der ersten Bankreihe, obwohl sie mehrmals versichert hatte, daß sie kräftig genug sei, um neben Emily zu stehen. Aber Shay hatte darauf bestanden, daß seine Frau der Zeremonie sitzend beiwohnte, und um des lieben Friedens willen hatte sie nachgegeben.

Emily war zutiefst gerührt, als Tristan – genau an der richtigen Stelle – einen goldenen Ehering aus der Tasche zog und ihn ihr überstreifte. Sie nahm sich vor, das passende Gegenstück für ihn zu kaufen. Allerdings erst im Frühjahr, wenn die Lämmer geboren und die Schafe geschoren waren und sie über eigenes Geld verfügte, das sie ausgeben konnte.

Als der Priester die Worte sprach, daß Tristan und sie nun als Mann und Frau vor den Augen Gottes und der Welt verbunden seien, in guten wie in schlechten Zeiten, bis daß der Tod sie scheide, kamen Emily fast die Tränen. Sie war voller Freude, Aufregung und Erleichterung. Tristan hielt sie am Arm fest, und sie nahmen die Glückwünsche von Aislinn und Shay entgegen.

»Ich werde ihm eine gute Frau sein«, versprach Emily Shay, als er ihr einen leichten brüderlichen Kuß auf die Stirn gab. Er lächelte zwar, aber sein Blick war ernst, und Emily wußte, daß die Spannung zwischen dem Marshal und seinem Bruder noch eine Weile bestehen bleiben würde. Sie hatten den gleichen Dickkopf, und keiner war bereit, auch nur einen Millimeter nachzugeben.

»Ich weiß«, brummte Shay.

Tristan hatte sich zu Aislinn in die Bank gesetzt, und sie umarmte ihren Schwager herzlich. Als Emily die beiden so sah, verspürte sie einen leichten Stich im Herzen, und sie hoffte, daß sie auch bald ein Kind haben und eine Musterehe führen würde.

Von der Straße war Hufgetrappel und Geschrei zu hören. Shay und Tristan wechselten einen Blick, bei dem es Emily eiskalt über den Rücken lief. Zusammen verließen die Zwillinge die Kirche. Beide trugen sie ihre Pistolengürtel mit den Fünfundvierzigern. Weder Emily noch Aislinn entging es, daß die Männer gleichzeitig die eine Seite der Gehröcke nach hinten schlugen, damit sie ihre Waffen ungehindert ziehen konnten.

Die Frauen eilten ihren Ehemännern nach.

Draußen schien strahlend die Sonne. Es wehte eine frische Brise. Mehr als zwanzig berittene Männer hatten sich auf dem Platz vor der Kirche eingefunden und hielten ihre Pistolen auf die beiden Brüder gerichtet. Emily erkannte einige der Banditen. Es waren Revolverhelden und Handlanger, die früher auf der Powder Creek Ranch gearbeitet hatten. Die Männer hatten gerötete Gesichter und blutunterlaufene Augen, und es war klar, daß sie heftig getrunken hatten. Ihre Haare waren verfilzt, und ihre Kleidung starrte vor Schmutz.

Ein Mann sprengte mit seinem Pferd in die Mitte und kam weniger als einen Meter vor Tristan und Shay zum Stehen, die Schulter an Schulter dastanden und jeweils eine Hand auf den Griff ihrer Revolver gelegt hatten.

Der Kerl starrte Shay an. »Du denkst doch wohl nicht, daß du uns einfach von der Powder Creek Ranch vertreiben kannst, wie Kyle damals die Rothäute vertrieben hat, und daß du dann dort eine Schafzucht aufziehen kannst?«

»Genau das denke ich«, erwiderte Tristan. »Die Ranch gehört mir, und ich tue dort, was mir paßt.«

Der Reiter blickte verwirrt von einem Zwilling zum anderen und wußte offensichtlich nicht, wer wer war. Wütend deutete er mit dem Finger auf Tristan. »Bevor du das machst, werden wir dich eben umlegen.«

Emilys Kehle schnürte sich zusammen, so daß sie kaum noch atmen konnte. Aislinn nahm die Hand ihrer Schwägerin und drückte deren Finger so fest sie nur konnte, um Emily wieder zur Besinnung zu bringen.

»Laßt euch nicht abhalten«, erwiderte Tristan gelassen. »So eine gute Chance werdet ihr vielleicht nie wieder bekommen.« Er sprach so emotionslos, daß man hätte glauben können, er verhandelte über den Preis für einen Sack Mehl, aber seine ruhige Hand auf dem Revolverknauf sprach eine andere Sprache.

»Ihr beide könnt uns niemals alle abknallen«, rief ein Mann aus der zweiten Reihe.

»Das mag schon sein«, mischte sich Shay jetzt ein. »Aber bevor ihr uns erwischt, haben wir schon die meisten von euch zur Hölle geschickt. Vielleicht bist du auch dabei.«

Emily wollte nach vorne stürzen, um sich einzumischen, aber Aislinn riß sie so kräftig zurück, wie man es einer Frau, die gerade erst ein Kind geboren hatte, gar nicht zugetraut hätte.

Emily hätte den Banditen gern gesagt, daß sie ihre Schafe haben konnten, daß sie damit tun und lassen konnten, was sie wollten, wenn sie nur Tristan und Shay verschonten. Sie wollte nicht an ihrem Hochzeitstag Witwe werden – sie wollte nie durch eine Schießerei zur Witwe werden!

»Halt dich da raus«, zischte Aislinn ihr energisch zu.

Emilys Puls raste, und sie mußte sich beherrschen, um nicht vorzupreschen und zu sagen, was sie sagen wollte. Aber zum Glück funktionierte ihr Verstand noch, und der warnte sie, daß die Sache das reinste Pulverfaß war. Eine falsche überhastete Bewegung konnte eine Explosion auslösen, die in einem schrecklichen Blutbad enden würde.

In einem Fenster im oberen Stockwerk des Hotels bemerkte Emily eine Bewegung. Ungläubig blinzelte sie mit den Augen. Sie sah eine ältere Frau, die sich mit einem Gewehr in der Hand weit über den Fenstersims beugte. Die Art, wie die Frau das Gewehr hielt, zeigte, daß sie damit umzugehen verstand. Aus dem ›Yellow Garter Saloon‹ kamen Cowboys, und von allen Seiten liefen plötzlich Männer herbei.

Emily erkannte einige der Rancher, die erst heute morgen am Tisch in ihrer Küche gesessen hatten. Die Cowboys und Rancher – ehrliche aufrechte Bürger von Prominence – bildeten einen Kreis um die wilde Bande der Outlaws.

Ein Mann trat vor und sprach mit lauter klarer Stimme: »Ihr glaubt doch nicht, daß ihr unseren Marshal erschießen könnt und ungeschoren davonkommt.« Das war Elmar Stanton, der auch heute früh der Wortführer der Rancher gewesen war. »Seht zu, daß ihr schleunigst die Stadt verlaßt. Um unsere Probleme kümmern wir uns schon selbst.«

»Aber sie haben Schafe«, widersprach einer der Berittenen.

»Wie ich schon sagte«, erwiderte der grauhaarige Stanton ruhig, »das ist eine Sache zwischen uns. Euch geht das gar nichts an, denn die Powder Creek Ranch existiert nicht mehr. Und da Mr. Saint-Laurent euch dort verständlicherweise nicht sehen will, solltet ihr jetzt ein für allemal verschwinden. Sucht euch einen Ort, an dem man euch nicht kennt. Wir haben jedenfalls in dieser Stadt keinen Bedarf an Leuten, die ständig Ärger machen und Streit suchen.«

Emily lehnte sich mit dem Rücken gegen die Kirchentür. Ihre Finger waren mit Aislinns Fingern verschlungen. Der goldene Ehering, den sie eben erst bekommen hatte, brannte auf ihrer Haut. In diesem Augenblick wünschte sich Emily nichts – absolut nichts – mehr, als mit Tristan nach Hause zu fahren. Sie wollte in seinen Armen liegen, den Kopf auf seine Brust legen und das gleichmäßige Schlagen seines Herzens hören. Das Bewußtsein, daß jeder hier auf diesem Platz die Macht hatte, dieses Herz für immer zum Stillstand zu bringen, raubte ihr fast den Verstand.

»Ich laß mich doch nicht wegen ein paar Schafen umbringen«, rief einer der Jüngeren aus der Bande. »Oben in Montana gibt es jede Menge Arbeit, Leute. Wer will, kann mit mir kommen.« Damit wendete er geschickt sein graugeflecktes Pony auf der Hinterhand. Die Bürger von Prominence gaben ihm den Weg frei.

Es war der Anführer der Bande, der dem Jungen in den Rücken schoß und ihn tötete.

Emily sah die Rauchwolke, die aus dem Gewehrlauf der alten Frau im Hotel aufstieg, bevor sie den Knall hörte, und beobachtete, wie der feige Mörder vorwärts aus dem Sattel fiel. Er war tot, bevor er die Erde berührte.

Ein paar Sekunden lang herrschte Panik. Es waren Gewehr- und Revolverschüsse und die Hufschläge der Reiter zu hören, die ihr Heil in der Flucht suchten. Emily fürchtete, daß es noch mehr Tote geben würde.

Dann war Shays donnernde Stimme zu vernehmen, die alles andere übertönte. »Schluß, verdammt noch mal! Hört mit der Knallerei auf, bevor uns diese Sache völlig entgleitet!«

Mehrere Freunde des Marshals waren sofort bei Shay und halfen ihm auf die Beine. Er war verwundet und blutete, aber an dieser Verletzung würde er nicht sterben. Tristan kniete neben dem Anführer der Bande und hatte zwei Finger an die Halsschlagader des Mannes gelegt.

»Tot«, sagte er zu Shay.

»Der Teufel soll sie alle holen«, fluchte der Marshal und trat einen Schritt vor die verbliebenen Reiter. »Will einer von euch die Nacht in meiner neuen Zelle verbringen? Wenn nicht, dann rate ich euch, die Stadt für immer zu verlassen, bevor ich die Geduld verliere.«

Emily wagte es endlich, Aislinn anzusehen.

»Ist er nicht wundervoll?« flüsterte Aislinn und dachte dabei gewiß nicht an Tristan.

Emily lächelte. Tristan lebte, er war unverletzt – und er war ihr Ehemann. »Ja«, hauchte sie, aber sie dachte gewiß nicht an Shay. »Es gibt keinen wundervolleren Mann auf der ganzen Welt.«

Die Reiter, die plötzlich ziemlich ernüchtert zu sein schienen, ritten mehr oder weniger schnell in verschiedenen Richtungen davon. Tristan und Shay traten zu den Ranchern und den anderen Männern der Stadt, die ihnen zu Hilfe gekommen waren.

Emily wurde sich plötzlich bewußt, daß Aislinn Schonung brauchte. Sie nahm ihre Schwägerin liebevoll am Arm. »Komm, ich bringe dich jetzt besser nach Hause.«

Aislinn ließ sich von Emily zum McQuillan-Haus am anderen Ende der Straße bringen, wo Thomas und Mark mit großen Augen vor der Tür warteten, während Dorrie sich im Haus um das Baby kümmerte.

»Wir haben Schüsse gehört«, rief Thomas und rannte durch den Vorgarten auf seine große Schwester zu. »Ist Shay ...?«

Aislinn strich ihrem kleinen Bruder durch die dichten kastanienbraunen Haare. »Shay hat nur einen Kratzer abbekommen, und Tristan ist unverletzt. Es hat ein bißchen Ärger gegeben, aber inzwischen hat sich die Lage wieder beruhigt.«

»Können wir mal hingehen und nachschauen?« fragte Mark hoffnungsvoll.

»Ganz bestimmt nicht«, erwiderte Aislinn. Sie sah etwas blaß aus, aber Emily wußte, wie stark ihre Schwägerin war. Sie würde sich schnell wieder von dem Schock erholen.

»Ihr werdet schon warten müssen, bis Shay nach Hause kommt. Ich bin sicher, daß er euch die ganze Geschichte in allen Einzelheiten erzählen wird.«

Die Haustür öffnete sich, und Dorrie trat auf die Schwelle. »Ich sehe dir an, daß mein Bruder noch unter den Lebenden weilt.« Ihre Stimme klang, als hätte sie selbst schon häufig um das Leben ihres geliebten Ehemannes gebangt – in ihren Träumen und Gedanken war es wohl auch so gewesen. »Mattie schläft wie ein Engel, und du siehst ebenfalls aus, als würde dir ein bißchen Schlaf guttun.« Sie trat ins Freie und hakte Aislinn auf der einen Seite unter. Emily stützte ihre Schwägerin auf der anderen Seite. Gemeinsam gingen sie ins Haus zurück, führten Aislinn die Treppe hinauf und brachten sie zu Bett.

Dann gingen Dorrie und Emily in die große Küche. Dorrie brühte einen starken Tee auf und setzte sich dann zu Emily an den runden Tisch. Sie betrachtete nachdenklich schweigend den goldenen Ehering an Emilys Finger, aber es war unmöglich zu sagen, ob Dorrie sich für sie freute oder ob es ihr unangenehm war, einer jungen Ehefrau gegenüberzusitzen.

Verlegen drehte Emily den Ring. Wo blieb Tristan nur? Es war doch längst Zeit, nach Hause zu fahren. Aber ... was würden sie machen, wenn sie erst wieder auf der Ranch waren? Als Mann und Frau? Emily wünschte, sie wäre eine erfahrene Frau, die sich in Fragen der körperlichen Liebe auskannte, aber das Gegenteil war der Fall – sie war vollkommen unerfahren und wußte nicht, was sie erwarten würde.

Ein Lächeln huschte über Dorries Gesicht. »Es wurde auch Zeit, daß Tristan Saint-Laurent eine Familie gründet. Nach einer Familie hat er sich nämlich immer gesehnt. Das war auch der Grund, warum er hier in Prominence geblieben ist, nachdem er sein Geld zurückbekommen hatte. Er wollte in der Nähe seines Bruders bleiben, ein Teil von dessen Familie sein.«

Emily biß sich auf die Unterlippe. Sie verstand sehr gut, daß Tristan in der Nähe seines Bruders, seines einzigen Blutsverwandten, leben wollte. Es war nicht schön, ganz allein in der Welt zu stehen – auch wenn man noch so unabhängig war. »Ich habe mir immer einen Bruder oder eine Schwester gewünscht.« Ihre Stimme klang plötzlich rauh, und Emily mußte sich räuspern.

Dorries Gesicht wurde traurig, denn ihre Gedanken wanderten zu ihrer eigenen Schwester. »Gewöhnlich ist das wohl so«, meinte sie, und dann lächelte sie wieder. »Aber es macht keinen Sinn, wenn man nur in der Erinnerung lebt.« Es klang, als spräche sie mehr zu sich als zu ihrem Gast. Dorrie tätschelte liebevoll Emilys Hand. »Ich wünsche Ihnen jedenfalls viel Glück. Und wenn Sie ganz fest daran glauben, dann wird sich das Glück auch einstellen.«

Aislinn hatte Emily von Dorrie und deren vertaner Liebe erzählt, als die jungen Frauen sich ihre Lebensgeschichten anvertraut hatten, und Emily hatte Mitleid mit der älteren Frau.

»Sie können mich nicht einschätzen, nicht?« fragte Dorrie plötzlich. »Sie wissen nicht, ob ich verrückt bin, ob ich traurig oder glücklich bin.«

Emily senkte den Blick. Das Thema war ihr peinlich, und deshalb schwieg sie.

Dorrie lachte leise. »Meine Geschichte – die Sie ja sicher kennen – ist traurig, aber sie muß Ihnen nicht peinlich sein, Mrs. Saint-Laurent. Ich führe inzwischen ein schönes Leben hier in Prominence. Aislinn und Shay brauchen mich. Und dann gibt es ja auch noch das Baby – und um Thomas und Mark, die beiden armen Jungs, die ohne Mutter aufgewachsen sind, muß ich mich ebenfalls kümmern. Im Laden werde ich auch gebraucht. Ich habe also genug zu tun, und ich schätze, daß ich mehr als dankbar für das sein muß, was mir das Leben als Entschädigung für meinen Leander gegeben hat.«

Es war das erste Mal, daß jemand Emily mit ihrem neuen Familiennamen angesprochen hatte – und es hatte ihr gefallen, *»Mrs. Saint-Laurent«* genannt zu werden. Es hatte ihr auch gutgetan zu hören, daß Dorrie sich wohl fühlte und neue Aufgaben in ihrem Leben gefunden hatte. Aber als Tristan und Shay das Haus betraten, waren ihre Gedanken sofort wieder bei einem anderen Punkt. Ihr Atem wurde schwer.

Wieder tätschelte Dorrie Emilys Hand. »Sie haben sich einen guten Ehemann ausgewählt, mein Kind«, wisperte sie und nickte der jungen Frau zuversichtlich zu. »Er wird genau wissen, wann er zärtlich sein muß und wann es ein bißchen rauher sein darf.«

»Emily«, hörte sie Tristan rufen.

Sie stand auf und verabschiedete sich rasch von Dorrie. Emily fand Tristan im Wohnzimmer und blieb etwa zehn Schritte von ihm entfernt stehen. Sie standen sich einen Moment lang wie zwei Revolverhelden bei einem Duell auf der Hauptstraße gegenüber.

»Nun, Mrs. Saint-Laurent?« fragte er mit rauher Stimme. »Bist du bereit, nach Hause zu fahren?« Der verheißungsvolle Blick seiner blauen Augen ließ ihr Herz schneller klopfen. Es war zwar erst später Nachmittag, aber da es schon Herbst war, würde es in wenigen Stunden dunkel sein.

Sie nickte scheu. Tristan hatte geschworen, daß er sie zu nichts zwingen würde, und das glaubte sie ihm. Aber er hatte auch klargemacht, daß er erwartete, nach der Hochzeit mit ihr in einem Bett zu schlafen – und er hatte nie ein Geheimnis daraus gemacht, daß er alles daransetzen würde, um sie zu verführen. Emily seufzte. Sie wollte ja auch mit ihm schlafen, denn sie liebte ihn, aber sie hatte schreckliche Angst davor. Was, wenn sie ihn enttäuschte? Was, wenn der Geschlechtsverkehr so schmerzhaft und unangenehm war, wie manche Frauen behaupteten?

Er schien ihre Gedanken zu erraten, kam auf sie zu, nahm ihre Hand und lächelte sie an. »Wir werden uns ganz viel Zeit lassen«, versprach er leise und führte sie aus dem Haus. Der schäbige Wagen mit den beiden alten Kleppern, den sie hinter der Kirche abgestellt hatten, stand nun vorm Tor des McQuillan-Hauses und wartete darauf – wie die berühmte gläserne Kutsche im Märchen –, die Prinzessin zum Schloß zurückzubringen.

Tristan half Emily auf den Sitz, kletterte neben sie und löste mit dem Fuß den Bremsklotz. Dann schnalzte er mit der Zunge, und die Kutsche raste los. Nein, es war nur ein einfacher Wagen, in dem man gewöhnlich Lasten transportierte, dachte Emily. Aber sie war ja auch keine Märchenprinzessin, sondern eine Schafzüchterin, und sie fuhren zur Ranch – aber die war schöner, als das schönste Schloß hätte sein können.

Als sie zu Hause ankamen, lag die Ranch schon im Zwielicht. Emily sprang ohne Hilfe vom Kutschbock und eilte ins Haus, während Tristan erst den Wagen in die Scheune fuhr und die Pferde versorgte.

Wie es inzwischen üblich war, kamen Mr. Polymarr und Fletcher zum Abendessen in die Küche. Der Alte schien die Spannung, die in der Luft lag, nicht zu bemerken, der Junge dafür um so deutlicher. Tristan aß langsam und sprach nicht mehr, als er es an jedem anderen Abend auch getan hätte, aber er ließ Emily nicht aus den Augen. Sie schob ihr Essen nervös mit der Gabel von einer Seite des Tellers zur anderen. Seufzend stand sie schließlich auf, deckte den Tisch ab und begann, die Küche aufzuräumen.

»Gehen wir«, sagte Fletcher zu Polymarr, der sich gemütlich zurückgelehnt hatte und sich gerade ein Pfeifchen anzünden wollte. »Wir sollten mal nachsehen, ob die Roten auch gut auf die Schafe aufpassen.«

Erstaunt blickte Polymarr den Jungen an, stand aber auf, als der ihm einen auffordernden Rippenstoß versetzte, bedankte sich artig bei Emily für das gute Essen und hinkte dann nach draußen. Fletcher lungerte noch einen Moment in der Küche herum, wobei er Tristan und Emily abwechselnd ansah.

»Gute Nacht«, meinte Tristan. Es klang nicht unfreundlich, aber nachdrücklich.

Fletcher nickte kurz und rannte nach draußen. Emily sah ihm einen kurzen Moment voller Mitgefühl nach. Er war noch so jung, und er wußte noch nicht, daß der Schmerz, den er jetzt fühlte, bald wie der Nebel in der Sonne vergehen würde.

Sie räumte die restlichen Teller und Schüsseln ab.

»Setz dich, Emily«, bat Tristan leise. »Ich will nicht, daß du dich wie meine Dienstbotin aufführst.«

Sie hatte bereits Wasser erhitzt, um das Geschirr zu spülen – denn das Warmwasser-Reservoir war leer. Sie gab Seifenpulver dazu und löste es mit der Hand auf. Mit jeder Faser ihres Körpers war sie sich Tristans Nähe bewußt. Da ihr klar war, daß sie nicht einfach mit der Hausarbeit weitermachen konnte, drehte sie sich zu ihm um und trocknete ihre Hände an der Schürze ab.

Er klopfte mit der flachen Hand ganz leicht neben sich auf die Bank. »Komm, setz dich zu mir.«

Spud, der auf dem Teppich neben dem Herd lag, seufzte zufrieden. Er war ein alter Bursche, der sein Leben lang als Hirtenhund hart gearbeitet hatte und es sich nun redlich verdient hatte, die Annehmlichkeiten eines Haushundes zu genießen.

Emily überprüfte nervös den Sitz ihrer Haare, als wären sie kunstvoll hochfrisiert und nicht einfach zu einem Zopf geflochten. Dann ging sie langsam durch den Raum auf

Tristan zu. Nun würde er also damit beginnen, sie zu verführen – wie er es angekündigt hatte. Sie setzte sich ganz an den Rand der Bank und hielt den Atem an.

Tristan strich ihr sanft mit der Rückseite seiner Finger über die Wange. »Hat er dir weh getan?« wollte er wissen.

Die Frage irritierte Emily, und sie wußte für einen Moment nicht, was er damit meinte. Dann wurde ihr klar, daß Tristan von Cyrus gesprochen hatte, daß er auf ihre erste Ehe anspielte. Sie schüttelte den Kopf. »Nein«, wisperte sie.

»Warum hast du dann solche Angst?«

Die liebevolle Berührung – so harmlos sie auch war – setzte ein Feuer in Emily in Brand, das sie zu verzehren schien. »Dafür gibt es mehrere Gründe«, antwortete sie. Ein süßer Schauer erfüllte sie, als er ganz leicht mit dem Daumen über ihre Lippen strich, als wollte er sie auf einen Kuß vorbereiten.

Ein Lächeln umspielte seinen Mund, und seine Augen funkelten. »Zum Beispiel?«

Sie wollte den Blick abwenden, aber sie merkte, daß sie das nicht konnte. Er hatte sie völlig in seinen Bann geschlagen. Ihre Stimme klang rauh. »Du könntest ... Ich habe es noch nie gemacht und ...«

Er beugte sich zu ihr. »Was könnte ich ...?« Es war nur ein Wispern, nicht mehr.

Sie spürte, wie ihr das Blut in den Kopf schoß und in ihren Schläfen pochte. »Du ... du könntest von mir enttäuscht sein«, stieß sie kleinlaut hervor.

Tristan lachte leise in sich hinein. »Kaum«, erwiderte er und küßte sie sanft, aber aufreizend auf den Mund. Er stand auf, was sie einerseits als erlösend empfand, aber andererseits als quälend. »Ich habe draußen noch ein paar Dinge zu erledigen. Danach wasche ich mich am Brunnen und komme nach oben.« Er warf einen Blick auf die Uhr, die auf dem Kaminsims stand. »Es wird vermutlich etwa eine Stunde dauern.«

Emily schob die Finger ineinander und nickte. Tristan würde heute nacht weder in der Scheune noch in einem der freien Zimmer schlafen. Sie würden das Ehebett teilen, und er würde es ihr überlassen, ob sie die Lust mit ihm teilen würde. Aber konnte sie das überhaupt?

Im Augenblick war sie nicht einmal sicher, ob sie das wirklich wollte. Was war sie eigentlich für eine Frau? Sie kannte Tristan Saint-Laurent doch gerade erst eine Woche. Er war ein Fremder für sie – auch wenn er ihr Ehemann war.

Lange saß sie am Tisch und überlegte, ob sie weglaufen oder sich Tristan zügellos hingeben sollte – wie eine liederliche Frau. Schließlich entschied sie sich für einen Kompromiß und wählte einen Mittelweg. Sie machte die Küche sauber und ging nach oben ins Schlafzimmer, wo sie die Kerosinlampe neben dem Bett entzündete. Während sie sich in der Ecke auszog, fragte sie sich, ob Tristan zum Fenster hochschaute und das warme Licht als Einladung betrachtete.

Emily wusch sich kurz, zog ein hochgeschlossenes Nachthemd an, das auch in dem Kleiderpaket von Aislinn gewesen war, und hängte das Kleid, das sie bei ihrer Hochzeit getragen hatte, ordentlich auf einen Bügel. Sie hatte sich die Zähne geputzt, lag nun wartend im Bett und ging noch einmal die Ereignisse der letzten Tage durch, als sich die Tür öffnete und Tristan ins Zimmer trat.

Sie zog die Bettdecke bis zur Nasenspitze hoch und beobachtete ihn über den Rand der Decke hinweg.

Er lächelte und streifte erst den einen Stiefel ab und dann den anderen. Sein Haar war feucht und frisch gekämmt. Im Schein der Lampe sah sie, daß seine Augen leicht amüsiert glitzerten, aber hinter dem Funkeln sah sie auch das Feuer der Leidenschaft, das in ihm loderte. »Müde?« fragte er fast so beiläufig, als wären sie ein altes Ehepaar, das seit Jahren das Bett miteinander teilte.

»Ja«, antwortete sie, wobei ihre Stimme durch die Bettdecke gedämpft wurde. Ihre Augen folgten jeder seiner Bewegungen. Sie beobachtete, wie Tristan den Revolvergürtel abnahm, durchs Zimmer ging und ihn neben der Lampe auf den Nachttisch legte. Der Griff des Fünfundvierzigers ragte gefährlich aus dem Holster. Dann streifte Tristan die Hosenträger herunter, und Emily bemerkte, daß sein Hemd feucht war. Er hatte sich wohl nach dem Waschen nicht die Zeit genommen, sich mit einem Handtuch abzutrocknen.

»Hm«, murmelte er und zog das Hemd über den Kopf. Er warf es achtlos beiseite und begann, die Hose aufzuknöpfen.

Emily befahl sich, den Blick abzuwenden, aber sie tat es nicht. Tristans nackte Brust und seine breiten Schultern waren wahrlich beeindruckend, und sie wußte, daß auch der Rest seines Körpers wunderbar und unglaublich männlich sein würde.

Er streifte die Hosen über die Hüften, und Emily hielt den Atem an. Sein Glied war hart und steil aufgerichtet – und geradezu furchteinflößend groß, viel zu groß für sie! Sie schaute Tristan in die Augen und sah, daß es ihm gar nichts ausmachte, sich ihr in seiner ganzen atemberaubenden Nacktheit zu zeigen. Er strahlte Zuversicht aus und wirkte weder überheblich noch arrogant.

Er drehte den Docht der Lampe so weit herunter, daß der Raum fast vollkommen im Dunkeln lag – aber eben nur fast, es war trotzdem immer noch hell genug, um etwas zu sehen.

»Jetzt bin ich an der Reihe«, sagte er und schlug die Bettdecke zur Seite. Als er Emilys hochgeschlossenes Nachthemd sah, lächelte er und schüttelte den Kopf. »Das ist unfair. Hier stehe ich, wie Gott mich erschaffen hat, und du steckst bis zum Hals in Flanell.«

Emily begann wieder zu zittern. »Du hast nur gesagt, daß wir nebeneinander im Bett liegen würden«, verteidigte sie sich. »Du hast nichts von *nackt* gesagt.«

Sie schloß die Augen, umfaßte den Saum und zog das Hemd langsam hoch. Erst entblößte sie die Fußgelenke, dann die Knie und schließlich einen Teil ihrer Oberschenkel – dann hielt sie inne und preßte den Stoff fest an ihren Körper.

Tristan streckte sich lang neben ihr aus. »Die Richtung stimmt schon«, ermunterte er sie spitzbübisch. »Mach einfach weiter.«

Sie wußte, daß sie sich hätte weigern können und daß Tristan ihr das Hemd nicht gewaltsam vom Körper gerissen hätte.

Aber sie wollte sich gar nicht mehr verweigern, sie wollte, daß er ihren Hunger stillte und ihre Sehnsucht befriedigte. Sie zog das Nachthemd höher und höher und streifte es sich schließlich über den Kopf.

Tristan pfiff leise durch die Zähne. Sein Blick glitt ganz langsam über Emilys nackten Körper. Dann sah er ihr in die Augen. »Ich wußte ja, daß du eine Schönheit bist, Mrs. Saint-Laurent«, murmelte er mit rauher Stimme. »Aber du bist noch viel schöner, als ich es mir hätte träumen lassen. Du bist einfach perfekt.«

Emilys Kehle zog sich zusammen, und sie spürte die Tränen, die in ihren Augen brannten. Noch nie hatte ihr jemand so etwas gesagt. Seine Worte waren wunderschön; sie wirkten wie ein belebendes Elixier und erlösten sie von den Ängsten, die sie gequält hatten. Aber da gab es noch etwas, was sie wissen mußte. »Wenn du mich … verführst, bedeutet das, daß du mich auch berühren und streicheln wirst?«

Tristan lächelte breit. »Aber ja«, versicherte er ihr. »Vor

allem streicheln.« Ganz vorsichtig bedeckte er mit seiner Hand ihre linke Brust. »So zum Beispiel.«

Emily stöhnte leise, als seine Hand in leichten Kreisen über ihre Haut fuhr. Ihre Brustwarzen wurden unter seinen Berührungen hart. Sie schlang die Arme um seinen Nacken und zog Tristan an sich, um seinen Mund zu küssen. Es war der erste von vielen Küssen, die immer drängender und leidenschaftlicher wurden. Dabei liebkoste er weiter ihre Brüste, und Emily spürte, wie eine nie gekannte Erregung von ihr Besitz ergriff. Es war, als würden Blitze durch ihren Körper fahren, die sie in Flammen setzten.

Als er seinen Kopf mit den goldenen Haaren vorbeugte und eine ihrer Brustwarzen in den Mund nahm, stieß sie einen kleinen Schrei aus. Mit gespreizten Fingern fuhr sie ihm durch die Haare und preßte seinen Kopf noch fester an sich. Er saugte an der Spitze ihrer Brust, lutschte daran und ließ seine Zunge immer erregender kreisen. Schließlich warf Emily beide Arme hinter den Kopf und war bereit, sich ihm ganz hinzugeben. Mit einer Hand ergriff er ihre Handgelenke und drückte sie über ihrem Kopf ins Kissen. Dann liebkoste er mit dem Mund so lustvoll ihre Brüste, daß Emily sich auf der Matratze unruhig von einer Seite zur anderen warf. Sie verlangte nach *mehr* – ohne zu wissen, was dieses Mehr bedeutete und wie sie es erlangen konnte.

Er legte eine Hand auf das Haardreieck zwischen ihren Schenkeln, spreizte ihre Beine ein wenig und begann, sie sanft mit dem Finger zu streicheln. Ein wildes Feuer breitete sich in ihrem Körper aus. Emily hatte nicht geglaubt, daß Tristan ihr Verlangen noch steigern könnte. Sie hatte angenommen, den Gipfel der Lust bereits erreicht zu haben, als er ihre Brüste geküßt hatte, aber das Gefühl, das sich jetzt in ihr aufbaute, übertraf alles, was sie sich hatte vorstellen können.

Er barg sein Gesicht in ihren Haaren, so daß sein Mund ganz dicht an ihrem Ohr war. »*Das*«, flüsterte er rauh, »ist es wert, daß es beim ersten Mal ein bißchen weh tut. Denk daran, wenn ich in dich eindringe, Liebes. Denk daran, wie es sich angefühlt hat – und wie es danach immer wieder sein wird.«

Er gab ihr einen zärtlichen Kuß auf den Mund und ließ seine Lippen dann über ihren Hals, ihre Brust und ihren Bauch nach unten wandern. Als er ihre empfindsamste Körperstelle mit dem Mund berührte, durchzuckte sie ein Lustgefühl, das stärker und heftiger war als alles, was sie jemals empfunden hatte. Die Berührung selbst war für sie so unvorstellbar erregend, daß sie laut aufstöhnte.

Er küßte sie, bis sie vor Verlangen zu zittern begann und ihre Beine spreizte, um ihn in sich aufzunehmen. Ihr Körper verkrampfte sich und bäumte sich auf. Und dann – nach ein paar Zungenschlägen mehr – brachte er sie zu ihrem ersten Höhepunkt.

Sie glaubte, vor Lust vergehen zu müssen, und eine Welle der Glückseligkeit schien sie mit sich zu reißen. Dabei hielt Tristan sie ganz fest und murmelte ihr süße Worte ins Ohr, deren Bedeutung sie zwar nicht verstand, die aber eine ungeheuer beruhigende Wirkung auf sie hatten.

Sie klammerte sich an ihn und weinte leise. Obwohl sie sich ein bißchen schämte, war sie zugleich überwältigt, denn sie hatte es nicht für möglich gehalten, daß sie sich so gehenlassen könnte, daß sie sich in einer Ekstase so sehr verlieren könnte. Tristan hielt sie dabei fest umschlungen. Er streichelte sie zärtlich und küßte sie liebevoll.

Es dauerte lange, bis sie wieder in die Wirklichkeit zurückkehrte, aber als er sie leicht auf den Mund küßte, loderte ihr Verlangen erneut auf.

»Nun?« fragte er leise, »was sagst du jetzt?«

Emily wußte genau, was er meinte. Er wollte wissen, ob

sein Versuch, sie zu verführen, erfolgreich gewesen war. Das mußte er doch gemerkt haben!

Sie beschloß, ihm eine kleine Lektion zu erteilen, streckte sich lang neben ihm aus und gähnte in gespielter Erschöpfung. »Ja«, murmelte sie und schloß die Augen. »Aber jetzt sollten wir schlafen.« Dabei wußte sie, daß Tristans Lust noch lange nicht befriedigt war.

»Hast du verstanden, was ich gesagt habe, Emily?« Seine Stimme klang besorgt – aber auch enttäuscht – und dafür liebte sie ihn um so mehr. »Ich ... ich möchte jetzt *richtig* mit dir schlafen. Vielleicht wird es dir ein bißchen weh tun, aber das läßt sich nicht vermeiden.«

Sie schlug die Augen auf und lachte. »Es wird mir kaum so weh tun wie dir deine unbefriedigte Lust.« Dann gab sie ihm einen langen, drängenden Kuß.

»Biest«, murmelte er und kniete sich über sie, um ihr noch einmal die Chance zu geben, ihre Meinung zu ändern.

Sie streichelte sein Gesicht und schüttelte lächelnd den Kopf. Für einen Moment verspürte sie einen kurzen, scharfen Schmerz, aber das war schnell vergessen, denn das Vergnügen, das sie empfand, als sie gemeinsam den Gipfel der Lust erreichten, übertraf alles, was sie sich jemals hätte vorstellen können, und nur ganz langsam schwebten sie wieder zur Erde zurück.

Die Lampe war längst erloschen, als sie eng umschlungen einschliefen. Aber bevor der neue Tag erwachte, liebten sie sich noch einmal.

Epilog

Ein Jahr später

Überall im großen Ranch-Haus brannten Lampen und Kerzen. Ein Orchester, bestehend aus drei Fiedlern, einem Piano-Spieler und einem Mann am Waschbrett, spielte, und die Rancher und Farmer der Umgebung tanzten ausgelassen mit ihren Frauen im großen Salon, aus dem man die Möbel, die dort normalerweise standen, geräumt hatte, um Platz für das Fest zu machen. Auf dem Rasen vor dem Haus tollten Kinder.

Die Menschen hatten sich inzwischen daran gewöhnt, daß dies nicht mehr die Powder Creek Ranch war, um die die ehrbaren Bürger früher einen großen Bogen gemacht hatten, weil sich dort allerlei Gesindel aufgehalten hatte, sondern daß dies die Ranch von Tristan und Emily Saint-Laurent war. Zur allgemeinen Erleichterung der Rinderzüchter hatte sich die Frau des Hauses im Sommer von ihrer Schafherde getrennt. Sie hatte einige der Tiere an bedürftige Siedler verschenkt, die auf der Durchreise gewesen waren. Einige Jungschafe, deren Fleisch sich auch Rinderzüchter schmecken ließen, hatte sie verkauft, und den Rest der Herde hatte sie *Schwarzer Adler* übergeben. Dafür hatte sie Elch-Milch und Heilkräuter bekommen, aus denen sie Salben und andere Medizin herstellen konnte.

Es war ja nicht so, als ob die Schafe wirklich einen Schaden angerichtet hätten, aber niemand war wirklich traurig, als die Herde weg war.

Tristan und Emily Saint-Laurent gehörten ebenso zur

guten Gesellschaft von Prominence wie Shay und Aislinn McQuillan. Die beiden Frauen waren die besten Freundinnen, sie sprachen immer wieder vor der Stadtversammlung, sie forderten das Wahlrecht für Frauen und machten sich für die Bürger stark, die weniger Glück im Leben gehabt hatten als sie selbst. Ihre Männer unterstützten sie dabei, und manchmal wechselten sie einfach die Rollen. Tristan steckte sich dann für eine Woche den Marshalstern an, und Shay schlüpfte in die Rolle des Ranchers. Natürlich kehrte jeder am Abend zu seiner eigenen Frau zurück, aber niemand in der Stadt bemerkte jemals den Rollenwechsel – abgesehen von Dorrie und Eugenie.

Natürlich hatte es Gerüchte um Tristan gegeben, Fragen, woher er das Geld gehabt hatte, um eine eigene Kutschlinie aufzubauen. Und einmal war ein Texas Ranger aufgetaucht und hatte behauptet, daß Tristan ein gesuchter Verbrecher sei – ein Verdacht, den Shay schnell hatte entkräften können.

Es gab Leute, die sagten, daß eines Tages ein Gunslinger – ein bezahlter Revolverheld – in der Stadt auftauchen würde, um Tristan umzulegen, aber das änderte nichts an Emilys Glück. Sie liebte diesen Mann, und sie wußte, daß er sie liebte.

Das Fest ging zu Ende, und nur noch zwei Paare bewegten sich auf der Tanzfläche zu einem langsamen Walzer.

»Ich liebe dich«, flüsterte Shay Aislinn ins Ohr.

»Ich liebe dich, Mrs. Emily Saint-Laurent«, murmelte auch Tristan.

Und Miss Dorrie und Miss Eugenie, die im Hintergrund saßen, lächelten sich zufrieden zu.

ENDE

Kurz vor Ausbruch des amerikanischen Bürgerkrieges wird die junge Royal Bradford nach England zurückgeschickt, um ihre Schulbildung zu beenden. Doch Tag und Nacht sehnt sie sich nach Damon Routhland, ihrem gutaussehenden Vormund – bis sie einen draufgängerischen englischen Edelmann kennenlernt.
Royals Herz ist zerrissen. Sie kann nicht nach Amerika zurück, denn inzwischen herrscht Krieg, und zudem wird sie in eine Verschwörung hineingezogen, die alles bedroht, was sie liebt ...

ISBN 3-304-18231-6

BASTEI LÜBBE

Es ist in New York zu einer Mode geworden, an spiritistischen Sitzungen teilzunehmen, und das bekannteste Medium ist die geheimnisvolle Gräfin Lovaenya. Niemand weiß, wer sie wirklich ist, und die schöne Lovaenya tut alles, um ihr Geheimnis auch weiterhin zu wahren. Niemand soll erfahren, daß sie in Wirklichkeit Lavinia Murphy heißt und aus dem Waisenhaus mitsamt vier kleineren Kindern geflohen ist. Doch Edward Stuyvesant-French ist ihr auf die Spur gekommen, und in ihrer Verzweiflung bietet Lavinia ihm einen Handel an – den zu halten ihr immer schwerer fällt, weil sie sich so unglaublich von diesem Mann angezogen fühlt, der ihr größter Feind ist ...

ISBN 3-404-18198-0

BASTEI
LÜBBE

Inmitten all der Schrecknisse, die der Kampf um die Herrschaft der Bretagne mit sich bringt, ist diese kleine, versteckte Hütte im Wald wie ein Paradies. Hierhin hat Jorina den verwundeten Raoul de Nadier gebracht, hat ihn gesund gepflegt – und ist seine Geliebte geworden. Am liebsten würde sie immer mit ihm in der kleinen Hütte bleiben.
Doch die traumhaft schönen Tage finden ein jähes Ende, als sie beide in die Hände des falschen Herzogs von St. Cado fallen.
Raouls Leben ist in höchster Gefahr, und so bietet Jorina St. Cado, dem verhaßten Mann, einen zweifelhaften Handel an: Wenn er verspricht, Raoul unbehelligt zu lassen, dann wird sie seine Geliebte ...

ISBN 3-404-18197-2

BASTEI
LÜBBE

Niemals hätte Jessica sich erlaubt, ihre Gefühle für Nicholas Du Quaine auch nur anzudeuten. Sie war kaum mehr als eine Sklavin, er hingegen ein reicher Plantagenbesitzer, ihr Herr. Welten schienen sie zu trennen.
Doch die Liebe hat Jessicas Augen geschärft, und ihr Mißtrauen erwacht, als die schöne Clarice nach ›Bellefleur‹ kommt. Jessica ist überzeugt, daß diese Frau Böses im Sinn hat.
Aber selbst sie kann das Ausmaß von Clarices Schlechtigkeit nicht erahnen, denn Clarice ist eine Mörderin, entschlossen, die Plantage an sich zu reißen. Um das zu erreichen, will sie Nicholas heiraten, obwohl sie weiß, daß er ihr Halbbruder ist . . .

ISBN 3-404-18194-8

BASTEI
LÜBBE

Zwei mutige Engländerinnen verwirklichen im Jahre 1638 in der Neuen Welt ihren persönlichen Traum von Freiheit

Bristol 1638: An Bord der “Charity” verlassen zwei junge Frauen ihre englische Heimat, um die lange und gefahrvolle Fahrt über den Atlantik auf sich zu nehmen.
Die willensstarke Adlige Margaret Brent hat in die von Lord Baltimore gegründete Kolonie Maryland investiert. Dies sieht sie als ihre einzige Chance, ein eigenes Haus zu führen und zugleich ihrem vertrottelten Junkergemahl zu entfliehen.
Anicah, eine auf der Straße aufgewachsene Waise, ist von der Natur reichlich mit Witz und Schönheit bedacht worden. Von einer Schlepperbande aufgegriffen, wird sie mit dem Bauernjungen Martin – ihrer späteren großen Liebe – in die Neue Welt deportiert. Sowohl für Margaret als auch für Anicah verläuft die Zukunft gänzlich anders als erwartet ...

ISBN 3-404-12987-3

BASTEI LÜBBE